Die Saga der Wiederkehr

Buch 1

Der Krieger

M. M. F. Karagom

»Die Saga der Wiederkehr - Band 1: Der Krieger«
© 2022 M. M. F. Karagom

Herstellung und Verlag: BoD – Books on Demand,
Norderstedt

ISBN: 978-3-7543-4366-1

Inhaltsverzeichnis

1. Prolog

Die Sonne scheint durch die Baumwipfel, ein leichter Nebel liegt in der Luft, die Vögel zwitschern und eine Brise weht durch die Baumwipfel. Nicht wissend, wo ich bin oder wie ich dorthin gekommen bin, gehe ich durch den Wald. Auch weiß ich nicht, wer ich bin. Ich bin einfach da und bewege mich wie in einem Traum. Welche Kleidung ich anhabe oder wie meine Hände aussehen, all das kann ich nicht wahrnehmen, ebenso kann ich meine Augen nicht bewegen. Es ist, als würde ein anderer meinen Körper lenken und sich nur auf den Weg vor uns konzentrieren.

So habe ich nur meine Gedanken und versuche, so viel wie möglich von der Umgebung wahrzunehmen, oder besser so viel der Andere zulässt.

Bei genauerer Betrachtung sieht der Wald nicht so aus, wie ein Wald aussehen sollte. Nicht das ich wüsste, wie ein ›richtiger‹ Wald aussehen soll, aber ich habe das Gefühl, dass etwas nicht stimmt. Die Bäume wachsen in regelmäßigen Abständen und es sind fast nur Nadelbäume. In kalten Gebieten ist es durchaus üblich, dass fast nur Nadelbäume wachsen. Aber es bleibt trotzdem das Gefühl, etwas stimmt nicht.

Vor allem aber befinden sich einige Baumstümpfe in meinem Blickfeld, deren Schnittkante sehr glatt ist, fast als wären sie abgeschnitten worden. Auch fehlen alte und umgestürzte Bäume. Warum aber sollte sich jemand die Mühe machen, einen Wald zu pflegen und ihn nicht einfach abholzen?

Dies alles und auch ein unbeschreibliches Gefühl sagen mir, dass etwas nicht stimmt.

Vor allem aber, warum bin ich nur Herr meiner Gedanken und meines Körpers? Immer dieselben Fragen. Wer bin ich?

Wer oder was lenkt mich? Und, am wichtigsten: Wo bin ich? Mein Körper geht weiter einen relativ flachen Hang hinauf zu einer Kuppe. Von dort oben hoffe ich, eine gute Aussicht zu haben und wenigstens eine Antwort auf eine der vielen Fragen in meinen Kopf zu bekommen. Die Kuppe kommt immer näher und mein Körper hält weiter darauf zu. Und auch der Blick ist auf den Hügelkamm fixiert.

Es sind nur noch hundert Meter und mein Herz schlägt schneller.

Plötzlich ertönt hinter der Kuppe ein lautes, plärrendes Geräusch, nichts Menschliches, aber auch nichts Tierisches. Auch kein Monster oder irgendetwas anderes kommt mir in den Sinn, das sich so anhört. Ich versuche, meinen Körper zu übernehmen und zur Umkehr zu zwingen, aber vergebens.

Der Andere beschleunigt meinen Körper noch, aber ich habe nicht das Gefühl von Angst, sondern eher von Freude, als hätte er das Geräusch erkannt und mit einer freudigen Erinnerung verbunden.

Mit einem Mal haben wir die Kuppe erreicht und ich kann den Hang hinabsehen. In einiger Entfernung steht ein Mensch – oder zumindest etwas Menschenähnliches mit dem Rücken zu mir. Er trägt irgendetwas Grünes und einen orangefarbenen Helm. Aber in Farbtönen, die kein mir bekanntes Material oder sonst etwas hat. Und vor allem scheint es, als komme das unbeschreibliche Geräusch von etwas, das er vor seinem Körper in den Händen hält. Mein Körper und ich eilen den Hang hinunter, und obwohl ich Angst vor dem Unbekannten und vor allem vor dem Geräusch der Lärmquelle habe, so ist die Neugier größer. Auch habe ich sowieso nicht die Kontrolle über meinen Körper.

Plötzlich spüre ich einen Schmerz in meinem linken Oberarm, als hätte mich jemand geschlagen. Der Schmerz wird immer drängender und auch mein Blick wird immer *trüber, bis es schwarz vor meinen Augen wird und ich nur noch den Schmerz in meinem linken Oberarm wahrnehme.*

2. Der Kerker

»Art'rack, art'rack« hallt es durch meinen Kopf und dem Schmerz kann ich nun auch etwas Spitzes zuordnen, das wiederholt gegen meinen Oberarm gestoßen wird. Sofort kehren meine Erinnerungen wieder zurück und es wird mir klar, dass ich gerade wirklich geträumt habe. Oder zumindest geschlafen habe. Ob es ein Traum war oder nicht, weiß ich nicht, da ich diesen Traum oder auch Erinnerung öfters habe. Und meistens endet er damit, dass ich auf den Menschen mit der grünen Bekleidung und dem orangefarbenen Helm zulaufe, diesen aber nie erreiche. So kann ich ihn auch nie erkennen.

»Art'rack, art'rack« oder in meiner Sprache »Steh auf, steh auf« hallt es weiter durch meinen Kopf. Und obwohl ich die Augen noch immer geschlossen habe, weiß ich genau, wie es um mich herum aussieht. Und wer diese Worte mit seiner dunklen, fast schon knurrigen Stimme ausstößt.

Wie er heißt oder wer er genau ist, ist mir unbekannt, aber dass es ein Ork ist, das ist mir klar. Eine dieser hässlichen und stinkenden Kreaturen, deren Hässlichkeit nur durch ihre Boshaftigkeit übertroffen wird. Viele machen den Fehler zu denken, ihre Hässlichkeit wird durch ihre Dummheit übertroffen. Aber es ist wie bei den meisten Spezies, es gibt sowohl sehr dumme, aber auch sehr schlaue Vertreter der Rasse. Und viele sind daran gestorben, dass sie ihr Gegenüber als dumm eingeschätzt haben. Bei einem kann man sich bei den Orks aber immer sicher sein. Egal, wie dumm oder schlau er ist, verschlagen ist er auf jeden Fall. Und er versucht, seine Interessen mit allen Mitteln, bevorzugt mit aller Gewalt durchzusetzen. Denn für sie ist die Gewalt nicht ein notwendiges Übel, sondern ein willkommener Bonus, den man bei jeder Handlung mitnehmen sollte.

Dieser Vertreter der Rasse, der versucht, mich zu wecken, gehört augenscheinlich zu den Dümmeren der Rasse. Denn auch er versucht die ihm gestellte Aufgabe – mich zu wecken – zu erweitern um den Bonus, mich zu quälen. Auf jeden Fall ist es ein neuer Wärter, der noch nicht lange hier arbeitet, denn sonst würde er auf diesen Bonus gern verzichten.

Auf den ersten Blick ist es sogar nachvollziehbar, warum er diesen Bonus abgreifen will. Denn mein ›Heim‹ lädt hierzu ein. Ich nenne es ›Heim‹, weil es das Einzige ist, das ich kenne, solange ich mich erinnern kann.

Denn ich kann mich nur an die letzten Jahre erinnern, nicht aber, woher ich komme oder wo ich aufgewachsen bin. Meine erste Erinnerung ist das Geräusch aus dem Traum und dann ein helles Licht. Ob dieser Teil wirklich passiert ist, oder eben jener Traum ist, das weiß ich nicht.

Aber als das Licht verblasste, fand ich mich in einem Wald auf einer Lichtung wieder. Es war Nacht und die Lichtung war von Fackeln erleuchtet. Hinter denen befanden sich verhüllte Gestalten, die ich damals aufgrund des Feuerscheins nicht erkannte. Sie standen im Kreis um mich herum und ich spürte, dass sie mich anstarrten. Auch wenn ich nichts erkannte, so hörte ich, wie sie aufgeregt miteinander sprachen. Ihre Worte konnte ich nicht verstehen, aber der Tonfall und ihr Verhalten sagten mir, dass sie genauso überrascht waren mich zu sehen wie ich sie. Ihre Sprache konnte ich nicht verstehen und bis heute habe ich niemanden mehr mit dieser Sprache gehört. Plötzlich spürte ich einen Windhauch in meinen Nacken und einen dumpfen Schlag am Hinterkopf, bevor ich wieder ohnmächtig wurde.

»Art'rack, art'rack« wiederholt der Ork weiterhin und lässt auch nicht ab, mir weiter Schmerzen zuzufügen, sodass ich mit meinen Gedanken wieder in die Gegenwart zurückkehre.

Also konzentrierte ich mich auf meine Zelle, denn mein ›Heim‹ war nichts anderes als eine Gitterzelle unter einer Ork-Arena.

Die Zelle zeichnet sich dadurch aus, dass sie war, wie jeder eine richtig ungemütliche Zelle bauen würde. Der Boden ist aus gehauenem Stein, einigermaßen eben, aber von der Qualität, wie es jedes Gewerk einer Rasse erreicht, deren einziges Ziel Krieg und Töten ist.

Dasselbe gilt für drei Wände und die Decke. Die andere Wand ist ein Metallgitter mit einer versperrten Gittertür, deren Qualität trotz der eingeschränkten handwerklichen Fähigkeiten der Orks ausreicht, um ausbruchssicher zu sein. Alles in allem ist das genau die Zelle, die man bekommt, wenn man eine Höhle in den Felsen schlägt und eine Seite mit Gittern versperrt.

Und in dieser Zelle liege ich, ein Mensch, wie von den Orks in ihren abfälligen Gesprächen über mich behauptet wird. Einen anderen Menschen habe ich in meiner ganzen Zeit hier noch nicht gesehen, und an davor kann ich mich nicht erinnern. Ich bin etwas größer als die meisten Orks und mein Kreuz ist in etwa so breit wie das eines Orks. Mein Körper ist durch die Kämpfe mit einigen Narben verziert, aber bis heute konnte ich Narben im Gesicht vermeiden. Zum Schlafen habe ich ein Holzbrett, von der Länge und Breite für meine Körpermaße ausreichend. Dieses ist mit zwei Ketten an der Wand befestigt, sodass man das »Bett« an die Wand klappen kann und man etwas mehr Platz hat.

»Art'rack, art'rack« und immer wieder »Art'rack, art'rack«. Langsam wird es nervig und auch das ständige Anstoßen mit dem Stab muss aufhören. Aufgrund des Zellengrundrisses kann der Ork nur an einer Stelle stehen. Leicht links unterhalb von mir, da ich mit dem Rücken auf dem Brett liege – Bett wäre dann doch zu schmeichelhaft – mit der Wand zu meiner Rechten. Mein Kopf immer in Richtung Rückwand, sodass der Ork etwas links von mir stehen muss, um meinen Oberarm zu treffen.

Ein letztes Mal lasse ich den Ork noch »Art'rack, art'rack« rufen, dann, ohne die Augen zu öffnen, greife ich den Stab und ziehe ihn zu mir her. Das veranlasst den Ork instinktiv dazu, ihn fester zu greifen, und er versucht, ihn dabei von mir weg auf sich zuzuziehen. Ich öffne blitzschnell die Augen – und wie ich es in den letzten Jahren gelernt habe, erfasse ich sofort die Situation.

Vor meiner Zelle steht ein junger Ork mit leicht erschrockenem Gesicht, das vor ein paar Sekunden sicher noch mit einem boshaften Lächeln verziert war.

Er ist hässlich wie alle Orks, aber im Gegensatz zu meiner ursprünglichen Annahme ist er nicht nur dumm, sondern einer der dümmsten Vertreter seiner Rasse. Denn er hatte mich nicht wie vermutet mit einem Stab,

13

sondern mit seinem umgedrehten Speer angestoßen. Er war zwar doch noch so clever gewesen, sich etwas seitlich zu stellen und den Speer so zu fassen, dass die Spitze neben seinen Körper ragte. Diese Situation hatte sich durch mein Anziehen am Speer aber so weit verändert, dass sich die Speerspitze zwar noch immer etwas seitlich, aber eindeutig vor seinem Körper befindet. Nach jahrelangem Training ist es nur noch ein Reflex und ich bugsiere den Speer etwas nach rechts. Der befindet sich nun direkt vor seinem Körper und ich helfe dem Ork bei dem Versuch, den Speer wieder zurückzuziehen, und stoße zu.

Der Ork hat augenscheinlich nicht die gleichen jahrelang geübten Reflexe wie ich, denn anstatt sich seitlich wegzubewegen, ist er noch in seinem ursprünglichen Reflex des Zurückziehens gefangen. Der erfordert, einen festen Stand beizubehalten und die ganze Kraft und das wenige Hirn auf das Zurückziehen des Speers zu konzentrieren. Für diese geistige und körperliche Meisterleistung bekommt er als Belohnung seinen Speer mit der Spitze voran in seinen Bauch.

Sofort beginnt der, laut zu schreien. Denn auch wenn der Stoß tödlich ist, so wird es noch einige Zeit dauern, bis er daran stirbt. Somit ist es mit der Nachtruhe – oder vielleicht auch Tagesruhe, da es hier kein Sonnenlicht gibt – vorbei und ich denke wieder an meine ersten Erinnerungen zurück.

Nachdem ich nun wieder die Augen öffnete, befand ich mich gefesselt auf einem Wagen; mir gegenüber saß ein bewaffneter Ork. Vorne auf dem Kutschbock ein weiterer; der trieb die Markans an: große, vierbeinige Tiere mit langem Fell und scharfen Zähnen, Aasfresser. Es war ein einfacher Karren mit einer Ladefläche, vier eher ovalen als runden Rädern und einem Ledergespann für die zwei Markans. Die beiden Orks unterhielten sich in einer mir damals unbekannten Sprache, sodass ich Zeit hatte, mir die Umgebung einzuprägen. Wir bewegten uns durch einen Wald, diesmal aber ein richtiger. Mit Laubbäumen, Unterholz und mit abgestorbenen und halb verfaulten Bäumen, so ein Wald eben, der entsteht, wenn die Natur freien Lauf hat.

Als die Orks merkten, dass ich die Augen geöffnet hatte, fragte der mir gegenüber Sitzende etwas in der mir damals unbekannten Sprache. Mittlerweile weiß ich, dass es sich um Orkisch handelt. Da ich ihn nicht verstand, fragte ich in meiner Sprache, wo ich sei, aber das verstand er wiederum nicht. Das beruhigte ihn aber augenscheinlich, denn er unterhielt sich dann weiterhin mit dem Ork auf dem Kutschbock.

So hatte ich wieder Zeit, die Umgebung zu betrachten. Wir fuhren auf einem kleinen Weg, der, auch wenn er breit genug für einen Wagen war, aufgrund des schlechten Zustands die Bezeichnung Straße nicht zuließ. Ab und zu waren aber auch Reste einer alten, befestigten Straße zu erkennen, wenn mehrere stark abgenutzte Steinplatten zwischen der festgefahrenen Erde des Weges aufleuchteten. Auch war der Weg sehr gerade, und die Bäume am Wegrand wuchsen etwas niedriger als ihre weiter entfernten Kollegen, als würde etwas im Boden ihr Wachstum behindern.

Das Geschrei des tödlich verletzten Orks vor meiner Zelle, den ich einfach aus gegebenem Anlass ›den Toten‹ nenne, wird mittlerweile unterbrochen von anderen Orkrufen aus dem Tunnel, der zu meiner Zelle führt. Diese beinhalten so sinnvolle Fragen wie »Was ist hier los?«und »Hajatk, melde dich!« Natürlich sind die Fragen auf Orkisch, da keiner der Orks hier meine Sprache oder irgendeine andere Sprache als die eigene spricht. Unwillkürlich musste ich ein wenig schmunzeln, da diese Fragen so sinnlos sind. Denn die Schreie meines Toten – auch wenn ich jetzt weiß, dass er wahrscheinlich Hajatk heißt – lassen genügend Rückschlüsse darauf zu, was passiert ist. Und vor allem, dass der Tote andere Gedanken hat als eine sinnvolle Antwort zu geben. Zudem ist er nicht der Erste, der ein kleines Missgeschick mit mir beim Wecken hatte.

Als nun zwei weitere mir unbekannte Orks durch den Tunnel auf ihren gefallenen Kollegen zustürmen, frage ich mich, ob mich zwei weitere Selbstmordkandidaten besuchen. Vielleicht wird dieser Tag sogar etwas spaßig, was hier unten eher selten vorkommt. Denn auch wenn der Speer noch immer im Bauch des Toten steckt, da er, wie die meisten Ork-Waffen, mit Widerhaken versehen ist, um möglichst viel Schaden anzurichten, so ragt der Schaft noch immer in meine Zelle und somit in meine Reichweite.

Gerade als ich mich bereit mache, den Speer zu ergreifen, um den beiden Neuankömmlingen die Probleme ihres Kollegen deutlich zu machen, ertönt aus dem Tunnel ein Ruf mit einer mir bekannten Stimme. »Ato'k, arkatte mihalt'j«, was vornehm übersetzt so viel bedeutet wie ›Zurück, ihr geistig minder bemittelter Abschaum‹ gefolgt von weiteren Beschreibungen der körperlichen und geistigen Attribute der zwei Selbstmordkandidaten.

Bevor ich diesen Kenner der Anatomie meiner leider entgangenen Opfer sehe, weiß ich genau, um wen es sich handelt. Ein großer, etwas älterer Ork, meist noch übel gelaunter als der Durchschnitts-Ork, mit einer Narbe quer über die Nase. Die hat seine Nase auch zu einem großen Teil zerstört, womit er noch hässlicher als die meisten Orks aussieht. Er heißt Urtr'ak, aber ich nenne ihn in Gedanken ›Narbengesicht‹, wie ihn auch viele der anderen Orks nennen. Das machen sie natürlich nur hinter seinen Rücken. Direkt ins Gesicht, das hat noch keiner überlebt. Ich würde es ihm auch ins Gesicht, oder was noch davon übrig ist, sagen, da es ein interessanter Kampf wäre. Aber da ich nicht mit den Orks rede, kommt der einstweilen nicht zustande.

Und die Orks reden auch nicht mit mir, da sie glauben, ich kann ihre Sprache nicht und das soll auch so bleiben. Auf einige einfache Anweisungen und Befehle reagiere ich so, als verstünde ich deren Bedeutung. Ansonsten aber weise ich durch einen unverständlichen Blick oder fehlender Reaktion auf meine angeblich fehlenden Sprachkenntnisse hin. Denn eines habe ich hier gelernt: Wissen ist am wertvollsten, wenn nur du es hast und kein anderer. Auch reden die Wachen ohne Rücksicht auf meine aufgesperrten Ohren offener und auch über geheime Dinge, solange sie glauben, dass sie mich nicht verstehe.

Narbengesicht tritt in den Vorraum zu meiner Zelle, eine immer wieder beeindruckende Gestalt, die, obwohl die meisten Orks eher kleiner sind als ich, mich um einen halben Kopf überragt. Auch ist er muskulöser und breiter als seine Artgenossen. Sein Gesicht tut sein Übriges, um das Gesamtbild abzurunden. Man erkennt sofort, dass er selbst jahrelang ein Arenakämpfer war, was nun meine Aufgabe in diesem Loch ist. Mich kann er schon lange nicht mehr einschüchtern, die beiden Neulinge aber beginnen zu zittern. Auch wenn sie sich nicht der Gefahr durch mich bewusst waren, als sie ihren gefallenen Kameraden helfen wollten – oder auch ausrauben, da es bei Orks eigentlich keine Nächstenliebe gibt – so wissen sie, dass Narbengesicht schon mal andere Orks tötet, wenn ihm danach ist.

Der aber ist heute fröhlicher Stimmung, was mich ein wenig beunruhigt, da es nie Gutes bedeutet. Dies mag vor allem an dem dummen Ork liegen, der noch immer auf dem Boden vor meiner Zelle mit dem Speer im Bauch liegt. Dieses Ergebnis hat Narbengesicht voraussehen können, wenn er mir einen Frischling zum Wecken schickt.

Und da Narbengesicht zu den Intelligenteren seiner Spezies zählt, was leider bedeutet, er ist wirklich schlau, hat er das beabsichtigt. Vielleicht weil er den Frischling nicht mochte, der ihn einmal falsch angesehen hatte, oder einfach aus Spaß oder Langeweile.

Dies ist das Erste, was man bei den Orks lernt: Sei immer schlauer als der andere oder hab zumindest weniger Skrupel.

Da nun Narbengesicht die Leitung über die Vorstellung vor meiner Zelle übernommen hat und die Zeiten vorbei sind, als ich noch aus Trotz versuchte, meine Wärter zu ärgern, gehe ich freiwillig und ohne Aufforderung an die Rückwand meiner Zelle außerhalb der Griffweite des Speers. Dass ich den Wärter beim Wecken getötet habe, geschah eher aus Prinzip, denn aus Spaß. Auch wenn ich die Orks hasse, so sehe ich sie nur noch als Feinde an, die man töten muss, wenn man die Gelegenheit hat. Falls man nur aus Spaß tötet, egal ob der andere gut oder böse ist, so ist man wie ein Ork. Und ich will ein Mensch sein und nichts mit einem Ork gemein haben. Denn auch wenn ich nicht weiß, wie die Menschen sind, so glaube und hoffe ich, dass sie zu den Guten gehören, vor allem da sie Feinde der Orks sind.

Währenddessen wird mein Toter von seinen zwei Kameraden mit dem Speer im Bauch auf Befehl von Narbengesicht von den Gittern weggezogen, sodass auch der Speer endgültig aus meiner Reichweite verschwindet. Auf den Toten, der noch lebt, aber jetzt nur noch Stöhngeräusche von sich gibt, wird wie unter Orks üblich keine Rücksicht genommen. Narbengesicht nutzt diese Gelegenheit, die zwei anderen Frischlinge darauf hinzuweisen, was passiert, wenn man ihm nicht genügend Respekt zollt. Jetzt weiß ich auch, warum ich von dem Toten geweckt wurde, und wahrscheinlich hat Narbengesicht ihn sogar noch angeleitet, den Speer als Weckhilfe zu benutzten. Aber mir ist es egal, denn es ist ein Tag wie viele andere in den letzten Jahren.

Nachdem ich in den letzten Tagen geschont worden war und mir viel Zeit zum Trainieren gegeben wurde, werde ich heute wieder in der Arena kämpfen und, wenn alles wie immer läuft, gewinnen.

Aber was mich weiterhin beunruhigt, ist die übermäßig gute Laune von Narbengesicht, die nicht nur vom baldigen Verscheiden des Toten rühren kann. Er tritt nahe an die Zellentür heran, um mir etwas mitzuteilen, dass ich seiner Meinung nach nicht verstehe.

»Menschlein, auch wenn du in den letzten Jahren einer der besten Arenakämpfer warst und auch viele Orks übertroffen hast. Und auch wenn du mir mit diesen kleinen Einlagen ab und zu Spaß gemacht hast, so bist du trotzdem nur ein kleiner Mensch. Und deshalb darfst du nicht mehr gewinnen, da du sonst meinen Rekord brichst. Also wirst du heute sterben! Es ist schade, dass du es erst erfahren wirst, wenn es so weit ist, aber wir wollen heute noch einen schönen Kampf sehen. Und da heute besondere Gäste anwesend sind, wirst du heute mal nicht der einzige Mensch in der Arena sein, der stirbt. Wirklich schade, dass du dies nicht verstehst, aber meine zwei Freunde hier verstehen mich und freuen sich mit mir!«

Während er noch auf seine hämische Art und Weise lacht, vielleicht in der Hoffnung, mir doch ein bisschen Angst einzujagen, rasen mir zwei Gedanken durch den Kopf.

Erstens ›Ein anderer Mensch‹. Ich habe seitdem ich mich erinnere keinen anderen Menschen getroffen. Wie sieht er aus? Was macht er hier?

Und zweitens. Nun ist es Zeit, den Ausbruch zu versuchen.

Was den anderen Menschen angeht, da kann ich mich nur überraschen lassen. Wenn er mein Feind ist, lasse ich ihn hier, wenn nicht, kann er versuchen mit mir zu fliehen.

Was die Flucht angeht, habe ich schon seit Längerem einen Plan. Die oberen unterirdischen Bereiche der Arena, in denen Gefangene und Kämpfer übernachten, wurden durch die primitive Hand der Orks in den Felsen geschlagen. Die unteren Bereiche sind komplett anders. Sie werden normalerweise nicht genutzt, aber da ich als Mensch nicht in der Arena ohne aufwendige Überwachung trainieren durfte, wurde mein Training unter die Erde verlegt. Die von den Orks gehauenen Bereiche waren aufgrund der Enge ungeeignet, aber die unteren Bereiche stammen von einem anderen Volk, den Zwergen. Das entnahm ich einst einer Unterhaltung von zwei Wärtern. Dieser Bereich ist geprägt von geraden Gängen mit glatten Böden und verzierten Wände. Und auch wenn man sich in manchen Gängen bücken muss, so sind deren Hallen so groß, dass man mit einer Fackel mitten in der Halle stehen kann und keine einzige Wand sieht.

In diesem Sektor fand und findet ein Großteil meines Trainings statt. Denn auch wenn einige Hallen zugänglich sind, so gibt es weiter anschließende Hallen und Gänge, die man nicht betreten kann. Augenscheinlich haben die Zwerge beim Verlassen oder bei der Flucht eine magische Sperre eingebaut, die niemand überwinden kann. Dies wurde mir an meinen ersten Tag dort unten von einem armen Tropf gezeigt, der den Unmut von einem meiner Trainer auf sich gezogen hatte. Er wurde von seinen Trainingskameraden gefesselt und mit langen Stöcken gegen die Sperre gedrückt. Zuerst schien es so, als habe er Schmerzen, so wie eine Warnung. Aber als sie ihn immer weiter in die Sperre hineinschoben, wurde sein Schreien immer lauter, bis es plötzlich verstummte und er einfach tot war.

Somit mussten die Wachen nur den Eingang in eine dieser Hallen bewachen, während ich dort trainierte. Als ich aber später allein trainieren durfte und die Wachen eher mit Kartenspielen als mit Aufpassen beschäftigt waren, wollte ich die Sperre genauer ansehen.

Von der Ferne sah man nur ein leicht bläuliches

Schimmern, je näher ich kam, desto blauer wurde es. Aber ich spürte keinen Schmerz, obwohl ich sicher schon an der Stelle war, an der der Ork geschrien hatte wie am Spieß. Es sah also so aus, dass mir diese Sperre nichts anhaben kann, vielleicht weil ich ein Mensch bin oder aus anderen Gründen.

Also habe ich in den letzten Monaten meine Flucht vorbereitet, denn auch wenn ich wusste, wie ich entkommen kann, so gab es noch andere Probleme. Zum Beispiel: Wohin führen die Gänge und Hallen? Führen Sie ins Freie oder immer tiefer in die Erde? Wie lange brauche ich, um einen Ausgang zu erreichen?

Da ich keine Antworten kenne, sammelte ich in den letzten Monaten möglichst viel Essen an, das ich in der Trainingshalle versteckte, und zwar immer hinter der Sperre, wo die Orks es nicht sehen. Dort versteckte ich auch Kleidung. Der Versuch, ein Schwert zu verstecken war nicht möglich, da ich die Waffen nach dem Training immer abgeben muss, aber vielleicht bekomme ich ja heute in der Arena noch eines ›geschenkt‹.

Jedenfalls ist jetzt klar, heute werde ich fliehen. Allein oder mit Begleitung.

3. Die Arena

Endlich ist es Nachmittag. Bald werde ich in die Arena gehen und kämpfen. Zum ersten Mal seit Langem bin ich wieder nervös vor einem Kampf. Nicht wegen des Kampfes, sondern weil sich heute mein Leben ändern wird, egal ob durch Flucht oder durch den Tod. Was mich aber am meisten wundert: dass ich mich darauf freue. Denn heute gibt es eine Entscheidung.

Der Tag verläuft wie immer in den letzten Jahren. Nachdem sich die Aufregung vor meiner Zelle gelegt hat, bekomme ich diesmal von einem vorsichtigeren Ork zum Frühstück die übliche Pampe aus Undefinierbarem und Fleisch von einem unbekannten Tier. Dies ist zwar nahrhaft, aber in meiner Anfangszeit hier brauchte ich große Überwindung, es zu essen. Zum Trinken gibt es Wasser, da die Orks nur zwei Getränke zur Auswahl haben. Wasser eben, was eher selten getrunken wird, und Are', eine Art Starkbier mit einem üblen Geschmack. Dieses Bier ist sehr stark, nach nur einem vollen Krug merkt man schon Auswirkungen beim Verhalten der Orks. Dennoch ist es das Hauptgetränk der Orks, manche trinken es auch vor Wettkämpfen. Dies sind aber meist die Verlierer und vielleicht trinken sie es auch, um die Angst vor dem Gegner zu überwinden.

Ich halte mich da lieber an Wasser. Was hilft es, die Angst zu überwinden, um dann durch die langsameren Reaktionen zu sterben.

Den restlichen Tag verbringe ich mit lockerem Training in der großen Zwergenhalle, in der hinter der magischen Barriere, außerhalb der Reichweite der

Fackeln, meine Fluchtvorbereitungen versteckt sind.

Leider sind die Wächter heute sehr aufmerksam, wohl bedingt durch das Ableben ihres Kameraden heute Morgen. Somit kann ich keine weiteren Vorräte zur Seite schaffen, vor allem keine zweite Garnitur für den möglichen Fluchtbegleiter. Auch die Nahrungsvorräte müssen nun möglicherweise für zwei reichen.

Mittags stopfe ich mich trotz der bevorstehenden Flucht nicht mit Essen voll. Zum einen macht der Geschmack der Essenspampe das fast unmöglich. Zum anderen aber will ich beim Kampf nicht durch einen zu vollen Magen eingeschränkt sein.

Den ganzen Tag aber mache ich mir fast keine Gedanken über den anderen Menschen heute in der Arena, sondern über meine Gegner. Auch jetzt noch, kurz vor dem Kampf.

Narbengesicht ist zwar bösartig und verlogen, aber er ist davon überzeugt, dass ich heute sterbe.

Nur wer soll der Gegner sein? Die Orks legen Wert auf Kämpfe einer gegen einen, da der Sieger auf ehrenhafte Weise in der Arena gewinnen soll. Aber als sie keine Gegner mehr für mich fanden, ließen sie in letzter Zeit immer zwei Orks auf einmal gegen mich antreten. Nur kann ich mir nicht vorstellen, dass ich durch eine Übermacht von Orks besiegt werden soll. Denn schon als ich nur gegen zwei Orks kämpfte, gab es bei den Zuschauern Aufschreie der Empörung.

Der andere Weg der Orks war, fremde Rassen gegen mich antreten zu lassen. So kämpfte ich auch gegen einen Oger, Kreaturen, die doppelt so groß wie Orks sind, aber auch sehr langsam. Oder gegen eine Sumpfechse, einen Wolfsreiter und noch andere.

Ein Gegner wurde mir hierbei besonders gefährlich: ein Troll. Der war zwar nicht größer als ein Ork und auch nicht gepanzert. Aber seine Haut aus Stein war für mein Schwert undurchdringlich. Nur an den Gelenken war ein feiner Riss, an dem ich mit dem Schwert hineinstechen und ihn dann töten konnte.

Durchs Ausrufen meines Namens in der Arena werde ich aus meinen Gedanken gerissen. Die Orks haben mir anfangs den Namen ›Der Menschenkrieger‹ gegeben. Mittlerweile aber bin ich ›Der Krieger‹. Dies ist auf meine vielen Siege zurückzuführen, denn der Krieger wird immer der aktuelle Champion in der Arena genannt. Der Ursprungsname ›Menschenkrieger‹ wurde mir, wie ich aus einem der vielen belauschten Gespräche entnehmen konnte, gegeben, um mich und die menschliche Rasse zu verspotten. Denn wenn der menschliche Champion gegen einen einfachen Ork verliert, zeigt das die Schwäche der gesamten menschlichen Rasse. Aber ich habe nicht verloren und wurde ›Der Krieger‹.

Das Licht schimmert durch die Ritzen des Tores vor mir, das in die Arena führt. Die Wände um mich herum strahlen die Kühle der Erde ab, denn ich befinde mich noch in dem Zugangstunnel der Gladiatoren zur Arena. Hinter mir ein verschlossenes Gittertor, das in sicheren Abstand von zwei Orks bewacht wird. Die sind mit langen Speeren bewaffnet und sorgen dafür, dass die Gladiatoren nach dem Öffnen des Tores auch in die Arena gehen. Ob sie es bei mir versuchen würden, wage ich zu bezweifeln, aber gerade heute will ich in die Arena.

Das Tor öffnet sich, gezogen durch Ketten, die sich

schräg in der Decke befinden, und ich werde durch das grelle Licht von außen geblendet. Langsam gehe ich in die Arena, um meine Augen wieder an das Tageslicht zu gewöhnen und um die Situation einschätzen zu können. Die Arena ist eine große, runde Felsebene, die mit feinem Sand bedeckt ist. Der Durchmesser dürfte etwa hundertfünfzig Meter betragen; die Kampffläche wird von einer hohen Steinmauer umschlossen. Die ist etwa fünfzehn Meter hoch und außerordentlich glatt an der Oberfläche. Auf der Mauerkrone befinden sich Holzaufbauten mit Tribünen für einfache Orks, auf der gegenüberliegenden Seite zum Gladiatorentor eine Tribüne, die teilweise aus Stein ist, für die Anführer der Orks. Die Mauerkrone und die Steintribüne wurden augenscheinlich auch von den Zwergen, die auch die unterirdischen Hallen angelegt haben, erbaut; die Qualität der Arbeit und die teilweise durch Wind glatt polierten Oberflächen weisen darauf hin. Die Holzaufbauten und die Tore aber sind wieder der primitiven Handwerkskunst der Orks entsprungen.

Insgesamt gibt es vier Tore, in jeder Himmelsrichtung eins. Meines ist das Osttor, sodass ich beim Betreten der Arena immer zuerst geblendet werde. Aus dem gegenüberliegenden Tor, dem Westtor treten meine Gegner heraus. Das Südtor ist zum Abtransport der Leichen gedacht, da auch wenn ich das noch nicht miterlebt habe, die Schleifspuren im Sand eindeutig darauf hindeuten. Die Funktion des Nordtors ist mir nicht bekannt.

Mittlerweile haben sich meine Augen an das Sonnenlicht gewöhnt und ich kann die Umgebung genauer erkennen. Noch bin ich allein in der Arena, zu meiner Rechten steht ein Waffenbord mit zwei einfachen Schwertern, ein Zweihandschwert und eine große Kampfaxt, keine Speere oder andere Wurfwaffen. Augenscheinlich ist heute Nahkampf gewünscht. Auch habe ich in der Vergangenheit bereitgestellte Wurfwaffen nach dem Kampf in die Zuschauermenge geworfen. Und zwar nicht als Andenken für die Zuschauer, sondern um noch ein paar mehr Orks zu erwischen. So gesehen war es dann doch ein besonderes Andenken für die Zuschauer.

Die Spuren im Sand und auch die angeheizte Menge weisen darauf hin, dass es bereits Kämpfe gegeben hat und ich nun der Hauptkampf bin. Die Ränge sind überfüllt mit Zuschauern und man sieht, wie sich die Orks gegenseitig schubsen und auch schlagen. Das Gejohle ist ohrenbetäubend und die Stimmung kocht.

Die Ehrentribüne ist sehr gut besucht. Aufgrund der Entfernung kann ich die Personen dort nicht genauer erkennen, aber vorne in der Mitte sitzt ein kleiner schmächtiger Ork. Aus Gesprächen meiner Wächter weiß ich, dass es Tr'uik sein muss, der Anführer der meisten Orks. Nicht nur ungewöhnlich an ihm ist, dass er trotz seiner unterlegenen körperlichen Konstitution ein Stammeshäuptling wurde. Sondern, dass er es geschafft hat, in den letzten Jahren die meisten Stämme der Orks zu vereinigen. Nur noch einige Stämme in den Bergen sollen ihm Widerstand leisten. Auch wird gemunkelt, er habe einen mächtigen Verbündeten, denn sonst wäre er nicht einmal Anführer eines Stammes geworden. Oder hätte seine Kindheit überlebt. Genaueres habe ich aber leider nicht erfahren, da dieses Gesprächsthema bei den Orks gemieden wird, denn es kann zu plötzlichem Ableben führen.

Zu seiner Linken ist auch ein kleiner, aber sehr bulliger Ork zu erkennen, der Leiter der Arena. Azru'g, wie er genannt wird. Er ist ein Vorbild für alle Orks: gemein, durchtrieben, intelligent, ehrgeizig und äußerst brutal. Zum Glück hatte ich mit ihm selten direkten Kontakt und die paar Male in den letzten Jahren, bei denen wir aufeinandertrafen, waren äußerst unangenehm.

Zu seiner Rechten sitzt ein großer, aber auch sehr schlanker Ork, den ich weder kenne noch zuordnen kann. Umgeben sind sie von einer Art Leibgarde, erkennbar an der kompletten Rüstung und der gepflegten Bewaffnung. Einige Orks sind verhüllt in schwarze Mäntel. Das müssen wohl die Ork-Zauberer sein, von denen nicht viel bekannt ist, bei deren Erwähnung die meisten Orks aber zu zittern beginnen.

Nun erkenne ich, dass im Schatten unter der Steintribüne jemand steht. Er war bisher nicht zu erkennen gewesen, da ich durch die Nachmittagssonne aus dem Westen noch immer leicht geblendet bin. Der besondere Gegner kann es nicht sein, denn dafür ist er zu klein. Wobei die Größe nicht immer ausschlaggebend ist für die Gefährlichkeit eines Gegners. Dennoch wird mein Gegner immer erst nach mir in die Arena gelassen, da der erst noch angekündigt wird. Denn er soll eine Überraschung sein und wird somit möglichst lange aufgehoben. Der bereits Anwesende trägt eine einfache Rüstung, einen Helm mit Visier und ein Schwert. Das hält er aber nicht in Angriffsposition, sondern eher darauf wartend, was als Nächstes geschieht.

Er macht keine Anstalten näher zu kommen, sondern

bleibt etwas im Schatten. Normalerweise würde ich auch in meiner Position bleiben und die nächsten Minuten bis zum Eintreffen des Gegners dort warten. Aber wenn dies dort der Mensch ist, so hat er sich die falsche Position zum Warten ausgesucht. Denn er steht genau vor dem Tor, aus dem meine Gegner immer kommen. Und die Zeit, die sie brauchen, um die Arena zu durchqueren und mich anzugreifen, ist notwendig, um mich auf sie einzustellen. Denn auch wenn die Rasse und bei Orks der Name angekündigt wird, so kenne ich oft viele Rassen und vor allem deren Statur nicht. So habe ich noch Zeit, eine passende Waffe aus dem Waffenboard zu wählen.

Nun greife ich den Zweihänder aus dem Waffenboard und bewege mich Richtung Steintribüne. Die Waffe nehme ich mit, denn es könnte auch eine besonders hinterhältige Falle der Orks sein. Dennoch versuche ich, möglichst nicht bedrohlich zu wirken und auch das Schwert auf eine defensive Weise zu halten. Ob dies wirklich so rüberkommt weiß ich nicht, denn ein freundliches Verhalten war hier in der Arena bisher noch nie gefragt. Auch bin ich einen Kopf größer und mein Gegenüber ist schmächtiger als ich. Jetzt, da ich die Hälfte der Arena überquert habe, merke ich, dass er sich in Abwehrstellung begibt und sein Schwert fester greift. Oben auf den Tribünen wird das Johlen lauter und auch der Ansager erhöht seine Lautstärke. Der lässt seine übliche Aufzählung meiner Siege vom Stapel laufen, die ich schon auswendig kenne. Auch begrüßt er nochmals die Ehrengäste des heutigen Abends. Alles Dinge, die mich gerade nicht interessieren.

Vorsichtig, aber immer noch um einen freundlichen

Eindruck bemüht nähere ich mich der Person. Dabei habe ich nicht nur sie im Auge, sondern auch das Tor hinter ihr – und die gesamte Umgebung.

Als ich in Hörweite bin und das Spektakel auf den Tribünen übertönen kann, versuche ich mit meiner Muttersprache zu der Person zu sprechen.

»Solange du mich nicht angreifst, bin ich nicht dein Feind. Und wenn ich du wäre, würde ich mir eine andere Stelle zum Warten aussuchen, denn aus dem Tor hinter dir kommen die Gegner.«

Leider scheint er mich nicht zu verstehen oder reagiert zumindest nicht. Mittlerweile aber ist mir klar, dass er ein Mensch ist und kein Ork. Denn an den Händen und den Armen erkennt man, dass er keine grüne, sondern menschliche Haut wie ich hat. Seine Arme sind sehr feingliedrig und die Hände sehr klein, auch untypisch für einen Ork.

Nun versuche ich es nochmals, aber auf Orkisch, sonst beherrsche ich keine Sprache.

»Solange du mich nicht angreifst, bin ich nicht dein Feind. Denn wie ein Ork siehst du nicht aus. Und wenn ich du wäre, würde ich mir eine andere Stelle zum Warten aussuchen, denn aus dem Tor hinter dir kommen die Gegner.«

Mein Gegenüber erscheint überrascht und spricht in schlechtem Orkisch mit einer hohen Stimme.

»Du scheinst auch kein Ork zu sein. Auch ich will nicht mit dir kämpfen, aber habe auch keine Angst davor.«

Nun wird mir klar, dass mein Gegenüber eine Frau ist und kein Mann. Die ganze Statur, die Stimme und die Form der Rüstung im Bereich des Oberkörpers weisen darauf hin. Denn auch wenn ich, solange ich mich erinnern kann, kein weibliches Wesen gesehen habe – auch keine Orkfrau, die halten sich abseits der Männer versteckt in Höhlen auf –, so weiß ich es wegen meiner Erfahrung, die mir aus der Zeit vor dem Gedächtnisverlust geblieben ist.

Die Orks auf den Tribünen können uns wegen der Entfernung und des Lärms nicht verstehen, sonst wären sie über meine Beherrschung ihrer Sprache und den Gesprächsinhalt sehr überrascht gewesen. Aus mir unerklärlichen Gründen ist das Gefühl, gemeinsam mit der mir unbekannten Frau zu fliehen stärker geworden. Deshalb gehe ich auch ein großes Risiko ein und vertraue ihr einstweilen. Wenn dies eine Falle ist, werden die Orks wohl sehr lange über den naiven Dummkopf lachen können.

»Ich bin ›Der Krieger‹ und ein Gefangener der Orks. Ich werde heut fliehen, wenn du mitkommen willst, musst du mir vertrauen!«

»Und warum sollte ich das?«

»Du kannst auch gerne hierbleiben und sterben. Ich werde mich nun jedenfalls möglichst weit von diesem Tor entfernen. Denn bald wird dadurch der Gegner die Arena betreten. Gerne kannst du aber hier auf ihn warten. Denn im Gegensatz zu mir wird er versuchen, dich zu töten.«

Ohne auf Antwort zu warten drehe ich mich um und gehe durch die Arena zum Osttor zurück. Dass ich ihr den Rücken zukehre, soll Vertrauen meinerseits zeigen, einem Ork würde ich nie den Rücken zukehren. Dennoch halte ich meine Sinne angespannt und lausche, soweit bei diesem Tumult möglich, auf verdächtige

Geräusche hinter mir. Auch halte ich den Kopf leicht seitlich und spähe aus den Augenwinkeln auf die Frau. Sie geht vorsichtig hinter mir her mit dem Blick auf meinen Rücken, aber ich merke auch, dass sie ab und zu das Westtor fixiert. Augenscheinlich ist sie nicht sicher, ob sie mir glauben kann, was ich auch verstehe. Warum ich ihr so großes Vertrauen – für meine Verhältnisse ist es schon sehr viel Vertrauen – entgegenbringe, weiß ich nicht. Vielleicht, weil ich die Hoffnung habe, endlich mal jemanden zu kennen, der mich nicht umbringen will. Auch will ich mittlerweile nicht mehr allein fliehen.

Als ich das Waffenboard neben dem Osttor erreiche, drehe ich mich langsam um und versuche, wieder zu lächeln. Ihren Gesichtsausdruck kann ich wegen des Visiers nicht erkennen, aber das kurze Abbremsen der Schritte deutet darauf hin, dass mir das Lächeln nicht ganz geglückt ist.

»Ich freue mich, dass du mir so weit traust, und hierher gefolgt bist. Wenn es aber zum Kampf kommt und dann zur Flucht, musst du mir schneller folgen.«

»Das werde ich dann entscheiden, wenn es so weit ist. Auch will ich erst einen anderen Kämpfer in der Arena sehen als dich, denn vielleicht ist das nur ein Spiel und du bist ein Abtrünniger.«

»Ich weiß, nicht was ein Abtrünniger ist, aber vielleicht kannst du mir deinen Namen nennen, so wie ich dir meinen Namen genannt habe.«

Mit spöttischem Unterton sagt sie: »Genau, der Krieger. Und mein Name ist dann die Kriegerin.«

»Mein Name ist wirklich der Krieger, meinen richtigen Namen kenne ich nicht. Aber ich denke, du kennst deinen schon.«

Nach längerem Zögern und mit leicht schief geneigtem Kopf, so als würde sie überlegen, ob ich es ernst meine oder nicht, sagt sie:»Meinen Namen nenne ich dir gerne nach einer erfolgreichen Flucht. Einstweilen kannst du mich Sakran nennen, nach der Stadt, in der ich lebe. Auch siehst du nicht aus wie ein Abtrünniger. Nun aber sage mir, wie es weitergeht.«

»Gleich wird mein oder besser unser Gegner angesagt. Der wird dann durch das Westtor in die Arena gelassen und wir werden mit ihm kämpfen.«

»Und der Fluchtplan?«

»Wenn ich rufe ›Folge mir!‹, dann folge mir«, sage ich mit einem leichten Lächeln auf den Lippen:»Denn der Plan hängt von dem Gegner ab und wann ein Tor offensteht.«

»Nun gut, Krieger, ich werde dir so weit vertrauen. Aber wie …«

»Pscht«, sage ich und hebe die Hand, um dem Stadionsprecher zuhören zu können. »Jetzt wird der Gegner verkündet.«

Und wirklich, das Publikum ist kurz davor durchzudrehen, und der Stadionsprecher aktiviert seine letzten Reserven, um den Gegner herauszurufen: »Felsentroll!«

Ein Troll also, kein tödlicher Gegner, ich habe bereits einen besiegt. Aber beim letzten Mal wurde, soweit ich mich erinnern konnte, ein Troll angekündigt und nicht ausdrücklich ein Felsentroll. Aber alle Trolle sind doch aus Felsen? Oder ist dieser etwas Besonderes? Auf jeden Fall ist das schwere Zweihänderschwert das Richtige für diese Art von Gegner. Die schwere Axt ist aufgrund der fehlenden Spitze ungeeignet, in die Spalten an den

Gelenken eines Trolles einzudringen, die beiden Einhandschwerter zu schwach. Auch das Schwert von Sakran ist am besten für diese Aufgabe geeignet.

Weitere Gedanken mache ich mir nicht, denn das Westtor wird bereits geöffnet. Auch Sakran ist voll auf dieses Tor konzentriert und hat jede Beobachtung und Überwachung meiner Person eingestellt.

Im Dunkeln des Ganges hinter dem Tor ist nichts zu erkennen, aber ein lautes Gebrüll hallt durch den Gang in die Arena. Die Art des Gebrülls passt zu einem Troll, aber die Lautstärke und die Kraft übertrifft die des von mir damals getöteten Trolls bei Weitem. Sind Felsentrolle also größer als normale Trolle? Und wie groß können sie sein, da schon normale Trolle mit der Größe eines Orks in Zweikämpfen als fast unbesiegbar gelten?

Das Tor ist etwa dreimal so hoch wie ein Ork, aber sollte der Troll wirklich so groß sein? Und würden ihn dann die Orks in die Arena führen, wo er durchaus die Umrandung überwinden und die Tribünen erklimmen kann? Ich sehe zu Sakran, aber wegen des Gebrülls ist es unmöglich, eine Frage zu stellen.

Man spürt die Erschütterungen, die von der Bewegung des Felsentrolls aus dem Tunnel kommen, und wäre die Arena nicht von den Zwergen, sondern von den Orks erbaut worden, würde wahrscheinlich der Tunnel einstürzen. Ohne den Felsentroll zu sehen, nimmt man die Präsenz seiner Kraft und seiner Wut wahr, ebenso wird das Gebrüll immer lauter.

Langsam schält sich ein Schatten aus dem Tor heraus; er füllt das ganze Tor aus. Als er aus dem Tor heraustritt, richtet sich das Wesen noch auf, sodass er die vierfache

Größe eines Orks hat.

Einfach unglaublich wie groß dieser Felsentroll ist! Wegen der tief anliegenden untergehenden Sonne sind bisher nur seine Umrisse erkennbar, aber es ist klar, dass auch dieser Felsentroll aus Stein ist und nur an seinen Gelenken zu töten ist. Kein Wunder, dass meine Wärter von meinem Tod heute in der Arena ausgehen.

Soweit ich aber weiß, lassen sich Trolle nur schwer kontrollieren. Und dieser Felsentroll wirkt absolut unkontrollierbar. Was also soll diesen Troll davon abhalten, aus der Arena auf die Tribünen zu stürmen? Die Größe, um die Balustrade zu überwinden, hat er locker. Auch die am Tribünenrand aufgestellten Ork-Wachen haben keine Chance gegen ihn. Im Kerker habe ich viele Geschichten belauscht, wo ein normaler Troll wild wurde und sich gegen die Orks wandte. Dabei wurden immer mindestens ein Dutzend Orks getötet, bevor er aufgehalten werden konnte.

Und zu meiner Freude scheint der Felsentroll auch meiner Meinung sein, dass es nichts gibt, was ihn von einem Besuch der Tribünen und seiner Häscher abhält. Er dreht sich, um auf die Steintribüne hinter sich zu klettern. Dazu greift er mit seiner linken Hand nach der Kante der Umrandung, die er mühelos im Stehen erreicht. Was für ein Gigant!

Plötzlich, gerade als er die Umrandung an der Oberkante berührt, zucken gelbe Blitze über seine Hand und sein Gebrüll verändert sich von zornig zu schmerzvoll. Blitzschnell, mit einer für seine Statur unglaublichen Geschwindigkeit, zieht er seine Hand zurück.

Deshalb also die vielen Schwarzkittel, wie ich die

Zauberer der Orks nenne. Sie schützen die Arena mit einem Schutzwall, damit der Felsentroll nicht entkommen kann.

Der Felsentroll dreht sich wieder zu uns her und sucht augenscheinlich nach einem neuen Ziel für seine Wut und seinen Schmerz. Wieder eine Änderung in seinem Gebrüll weist darauf hin, dass er uns gesehen hat! Auch das Gejohle auf den Tribünen nimmt zu und die Orks drängen nach vorn an den Rand der Arenaumfassung.

Nicht selten ist es bei Kämpfen geschehen, dass ein Zuschauer in der Arena gelandet ist. Einen solchen Vorfall begrüßten immer die anderen Zuschauer, und der Unglückswurm wurde – wenn er den Sturz überlebt hatte – gleich Bestandteil des Kampfes. Wenn der Arenaleiter an so einem Tag gut gelaunt war, hat er dem neuen Kämpfer sogar ein Schwert zugeworfen. Wobei er auch manchmal einfach den neuen Kämpfer traf – was zu einer noch größeren Belustigung bei den Zuschauern geführt hat.

Der Felsentroll geht langsam aus dem Schatten der Umfassung raus, sodass wir ihn genauer betrachten können. Sein Kopf ist wie der eines normalen Trolls grau und aus Felsen. Trolle besitzen keine Ohren und können auch nicht hören. Sie nehmen aber Vibrationen des Untergrunds sehr gut wahr. Auch sind ihre kleinen Augen sehr scharf und sie können in der Dämmerung noch sehr gut sehen. Nachts sehen sie eher schlecht und unter der Erde gar nichts, was sie aber aufgrund ihres Spürsinns für Vibrationen sehr gut ausgleichen. Es ist fast unmöglich, sich an einen Troll von hinten ranzuschleichen, auch wenn es vollkommen finster ist.

Sein Kopf ist kahl, auf manchen Trollen wachsen

angeblich Flechten. Der sieht aber wie frisch poliert aus. Wie das die Orks geschafft haben oder wie viele dabei gestorben sind, wäre interessant zu wissen.

Eine Nase besitzen Trolle nicht, sie brauchen auch keine Luft zu atmen. Somit kann sich ein Troll beliebig lange unter Wasser aufhalten. Was die Trolle stattdessen brauchen, ist nicht bekannt. Auch was sie essen, weiß keiner außer sie selbst.

Je weiter sich der Troll aus dem Schatten bewegt, desto mehr Details werden erkennbar. Und die sind nicht gerade erfreulich, auch zeigen sie wieder die Boshaftigkeit der Orks.

Denn die Orks haben ihn nicht nur optisch verschönert, sie haben ihm auch noch eine Art Rüstung angezogen. Keinen Brustpanzer oder Beinschutz, sondern überlappende Metallstreifen im Bereich der Gelenke – den einzig verwundbaren Stellen.

So also wollen die Orks meinen Tod sicherstellen. Und auch den Tod von Sakran. Wieso aber der Aufwand für meinen sicheren Tod? Diese Rüstung zu schmieden ist ein großer Aufwand. Es wäre ohne diese Rüstung äußerst unwahrscheinlich, dass ich den Felsentroll besiege. Kann es wegen Sakran sein? Aber wenn man sie unbedingt tot sehen will, warum schickt man sie dann in die Arena und tötet sie nicht einfach? Diese Fragen werde ich später klären, denn es wird Zeit für den Kampf.

Der Felsentroll kommt direkt auf uns zu und trotz seiner Größe hat er hierbei eine beachtliche Geschwindigkeit aufgebaut. Seine Fäuste sind geballt; er will uns wohl einfach erschlagen. Eine Waffe hat er dafür nicht nötig. Welche Waffe will man so einen

Riesen überhaupt geben?

Sofort laufe ich nach rechts und versuche, Sakran durch Handzeichen klarzumachen, nach links abzuhauen. Ob sie mich verstanden hat, weiß ich nicht, aber sie folgt meiner Anweisung. Vielleicht auch nur, da der Felsentroll uns schon fast erreicht hat.

Hinter mir spüre ich die Erschütterung des Bodens und höre das Aufschreien des Felsentrolls, als er mit seinen riesigen Fäusten auf die Stelle schlägt, wo ich noch vor ein paar Sekunden war. Schnell riskiere ich einen Blick nach hinten und erkenne, dass der Felsentroll zu wenden versucht und Sakran verfolgen will. Die hat aber schon einen kleinen Vorsprung zum Felsentroll aufgebaut, der aufgrund seiner Masse etwas Zeit für seine Kehrtwendung aus der Bewegung benötigt.

Während ich zum Nordtor laufe, überlege ich fieberhaft, wie man den Felsentroll besiegen soll, aber mir fällt keine Antwort ein. Der Felsentroll hat inzwischen die Wendung geschafft und verfolgt Sakran zum Südtor.

Instinktiv laufe ich auch zum Südtor und versuche, den Felsentroll von hinten anzugreifen. Mit beiden Händen ergreife ich das Schwert und ramme es mit der Spitze voran von hinten in die Kniekehle des Felsentrolls. Das Schwert trifft auf die Gelenkrüstung, starke Erschütterungen gehen durch meine Arme und beinahe schlägt der Aufprall mir das Schwert aus der Hand. Die Rüstung wird nur leicht beschädigt, eine Verletzung des Trolls ist nicht zu erkennen. Ich hole ein zweites Mal aus, um erneut in die Kniekehle zu schlagen. Aber der Felsentroll dreht sich bereits zu mir und versucht, mich mit seiner Pranke von der Seite her zu erwischen. Sofort springe ich nach hinten und der Windhauch der vorbeifliegenden Hand weht an meinem Gesicht vorbei.

Zwei weitere Rollen rückwärts helfen mir, um etwas Distanz zum Gegner zu bekommen. Sein linker Fuß rast nach vorne auf mich zu, also rolle ich mich nach rechts ab, sodass ich in seiner Seite stehe. Ein weiterer Stoß meinerseits in die linke Kniekehle, aber leider wieder das gleiche Ergebnis wie vorhin. Nur mit Mühe kann ich mein Schwert halten, und wieder muss ich einen Sprung nach hinten machen, um der herannahenden Hand zu entkommen.

Hinter dem Felsentroll hat sich in einiger Entfernung Sakran aufgebaut und vollführt Bewegungen mit ihren Händen. Zwischen den Händen befindet sich augenscheinlich ein Feuerball. Sie ist folglich eine Magierin. Es gibt also noch Hoffnung.

Wieder kommt der linke Fuß des Felsentrolls auf mich zu. Wieder weiche ich seitlich aus und wieder stoße ich erfolglos in die linke Kniekehle. Mein Schwert kann ich gerade noch halten, aber wie viele Schläge auf seine Rüstung ich noch aushalte, ist ungewiss. Die Rüstung meines Gegners ist kaum beschädigt. Diese Rüstung kann nicht eindrücken, sodass ein Durchstoßen fast unmöglich ist. Aber ein Hieb ist noch sinnloser.

Der Feuerball von Sakran erreicht eine beachtliche Größe, etwa den Durchmesser eines Ork-Kopfes. Sie lässt ihn los und sofort bringe ich mich durch mehrere seitliche Sprünge weg von meinen Gegner und aus der Flugbahn des Feuerballs. Der bemerkt den Feuerball und dreht sich sehr schnell um. Der Feuerball kommt immer näher auf den Felsentroll zu und der reißt schützend seine Arme vors Gesicht.

Nichts passiert! Plötzlich ist der Feuerball verschwunden und an seiner Stelle sind noch einige gelbe Blitze zu erkennen. Die Schwarzkittel sind also nicht nur hier, um den Felsentroll am Ausbrechen zu hindern, sondern auch um jede Magie zu unterbinden. Sofort bin ich wieder gefasst und nähere mich vorsichtig meinen Gegner. Der ist aber auch schon wieder bei sich. Er springt nach vorne auf Sakran zu und will sie angreifen. Die steht noch immer wie gelähmt da; augenscheinlich kann sie nicht glauben, dass der Zauber verpufft ist.

»Beweg dich«, rufe ich in dem Wissen, dass sie mich nicht hört.

Ich lasse alle Vorsicht beiseite und renne von hinten an den Felsentroll heran; kurz bevor er Sakran erreicht, ramme ich ohne nachzudenken mein Schwert in die linke Kniekehle. Eine Erschütterung geht durch meine Arme in meinen Körper, ich kann das Schwert nicht mehr halten. Es fällt zu Boden und der Felsentroll brüllt auf. Ein kleiner Riss in der Rüstung ist zu erkennen und auch eine leichte Verletzung des darunterliegenden Gelenks. Aber nicht mehr als ein Kratzer.

Die offene Hand des Felsentrolls kommt auf mich zu. Instinktiv versuche ich, mich noch nach hinten wegzubewegen, aber mein Körper reagiert durch die Erschütterung zu langsam und ich spüre, wie mich eine Wand von der Seite trifft. Ruckartig wird mein Körper beschleunigt und ich sehe mich auf das Osttor zufliegen. Der Aufprall raubt mir die Luft und die Welt dreht sich vor meinen Augen.

Aufstehen, ich muss aufstehen, denke ich, während

mein Blick wieder klarer wird. Der Felsentroll wendet sich derweil Sakran zu und nähert sich ihr. Verzweifelt versucht sie, seinen Schlägen auszuweichen; auch sie weiß nicht, wie man den Felsentroll besiegen kann. Er ist einfach zu stark, sodass er mit seinen Händen alles zerschmettern kann, was ihm in den Weg kommt. Alles? War es wirklich so einfach? Kann mir der Felsentroll bei der Flucht helfen?

Mit neuer Energie springe ich auf, schnappe mir die Axt vom Waffenboard und laufe mit Gebrüll auf den Felsentroll zu. Der hat mittlerweile Sakran arg in Bedrängnis gebracht und sie mit seinem letzten Schlag leicht gestreift. Dies hat ausgereicht, dass sie nun ins Taumeln geraten ist und wahrscheinlich seinem nächsten Schlag nicht mehr schnell genug ausweichen kann. Mit voller Kraft hole ich aus und schleudere die Axt in Richtung des Felsentrolls. Mit einem dumpfen Scheppern prallt sie von seinem felsigen Rücken ab und fällt zu Boden. Aber der Angriff reicht aus, um den Felsentroll von Sakran abzulenken und wieder auf mich aufmerksam zu machen.

Die Orks auf den Tribünen rasten endgültig vor Begeisterung aus und der Lärm steigert sich ins Unglaubliche, sodass sogar das Gebrüll des Felsentrolls übertroffen wird. Der rast mit immer schnelleren Schritten auf mich zu.

Entweder tötet er mich oder mein Plan funktioniert und er verhilft mir zur Flucht. Schnellstmöglich drehe ich ihm den Rücken zu und renne ohne nach hinten zu sehen auf das Osttor zu.

Entweder ich schaffe es oder ich bin zu langsam. Nach hinten zu blicken, hilft aber auf jeden Fall nichts. Die

Erschütterungen der schweren Schritte meines Gegners kommen immer näher. Kurz bevor ich gegen das Holztor pralle springe ich hoch und drehe mich seitlich. Aus den Augenwinkeln sehe ich die Faust des Trolls auf mich zukommen.

Perfekt, denke ich und drücke mich vom Tor ab und versuche meine Flugbahn etwas zur Seite zu korrigieren. Seine Faust streift mich noch leicht, schleudert mich aber endgültig aus seiner Schlagbahn. Und die geht genau auf das Tor zu oder besser: durch das Tor hindurch. Dieses zersplittert mit einem lauten Krachen unter der Kraft des Felsentrolls; es sind Schmerzschreie von Orks zu hören. Der Plan hat funktioniert. Nicht nur, dass die Schwarzkittel vergessen haben, die magische Absperrung der Umfassung auf die Tore zu erweitern, auch die Ork-Wächter, die das Gittertor zu meinen Wartebereich hinter dem Osttor bewachen sollen, haben es geöffnet, um durch die Schlitze im Holztor den Kampf zu beobachten. Der Weg zur Flucht ist nun frei.

»Komm herüber«, rufe ich Sakran zu und deute an, dass sie so schnell wie möglich herüberkommen soll. Der Felsentroll hat sich mir wieder zugewendet und versucht erneut, mich anzugreifen. Zum Glück ist er wütend genug, um in der Arena zu bleiben und gegen mich zu kämpfen, so blockiert er nicht meinen Fluchtweg.

Auf der Ehrentribüne kann man erkennen, dass die Schwarzkittel zur Umfassung eilen, augenscheinlich versuchen sie, das Tor magisch abzuschirmen. Aber sie sind nicht bereit, aus verständlichen Gründen, den magischen Schirm um die Arenabrüstung aufzugeben. Und somit blockieren sie sich durch ihren Schirm selbst.

Der Felsentroll hat sich zwischen mir und dem Tor aufgebaut und greift erneut an. Sakran ist auch eingetroffen und wartet neben mir auf den Angriff. Ohne nachzudenken ergreife ich ihre Hand und rufe ihr zu:»Bleib stehen, bis ich loslaufe! Dann folge mir so schnell wie möglich!«

Die Faust des Felsentrolls rast auf uns zu. Im letzten Moment schreie ich »Los« und ziehe Sakran an ihrer Hand hinter mir her.

Wir laufen auf den Felsentroll zu, der dies nicht erwartet hat und auch überrascht reagiert. Bevor der sich aber auf die Situation einstellen kann, laufen wird direkt durch seine Beine auf das Tor zu.

4. Die Zwergentunnel

Die Dunkelheit und die Kühle des Tunnels schlagen uns entgegen, als wir über die Trümmer des Tors und die Leichen der Orks in den Tunnel hineinlaufen. Dabei schnappe ich mir das schartige Schwert eines toten Orks, der das sowieso nicht mehr benötigt. Das Gittertor vor uns ist geöffnet und mein Fluchtplan scheint zu funktionieren. Während wir auf das Gittertor zulaufen, hören wir hinter uns den Tumult losbrechen. Da dieser Tunnel niedriger ist als der hinter dem Westtor, kann uns der Felsentroll nicht folgen. Aber durch seinen Versuch blockiert er das zerstörte Tor so, dass uns kein Ork folgen kann. Wobei sich sowieso kein Ork in die Arena zu diesem Monster begeben würde. Das bedeutet aber, dass unsere Verfolger nur über Umwege zu uns gelangen können und uns etwas Vorsprung geben. Wie viel, das weiß ich nicht, da ich nur diesen unterirdischen Bereich kenne. Auch ist Sakran durch den Kampf und dem Beinahetreffer etwas erschöpft und deshalb langsamer als unsere ausgeruhten Verfolger. Somit müssen wir uns trotz des Vorsprungs beeilen, um in die Zwergenhalle und hinter die magische Barriere zu kommen.

Der Kampf und der volle Treffer durch den Felsentroll haben mich weder erschöpft noch langsamer werden lassen. Dies war bei allen Kämpfen so: als würde mir Erschöpfung kaum etwas ausmachen. Mich konnten selbst die Ork-Trainer nie bis zur Erschöpfung treiben, ich habe nur immer irgendwann die Erschöpfung vorgespielt, um sie nicht auf diesen ungewöhnlichen Zustand hinzuweisen.

Der Weg von der Arena zu meiner Zelle und dann zur Zwergenhalle wäre ein großer Umweg und würde uns in die Arme unser Verfolger treiben, die uns dann einkesseln könnten. Deshalb versuchen wir auf direkten Weg, in die Zwergenhalle zu kommen. Leider bin ich diesen Weg noch nie gegangen, habe aber in den letzten Jahren mir einen unterirdischen Plan der mir bekannten Bereiche erstellt.

Während ich also früher immer nach dem Kampf hinter dem Gittertor links in den Gang – wahrscheinlich ein Rundgang, der alle Tore miteinander verbindet – einbiegen musste, laufen wir gerade weiter in der Hoffnung, dass es der richtige Weg ist.

Meine Zelle befindet sich nordöstlich der Arena, die Zwergenhalle südöstlich meiner Zelle. Somit, so hoffe ich, befindet sich die Zwergenhalle direkt vor uns. Ob es eine Treppe hinunter auf diese Ebene gibt, ist mir aber nicht bekannt.

Mit dem Ork-Schwert in der linken Hand und Sakran an der rechten Hand laufe ich durch die dunklen Gänge. Rechts und links von dem Gang befinden sich einige Höhlen, in manchen brennt eine Fackel. Darin kann man einige Waffen und Rüstungen erkennen, also ist das hier wohl das Waffenarsenal der Arena. Gerne würde ich mein schlechtes Ork-Schwert gegen eine der Waffen in den Höhlen tauschen, aber dazu haben wir keine Zeit.

Plötzlich erscheint vor uns auf dem Gang ein Ork, der genauso überrascht ist wie wir. Augenscheinlich hat er sich ein paar Waffen aus dem Waffenarsenal geholt, vielleicht um sie zu schärfen oder auch um sie unter der Hand zu verkaufen.

Zu spät reagiert er und lässt die überflüssigen Waffen

fallen, um ein Schwert zu greifen. Da sind wir bereits direkt vor ihm. Bevor ich zuschlagen kann, zückt das Schwert von Sakran, halb geworfen, nach vorne und trifft den Ork mitten in der Brust. Augenscheinlich ist sie nicht nur Magierin, sondern auch eine gute Kämpferin, denn noch während der Ork zusammenbricht, zieht sie ihr Schwert aus seiner Brust und läuft weiter.

»Wahnsinn bist du schnell«, rufe ich voller Überraschung aus.

»Ich weiß! Aber wie lange müssen wir eigentlich noch laufen, denn langsam beginne ich zu schwitzen.«

Mit einem Seitenblick bemerke ich, dass ihr der Schweiß bereits in Strömen unter den Helm hervor auf ihre Rüstung läuft. Wobei die überwiegend aus Leder mit Metallverstärkungen besteht, um bestimmte Stellen zu schützen. Und jetzt frage ich mich, warum ich nicht sofort erkannt habe, dass sie weiblichen Geschlechts ist. Denn das ist eindeutig zu erkennen.

»Zieh den Helm aus, der ist zu schwer«, rufe ich, nachdem ich wieder meine Gedanken beisammenhabe.

»Geht nicht, der ist unter dem Kinn vernietet, damit ich ihn allein nicht ausziehen kann! Und wie weit ist es jetzt noch, verdammt noch mal.«

»Noch ein paar Minuten und wir können dann langsamer laufen.« Wenn alles gut läuft und wir uns nicht verlaufen, fügte ich in Gedanken hinzu.

Der Tunnel wird niedriger und ich muss meinen Kopf einziehen. Da Sakran einen Kopf kleiner ist als ich, kann sie noch aufrecht laufen. Zum Glück, denn mit ihrem Helm wäre sie noch schneller erschöpft gewesen.

Endlich! Vor uns taucht eine Treppe auf und auch der Boden wird glatter und besser verarbeitet. Also sind wir im Bereich der Zwergenbauten gelandet. Wir laufen die Treppe hinunter, mehrere Stufen auf einmal, obwohl nur wenige Fackeln an den nun glatten und teilweise verzierten Wänden uns die Treppe ausleuchten. Aber wir müssen uns beeilen, denn zur Zwergenhalle ist es noch ein Stück und Sakran wird immer langsamer.

»Einundzwanzig, vierundzwanzig, siebenundzwanzig …« In Gedanken zähle ich die Treppenstufen, denn ich muss auf dieselbe Ebene wie die Zwergenhalle gelangen. Und von meiner Zelle sind es ungefähr fünfzig Stufen nach unten, wobei meine Zelle etwa auf Höhe der Arena liegt.

»Achtundvierzig, einundfünfzig, zweiundfünfzig, hoppla.« Wir sind am Ende angelangt. Beinahe wäre Sakran gestolpert, gerade noch reiße ich sie nach oben, bevor ihre Beine einknicken. Der verdammte Helm muss so schnell wie möglich runter. Auch bin ich neugierig, wie sie aussieht.

Der Gang ist breit genug, sodass wir beide nebeneinander laufen könnten, aber sie wird immer langsamer und ich ziehe sie hinter mir her. Augenscheinlich hat sie keine Kraft mehr zu fragen, wie weit es noch ist.

Auch ich stelle mir diese Frage, denn mittlerweile kann man aus den Gängen vor uns das Geschrei von Orks hören. Augenscheinlich ist das der Verfolgertrupp, der über meine Zelle hier heruntergelaufen ist.

Das heißt aber auch: Wir müssen in der Nähe zum Eingang der Zwergenhalle sein.

»Stopp!« Rufe ich. Beinahe wären wir am Eingang zur Zwergenhalle vorbeigelaufen, gerade noch rechtzeitig erkenne ich die Ornamente am Eingangsbogen.

»Hier rein!«

Und wirklich, wir sind in der richtigen Zwergenhalle. Auf Anhieb erkenne ich meinen alten Trainingsbereich. Vor allem aber der Schmutz und der Abfall meiner Wachen sind erkennbar.

Leider brennen in der Halle keine Fackeln und das Licht aus dem Gang scheint nicht sehr weit in die Halle. Die kurze Pause gibt Sakran wieder Luft zum Reden.

»Haben wir uns verlaufen?«

»Nein wir sind richtig.«

»Sieht aber nicht so aus«, kommt leicht kritisch zurück.

»Kannst gerne in die Richtung der Orks gehen, wenn dir das besser gefällt.« Ich bin leicht genervt.

»Aber hier können wir doch gar nichts sehen. Willst du nicht wenigsten ein paar Fackeln aus dem Gang holen?«

»Brauchen wir nicht. Außerdem sind die fest verankert. Die Zeit haben wir nicht.«

»Sicher?«

»Ja, und nun weiter«, gebe ich richtig genervt zurück und ziehe sie hinter mir her in die Halle hinein.

In der Ferne kann ich das bläuliche Leuchten der magischen Speere erkennen. Auch Sakran sind sie aufgefallen, denn sie wird langsamer.

»Das ist eine magische Zwergenbarriere«, sagt sie. »Was wollen wir hier? Hier kommen wir nicht durch.«

In diesem Moment hören wir hinter uns die Schreie der Orks, die Halle wird heller, als sie diese mit ihren Fackeln betreten.

»Wir sind verloren, wir sitzen in der Falle«, sagt Sakran, aber nicht mit Wut, sondern eher mit Furcht.

Und mit einem Mal wird mir klar, dass sie sich im Gegensatz zu mir hier gar nicht auskennt und ich ein absolut Fremder für sie bin, der auch noch unfreundlich ist.

Also bleibe ich stehen, drehe mich zu ihr hin und sage freundlich:»Ich habe diese Barriere schon mehrmals durchschritten. Sie wirkt nur bei Orks. Uns kann nichts passieren!«

»Bist du sicher?«, Hoffnung in ihrer Stimme.

»Ja, vertrau mir.« Ich blicke ihr dabei genau in die hinter dem Helm verborgenen Augen.

»Das tue ich«, sagt sie in einer Art, dass ich fast die Orks um uns vergesse.

Gemeinsam laufen wir an unseren Händen gefasst, jeder mit einem Schwert in der anderen Hand, auf die Barriere zu.

Sie wird immer bläulicher und in der Mitte der Barriere sind wir komplett in blaues Licht gehüllt. Aber sonst passiert uns nichts, kein Schmerz, nicht einmal ein leichtes Kribbeln.

Hinter uns beginnt das Gebrüll der Orks lauter zu werden, denn sie sehen ihre Beute entkommen. Einige Verfolger sind mit in die Barriere gelaufen und krümmen sich vor Schmerz.

Wir laufen schneller, um aus der Wurfweite ihrer Waffen zu kommen; das blaue Licht wird immer schwächer. Bald schon stehen wir wieder komplett im Dunkeln, nur das leichte Leuchten der Barriere hinter uns. Die Orks werfen noch einige Speere durch die Barriere, aber da sie uns nicht sehen können, sind sie keine Gefahr für uns.

»Was nun?«, fragt Sakran in einem ernsten und nicht

wie vorhin spöttischen Ton.

»Ich habe Proviant und Kleidung und Fackeln etwas weiter hinten versteckt. Wenn wir sie gefunden haben, brechen wir auf und versuchen über die Gänge der Zwerge nach draußen zu gelangen, außerhalb der Reichweite der Orks.«

»Danke, dass du mich mitgenommen hast.«

Ich weiß gar nicht, wie ich darauf reagieren sollte, denn soziale Umgangsformen lernt man bei den Orks nun wirklich nicht. Schon will ich etwas Spöttisches antworten, wie es bei den Orks üblich ist. Aber sie hat es ehrlich und nett gemeint, also will ich auch nett sein.

»Gerne geschehen. Lass uns nun das Versteck suchen.«

So sicher ich auch im Kampf war, hierbei bin ich mir unsicher und weiß nicht, wie ich mich verhalten soll. Deshalb lasse ich nach diesen Worten ihre Hand los und gehe Richtung Versteck. Damit sie mir im Dunkeln folgen kann, sage ich noch »Hier entlang!«

Warum habe ich ihre Hand losgelassen, so wäre es doch einfacher gewesen. Aber nochmals nach ihr greifen, das will ich auch nicht.

Das Geschrei der Orks im Hintergrund wird leiser, wahrscheinlich suchen sie einen anderen Weg zu uns.

Fast stolpere ich über mein eigenes Versteck und ertaste eine Fackel. Mit einer gestohlenen Zunderbüchse entzünde ich die Fackel; der Schein breitet sich über die Sachen aus. Sakran steht neben mir und sieht auf die Gegenstände. Mit der einen Hand hält sie das Schwert, die andere hängt einfach seitlich vom Körper herab, so als wüsste sie nicht, was sie damit anfangen soll.

Verärgert über mich selbst denke ich erneut, ich hätte

ihre Hand weiter halten sollen.

Wir kauern uns zu den Sachen nieder, leider sind sie nur für eine Person gedacht gewesen. Die Nahrungsmittel sind in einen selbst gebauten Rucksack untergebracht. Den habe ich aus den Lederteilen alter Übungsrüstungen zusammengebaut, die hier unten liegengelassen wurden. Das Essen habe ich immer wieder abgezweigt, wobei mir hier zu Hilfe kam, dass das Essen auch oft in der Zwergenhalle während des Trainings serviert wurde. Die Kleidung zu besorgen, war schon schwieriger, da ich anfangs abgesehen von meiner Kleidung, die ich damals bei der Gefangennahme am Körper trug, nichts hatte. Später aber, als ich gegen Gegner kämpfte, gegen die eine Rüstung sinnlos war, bekam ich Kleidung aus den Beutezügen der Orks. Und da die nicht überprüften, ob ich mit einer oder zwei Hosen in die Trainingshalle ging, konnte ich die auch herunter schmuggeln.

Mein größtes Glück war aber ein großer Pelzmantel. Den hatte ein Ork hier unten vor seinen Kameraden versteckt, um ihn nicht an sie zu verlieren. Da ich dies zufällig gesehen habe, tötete ich den Ork beim Rückweg zur Zelle, indem ich ihm blitzschnell die Verbindungskette meiner Handschellen um den Hals warf und zudrückte. Und obwohl die anderen Wächter hart auf mich einschlugen, drückte ich so lange zu, bis er tot war. Somit hatte ich den Mantel, da kein anderer Ork von dessen Existenz wusste. Danach wurde ich zwar nur noch mit starr verbundenen Handfesseln durch die Gänge geführt. Aber die Orks, die ihren Kameraden helfen wollten und mich hart schlugen, wurden brutal bestraft, da ich vortäuschte, aufgrund von Schmerzen und innerer Verletzungen am nächsten Tag nicht kämpfen zu können. Das fand vor allem der Arenaleiter nicht lustig. Mittlerweile bin ich der Meinung, dass die Orks nicht hätten bestraft werden dürfen, nur weil sie, völlig orkuntypisch, einem Kameraden helfen wollten.

Die restliche Kleidung: einfache Hemden und Hosen, die ich zur Vorsicht gebunkert habe. Im heutigen Kampf trug ich auch wieder keine Rüstung, aber durch den Treffer ist meine Kleidung doch sehr beschädigt worden. Ohne groß nachzudenken ziehe ich meine Hose aus, um mir eine unbeschädigte Hose anzuziehen.

»Was machst du da?« Der überraschte Ausruf von Sakran.

»Ich wechsle mein Gewand.«

»Hättest du nicht darauf hinweisen können und ein bisschen aus dem Fackelschein gehen können?«

»Warum?«, frage ich ehrlich überrascht.

»Nun ja, aus Anstand.« Wobei der Tonfall eher belustigt als ärgerlich ist.

»Nun ja, beim nächsten Mal versuche ich daran zu denken«, gebe ich in einem etwas spöttischen Tonfall zurück, ziehe aber schnell die neue Hose an.

»Darf ich das Hemd hier wechseln oder muss ich mich hierfür auch verstecken?«, frage ich höflich nach, um nicht weitere Verhaltensregeln für den menschlichen Umgang zu verletzen. Einen Benimmkurs für Menschsein gab es bei den Orks nicht.

»Ist in Ordnung, nur bei den Hosen bitte nächstes Mal daran denken.«

Auch sie sucht sich Klamotten aus dem Haufen, packt die aber zu einem Bündel zusammen, da ihre Lederrüstung nicht stark beschädigt ist und wahrscheinlich auch besser als die Kleidung hier unten ist.

»Nun sollten wir noch deinen Helm entfernen und dann abhauen. Setzt dich hin und halt still.« Ohne Diskussion setzt sie sich nieder und streckt mir ihr Kinn entgegen. Vorsichtig leuchte ich mit der Fackel den Bereich aus und erkenne die Spange mit der Niete, die den Helm festhält. Zum Glück nur typische, also schlechte Ork-Arbeit.

»Nimm bitte die Fackel und verhalt dich still«, sage ich in ruhigem, freundlichem Tonfall, denn seltsamerweise will ich mich mit ihr vertragen und nicht wie vorhin einfach nur recht haben.

Zuerst nehme ich einen Stofffetzen und klemme ihn zwischen ihren Hals und der Spange, um Schnittwunden zu vermeiden. Dann setzte ich die Spitze des Ork-Schwertes genau auf die Niete. Vorsichtig drücke ich leicht zu und drehe gleichzeitig das Schwert etwas. Aufgrund der schlechten Qualität ist die Niete sofort kaputt und die Spange öffnet sich.

Unbewusst atme ich erleichtert aus und merke, dass ich die Luft angehalten habe. Auch Sakran hat augenscheinlich die Luft angehalten und ihren Körper angespannt.

Langsam trete ich einen Schritt zurück und lege das Schwert beiseite. Sie greift mit beiden Händen an den Helm und zieht ihn vom Kopf.

Ich bin sprachlos.

Eine verschwitze rote Haarpracht kommt unter dem Helm zum Vorschein. Die umrahmt das schönste Gesicht, das ich jemals gesehen habe. Aus dem leuchten strahlend grüne Augen hervor, angeordnet über einer für mich perfekten Nase und einem sehr feinen und schönen Mund. Auf ihrem Gesicht liegt ein Lächeln und mit spöttischem Blick sieht sie zu mir herauf.

Und ich merke, dass ich sie anstarre und dabei erneut die Luft anhalte.

»Mein Name ist Sonja, und wie heißt du?«

»Der Krieger«, antworte ich gepresst und versuche, mich zu konzentrieren.

»Ich meine deinen richtigen Namen.«

Nun habe ich mich wieder gefasst.

»Ich weiß meinen richtigen Namen nicht, ich wurde immer der Krieger genannt«, antworte ich ernst.

»Dann war das vorhin in der Arena dein Ernst? Du kannst dich wirklich an nichts erinnern?«

»Nein«, gebe ich schärfer zurück als beabsichtigt.

»Dann sollten wir uns einen Namen für dich überlegen« meint sie immer noch freundlich.

»Später«, antworte ich auch in einem freundlichen Ton. »Jetzt sollten wir aufbrechen, du nimmst den Mantel, ich nehme den Rucksack mit den Vorräten.«

»In Ordnung, geh du voran, ich folge dir.«

Also breche ich auf und zum ersten Mal habe ich ein ungewohntes Gefühl. Die Verantwortung für einen anderen Menschen, der mir vertraut. Und noch andere Gefühle für sie, die ich nicht zuordnen will.

Stundenlang gehen wir schweigend hintereinander durch die unterirdischen Gänge, immer versucht, die Richtung nach Osten beizubehalten. Dabei halten wir uns auf den Hauptgängen, in denen auch ich aufrecht gehen kann. Denn viele der abzweigenden Stollen sind für Zwerge ausgelegt und nicht für Menschen. Die Gänge sind alle aus glatten, behauenen Stein und teilweise mit Ornamenten und Zwergendarstellungen verziert. Da wir aber möglichst viel Distanz zu unseren möglichen Verfolgern zurücklegen wollen, schenken wir ihnen kaum Beachtung. Auch verzichten wir auf Gespräche, was daran liegt, dass jeder in seine eigenen Gedanken versunken ist.

Zumindest ich bin in meinen Gedanken versunken. Denn da ich nun geflohen war, wohin soll ich gehen? Und vor allem, ich weiß nichts über da draußen. Sicher, ich bin außerhalb der Arena aufgewachsen, aber an diese Zeit kann ich mich nicht erinnern. Woher komme ich also? Wer war ich? Gibt es jemanden, der mich da draußen vermisst?

Auch stelle ich mir viele Fragen zu Sonja. Wer ist sie? Woher kommt sie? Was denkt sie über mich? Und vor allem: Warum ist es mir wichtig, was sie über mich denkt?

Aber auch wichtige Fragen. Sind wir in der richtigen Richtung unterwegs? Wie lang sind die Gänge? Werden unser Proviant und die Fackeln reichen? Je mehr ich über alles nachdenke, desto weniger begreife ich.

Was zudem verwundert, ist die Leere der Gänge und dass es keine Spuren gibt, warum sie verlassen wurden. Keine Anzeichen für einen Kampf oder eine Flucht. Es liegen überhaupt keine Dinge umher, die auf einen eiligen Aufbruch hinweisen, eher so, als hätte man zum Schluss noch alles sauber leergeräumt.

Mittlerweile schwirrt mir der Kopf vor lauter Fragen und ich merke auch, dass Sonja etwas zurückfällt. Wieder habe ich vergessen, wie erschöpft sie bereits zu Beginn der Flucht war und dass sie mittlerweile kurz vor dem Umfallen sein muss. Da ich selbst wie immer kaum

Erschöpfung spüre, habe ich darauf nicht geachtet.

Als wir wieder eine Kreuzung zweier großer Gänge erreichen – in dessen Bereich immer eine kleine Kammer, wahrscheinlich für Wachen, abgeht – beschließe ich, dass es Zeit zum Rasten ist.

»Lass uns in der Kammer Pause machen.«

Ohne eine Antwort schleppt sich Sonja in die Kammer und lässt sich mit dem Rücken zur Wand auf dem Boden nieder. Als ich sie nun sehe, bin ich erschüttert, wie erschöpft sie aussieht. Ihre Haare kleben noch immer an ihren Kopf, aber nun sind sie staubtrocken und das Gesicht wirkt blass und ausgetrocknet. Als hätte ihr Körper nicht mal mehr die Energie, Schweiß zu produzieren.

Die Tunnel sind auch immer kühler geworden, aber augenscheinlich hatte sie nicht mehr die Kraft gefunden, sich in den letzten Stunden etwas über die unbedeckten Arme zu ziehen. Auch denke ich, dass die Lederrüstung zu dünn ist für diese Kühle.

Ihr Blick ist sehr müde und man sieht, wie ihr bereits die Augen zufallen. Eilig nehme den Mantel und breite ihn auf dem Boden und an der Wand neben ihr aus. Vorsichtig greife ich unter ihre Schulter und ihre Beine und hebe sie auf den Mantel. Dabei wird ihr Blick noch einmal kurz klarer, aber ohne Angst und Aggression. Als ich sie absetze, ist sie bereits eingeschlafen. Sanft klappe ich den Mantel hoch und decke sie damit zu. Ein Hemd aus dem Bündel lege ich als Kopfkissen zwischen die Wand und ihren Kopf, da ist sie schon endgültig eingeschlafen.

Wegen der Kühle ziehe ich ein zweites Hemd über, aber eher damit es nicht einen komischen Eindruck macht, wenn sie aufwacht. Denn bei diesen Temperaturen nur mit einem Hemd friert wahrscheinlich jeder normale Mensch. Früh habe ich aber festgestellt, dass dies nicht auf mich zutrifft. Im Gegensatz zu Erschöpfung nehme ich Kälte sofort wahr, aber eher so als würde ich sie nur registrieren, ohne aber jemals zu frieren. Auch brauche ich kaum Schlaf. So, als wäre mein Körper eine Maschine, die den ganzen Tag voll einsatzbereit ist. Aber um meine Ork-Wächter nicht darauf hinzuweisen, habe ich mir Verhaltensweisen zugelegt, die Erschöpfung, Müdigkeit oder Frieren vortäuschen.

Auch kann ich schlafen, wobei ich dann immer denselben Traum von dem Wald und dem mir unbekannten Geräusch habe. Und immer wache ich auf, kurz bevor ich den Menschen mit der Lärmquelle erreiche.

Vorsichtig setze ich mich gegenüber von Sonja an die Wand und lausche ein letztes Mal, ob es Geräusche möglicher Verfolger gibt, aber alles ist ruhig. In der Kammer ist auch alles leer, kein Brennholz oder Ähnliches für ein Lagerfeuer. Also werden wir die Nacht, oder vielleicht auch den Tag – ich weiß, nicht welche Tageszeit wir haben – im Dunkeln verbringen.

Während die Fackel langsam herunterbrennt, beobachte ich nochmals meine Begleiterin. Und auch wenn ihre Haare verdreckt am Kopf kleben, das Gesicht etwas fahl und eingefallen wirkt und der Mantel nicht gerade vorteilhaft aussieht, finde ich sie äußerst hübsch. Unbewusst fahre ich mit einer Hand über meinen Kopf und meinen Bart. Ein Gestrüpp! Obwohl ich die Haare und den Bart immer wieder mit einem Messer gekürzt habe, sind sie absolut ungepflegt. Denn bei den Orks habe ich das nur gemacht, damit mich mein Gegner nicht an den Haaren ziehen kann. Aber ich habe mich nie richtig rasiert, womit und wozu auch? Die Haare wurden nur büschelweise mit einem schartigen Messer ohne Spiegel abgeschnitten, natürlich von mir selbst. Keinen Ork würde ich freiwillig mit einem Messer in die Nähe meines Kopfes lassen. Irgendwie fühle ich mich heute deshalb zum ersten Mal unwohl. Auch denke ich darüber nach, wie einschüchternd ich in der Arena auf Sonja gewirkt haben muss. Wie ein Wilder, den Orks nicht unähnlich.

Nachdem die Fackel heruntergebrannt ist, verbringe ich die Nacht sehr aufmerksam um mich horchend, aber im Dunkeln, um Fackeln zu sparen.

Die ganze Zeit ist es ruhig geblieben. Irgendwann höre ich auch auf, über die ganzen Fragen nachzudenken. Danach warte ich nur noch, bis ich mir sicher bin, dass Sonja sich genügend ausgeruht hat.

Als es mir passend scheint, suche ich eine Fackel aus dem Rucksack und zünde sie mit der Zunderbuchse an. Die habe ich auch einst einem Ork gestohlen, der danach seinen Kameraden verdächtigt hat. Am Ende hat er den dann auch getötet, ohne natürlich die Zunderbuchse zu finden. Daraufhin wurde auch er getötet, als Strafe für seine Undiszipliniertheit, der Mord geschah während der Dienstzeit. Und somit interessierte die verschwundene Zunderbuchse niemanden mehr. Irgendwie praktisch, dass sich die Orks immer gegenseitig töten.

Langsam beginnt die Fackel zu brennen und die Kammer wird wieder sichtbar. Und auch meine

Gefährtin. Jetzt ist ihr Gesicht nicht mehr so fahl und damit noch hübscher. Aber ich starre sie nicht weiter an, sondern kümmere mich ums Frühstück.

Ich suche etwas gepökeltes Fleisch aus dem Rucksack und so etwas wie Zwieback, Nahrungsmittel, die die Orks auf lange Beutezüge mitnehmen und deshalb lange haltbar sind.

Gestört vom Licht und den Geräuschen, die ich beim Vorbereiten des Frühstücks mache, wird Sonja wach.

Nicht dass sie sich bewegt, nur ihr Körper spannt sich unmerklich an und die Augen öffnen sich nur einen ganz kleinen Spalt. Für jemanden, der nicht darauf achtet, sieht es aus, als würde sie noch schlafen. Damit bestätigt sie erneut, dass sie eine gute Kämpferin ist. Denn bevor sie zu erkennen gibt, dass sie wach ist, sortiert sie ihre Gedanken und versucht die Umgebung abzuklären.

»Guten Morgen«, sage ich mit leiser Stimme, um sie nicht zu erschrecken.

»Guten Morgen«, kommt es mit etwas rauer Stimme zurück.

Dass sie auf die Frage »Wie lange habe ich geschlafen?« verzichtet, weist darauf hin, dass sie auch intelligent ist und keine sinnlosen Fragen stellt. Denn dass ich hier unten die Zeit nicht weiß, ist logisch.

Ohne weitere Worte gebe ich ihr das Essen und reiche noch einen Wasserschlauch, den ich auch aus Rüstungsresten geformt habe.

Sofort fällt sie über das Essen und Trinken her, und auch ich esse ein paar Bissen vom Fleisch.

Da meine Kameradin größeren Hunger hat und ihr Mahl noch andauert, während ich schon fertig bin, sortiere ich die Sachen im Rucksack nochmals und zähle sie durch. Dabei gehe ich ruhig und entspannt vor, denn ich will Sonja bei ihrem Frühstück nicht hetzen.

»Ich müsste mal austreten.« Mit nun wieder weicherer Stimme weist sie mich auf diese Tatsache hin. Auf die daraus abgeleitete nicht gestellte Frage der Lokalität dafür kommt eine leicht spöttische, aber nette Antwort meinerseits: »Ich würde einen der Gänge empfehlen, aber nicht den, in den wir weitergehen wollen. Willst du die Fackel mitnehmen?«

»Nein. Und ich werde versuchen, einen der empfohlenen Gänge zu finden«, antwortet sie auch spöttisch und geht hinaus.

Währenddessen packe ich den Wasserschlauch in den Rucksack, das vorbereitete Frühstück hat sie komplett verputzt. Aber sie hat nicht nach mehr gefragt. Auch sie weiß, dass wir sparen sollten.

Die näherkommenden Geräusche deuten darauf hin, dass Sonja zurückkehrt. Sie hebt den Mantel auf, auf dem sie geschlafen hat, wirft ihn sich um die Schulter und setzt sich wieder hin. Dann fixiert sie mich mit ihren grünen Augen und blickt mich an: »Weißt du, wohin wir gehen?«

»Nein, da ich nur die Arena kenne, weiß ich nicht, in welche Richtung wir gehen sollen.«

»Aber seit wir aus der Arena geflohen sind, bist du zielstrebig in eine Richtung gegangen. Weißt du wenigstens die Himmelsrichtung.«

»Ja, wir haben uns immer Richtung Osten gehalten.«

Ein leichtes Schnaufen der Erleichterung entrinnt ihren Lungen, bevor sie erwidert: »Das ist gut, denn im Osten befindet sich das Meer. Süden wäre zwar besser, denn dort beginnt das Reich der Menschen. Aber solange wir nicht nach Norden ins Herzland der Orks gehen, ist alles in Ordnung. Da wir nun einen halben Tagesmarsch östlich der Arena sind und dies das Werk von Zwergen ist, müssen wir bald auf Zurak treffen. Das war einst eine der großen unterirdischen Städte der Zwerge, bevor sie sie verlassen haben. Dort müssten wir auch an die Oberfläche kommen. Vielleicht können wir dann, wenn wir uns weiter Richtung Osten halten, ans Meer gelangen und ein Schiff finden, dass uns nach Süden in die Menschenreiche bringt. Denn auch wenn die Orks nun das Land hier kontrollieren, gibt es immer noch Piraten, die das Meer so weit nördlich bereisen. Oder was meinst du?«

»Das hört sich gut an.« Wobei mir gerade klar wird, dass nun sie die Führung über unsere kleine Gruppe übernommen hat. Und auch wenn ich zuvor von ihr verlangt habe, mir zu vertrauen, so ist es nun schwer für mich, ihr zu vertrauen.

Ohne weitere Worte zu wechseln, nimmt jeder seinen Packen und wir brechen auf. Nicht dass ich keine Fragen mehr hätte, aber diese Kammer im Fackelschein ist kein Ort, an dem man lange verweilen will. Und ihr geht es augenscheinlich auch so.

Die nächsten Stunden verlaufen wieder monoton. Der Gang führt mit ein paar Kurven immer Richtung Osten. Auch die Bauweise und die Kreuzungen sind so, wie wir sie tags zuvor schon erlebt haben. Langsam aber ändert sich das Erscheinungsbild, die Fresken und Ornamente an den Wänden werden detailreicher und größer. Vor uns öffnet sich der Gang zu einer großen Halle ähnlich der Trainingshalle am Anfang unseres Weges. Auch hier ist wieder ein bläulicher Schutzschild zu erkennen, genau dort, wo sich normalerweise eine Tür befinden würde. Ohne das Tempo zu reduzieren, geht Sonja auf den für uns unschädlichen Schutzschild zu und ich folge ihr, wie schon seit Tagesbeginn. Ohne Vorwarnung beginnt Sonja vor Schmerz zu schreien, so wie der Ork in der Trainingshalle damals. Noch während sie rückwärts taumelt, greife ich auf die mit dem Mantel bedeckten Schultern und reiße sie nach hinten weg von der Barriere.

Vorsichtig helfe ich ihr, sich auf dem Boden abzusetzen und an die Wand zu lehnen. Dann nehme ich Platz und suche schweigend den Wasserschlauch im Rucksack. Denn ich will ihr erst etwas Zeit geben, sich zu beruhigen.

Ich reiche ihr den Schlauch und sie trinkt mit großem Durst. Ich Esel habe schon wieder vergessen, dass andere Erschöpfung und Durst spüren! Während ich mich weiter über meine Rücksichtslosigkeit ärgere, verstreichen die Minuten. Wir sitzen beide da im flackernden Licht der Fackel und schweigen uns an.

Um das Schweigen zu brechen, das mir nun schon zu lange dauert: »Und wie geht es dir?«

»Es ging mir schon besser. Aber ich habe keine Schmerzen mehr. Nur was machen wir jetzt?«, antwortete sie mit freundlicher, aber resignierter Stimme.

»Erst mal nachdenken.«

»Nachdenken ist ein guter Plan.«

Wieder sitzen wir schweigend da und wieder verstreichen die Minuten. Endlich unterbricht Sonja die unangenehme Stille.

»Wir brauchen für dich einen anderen Namen als ›Der Krieger‹.«

»Und welchen? Meinen richtigen Namen weiß ich leider nicht.«

»Nun, er sollte zu dir passen«, sagt Sonja mit einem spöttischen Lächeln.

Genauso spöttisch gebe ich zurück: »Na, dann mach mal einen Vorschlag.«

»Etwas, was zu einem Krieger passt. Wie wäre es mit Trajan. Das war ein großer Krieger in der Zeit der großen Schlacht.«

»In Ordnung, dann heiße ich Trajan. Auf jeden Fall besser als ›Der Krieger‹.«

Es tritt wieder Stille ein, die Namenssuche war nur ein Ablenkungsmanöver. Uns ist beiden klar, dass wir umkehren müssen, um über einen der Nebengänge weiterzukommen. Und hoffen, dass die nicht auch versperrt sind. Aber warum hat es hier nicht funktioniert und in der Zwergenhalle schon? Beide Barrieren sehen gleich aus. Ich muss es unbedingt selbst probieren.

Ohne ein Wort zu sagen stehe ich auf und nähere mich der Barriere.

»Was hast du vor?«

»Ich will es auch versuchen.«

»Aber diese Barriere ist auch für Menschen gefährlich. Du wirst nur Schmerzen davon haben. Lass uns nach einem anderen Weg suchen.«

Und zu meiner Überraschung klingt so etwas wie Sorge um mich mit. Dies bin ich nicht gewohnt und bringt mich kurz aus dem Konzept. Aber wahrscheinlich will sie hier unten nur nicht allein sein.

Da ich wieder mal nicht weiß, wie ich reagieren soll,

gehe ich einfach weiter auf das blaue Licht zu.

Nochmals höre ich hinter mir:»Kehr um und lass uns einen anderen Weg suchen.«

Aber ich will es jetzt wissen. Und ich bin mir ziemlich sicher, dass ich den Punkt erreicht habe, an dem ich Sonja nach hinten gerissen habe. Nichts passiert, kein Schmerz, nur das blaue Licht wird stärker und ich erreiche die Mitte der Barriere.

Von Sonja höre ich panische Rufe.»Trajan. Wo bist du? Komm zurück!«

Sofort mache ich kehrt und eile zurück.

»Ich kann die Barriere genauso wie in der Zwergenhalle überwinden«, rufe ich ihr voller Freude zu.

»Dann mach das doch!«, kommt es mit einer ungewöhnlichen Aggression zurück.

Aber als ich ihr angstvolles Gesicht im Fackelschein sehe, wird mir auf einmal klar, dass sie sich fürchtet, hier unten allein gelassen zu werden. Denn obwohl sie die Führung übernommen hat, ist das hier meine gewohnte Umgebung. Sicher nicht die ihre.

»Es tut mir leid, dass ich einfach so losgegangen bin. Aber ich war mir sicher, dass es klappt.«

Ihr Gesicht wird wieder freundlicher und aufgeschlossener.

»Was machen wir nun? Ich kann leider nicht durch.«

»Aber bei der Trainingshalle hast du es auch geschafft. Also muss es hier auch gehen.«

»Aber warum?«

Plötzlich hellt sich ihr Gesicht auf.»Du hast mich an der Hand gehalten! Und vorhin bin ich allein vorausgegangen. Und dann hast du mich am Mantel gepackt und nach hinten gezogen! Augenscheinlich müssen wir uns direkt berühren und ich bin durch deinen Zauber geschützt. Aber Moment. Das bedeutet, nicht die Barriere ist durchlässig, sondern du bist immun gegen diese Zauberei! Bist du ein Zauberer? Diese Zwergenzauberei ist außerordentlich mächtig. Eigentlich ist es unmöglich.«

»Ich habe keine Antwort. Aber ich bin froh, dass wir durch die Barriere kommen.«

»Lass uns durch die Barriere gehen und uns einen Rastplatz suchen. Vielleicht finden wir dort auch Feuerholz.«

Ohne weitere Worte nehme ich sie bei der Hand und gehe auf die Barriere zu. Sie folgt mir ohne zu zögern, obwohl sie dort vor Kurzem noch schreckliche Schmerzen erlitten hat.

Augenscheinlich vertraut sie mir wirklich. Ich hoffe zu Recht.

5. Die Zwergenstadt

Das Vertrauen ist berechtigt. Denn obwohl wir bereits die Mitte der Barriere erreicht haben, zeigt Sonja noch keine Anzeichen von Schmerz.

Die Halle auf der anderen Seite sieht in dem Bereich, den die Barriere erleuchtet, genauso aus wie die Trainingshalle. Nur hier liegen noch Gegenstände und auch alte Waffen der Zwerge umher. Augenscheinlich sind sie auf dieser Seite der Barriere äußerst eilig aufgebrochen. Warum aber sind sie hier so schnell abgehauen? Und war auf dieser Seite der Barriere der Grund für das Verlassen der Stadt? Vor allem aber: Ist dieser Grund noch immer hier?

Vorsichtig lausche ich in die Halle hinein, ohne auch nur ein Geräusch zu hören. Sonja hat ähnliche Gedanken, ich kann ihre Angespanntheit und die Konzentration auf die Umgebung sehen.

Sie flüstert: »Bevor wir Rast machen, sollten wir noch diese Halle erforschen.«

In derselben Lautstärke erwidere ich: »Sehe ich genauso.«

Also hat sie wieder die Führung übernommen.

Da wir leider auf das Licht der Fackel angewiesen sind, bewegen wir uns langsam und schweigend durch den Raum. Für einen versteckten Gegner sind wir so ein leichtes Ziel. Sonja hat wohl die gleichen Überlegungen angestellt, denn sie bewegt sich neben mir am äußersten Rand des Lichtscheins. Nahe genug, um gerade noch den Boden vor ihren Füßen zu erkennen. Aber weit genug entfernt, um nicht von der Fackel geblendet und nur sehr schwach beleuchtet zu werden.

Die Gegenstände auf dem Boden sehen aus wie zurückgelassener Hausrat, der teilweise noch vollständig erhalten zu scheinen ist. Die Waffen aber sind allesamt beschädigt oder kaputt, teilweise besudelt mit altem Blut. Leichen oder ganze Waffen fehlen, hier hat auch jemand aufgeräumt, nur nicht so gründlich wie im Tunnel.

Vor uns ist das Ende der Halle zu sehen und der Durchgang in die nächste Halle, der sich auch wieder mittig in der Wand befindet.

Sonja nähert sich mir und spricht mich in normaler Lautstärke an. »Lass uns hier etwas seitlich der Tür rasten. So fällt kein direktes Licht in die Nachbarhalle und wir können die Tür gut verteidigen, falls es erforderlich ist.«

Kein Wort, dass sie erschöpft ist oder nicht mehr kann. Sie geht sogar los und sammelt Holz für ein kleines Feuer.

Auch ich beginne Feuerholz zu sammeln, aber da ich in einer Hand die Fackel halte, bin ich nur eingeschränkt einsetzbar.

Schell haben wir aufgrund der vielen herumliegenden Gegenstände genug Feuerholz zusammen; ein kleines Feuer züngelt über den glatten Steinboden.

Endlich kann ich die Fackel loslassen und reiche Sonja den Rucksack mit dem Proviant, über den sie sich sofort hermacht.

»Wir sollten hier übernachten«, äußere ich im Versuch, wieder etwas von der Führung zu übernehmen. Auch sieht sie im Licht der Lagerfeuer noch erschöpfter als bei unserer ersten Rast aus – immer noch äußerst schön.

»Ja, ich werde die erste Wache übernehmen und du die zweite« sagt sie mit einer müden Stimme, die ihre Worte Lügen straft.

»Ich kann gerne die erste übernehmen, das macht mir nichts aus.«

»Du hast schon letzte Nacht allein gewacht. Auch du brauchst Schlaf!«

Was nicht so ist. Ich komme auch mit sehr wenig Schlaf aus. Aber die Worte kommen in einem Tonfall, der klarmacht, dass es ihr nicht um die Führung bei dieser Flucht geht, sondern dass sie ernsthaft besorgt ist.

»Gute Nacht, weck mich, wenn ich dran bin. Warte nur nicht zu lange.«

»Jetzt schlaf endlich,« kommt es bestimmt, aber mit einem freundlichen Unterton zurück. Trotz geschlossener Augen kann und will ich nicht schlafen. Zu viele Gedanken kreisen durch meinen Kopf. Das Erlebnis an der Barriere. Warum bin ich immun gegen Zwergenmagie? Warum achte ich so wenig auf die Erschöpfung von Sonja? Und warum geht jeder dritte Gedanke dahin, wie schön sie ist? Auf die ersten beiden Fragen finde ich keine Antworten. Die Antwort auf die dritte Frage will ich nicht finden.

Während ich also einige Zeit so da liege, den Kopf voller Gedanken, merke ich wie der Atemrhythmus von Sonja gleichmäßig und sehr ruhig wird.

Vorsichtig öffne ich die Augen und erkenne, dass sie, an der Wand sitzend, eingeschlafen ist. Ihr Kopf ist nach vorne gesunken und die Hand mit dem Schwert liegt erschlafft auf den Boden.

Leise stehe ich auf und lege die Hand zu der anderen auf ihre angewinkelten Knie, denn trotz des Feuers ist es immer noch kalt hier unten. Auch ist das Feuer schon stark zurückgegangen, da es keine Nahrung mehr hat. Mit ein paar Kleidungstücken aus dem Rucksack decke ich Sonja zu und lege ihr wieder ein provisorisches Kissen hinter den Kopf. Noch ein paar Holzstücke ins Feuer und sie kann ohne zu frieren schlafen.

Da ich wieder nur warten kann, bis sie sich erholt hat, setze ich mich so hin, dass ich den Durchgang im Auge habe. Währenddessen gehen mir wieder die Fragen und Gedanken von vorhin durch den Kopf. Nur dass nun nicht jeder dritte Gedanke Sonja gilt, sondern fast alle. Auch sehe ich sie mir immer wieder unbewusst im Schein des Lagerfeuers an.

Dabei fahre ich mir wieder und wieder mit meiner Hand durch das Gestrüpp, das meine Haare und mein Bart darstellt, und frage mich, wie sie mich wohl sieht.

Auf jeden Fall nicht so, wie ich sie sehe, sondern eher als ungepflegten Wilden.

Die nächsten Stunden vergehen, ohne dass etwas geschieht, nur ab und zu lege ich etwas Feuerholz nach. Die Fragen und Gedanken lassen nach, da es keine Antworten gibt und wir uns auf die Flucht konzentrieren sollten.

Langsam öffnet Sonja die Augen, vorsichtig und wachsam, wie es eine Kämpferin gewohnt ist, und blickt mich an.

»Bin ich etwa eingeschlafen?«

Ich unterlasse gerade noch einen spöttischen Kommentar wie ›Nein ich denke du hast meditiert‹ oder ›Der Ork, der dich bewusstlos geschlagen hat, ist entkommen‹.

»Augenscheinlich warst du doch erschöpfter als

gedacht.«

»Warum hast du mich nicht geweckt?«

»Als ich aufwachte, war ich genügend ausgeruht und du hast den Schlaf dringend nötig gehabt.«

Eine Notlüge. Denn die Wahrheit, dass ich nicht viel schlafen muss, will ich heute nicht erörtern.

»Dennoch hättest du mich wecken sollen«, kommt es leicht vorwurfsvoll zurück. Aber es ist ersichtlich, dass sie sich eher über sich selbst ärgert.

Um die Stimmung wieder aufzuhellen, wechsle ich das Thema.

»Lass uns frühstücken und dann aufbrechen.«

»In Ordnung, aber ich muss mal schnell wieder wohin«, sie steht auf und verschwindet im Dunkel der Halle. Dennoch drehe ich mich aus Höflichkeit dem Durchgang zu und warte. Da es bei den Orks keinerlei Privatsphäre gab, ist sie mir umso wichtiger. Denn es zeigt, dass ich mich nun unter Menschen befinde und nicht mehr bei den Orks. Ich weiß tief in mir drinnen, dass ich früher darauf Wert gelegt habe. Nicht dass ich mich direkt daran erinnern kann. Ich weiß es einfach.

Von hinten höre ich Sonja näher kommen, ein leises Rangleiten, nicht so leise wie ein anschleichender Feind, aber so vorsichtig wie eine Kriegerin.

Also drehe ich mich um und mache mich an die Vorbereitungen für das gemeinsame Frühstück. Wobei die nicht sehr umfangreich sind. Den Wasserschlauch wieder raussuchen, etwas altes Brot und Pökelfleisch. Die Hälfte des Essens und den Trinkschlauch gebe ich Sonja, die sich wieder sehr rasch darüber hermacht. Denn die Portionen, die ich dem Rucksack entnehme, sind immer klein gehalten, da wir nicht wissen, wann wir neue Lebensmittel finden.

Um das Gespräch wieder anzukurbeln und auch aus Neugierde frage ich:»Kommst du aus dem Menschenreich?«

Augenscheinlich etwas überrascht kommt von ihr zurück:»Nein, aber ich lebe jetzt dort. In der Königsstadt, früher Sakran genannt.«

»Die Stadt von welchem König?«

»Jetzt von keinem mehr. Es ist der Treffpunkt der Könige der sieben Reiche und der beiden Fürsten.«

»Der sieben Reiche?«, hake ich wiederum nach.

Ehrlich überrascht erwidert Sonja:»Weißt du nichts über die Menschenreiche?«

»Ich kenne nichts außer der Arena.«

Ich bin verlegen.

»Bist du dort etwa aufgewachsen?«

»Nein, ich bin dort erst seit ein paar Jahren. Aber ich kann mich nicht an die Zeit vor der Gefangennahme durch die Orks erinnern.«

Noch immer überrascht fragt sie nach:»An gar nichts?«

»An gar nichts!«, antworte ich, den immer wiederkehrenden Traum unterschlagend.

Augenscheinlich merkt sie, wie unangenehm mir dieses Thema ist. Ohne weiteres Nachfragen erklärt sie.

»Wie du schon gehört hast, befinden sich die Menschenreiche südlich von uns. Sie erstrecken sich vom Murkai-Gebirge im Norden, eingeklemmt zwischen dem Barb-Meer im Osten und dem Dunklen Meer im Westen bis zur Arsal-Landenge im Süden, wo die Große Wüste beginnt. Das Land hier im Norden gehört den Orks oder Schlimmeres; wobei so nah am Reich der

71

Menschen haben wir die Orks nicht erwartet. Im Süden gibt es noch einige Wüstenbewohner, aber keine Städte oder gar Reiche. Im Barb-Meer im Südosten befinden sich die Inseln der Elfen, über die ist nur wenig bekannt. Das Reich der Zwerge befand sich ursprünglich hier, wo wir uns jetzt befinden. Aber irgendwann zogen sie in das westliche Murkai-Gebirge und gaben das hier auf. Warum, das ist uns Menschen nicht bekannt. Im Osten im Barb-Meer gibt es noch das Herzogtum Rhod, das eher ein Piratennest ist, aber aufgrund der geografischen Beschaffenheit und seiner Flotte fast uneinnehmbar ist. Weiter im Osten soll sich noch eine Insel mit Barbaren befinden, aber das ist eher ein Gerücht.«

Während sie dies alles ausführt, malt sie mithilfe eines verkohlten Holzstückes eine grobe Skizze der Reiche auf den Felsenboden.

»Das Menschenreich besteht aus sieben großen Reichen, beherrscht von sieben Königen. Hier in der Mitte der Reiche am Fluss Rem befindet sich Königsstadt, in der einst der Hochkönig regierte. Der wurde gewählt, als die Menschenreiche von den Orks und Schlimmeren bedroht wurden, aber das ist eine andere Geschichte. Königsstadt selbst wird vom dortigen Grafen regiert, wobei Königsstadt die mit Abstand größte und reichste Stadt der Menschen ist. Auch befindet sich dort die Universität der Zauberer, in der die meisten Menschenzauberer leben. Dieser Bereich untersteht nicht der Stadt, sondern wird vom obersten Zauberer regiert. Der wird wie die anderen Könige als einer der wahlberechtigten Herrscher für die Hochkönigswahl angesehen. Der Graf von Königsstadt wiederum nicht, da er nur der Vertreter des Hochkönigs ist, solange keiner gewählt wurde. Der Herrscher des vorhin erwähnten Herzogtums Rhod gehört auch zu den Wahlberechtigten, warum ist nicht bekannt. Auf jeden Fall bin ich Studentin der Universität, weshalb ich auch in Königsstadt lebe.«

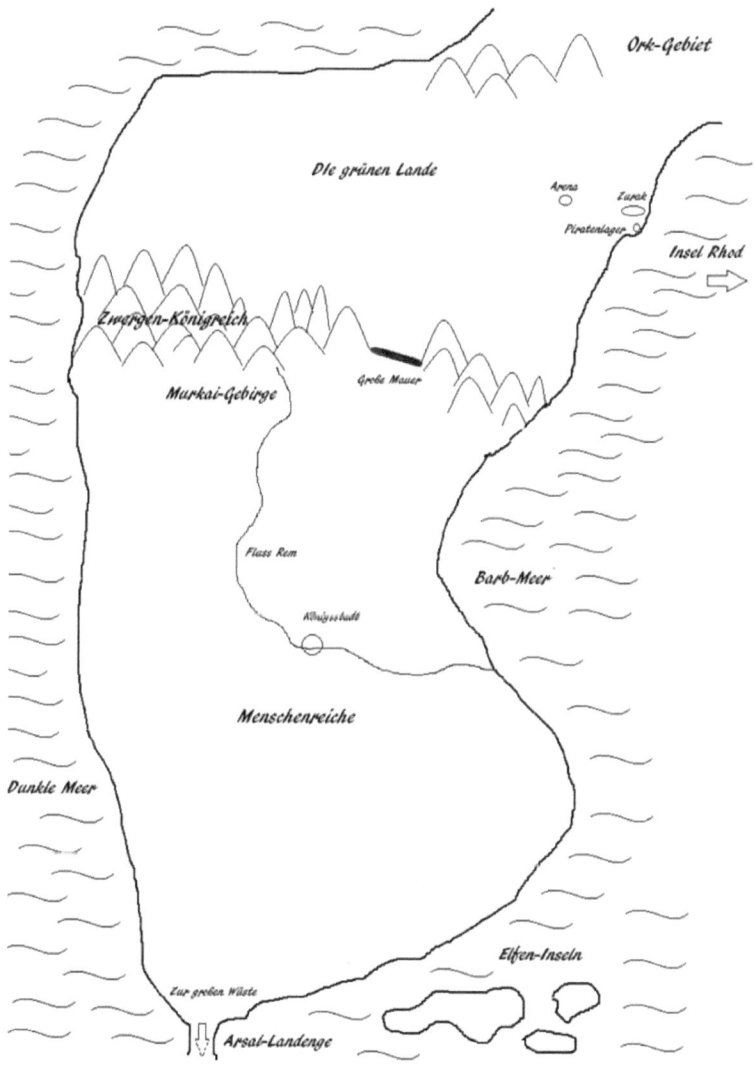

»Und wie ist es dort so?« Meine Neugierde ist echt.

»Es ist die schönste und größte Stadt in den Reichen, voller Wunder und Magie. Wenn wir hier rauskommen, zeige ich sie dir sehr gern.«

»Dieses Angebot nehme ich gerne wahr.«

Endlich weiß ich, wo ich hingehe, wenn ich hier rauskomme.

»Freut mich«, antwortet sie in einem aufrichtigen Tonfall. »Nun sollten wir aber aufbrechen. Wir müssen so schnell wie möglich auf die Oberfläche. Denn auch ich erkenne, dass die Vorräte nur für einen ausgelegt sind und schnell zur Neige gehen. Was es umso wertvoller macht, dass du mich mitgenommen hast.«

Zum ersten Mal um Worte verlegen packe ich still den Proviant und ihr Nachtlager ein und mache mich bereit für den Aufbruch.

Hoffentlich merkt sie, dass ich mich über ihre Worte freue und nur nicht weiß, wie ich reagieren soll. Aber das Lächeln auf ihrem Gesicht bleibt, was darauf verweist, dass ihr das klar ist.

Auch sie nimmt wieder ihr Schwert in die Hand und entzündet eine Fackel am ausgehenden Lagerfeuer.

Beim Betreten der nächsten Halle teilen wir uns wieder auf. Sonja geht mittig mit der Fackel voran, ich halte mich im Schatten versteckt an ihrer linken Seite. Diese Halle ist wie die vorherige mit zurückgelassenen Gegenständen übersät, leider aber mit nichts Brauchbarem. In der Länge und der Breite entspricht sie der ersten Halle. Auch die dritte Halle gibt das gleiche Bild ab.

Am Ende der Halle aber kommt Licht aus dem Durchgang. Sonja verlangsamt ihren Schritt und lässt sich mit der Fackel in der Hand etwas zurückfallen. Währenddessen eile ich im Schatten voran auf den Durchgang zu, das Ork-Schwert kampfbereit in der Hand. Je näher ich dem Durchgang komme, desto klarer wird mir, dass es sich um kein natürliches Licht handelt. Es ist ein rotes Leuchten, nicht aber wie roter Feuerschein, sondern viel klarer ohne andere Farbtöne.

Am Durchgang spähe ich seitlich an der Wand versteckt in die nächste Halle. Dies ist aber keine Halle wie die bisherigen. Es ist eher eine riesige Kaverne, deren Decke nicht sichtbar ist. Im unteren Bereich befinden sich noch die gestalteten Wände der Zwerge, aber weiter oben sind die natürlichen Wände der Höhle zu erkennen. Entlang der Wände stehen riesige Statuen von Zwergen, manche noch ganz, andere aber bis auf den Sockel zerstört. Beleuchtet wird das Ganze von einer Halbkugel aus rotem Licht, die sich etwas entfernt auf dem Boden befindet.

Sonja hat mittlerweile aufgeschlossen, da sie keine Warnung von mir gehört hat.

Feinde sind in der Kaverne nicht auszumachen, zumindest in dem Bereich, den wir übersehen können. Deshalb betreten wir gemeinsam diese und nähern uns der Lichtquelle. Da nun das Licht für uns ausreicht, löschen wir die Fackel.

»Weißt du, was das hier ist?«, frage ich.

»Nein, über diese Zwergenstadt ist nur wenig bekannt. Und wenn du das rote Licht meinst, kann ich nur vermuten. Es sieht wie Reste von Magie aus. Es muss so etwas wie die Barrierenmagie sein. Aber ich kenne keine Zwergenmagie, die rot ist. Oder andere Magie. Die der Zwerge ist blau. Die der Menschen ist dunkelgrün. Und die der Orks ist gelb. Elfenmagie dürfte weiß sein. Rot kann ich leider nicht zuordnen.«

Ohne weitere Worte zu wechseln kommen wir der Lichtquelle immer näher, bis wir an ihrem Rand stehen. Es ist wie bei den Barrieren erkennbar, wo das Leuchten aufhört und die Magie selbst beginnt. Da wir nicht durch die Kaverne hindurchmüssen, gehen wir am Rand entlang weiter. Sie bildet einen perfekten Kreis und im Inneren sind einige Details erkennbar. Dort liegen tote Zwerge mit ihren Waffen in den Händen. Sie wurden aber nicht durch ein Schwert oder einer ähnlichen Waffe getötet. Es sieht eher so aus, als wären sie zerrissen und zertrampelt worden von einer Kreatur mit ungeheurer Kraft. Etwas, das stärker ist als der Felsentroll in der Arena, denn allein die Anzahl der toten Zwerge innerhalb dieser Magiehalbkugel hätte ausreichen müssen, um einen Felsentroll zu töten. Und es ist klar, dass hier einst mehr tote Zwerge außerhalb des Magiebereiches lagen. Die hat aber augenscheinlich jemand entfernt. Die Zwerge innerhalb des Zaubers konnte man wohl nicht rausholen. Auch sehen sie aus wie gerade erst gestorben, augenscheinlich verhindert der Zauber den Verfall der Toten.

Unbewusst beschleunigen wir beide unsere Schritte, um von dieser gespenstischen Szene zu entfliehen.

Endlich sind wir zur Hälfte an der Halbkugel vorbei und können den restlichen Bereich der Halle überblicken. In dem befinden sich noch mehrere dieser Magiekugeln.

»Was muss das für eine Schlacht gewesen sein«, rutscht es aus mir.

Auch Sonja scheint erschüttert zu sein, denn sie

braucht einige Sekunden, um darauf zu reagieren.

»Es muss ein unglaublicher Krieg hier stattgefunden haben. Aber wer war der Feind?«

»Ist das nicht bekannt? Du sagtest doch, dass einige Zwerge in deiner Stadt leben.«

»Nein. Die Zwerge haben immer darüber geschwiegen, warum sie hier geflohen sind. Es ist nicht einmal bekannt, dass sie mit Gewalt vertrieben wurden.«

»Wurde denn dieser Ort nie von Menschen aufgesucht? Du sagtest, früher wären hier noch keine Orks gewesen.«

»Ja, aber alle Eingänge sind durch diese magischen Barrieren versiegelt. Und nicht einmal unsere mächtigsten Zauberer sind in der Lage, die zu durchqueren. Darum ist es auch so unglaublich, dass wir durch sie hindurchgehen, als wären sie nicht da. Oder besser du.«

Nach einigem Zögern antworte ich: »Ich weiß auch nicht warum. Es war für mich nichts Besonderes, da ich dachte, es wirkt nur bei den Orks. Aber augenscheinlich hat es einen anderen Grund.«

Schweigend gehen wir einige Minuten weiter, bis Sonja erneut die Stille unterbricht.

»Das bedeutet einerseits, dass uns die Orks hier nicht verfolgen können. Und an der Oberfläche gibt es viele Ausgänge aus der Stadt, sodass sie auch nicht wissen können, wo wir rauskommen. Andererseits aber muss der Feind hier unten noch eingeschlossen sein. Denn wie hätte er fliehen sollen und warum haben wir diesen mächtigen Feind nicht woanders ebenfalls gesehen. Auch hat hier jemand die Leichen weggeräumt und das waren sicher nicht die Zwerge.«

»Dann sollten wir weiterhin vorsichtig sein«, antworte ich und schweigend gehen wir weiter.

Die Kaverne ist riesig, denn die Magiekugeln sind weit verstreut und sehr zahlreich. Sie erhellen die ganze Kaverne in diesem roten Licht, sodass wir weiter auf die Fackeln verzichten können.

Der Boden senkt sich leicht und wir bewegen uns kaum merklich abwärts auf eine Schlucht zu, die sich in mehreren Hundert Metern vor uns öffnet. Eine filigrane Brücke aus Metall ist, kunsthandwerklich bemerkenswert, über die Schlucht gespannt und ein riesiger Felsblock befindet sich neben den Übergang auf unserer Seite. Der muss wohl aus der Decke gebrochen sein, denn auch hier ist der Boden fein behauen und geglättet durch die Zwerge.

Je näher wir der Brücke und dem Felsen kommen, desto ersichtlicher wird, dass er hier nicht hinpasst. Auch scheint er irgendwie das rote Licht zu reflektieren, denn manchmal hat man das Gefühl, dass er selbst leicht rot aufleuchtet. Als wäre er aus einem anderen Material als die ganze Kaverne.

Sonja hat dieselben Gedanken und spricht sie auch aus.

»Irgendetwas stimmt mit dem Felsen nicht. Obwohl es augenscheinlich ein Felsen ist, passt er nicht in diese Höhle.«

»Ich weiß, als wäre er nicht von hier. Aber wie könnte er hierher transportiert worden sein? Und warum?«

»Keine Ahnung. Aber ich habe das Gefühl, dass er von sich aus ab und zu aufleuchtet. Und zwar in regelmäßigen Abständen.«

»Stimmt. Aber warum sollte dieser Felsen mit einer

dieser Magiekugeln belegt sein?«

Mit beunruhigter Stimme erwidert Sonja:»Das kann keine Magie sein. Denn Magie pulsiert normalerweise nicht. Auf jeden Fall aber nicht über einen langen Zeitraum. Es ist etwas anderes.«

»Aber was außer Magie erzeugt derartiges Licht?«

Mit nun stark beunruhigter und auch immer lauter werdender Stimme ruft sie:»Flüssiges Metall. Das ist es! Es ist kein Felsen, es ist ein Metallgolem! Und was für ein riesiger! Wir müssen hier weg!«

Bevor ich nachfragen kann, beschleunigt Sonja in Richtung zur Brücke. Aber auch das Leuchten des Metallgolems beschleunigt sich, als würde es erwachen.

Instinktiv folge ich dem Beispiel von Sonja und renne auf die Brücke zu.

Das Leuchten des Golems wird immer heller und schneller. Ein Schrei hallt durch die Kaverne, unmenschlich und metallisch.

Der Metallgolem erwacht!

6. Der Metallgolem

Zwei helle rote Punkte erscheinen im oberen Bereich des Metallgolems und auch die Form beginnt sich zu verändern. Sah es bis eben noch wie ein metallener Haufen aus, so bilden sich nun überall Linien und eine zusammengekauerte, menschenähnliche Gestalt ist zu erkennen. Nur dass diese Gestalt zehnmal so groß ist wie der Felsentroll und aus hell leuchtendem, beinahe flüssigem Metall besteht. Obwohl der Metallgolem keine Pupillen hat, erkennt man sofort, dass er uns mit seinen Augen fixiert, während er sich langsam aufrichtet. Ohne es zu merken, sind wir stehen geblieben. »Wir müssen weiter auf die Brücke zu. Wenn wir umkehren, sitzen wir hier fest. Und für einen anderen Weg werden wahrscheinlich unsere Vorräte nicht reichen«, ruft Sonja mit gefasster Stimme und beginnt in Richtung Brücke zu rennen. Und leider auch in die Nähe des Metallgolems, der noch immer neben der Brücke kauert. Meine Beine setzten sich auch automatisch in Bewegung und folgen Sonja.

Der Metallgolem leuchtet immer heller, bis er wie Metall kurz vor dem Schmelzen aussieht. Sein Kopf richtet sich langsam, aber in einer fließenden Bewegung auf und seine Arme lösen sich wie in Zeitlupe von seinen Beinen. Der ganze Körper bildet sich in seine menschenähnliche Ursprungsform zurück und alle Körperglieder sind frei beweglich. Er richtet sich in einer schnelleren Bewegung zu seiner vollen Größe auf, während er weiterhin diese unmenschlichen Schreie von sich gibt. Die ganze Zeit hat er uns dabei mit seinen leuchtenden, pupillenlosen Augen fixiert und folgt uns mit seinen Blicken, wie wir uns der Brücke nähern. Die liegt nur noch rund hundert Meter vor uns, und es sieht so aus, als könnten wir es schaffen.

Obwohl der Metallgolem voll aufgerichtet ist, und er ist wirklich zehnmal so groß wie der Felsentroll in der Arena, macht er keine Anstalten uns anzugreifen. Er hält uns vielmehr nur mit den Augen fixiert, obwohl er uns leicht abhalten könnte, die Brücke zu erreichen. Denn seine Geschwindigkeit hat er beim Aufrichten unter Beweis gestellt.

Warum lässt er uns die Brücke aus Metall erreichen?

Mit einem Mal wird mir klar, warum.

Noch während ich selbst umkehre, rufe ich Sonja zu: »Kehr um. Es ist eine Falle. Die Brücke gehört zu ihm, zum Golem.«

Ohne das zu hinterfragen dreht Sonja auf der Stelle um und entfernt sich gemeinsam mit mir von der Brücke und dem Metallgolem.

Als er erkennt, dass wir nicht in seine Falle tappen, werden dessen Schreie unerträglich laut und mit einer unglaublichen Geschwindigkeit bewegt er sich auf die Brücke zu. Die wird lebendig und glüht ebenso auf wie der Metallgolem. Als er die Brücke berührt, verflüssigt sie sich und bildet in den Händen des Metallgolems ein riesiges Schwert. Darunter wird eine zweite Brücke aus Stein sichtbar, augenscheinlich die ursprünglich von Zwergen geschaffene Brücke.

Ohne ein Wort zu wechseln, drehen wir uns beide gleichzeitig um, um uns dem Kampf mit dem Metallgolem zu stellen. Denn uns beiden ist klar geworden, dass er zu schnell ist, um ihm zu entkommen. Aber gegen ihn zu kämpfen, erscheint auch aussichtslos. Mit unglaublicher Geschwindigkeit kommt dieser auf uns zu, dass

Schwert in beiden Händen haltend.

Wie soll man Metall töten? Wie soll man so etwas Großes töten? Ist es überhaupt lebendig? Kann man es überhaupt töten?

Während ich noch in Gedanken versunken bin und den näherkommenden Metallgolem betrachte, fasst mich Sonja an den Händen und zerrt mich in Richtung einer der roten Magiehalbkugel.

Richtig! Hier kann der Metallgolem nicht rein. Und uns tut diese Magie nichts an. Während wir uns also an den Händen halten, damit Sonja auch die Halbkugel betreten kann, laufen wir in die Kugel.

Von oben sehen wir das Leuchten des riesigen Schwerts näher kommen. Mit unglaublicher Geschwindigkeit saust es auf uns herab, bis es mit einem plötzlichen Ruck an der Außenseite der Halbkugel abprallt. Das Schwert gibt einen Schrei von sich, als wäre es lebendig und verformt sich, als würde es sich unter Schmerzen winden.

Der Metallgolem bleibt stehen und hört auf zu schreien. Mit seinen pupillenlosen Augen blickt er auf uns in der Halbkugel herab. Langsam geht er einige Schritte zurück, aufgrund seiner Größe wohl um die fünfzig Meter, und setzt sich hin. Aber er leuchtet weiterhin grellrot und hält auch seine Form bei. Augenscheinlich will er warten, bis wir wieder rauskommen, und wird deshalb nicht wieder zu einem erstarrten Felsen.

Wir schieben wortlos einige der Zwergenleichen zur Seite und schaffen einen kleinen freien Bereich, an den wir uns setzen können. Dabei halten wir uns die ganze Zeit an den Händen. Würde ich Sonja loslassen, würde sie auf der Stelle durch die Magie hier sterben.

Ein Feuer zu machen ist nicht erforderlich, denn der Metallgolem strahlt eine unglaubliche Hitze aus, sodass wir beinahe schwitzen.

»Das mit dieser Kugel war eine super Idee«, beginne ich, um die Anspannung zu lösen.

»Ja, aber leider nicht sehr weit gedacht«, kommt etwas trotzig zurück.

»Wenigstens können wir jetzt nachdenken, was wir machen und sind noch am Leben.«

»Aber wir können hier nicht ewig bleiben. Und wenn wir rausgehen, sind wir tot.«

Mit etwas spöttischer Stimme gebe ich zurück, um die Stimmung etwas aufzuheitern: »Freut mich, dass du dies so optimistisch siehst.«

Ein kleines Lächeln huscht über ihr Gesicht: »Na ja. Hauptsache, man sieht alles immer positiv.«

»Ja. Und gelernt haben wir auch etwas. Jetzt wissen wir, warum die Zwerge die Stadt verlassen haben. Wegen der schlechten Nachbarschaft.«

»Stimmt. Er ist etwas zu laut«, kommt spöttisch zurück. Mit ernster Stimme äußert sie weiter. »Und nun wissen wir auch, warum die Zwerge nie den Grund ihrer Flucht genannt haben. Denn Materiewesen zu erzeugen ist seit Gründung der Universität verboten. Und dieser Vorfall geschah erst danach.«

»Materiewesen zu erzeugen?«, gebe ich neugierig zurück, auch um nicht an den Metallgolem da draußen zu denken.

»Ja. Lebewesen aus toter Materie die mithilfe von

Magie zum Leben oder besser: zu lebensähnlichen Handlungen erweckt werden.«

»War denn das früher verbreitet?«

»Wahrscheinlich, denn sonst hätte es das Verbot nicht gegeben. Aber die Gründung der Universität ist rund eineinhalbtausend Jahre her. Seitdem haben es nur noch die Zauberer der Orks und verbannte Zauberer der dunklen Materie versucht. Und einige der Wüstenvölker im Süden können angeblich kleine Sandgolems und Lehmgolems erzeugen.«

Ihre Stimme wird düsterer: »Aber dass die Zwerge dies getan haben, wurde nie für möglich gehalten. Und dann etwas in dieser Größe und aus Metall. Dafür muss man dunkle Magie einsetzten, die auch verboten ist. Warum es die Zwerge getan haben, ist mir unklar. Aber es ist offensichtlich, warum sie es geheim gehalten haben. Denn es hätte zu einem tiefen Bruch mit den Menschen und auch den Elfen geführt. Vielleicht auch zum Krieg.«

»So schlimm ist das?«

Mit noch ernsterer Stimme kommt zurück, wobei sie mir nun direkt in die Augen blickt. »Ja. Denn um Materie zum Leben zu erwecken, muss intelligentes Leben genommen werden. Bei den Naturvölkern opfern sich dafür angeblich ihre Alten, wenn sie zur Last werden, was schon barbarisch genug ist. Die Orks nehmen Gefangene, auch solche, die ihrer Rasse angehören. Aber um so ein riesiges Metallgolem zum Leben zu erwecken sind sicher mehrere Tausend Leben nötig.«

Ich blicke sie an. Ich kann es kaum glauben, dass jemand tausend Leben raubt, um so ein Ding zu

84

erschaffen. Obwohl es leider augenscheinlich jemand getan hat. Und zwar eine Rasse, die angeblich zu den Guten zählt.

Sonja, die mir die Zeit gegeben hat, um das eben Gehörte zu verstehen, erklärt weiter:»Man kann solche Geschöpfe kaum töten. Nur sehr mächtige Meister können das. In der Universität gibt es höchstens ein oder zwei, die dazu in der Lage sind, wobei ich da auch nicht sicher bin.«

»Und wie tötet man es ohne Zauberer?«

»Irgendwo in ihrem Inneren befindet sich womöglich die Essenz der Getöteten. Von diesem Bereich des Körpers muss man die anderen Bereiche abtrennen und auch verhindern, dass sie sich wieder mit ihm verbinden. Ist der Bereich mit der Essenz klein genug, sodass in diesem nur noch Platz für die Essenz ist und sie nicht mehr ausweichen kann, muss man diesen Teil in Stücke hauen, bis die Essenz zerfällt. Aber dieser Bereich soll sehr klein sein. Alle Geschichten über einen solchen Kampf sprechen von vielen Toten bei den Angreifern. Und das waren immer kleinere Golem und nicht aus Metall. Darum ist es ja so unglaublich, dass so etwas von den Zwergen geschaffen wurde. Es ohne Magie zu töten, erscheint unmöglich. Und auch durch Magie scheint es unmöglich zu sein bei dieser Größe.«

»Dann müssen wir versuchen, ihn zu überlisten und zur Steinbrücke zu kommen. Vielleicht kann es uns nicht über die Brücke folgen«, äußere ich und versuche dabei, optimistisch zu klingen.

»Und hast du einen Plan?«, kommt von ihr zurück. Augenscheinlich hat sie mir meinen Optimismus abgekauft, denn sie klingt hoffnungsvoll.

»Wir laufen in Richtung der Ork-Arena knapp aus dem Kreis, und wenn der Golem uns beinahe erreicht hat, laufen wir durch den Kreis zurück zur Brücke. Dann muss der Golem erst wieder den Kreis umrunden, bevor er uns verfolgen kann.«

Obwohl sie sicher weiß, wie gewagt der Plan ist und wir wahrscheinlich zu langsam sind, antwortet sie:»Das könnte funktionieren. Lass uns gleich aufbrechen, denn hier will ich keine Pause machen.«

Noch immer halten wir uns an den Händen, stehen auf und laufen in Richtung der Arena zum Kreisrand. Der Metallgolem hinter uns reagiert blitzschnell und springt auf. Er beginnt den Kreis mit großen Schritten zu umrunden, aber es ist durch seine Masse und den Richtungswechsel viel langsamer als wir auf der geraden Strecke. Wir verlangsamen unmerklich unsere Geschwindigkeit, damit wir nur kurz bevor der Metallgolem die Strecke zurückgelegt hat den Kreis verlassen könnten.

Die Grenze der Kugel kommt näher und näher. Wir haben diese erreicht und überschreiten sie. Der Metallgolem ist auch schon fast da. Blitzschnell lösen wir unsere Hände, drehen uns auf der Stelle und kaum haben sich unsere Hände wieder berührt, sind wir wieder in die Magiekugel eingedrungen. Der Metallgolem erreicht die Stelle, an der wir gerade noch die Kugel verlassen hatten. Ein lautes metallisches Gebrüll ist zu hören, während er die Geschwindigkeit beibehält, um nochmals die Kugel zu umrunden.

Diesmal aber sprinten wir beide durch die Kugel und lange bevor der Metallgolem sie umrundet hat, verlassen wir sie. Um noch schneller laufen zu können, lassen wir uns los und beschleunigen auf unser Maximum. Die Brücke kommt immer näher und der Spalt scheint breit genug zu sein, sodass der Metallgolem ihn nicht überwinden kann.

Mittlerweile aber hat auch der Metallgolem die Magiekugel umrundet und beschleunigt auf sein Maximum. Und das ist viel höher als unsere Geschwindigkeit. Vor allem die Reichweite seines Schwertes ist ein Problem. Die Brücke ist in greifbarer Nähe, als ich das Heransausen des Schwertes höre. Aus den Augenwinkeln sehe ich, dass uns das Schwert knapp treffen wird, der Metallgolem kann also auch gut zielen.

Wir sind zu langsam, rast mir durch den Kopf. Oder vielleicht auch nur einer? Ein Ork würde seinen Begleiter opfern, um zu entkommen. Aber ich bin kein Ork!

Ohne weiter über die Konsequenzen nachzudenken gebe ich Sonja einen Schubs nach vorne, sodass sie kurz etwas schneller wird. Aber es reicht, sie ist außerhalb der Reichweite des Schwertes.

Dabei stößt sie einen Schrei aus, den ich aber nicht mehr hören kann. Denn das Schwert schlägt auf mich ein.

Um mich herum sehe ich nur noch rotes flüssiges Eisen. Aber ich spüre keinen Schmerz. Also so ist der Tod? Ohne Schmerz, als wäre man ab da ein Zuschauer. Wenigstens bin ich frei und nicht allein gestorben!

7. Vertrauen

Obwohl, wenn ich tot bin, dann müsste ich platt sein wie eine Flunder. Und dürfte nichts mehr sehen noch hören. Aber ich höre etwas! Es ist nicht der Schrei von Sonja. Auch nicht das Schreien des Metallgolems. Es ist derselbe Schrei, den das Schwert vorhin beim Aufprall auf die Magiekugel abgab! Und wirklich, es windet sich im mich herum!

Um mich herum? Das bedeutet also ich bin nicht tot? Augenscheinlich hat mich meine Magieimmunität auch vor der Waffe eines magieerschaffenen Wesens geschützt.

Das Schwert wird in die Höhe gerissen und der Metallgolem steht hinter mir. Ohne sich zu regen, blickt er mich mit seinen pupillenlosen roten Augen an. Augenscheinlich ist auch er überrascht, dass ich noch lebe.

Kurz vor der Brücke steht Sonja und blickt ungläubig auf mich zurück. Ohne auf weitere Reaktionen des Metallgolems zu warten, laufe ich auf sie zu und schreie: »Verdammt noch mal, lauf über die Brücke!«

Aber sie ist immer noch wie gelähmt – glücklicherweise der Metallgolem auch.

Ohne weitere Worte reiße ich sie, als ich bei ihr ankomme, mit mir und gemeinsam rennen wir über die Steinbrücke. Der Metallgolem aber ist immer noch starr und blickt uns hinterher.

Nach einiger Zeit und ziemlich aus der Puste, zumindest Sonja atmet schwer, erreichen wir die andere Seite der Brücke. Hier sieht es so aus, als könne der Metallgolem nicht die Schlucht überqueren.

Alles ist leer, keine Reste, die am Boden liegen, als wäre alles weggeräumt worden so wie in den Gängen vor der zweiten Barriere.

Auch sind hier keine leuchtenden Magiehalbkugeln am Boden zu sehen.

Sonja scheint dies auch zu erkennen, denn sie bleibt stehen und dreht sich zu mir um. Und ihr Blick ist so vernichtend, dass ich beinahe gewillt wäre, zum Metallgolem zurückzukehren.

Und der folgende Schrei ist in der Lautstärke auch in der Nähe der Schreie des Metallgolems.

»Was sollte der Scheiß?«, schreit sie und ich weiß nicht, was ich antworten soll. Oder ob es darauf eine Antwort gibt. Aber sie führt ihren Monolog schon fort.

»Wenn du glaubst, ich bin dir dankbar, dann vergiss es. Und wer bist du? Und komm mir nicht mit der Gedächtnisverlustscheiße, denn die glaub ich dir nicht mehr. Du müsstest tot sein!«

Nun, auch wenn ich auf einige der Worte verzichtet hätte, so kann ich ihr nur recht geben, denn ich müsste tot sein. Aber sie hat augenscheinlich nicht wirklich auf eine Antwort gewartet, denn sie setzt noch nach: »Also überleg dir eine bessere Geschichte, die hier glaub ich dir nicht mehr. Ich bin keine Vollidiotin! Aber bevor ich jetzt ausfallend werde, machen wir Pause.«

Während ich noch darüber nachdenke, ob sie nicht schon ausfallend geworden ist, nimmt sie bereits am Boden Platz. Ihre Miene hält mich davon ab, meinen Gedanken mit ihr zu teilen, und ich setzte mich auch nieder.

Schweigend verzehren wir einen Teil unseres Proviants und Wasser. Um etwas zu sehen, habe ich eine

Fackel angezündet, da es hier ohne das magische Glühen sehr dunkel ist. Und den Metallgolem, der in der Ferne noch immer unbeweglich, aber voll glühend steht, kann man damit nicht mehr so gut erkennen.

Sonja sitzt da, zusammengekauert von ihrem Mantel umhüllt, und blickt mich an. Aber aus dem wütenden Blick ist eher ein fragender geworden.

Dennoch wage ich es nicht, ein Gespräch zu beginnen, noch weiß ich, was ich sagen soll.

»Ist dir nicht kalt?«, fragt Sonja nach einer gefühlten Ewigkeit voll Schweigen.

Um das Thema nicht wieder auf meine ungewöhnlichen Fähigkeiten zu richten und froh darüber, dass sie mit mir spricht, sage ich: »Nun ja es geht schon. Die Fackel wärmt etwas.«

»Dennoch ist es zu kalt, so wie du angezogen bist.«

»Es geht schon. Auch habe ich bereits die beiden Hemden angezogen, die wir haben.«

»Das stimmt. Aber du kannst dich zu mir setzen und wir können den Mantel teilen. Denn eigentlich gehört er dir und du hast ihn mir schon die ganze Reise überlassen.«

Etwas verwirrt über derartige Freundlichkeit stehe ich auf, bewege mich hinüber und setzte mich neben sie. Sie legt mir den Arm um den Körper und rutscht nahe an mich heran, damit der Mantel für uns beide reicht.

Auch ich lege meinen Arm über ihre Schulter und gemeinsam blicken wir zum Metallgolem. Obwohl mir Kälte nichts ausmacht, spüre ich ein wärmendes Gefühl in mir aufsteigen, bedingt durch den Mantel und ihren Körper. Oder vielleicht auch durch etwas anderes, denn nun kann ich sie riechen. Wahrscheinlich riecht sie nach

Tagen ohne Bad und voller Schweiß alles andere als angenehm, aber ich empfinde den Geruch ihrer Haare als bezaubernd.

Noch während ich darüber sinniere, merke ich, wie ihr Kopf auf meine Schultern sinkt und ihr Atem flacher wird. Sie ist eingeschlafen, was nach einem derartigen Tag nicht verwunderlich ist.

In den nächsten Stunden sitzen wir beide Seite an Seite. Und während Sonja schläft, blicke ich zum Metallgolem hinüber. Der steht noch immer voll erleuchtet an Ort und Stelle und blickt herüber. Aber seine ganze Körperhaltung hat nichts Aggressives an sich, auch versucht er gar nicht, die Schlucht zu überqueren. Sein ganzes Verhalten ist untypisch für jemanden, dem seine Beute entkommen ist. Aber es ist auch nicht das Verhalten von jemand, der Angst vor uns hätte. Es scheint, als warte er auf irgendetwas. Als hätte er mich erkannt.

Sofort reiße ich mich aus den Gedanken, bevor ich noch verrückt werde. Denn woher sollte ich so ein Ding kennen? Sicherlich bin ich nur durch die ungewohnte Situation verunsichert. Und nicht durch ein Ding, das mich töten will, denn das bin ich aus der Arena gewohnt. Sondern ein anderer Mensch, der sich nicht vor mir fürchtet und mir sogar vertraut.

Und vielleicht sogar mag? Nein, schon wieder hast du wirre Gedanken! Konzentriere dich darauf, wie wir hier rauskommen! Die Vorräte werden knapp, denn sie waren nur für einen gedacht.

Nach einiger Zeit starre ich wieder unbewusst auf den Metallgolem und die Gedankenspirale beginnt sich von Neuemh zu drehen.

Stunden später beginnt sich Sonja zu rühren. Aber anders als beim ersten Mal. Sie überprüft nicht mehr erst die Situation mit geschlossenen Augen und ohne sich zu bewegen. Sondern sie wacht auf wie ein Mensch, der darauf vertraut, dass alles in Ordnung ist.

»Guten Morgen«, begrüße ich sie.

Noch immer etwas verschlafen kommt zurück: »Guten Morgen. Bist du auch schon wieder wach?«

Ohne genauer darauf einzugehen, dass ich gar nicht geschlafen habe, erwidere ich: »Scheint zumindest so.«

Vollends erwacht blickt auch sie zu dem Metallgolem hinüber und starrt ihn verwundert an.

»Steht der immer noch genauso da wie gestern Abend?«

»Ja«, gebe ich zurück. »Er hat sich keinen Millimeter bewegt. Auch das Leuchten ist noch immer gleich stark.«

»Warum versucht er nicht uns zu verfolgen?«

»Das weiß ich auch nicht«, gebe ich wahrheitsgemäß zurück.

»Nun gut, wir sollten frühstücken«, erwidert sie mit fröhlicher Stimme und steht auf. Auch ich stehe auf und gebe ihr wieder den ganzen Mantel. Während sie kurz verschwindet, suche ich die wirklich letzten Reste unseres Proviants aus dem Rucksack und teile sie in zwei Hälften. Die eine Hälfte verstaue ich wieder im Rucksack. Auch zünde ich nun wieder eine Fackel an, denn das Leuchten des Metallgolems reicht kaum aus, um etwas zu sehen.

Sonja kommt zurück und setzt sich zu unserem Frühstück. Die sowieso schon kleine Portion will sie teilen, aber ich komme ihr zuvor.

»Danke, aber ich habe schon ein kleines Frühstück

gehabt, während du gerade weg warst. Hatte leider zu viel Hunger, um noch zu warten.«

»Alles klar. Kein Problem«, kommt es mit freundlicher Stimme zurück, aber ihre Augen zeigen, dass sie traurig ist, allein zu frühstücken.

Aber lieber so als später verhungern zu müssen. Denn auch wenn ich seit Tagen nichts gegessen habe, merke ich kaum Hunger und vor allem keine Schwäche. Das Frühstück findet im Schweigen statt. Auch als wir zusammenpacken und aufbrechen, sagt keiner ein Wort. Gemeinsam gehen wir die nächsten Stunden durch die große Kaverne, in der Hoffnung endlich auf einen Ausgang oder zumindest auch ein Ende zu treffen. Die Ausmaße der Kaverne sind unglaublich, vor allem aber ist der ganze Boden behauen. Die Leistung der Zwerge ist enorm. Ab und zu stehen auch Statuen mitten im Raum, die irgendwelche Zwerge zeigen. Die Größe der Statuen variiert zwischen Originalgröße des Zwergs auf einem Podest positioniert bis zu einer Größe von zehn Menschenlängen einfach auf den Boden stehend. Die Anordnung der Statuen erscheint willkürlich, es ist kein System zu erkennen.

Wir sind fast überrumpelt, als wir im Schein der Fackel das Ende der Kaverne erkennen und uns wieder richtig bewusst wird, dass über uns irgendwo eine Felsendecke sein muss.

Vor uns öffnet sich eine riesige Tür, die wieder mit einer bläulichen Barrierenmagie versehen ist. Augenscheinlich wollten die Zwerge sichergehen, dass ihr Geschöpf nicht entkommen kann, auch wenn es die Schlucht nie überquert hat.

Am Durchgang spricht Sonja nach Stunden des

Schweigens endlich wieder mit mir:»Wir sollten hier noch einmal Rast machen, denn wir wissen nicht, was nach der Barriere kommt. Hier scheinen wir sicher zu sein.«

Froh über ihre Worte äußere ich:»Ja, das sollten wir machen.«

Was für eine tolle Antwort!, geht mir durch den Kopf. Nachdem ich den Rucksack abgelegt habe, setze ich mich gegenüber der Wand auf den Boden. Damit ich Sonja gegenübersitze, wenn sie an der Wand Platz nimmt. Blitzschnell lässt auch sie sich nieder und bevor ich reagieren kann, hat sie sich den Rucksack geschnappt und kramt die letzten Essenreste heraus. Mit vorwurfsvollem Blick sieht sie zu mir herüber, bevor sie feststellt.»Du hast heute gar nicht gefrühstückt. Du hast gelogen!«

Da ich nicht weiß, wie ich reagieren soll, schweige ich einfach.

»Hältst du mich für schwächer als dich?«, legt sie mit einem vorwurfsvollen Tonfall nach:»Dasselbe war es, als du mich geschubst hast, um gegen den Metallgolem zu kämpfen! Denn ich bin mir sicher, du hast nicht geglaubt zu überleben. Warum das alles?«

Das ist eine gute Frage! Und auch wenn ich mir diese Frage auch immer wieder gestellt habe, so war ich nicht einmal ehrlich zu mir.

Nach einigen Minuten des eisigen Schweigens und nachdem ich gründlich nachgedacht habe, antworte ich ganz ruhig und so wahrheitsgemäß, wie ich mir selbst die Gründe meines Verhaltens eingestehen will:»Weil ich nicht allein sein will. Jahrelang war ich bei den Orks nur von Feinden umgeben. Ich wurde teilweise sogar so gehässig wie die Orks und habe sie getötet, sobald ich nur konnte. Ich wollte nur überleben und ihnen Schmerz zufügen. Aber dann erkannte ich, dass mich das zu einem Ork macht. Und ich versuchte, mich wie ein Mensch zu verhalten. Oder zumindest so wie ich glaubte, dass ein Mensch sich verhält. Als ich hörte, dass in der Arena ein anderer Mensch außer mir ist, beschloss ich, ihn mitzunehmen. Denn das sollte meiner Meinung nach ein Mensch machen. Dich dann durch den Metallgolem töten zu lassen, um selbst zu entkommen, hätte mich in meinen Augen wieder zu einem Ork gemacht. Und das ist für mich schlimmer, als tot zu sein. Vielleicht ist dies verrückt, aber nach Jahren der Gefangenschaft ist mir das unglaublich wichtig. Zudem genieße ich deine Gesellschaft. Ich will nicht wieder allein sein. Ohne einen Menschen, der freundlich zu mir ist und der mir vielleicht sogar vertraut. Auch will ich dieses Vertrauen nicht enttäuschen, wenn dir etwas zustößt. Vielleicht aber habe ich es durch mein Verhalten bereits erreicht.«

Ich musste angesichts der Ehrlichkeit meiner Worte einmal durchschnaufen. »Und auch wenn du es nicht glauben magst, ich habe Angst davor, was danach passiert. Ich kenne die Welt da draußen nicht. Hier unten unter Feinden kenne ich mich aus. Wo es ums Kämpfen geht. Aber da oben, ich weiß gar nichts darüber, was mich erwartet. Noch wie ich mich da oben verhalten soll. Denn ich scheitere augenscheinlich schon dabei, mit einem Menschen klarzukommen und verprelle ihn mit meinem Verhalten. Ich weiß nicht, ob du das verstehst oder ob du mich für verrückt hältst. Doch ich bin mir nicht einmal selbst sicher, ob ich hier unten nicht verrückt geworden bin. Aber ich weiß, dass ich hier raus will und niemanden dafür opfern will.«

Froh darüber, meine wirren Gedanken einigermaßen klar geäußert zu haben, blicke ich sie an und warte, ob sie nochmals mit mir redet.

Ihr Blick hat sich von verärgert auf traurig oder eher mitleidig verändert, was mich äußerst beunruhigt. Mitleid wollte ich Sonja nicht abringen, sondern nur einmal ehrlich sein. Aber wahrscheinlich hat sie nur Mitleid, welche wirren Gedanken ich habe und dass ich bei den Orks verrückt geworden bin.

Endlich sagt sie etwas zu mir. »Es tut mir leid. Ich habe vergessen, wie lange du bei den Orks warst. Und dass du dies aus Freundlichkeit machst. Und nicht, weil du glaubst, ich bin schwächer als du. Denn du musst verstehen, in der Universität sind Frauen weniger Wert als Männer. Frauen sollen dort nur die Heilkunst lernen oder Hilfsaufgaben übernehmen. Und wenn dir dort jemand hilft, so will er dich nur als schwach oder hilfsbedürftig darstellen.

Und glaube mir, du bist auf jeden Fall ein Mensch, ein besserer als die meisten. Meine sogenannten Studienkollegen hätten mich auf jeden Fall dem Metallgolem geopfert, um zu entkommen. Ich möchte dir wirklich und vollen Ernstes für deine Hilfe, für alles, wobei du mir in den letzten Tagen geholfen oder wo du mir das Leben gerettet hast danken.«

Mein Versuch ›Nichts zu danken‹ zu äußern wird sofort unterbrochen, denn es geht noch weiter.

»Sag nicht ›Nichts zu danken‹, denn ich muss dir danken. Aber ich bitte dich, teile mit mir heute das Abendbrot, denn ich will nicht allein speisen. Und ich bitte dich, künftig bei solchen Dingen ehrlich zu sein. Ich will dein Weggefährte sein und keine Last.«

Mir wird klar, dass nicht nur ich mein Leben lang kämpfen musste, sondern auch andere. Und ich kannte wenigstens meine Feinde. Ich bin überrascht, dass die Menschen auch sein können wie die Orks. Auch wird mir klar, dass man das Vertrauen von jemandem nicht bekommt, indem man das tut, von dem man glaubt, es sei für den anderen das Richtige. Sondern indem man ehrlich ist.

»Du bist keine Last. Und es tut mir leid, dass ich dich belogen habe. Gerne esse ich mit dir zu Abend.«

Gemeinsam essen wir unsere letzten Reste auf und brauchen auch das restliche Wasser.

»Du hast wirklich Angst vor den Menschen?«, kommt es plötzlich mit einer spöttischen Stimme von Sonja herüber. »Du, der du gegen einen Felsentroll und einen Metallgolem antrittst!«

»Nun ja, da weiß ich wenigstens, was er will. Und welche Umgangsformen er bevorzugt«, gebe ich lachend zurück.

»Das stimmt, du musst dir keine Gedanken über die korrekte Anrede machen. Oder um die Tischmanieren.«

»Ja. Und man darf unfreundlich sein, keiner von denen ist beleidigt. Aber mal im Ernst, ist es in der Universität wirklich so. Sind die Menschen wirklich so?«

Mit ernster Stimme antwortet Sonja: »Ja und Nein. Viele Menschen sind egoistisch und viele der Meister sehen nicht gerne Frauen als Magieschüler außerhalb der Heilkunst. Aber es gibt auch eine große Anzahl von Menschen, die nett und hilfsbereit sind. Und viele meiner Freunde leben in Königsstadt.«

»Und wie erkennt man die?«

»Nun das ist schwierig. Aber ich werde dir in Königsstadt helfen, die richtigen Leute kennenzulernen. Auf jeden Fall besseren Umgang als du bisher hattest.« Den letzten Teil äußert sie wieder mit einem leichten Lächeln im Gesicht.

Um dem nicht nachzustehen, gebe ich lächelnd zurück: »Du meinst jetzt sicher meinen aktuellen Umgang?«

Mit gespielter Empörung in ihren Zügen und spitzer Stimme antwortet sie: »Endlich sagst du mal die Wahrheit. Sei froh, dass ich zu müde bin, um aufzustehen und dich zu verprügeln!«

»Genau deshalb trau ich mich, dies erst jetzt zu sagen.«

»Jetzt wieder im Ernst. Wir müssen schlafen. Wache halten brauchen wir hier glaube ich nicht. Wir können gerne wieder den Mantel teilen. Dann kann ich dich auch verprügeln, ohne aufstehen zu müssen.« Und während sie diese Worte sagt, legt sie den Mantel wieder so hin, dass er für uns beide reicht.

»Das Risiko gehe ich ein«, erwidere ich erfreut und nehme auf dem dargebotenen Bereich Platz. Wieder legt sie ihren Arm um meinen Rücken und ich den meinen um ihre Schulter, damit wir uns mit dem Mantel zudecken können. Als wir auch die Fackel löschen, umgibt uns die Dunkelheit, erleuchtet durch die Barriere am Durchgang. Sonja ist schon kurz darauf eingeschlafen und auch ich beginne zu schlafen. Denn wenn ich auch keinen Schlaf unbedingt brauche, schaden tut er sicher nicht. Und ich will es mit der Schlaflosigkeit nicht übertreiben.

8. Das Barb-Meer

Als ich am nächsten Tag erwache, merke ich, dass Sonja bereits wach ist und mich ansieht.

»Guten Morgen, du Schlafmütze. Endlich bin ich mal vor dir wach geworden«, begrüßt sie mich mit leicht spöttischem Tonfall.

»Ebenfalls guten Morgen. Wie lange bist du schon wach?«

»Natürlich seit Stunden«, antwortet sie, wieder in ihrem spöttischen Tonfall.

»Wahrscheinlich seit ein paar Augenblicken«, gebe ich im gleichen Tonfall zurück.

»Einigen wir uns darauf, dass wir uns nicht einig sind. Lass uns lieber aufbrechen. Denn mit Frühstück brauchen wir uns nicht aufzuhalten.«

»Ja, du hast recht. Kostet nur Zeit.«

Langsam erhebe ich mich von der gemeinsamen Nachtstätte, und nachdem Sonja den Mantel wieder richtig angezogen hat, folgt sie meinem Beispiel. Den Rucksack nehmen wir mit, denn auch wenn er keine Nahrung mehr enthält, kann man ihn später immer noch brauchen. Auch unsere Schwerter nehmen wir kampfbereit in die Hände.

Nachdem wir eine weitere Fackel angezündet haben brechen wir auf. Die Barriere überwinden wir wieder, indem wir uns an die Hände fassen. Dahinter befindet sich ein Gang, der leicht nach oben zu führen scheint, aber auch Überreste von Lagerfeuern und anderen Gegenständen. Die Asche scheint einigermaßen frisch zu sein. Hier hat sich wohl jemand aufgehalten und das vor gar nicht allzu langer Zeit. Auch Sonja ist dies wohl aufgefallen.

»Das ist ein gutes Zeichen. Das ist das Lager von Piraten, die versucht haben, die Barriere zu durchdringen. Das heißt, wir sind bald an der Oberfläche.«

»Wie das?«, hake ich nach.

»Es gibt immer wieder Menschen oder vielleicht auch Orks, die versuchen, diese Barrieren zu durchdringen, um die Zwergenstadt plündern zu können. Und da niemand eine Barriere bisher durchdrungen hat, muss dies eine Außenbarriere sein. Und die befinden sich normalerweise einen Tag von der Oberfläche entfernt. Wenn wir schnell sind, könnten wir noch heute Abend die Oberfläche erreichen. Und die Gegenstände deuten auf Menschen und nicht auf Orks hin. Also sind wir wahrscheinlich in der Nähe des Meeres, da normalerweise nur Piraten so weit nördlich kommen.«

»Und die Piraten? Wären das unsere Freunde oder unsere Feinde?«

»Wahrscheinlich unsere Feinde. Andererseits sind sie die beste Möglichkeit, in die Menschenreiche zu kommen, da wir auf dem Landweg wahrscheinlich auf Ork-Patrouillen treffen werden. Auch sind sie geldgierig, sodass wir sie wahrscheinlich anheuern können.«

Etwas überrascht frage ich nach.

»Du hast Geld dabei?«

»Nein, aber ich hoffe, wir können sie mit den Versprechen auf Bezahlung in den Menschenreichen locken.«

»Das scheint aber sehr risikoreich.«

Etwas giftig gibt sie zurück: »Dann teile mir deinen

Plan mit! Ach so, du hast ja keinen.«

Mit diesen Worten schreitet sie in Richtung des Ausgangs los und lässt mich etwas verdutzt stehen.

Also breche ich auch auf und versuche, sie einzuholen.

»Tut mir leid. War nicht so gemeint«, rufe ich ihr hinterher.

Ruckartig bleibt sie stehen, sodass ich beinahe auf sie geprallt wäre. Sie dreht sich um und blickt mich mit einem leicht zerknirschten Gesicht an.

»Es tut mir leid. Ich vergesse immer, dass du es nicht böse meinst. Aber so wie ich dir vertraut habe in der Arena, so musst du jetzt mir vertrauen, je weiter wir in meine Welt kommen.«

»Ich vertraue dir. Und nun lass uns deinem Plan folgen.«

Und das war wirklich die Wahrheit. Auch wenn ich verwirrt bin aufgrund ihres schnellen Stimmungswechsels gerade, vertraue ich darauf, dass sie mir helfen will, in die Menschenreiche zu gelangen. Ohne weitere Worte brechen wir auf und gehen in Richtung des erhofften Ausgangs.

Während der letzten Stunden hat sich die Höhle verändert, vom behauenen Kunstwerk der Zwerge in eine natürlich raue Höhle mit unebenem Boden. Auch die Kühle der Tiefe hat abgenommen; Sonja hat mittlerweile den Wintermantel abgelegt.

Unsere Schritte sind in der Hoffnung auf eine baldige Wiederkehr an das Tageslicht am Anfang immer schneller geworden. Aber das Tempo und permanent leichte Anstieg der Höhle haben Sonja so erschöpft, dass ich sie stützen muss. Auch ihr Durst muss mittlerweile schon unglaubliche Ausmaße angenommen haben, denn trotz der starken körperlichen Belastung haben wir seit gestern Abend keinen Schluck Wasser mehr getrunken.

Deshalb wollen wir auch keine Pause machen, denn in den letzten Minuten haben wir eine leichte Luftbrise auf unseren verschwitzten Gesichtern bemerkt.

Der Ausgang muss in der Nähe sein.

Ein Blick zu Sonja sagt mir, dass auch sie dies bemerkt hat, denn auf dem erschöpften Gesicht ist ein freudiges Lächeln zu sehen.

»Wir haben es fast geschafft«, flüstert sie mir mit rauer und erschöpfter Stimme in mein Ohr.

»Ja, das haben wir«, gebe ich leise zurück, schockiert darüber, wie erschöpft sie ist. Augenscheinlich waren es mehr als ein paar Stunden, die seit dem Aufstehen vergangen sind. Und als ich über den Verbrauch der Fackeln an diesem Tag nachdenke, wird mir klar, dass wir den ganzen Tag und mindestens die halbe Nacht unterwegs sind.

Durch meine Gedanken unachtsam geworden merke ich beinahe zu spät, wie Sonja über eine Unebenheit auf dem Boden stolpert. Gerade noch kann ich sie hochreißen und so den Sturz vermeiden.

Von ihr kommt kaum eine Reaktion.

»Du kannst kaum noch gehen. Ich werde dich jetzt tragen«, teile ich ihr mit und ohne auf Antwort zu warten lege ich die Fackel auf den Boden. Mit dem linken Arm habe ich bereits ihren Rücken umfasst, mit dem rechten greife ich hinter ihre Beine und hebe sie mit Schwung hoch. Ihren Kopf lehne ich an meine Brust.

»Ich kann selbst gehen«, höre ich noch als leisen

Protest von ihr, aber zu weiteren Reaktionen scheint sie gar nicht mehr fähig zu sein.

Mit Sonja in den Armen hebe ich vorsichtig die Fackel mit meiner rechten Hand auf, sodass sie nicht zu nahe an ihrem Gesicht ist. Funken, die herabfallen, können an ihrer Lederrüstung abprallen und richten keinen Schaden an ihrem Gesicht oder den Haaren an. Zum Glück ist die Höhle breit genug, sodass keine Gefahr besteht mit ihr anzustoßen.

Nach ein paar Minuten ist sie eingeschlafen und ich folge im Rhythmus ihres gleichmäßigen Atems der Höhle. Der Anstieg ist steiler geworden und auf dem Boden ist Sand zu finden. Das Rauschen von Wasser ist zu hören, von Wellen, die am Strand auslaufen.

Als ich um die nächste Ecke biege, ist vor mir der Ausgang der Höhle zu erkennen. Der ist erleuchtet durch das weiße Licht des Mondes. Ich eile drauf zu, immer darauf achtend, dass meine wertvolle Fracht nicht zu stark durchgeschüttelt wird. Aber Sonja schläft augenscheinlich so tief, dass sie gar nichts bemerkt.

Mit einem Mal stehe ich im Freien an einem Strand. Das Meer ist einige Hundert Meter entfernt und dazwischen erstreckt sich ein Strand mit lauter feinen Steinen. Sofort werfe ich die Fackel zurück in die Höhle, sodass uns Feinde nicht so leicht entdecken. Vor lauter Vorfreude habe ich vergessen, sie nicht schon vor Verlassen der Höhle zu entsorgen. Das Mondlicht reicht aus, um uns und die Umgebung zu erleuchten.

Sonjas Gesicht sieht im Mondlicht noch hübscher aus. Vor allem da sie so einen friedlichen Gesichtsausdruck hat, wenn sie schläft. Dennoch ist es wichtiger, die Umgebung zu beobachten und nicht Sonja. Also reiße mich aus diesen überaus erfreulichen Gedanken. Hinter uns befindet sich eine Steilküste, in der unser Fluchttunnel verschwindet. Auf dem Strand sind wir augenscheinlich allein und auch im Meer sind keine Schiffe erkennbar. Etwa einen Kilometer nördlich sind ein paar Sträucher am Strand zu erkennen. Dies muss bedeuten oder lässt wenigstens erhoffen, dass es dort Trinkwasser gibt.

Also mache ich mich auf den Weg dorthin.

Die Sträucher wachsen an einem kleinen Bach, der in das Meer führt. Er entspringt in einer kleinen Höhle, die zu klein als Unterschlupf ist.

Ich habe nach Tagen unter der Erde keine Lust, die erste Nacht wieder in einer Höhle zu verbringen. Das trockene Wetter und der klare Himmel laden direkt ein, im Freien zu übernachten. Zudem ist die Temperatur noch ausreichend. Auch wenn der Herbst schon naht, ist dieser Spätsommerabend im Vergleich zu der Kälte in den Höhlen direkt angenehm.

Langsam setze ich Sonja auf dem Boden ab und breite den Mantel aus. Auch wenn der Boden vom Tag aufgeheizt ist, so sind die Steine keine angenehme Unterlage für ein Nachtlager. Nochmals hebe ich Sonja hoch, lege sie auf den Mantel und decke sie leicht damit zu. Dabei wird sie weder wach, noch zeigt sie überhaupt eine Reaktion.

Sie hatte den Schlaf dringend nötig.

Dennoch fülle ich unseren Wasserschlauch an dem Bach auf und wecke sie auf, um ihr etwas Wasser einzutrichten. Sonja nimmt dies aber nur noch im Halbschlaf wahr und ist direkt danach wieder im Land der Träume.

Die restliche Nacht verbringe ich sitzend neben einer schlafenden Sonja mit einem Blick auf das Meer. Meine Gedanken sind erfüllt von einem Jubelgefühl, es endlich geschafft zu haben, aus den Höhlen zu verschwinden. Denn auch wenn die Kämpfe in der Arena unter freiem Himmel stattfanden, war ich die restliche Zeit im Dunkel unter der Erde eingesperrt, nur erleuchtet vom schlechten Licht einer Fackel.

Die Wellen des Meeres im weißen Mondlicht zu betrachten und dabei dem Rauschen der Wellen und dem Gurgeln des vorbeifließenden Baches zu lauschen, lassen alle Gedanken verblassen. Es ist eine ruhige und entspannte Nacht, und auch wenn ich nicht schlafe, so fühle ich mich erholt.

Über dem Meer geht langsam die Sonne auf und bietet ein unglaubliches Schauspiel. Die Farben am Himmel und im Meer sind unbeschreiblich und erfüllen mich mit einem Gefühl des Friedens und der Freiheit.

Sonja ist wohl währenddessen wach geworden, denn auf einmal merke ich, dass sie neben mir sitzt. Schweigend betrachten wir den restlichen Sonnenaufgang.

»Dieser Anblick ist einfach immer wieder unglaublich, oder?«

Sofort reiße ich mich von der nun bereits aufgegangenen Sonne los und blicke sie an.

»Ja, dieser Anblick ist wunderschön«, antworte ich. Dabei meine ich nicht nur den Sonnenaufgang. Nun im Tageslicht kann ich sie zum ersten Mal richtig sehen. Und dieser Anblick berührt mich mehr als der Sonnenaufgang. Ihre roten Haare, die auf ihre Schultern fallen, das Gesicht, obwohl voller Schmutz, wunderschön. Und die strahlend grünen Augen, die voller Hoffnung und Freude leuchten.

»Ja, wirklich wunderschön«, wiederhole ich nochmals. Augenscheinlich hat sie die Doppeldeutigkeit der Worte erkannt, denn sie wird leicht nervös und wendet sich ab.

»Lass uns was zum Essen suchen«, höre ich noch am Rande, während ich in meinen Kopf gedanklich schreie: Warum hast du das gesagt. Denn du weißt, welchen Eindruck du machst. Sogar die Orks hatten Angst vor dir. Du bist ein guter Kämpfer. Du bist gut im Töten. Aber du siehst aus wie ein Wilder. Und sie sieht dich auch als nichts anderes. Du kommst aus einer anderen Welt. Zu ihr passt jemand aus dem Menschenreich und nicht aus der Ork-Arena. Also lass das!

Sonja hat mittlerweile den vorbeifließenden Bach entdeckt und nimmt einen ordentlichen Schluck daraus. Essbares ist an dieser Stelle aber nicht zu entdecken.

Nachdem sich meine Gedanken wieder beruhigt haben, wage ich das mittlerweile leicht unbehagliche Schweigen zu brechen.

»Wir sollten woanders nach Essen suchen. Nach Norden oder nach Süden? Wo glaubst du, dass wir am ehesten auf Piraten treffen?«

Augenscheinlich erleichtert über das Ende des Schweigens antwortet Sonja.

»Keine Ahnung. Aber lieber nach Süden, denn dahin wollen wir. Und sollten wir kein Schiff finden, müssen wir uns zu Fuß durchschlagen.«

»Wie weit ist es denn.«

»Nun zu Fuß sind es sicher ein paar Monate. Leider weiß ich nicht, wo genau wir sind. Ungefähr ist mir schon bekannt, wo diese Ausgänge aus der Zwergenstadt liegen, aber es gibt mehrere an der Küste.«

»Nun, Süden hört sich gut an.«

Gemeinsam packen wir die Sachen zusammen und füllen noch einmal den Schlauch komplett auf. Danach brechen wir auf.

Wir halten uns in der Nähe der Steilküste, denn von dort kann man auch gut auf das Meer blicken, aber von oben ist man nicht so leicht erkennbar. Wir hoffen, einen Weg nach oben und eventuell zu etwas Essbaren zu finden.

Da wir nun nebeneinander gehen können und uns Feinde sowieso eher sehen als uns hören, will ich ein paar Informationen aus Sonja entlocken.

»Also ich weiß, dass du Sonja heißt und Studentin in der Königsstadt bist. Aber ich würde gerne mehr wissen.«

»Meine Lieblingsfarbe ist blau«, kommt spöttisch zurück.

Endlich ist die unangenehme Situation von heute Morgen vorbei.

»Das ist interessant. Und deine Lieblingsblume?«, gebe ich zurück.

»Oh, ich weiß nicht, da muss ich länger nachdenken. Aber ich glaube, du wolltest was anderes wissen.«

»Ja. Woher kommst du? Wieso kann eine Studentin so gut kämpfen? Und was hast du hier im Norden gemacht?«

»Woher ich komme, das ist etwas komplizierter. Den Ort kennen die meisten Menschen nicht. Aber warum ich so gut kämpfen kann. Ganz einfach, eigentlich bin ich auch eine Kämpferin und Soldatin. Zur Zauberin werde ich derzeit ausgebildet, weil sie Talent bei mir festgestellt haben. Und so versuche ich seit einigen Jahren, die Zauberei zu erlernen.«

»Gibt es einen Unterschied zwischen Magie und Zauberei. Denn du sagtest damals, die Meister wollen, dass die Frauen Magie lernen und nicht Zauberei«, werfe ich ein.

»Laut den Meistern ja. Magie wirkt direkt im Ziel, also zum Beispiel heile ich einen Menschen, indem ich direkt etwas im Körper verändere. Ein Zauber ist etwas, was ich abseits vom Ziel erschaffe und dann dessen Auswirkungen auf das Ziel schleudere, wie ein Feuerball, den ich auf einen Gegner werfe. Und je nachdem was ich lerne, muss ich mich für Magie mit dem Ziel, also mit Lebewesen, beschäftigen. Oder für Zauberei mit der toten Materie um die Lebewesen herum, also den Elementen beschäftigen.«

»Und du lernst Zauberei?«

»Ja, auch wenn Frauen normalerweise Magie erlernen. Aber als Kriegerin bin ich eher für Zauberei geschaffen, was leider viele dieser engstirnigen Meister nicht akzeptieren.«

Um das Thema zu wechseln, frage ich nochmals nach. »Und wie bist du hierher gelangt. Ist sicher kein normales Ausflugsziel für eine Studienreise.«

Mit einem leisen, aber auch traurigen Lachen antwortet Sonja: »Nein, wirklich nicht. Der König von Nordwehr, ein Königreich, das direkt an dieses Gebiet angrenzt, wollte eine Expedition hierherschicken. Sie sollten überprüfen, ob es hier Ork-Aktivitäten gibt. Bei solchen Expeditionen ist es üblich, dass ein Vertreter unserer Universität mitkommt. Da gerade Studienpause ist und keiner der Zauberer mitreisen wollte, fiel das Los auf mich. Jedenfalls habe ich vor ungefähr zwei Monaten den Auftrag bekommen, mich in Aranis, der Hauptstadt von Nordwehr, zu melden und diese Expedition zu begleiten. Der Rest ist ganz einfach. Es gab mehr als ausreichend Ork-Aktivität und eine Übermacht der Orks nahm uns gefangen. Was mit meinen Begleitern geschah, sofern sie den Kampf überlebten, weiß ich nicht. Auf jeden Fall landete ich in der Arena und den Rest kennst du.«

»Aber die Arena steht schon seit Jahren. Gab es die ganze Zeit über keine Hinweise auf diese Aktivitäten?«

Mit todernster Stimme, so wie ich Sonja noch nie hatte reden hören, sagt sie: »Genau das beschäftigt mich. Dieses Gebiet wird seit Jahrhunderten durch unsere besten Meister magisch überwacht. Und keiner der Meister hat angeblich etwas bemerkt. Was nur zwei Schlüsse zulässt: Entweder die Meister haben sich mit den Orks gegen die Menschen verschworen, was ich für unmöglich halte. Oder die Ork-Zauberer sind so mächtig geworden, dass sie unsere Zauberer über Jahre getäuscht haben. Aber auch dies ist in meinen Augen unmöglich, da die Täuschung für so ein großes Gebiet und in dieser Genauigkeit unglaubliche Macht erfordert. Auf jeden Fall sind beide Möglichkeiten erschreckend und eine andere Erklärung fällt mir nicht ein.«

Sprachlos von dem eben Enthüllten gehe ich schweigend einige Zeit neben Sonja her und versuche, die Informationen zu verarbeiten. Entweder eine Verschwörung ungeheuren Ausmaßes oder unbegreiflich mächtige Ork-Zauberer. Beides keine rosigen Aussichten.

»Und darum riskieren wir die Passage mit den Piraten, um so schnell wie möglich die Zauberer zu informieren?«

Zögerlich antwortet Sonja: »Letztlich ja. Es stimmt zwar auch, dass ich nicht weiß, auf wie viele Orks wir auf dem Landweg treffen. Aber die Schnelligkeit, diese Information an die Zauberer zu übermitteln, ist wichtig. Ich habe dich nicht bewusst angelogen, lange konnte ich mir aber diese Möglichkeiten nicht eingestehen.«

»Ich glaube dir. Dann lass uns einen Schritt zulegen, damit wir bald auf Piraten treffen.«

Ohne eine Antwort beschleunigt Sonja ihre Schritte. Aber das Lächeln auf ihrem Gesicht macht mir deutlich, wie dankbar sie ist, dass ich auf die Notlüge nicht eingegangen bin. Und letzten Endes ist diese auch unwichtig.

Auch ich beschleunige meine Schritte und in leichten Laufschritt bewegen wir uns Richtung Süden, immer in der Hoffnung auf Nahrung oder ein Schiff zu finden.

Die nächsten Stunden marschieren wir an der Steilküste entlang in Richtung Süden. Da die Sonne gnadenlos auf uns herabstrahlt und zudem vom Meer reflektiert wird, kommen wir trotz der moderaten Temperaturen ins Schwitzen. Es gibt keine kühlende Brise oder ein bisschen Schatten am Strand. Da ich nun darauf geachtet habe, merke ich, wie Sonja um die Mittagszeit langsamer wird und die Schritte immer schleppender. Denn auch wenn wir Wasser haben, so liegt unsere letzte Mahlzeit schon fast zwei Tage und zwei Nächte zurück.

Wenn sie doch nur nicht das Abendessen mit mir geteilt hätte, dann hätte sie noch einmal frühstücken können. Dann hätte ich aber entweder die Wahrheit sagen müssen, dass ich keinen Hunger spüre und auch lange ohne Essen auskomme. Oder ich hätte ihr Angebot einfach ablehnen sollen und einen Streit riskieren sollen. Aber jetzt ist es zu spät, über den Fehler noch nachzudenken. Jetzt ist eine Lösung wichtig. Aber was. Nach Essen fischen? Mit was? Mit einem Schwert? Da hatte ich schon bessere Ideen.

»Da vorne ist ein Pfad«, höre ich Sonja sagen und erwache aus meinen Überlegungen. Und wirklich, sie hat einen Pfad entdeckt. Während ich in Gedanken abgelenkt war, war Sonja trotz der Erschöpfung noch aufmerksam genug, den Pfad zu erkennen. Sie ist wirklich eine Kämpferin. Und ich sollte auch einer sein und nicht vor mich hingrübeln.

»Ja, es sieht so aus als kämen wir damit auf die Steilküste hinauf.« Ich bestätige das Offensichtliche, um überhaupt etwas zu sagen.

Der Pfad führt direkt vom Strand über Windungen hinauf auf die Küstenkante. Da es schon Mittag ist und die Sonne sich zum Teil hinter der Steilküste versteckt, liegt sie im Schatten. Dies spricht umso mehr für Sonjas scharfen Blick.

»Lass uns oben Pause machen«, antwortet Sonja auf die Frage, die ich gerade stellen wollte. Sie kann bereits meine Gedanken erahnen.

Und um zu beweisen, dass sie noch fit ist, beschleunigt sie wieder ihren Schritt und hält auf den Pfad zu. Wie immer bleibt mir nur die Möglichkeit, ihr hinterherzulaufen.

Was für ein Dickschädel, geht mir durch den Kopf,

wobei ich dabei schmunzeln muss.

Der Aufstieg geht relativ schnell und wir schaffen es ohne Pause. Augenscheinlich wird der Pfad öfter genutzt, denn er ist gut ausgebaut und an manchen steilen Stellen sind Seile gespannt, an denen man sich festhalten kann.

Oben angekommen befinden wir uns in einem Gebüsch, das das Ende des Pfades versteckt. Oder den Anfang, je nach der Perspektive.

»Das ist ein Schmugglerpfad«, raunt mir Sonja zu »Wir müssen vorsichtig sein.«

Gerade noch kann ich einen spöttischen Kommentar wie ›Wirklich. Und ich dachte das ist eine Hauptverkehrsstraße‹ verkneifen, denn für so etwas ist jetzt nicht gerade der richtige Zeitpunkt.

Wie um diesen Gedanken zu bestätigen, höre ich leise Geräusche von einem Gespräch. Zu leise, um es zu verstehen. Aber laut genug um zu wissen, dass sich Menschen unterhalten. Auch Sonja muss dies gehört haben, denn ihr Atem wird flacher und ihr Körper signalisiert Aufmerksamkeit.

Mit einem Blick teilt sie mir mit, ihr leise zu folgen. Sie schleicht sich durch das Gebüsch in Richtung der Geräuschquelle, die sich irgendwo vor uns befindet. Und obwohl ich versuche, mich ganz auf die Umgebung zu konzentrieren, merke ich, wie immer wieder meine Augen zu Sonja hingleiten. Denn sie bewegt sich mit der Eleganz eines Kriegers. Dies gepaart mit ihrer Schönheit macht es schwer, sich zu konzentrieren.

Der Bereich jenseits des Gebüsches ist mit hohen Bäumen bewachsen, die das Tageslicht abhalten und die Umgebung ins Halbdunkel tauchen. Leider gibt es deshalb aber auch kein Unterholz, um sich zu verstecken.

Das Gespräch ist mittlerweile gut zu verstehen. Augenscheinlich streiten sich zwei Personen um die richtige Zubereitung eines Mittagsmahls. Das nun auch zu riechen ist. Der Geruch von gebratenem Fleisch hängt in der Luft und man hört das Knacken des Feuers, wenn man darauf achtet. Ein Knurren aus Sonjas Magenbereich weist mich daraufhin, dass auch sie das Essen gerochen hat.

Mit einem weiteren Blick zu mir zurück und einer klaren Handgeste weist sie mich an, dass wir uns aufteilen sollen und uns von zwei Seiten an das Lager heranschleichen. Nun, ist sie der Boss.

Ohne auf eine Reaktion zu warten, nähert sie sich weiter dem Lager und weicht dabei zur rechten Seite aus.

Also nehme ich wohl die linke Seite.

Das Anschleichen ohne Unterholz ist schwierig, denn es bleibt nichts anderes übrig, als von Baumstamm zu Baumstamm zu huschen. Und meine Figur ist nicht geschaffen für das Verstecken hinter einem normalen Baumstamm.

In der Ferne ist das Lagerfeuer zu erkennen, das durch die Bäume schimmert, und der Schatten einer Person. Ich halte mich noch weiter nach links, bis ich glaube, dass sich die Lagerstelle zwischen mir und Sonja befindet. Da ich überzeugt bin, dass sie auch schon so weit ist und auf das Lager zu schleicht, beginne ich mit meinem Versuch. Nur komme ich mir dabei wie ein Kriegselefant vor, denn in der Arena war Anschleichen kein Mittel, das man benötigte. Dort war eher der schnelle und direkte Angriff gefragt.

Ich husche von Baum zu Baum und nähere mich dem Lager. Zum Glück unterhalten sich die zwei Zeitgenossen dort ausführlich über ihr Essen und hören mich somit nicht. Jedes Mal, wenn ich ungeschickterweise auf einen trockenen Ast trete und er unter meinen Füßen zerbricht, bleibe ich stehen, in der Erwartung, dass mich die beiden angreifen.

»Schön, langsam sollte der Vogel gar sein«, höre ich den einen der beiden sagen.

»Warte noch ein bisschen, halb roh schmeckt er nicht«, erwidert der zweite.

»Als würde das bei deinen Kochkünsten etwas ausmachen, ob es roh oder durch ist.«

Danach folgt noch eine längere Diskussion über die Kochkunst des zweiten mit vielen deftigen Ausdrücken.

Mittlerweile befinde ich mich hinter einen Baum ganz nah am Lagerfeuer und kann den auf meiner Seite sitzenden Menschen sehen.

Er ist eher von kleiner, aber robuster Statur mit einer tätowierten Glatze. Als Bewaffnung dient ein Krummsäbel, der an seiner rechten Seite hängt, weitere Waffen kann ich aus meinem Blickwinkel nicht erkennen. Aber über seinem Hemd verläuft noch ein Lederriemen schräg über die Schulter gehängt. Dies deutet auf Wurfwaffen hin, die über Brust und Bauch hängen. Also haben wir die Piraten gefunden.

Was nun? Weiter anschleichen ist unmöglich. Soll ich nun angreifen? Oder soll ich warten, was Sonja macht? Und warum gibt es keine Wachen? Wenn hier Orks umherstreifen würde ich Wachen aufstellen.

Wie gerne würde ich mit Sonja darüber reden, was zu

tun ist. Denn das hier ist nicht mein Revier. Bevor ich weiter darüber nachdenken kann, springt plötzlich der Pirat vor mir auf und zieht seine Waffe. Aber er dreht sich nicht zu mir um, sondern will am Lagerfeuer vorbei zur anderen Seite. Zu Sonjas Seite! Sie haben Sonja entdeckt!

Instinktiv springe ich hinter dem Baum hervor und überbrücke die kurze Distanz zum Piraten in Windeseile.

»Waffen runter! Sonst bist du tot«, flüstere ich ihm ins Ohr, während mein Schwert auf seinen Rücken zielt.

Auf der gegenüberliegenden Seite des kleinen Feuers steht sein Kumpan. Ein großer, aber feingliedriger Pirat mit vornehmer Kleidung und zwei Degen in seinen Händen.

Und sein Blick ist auf mich gerichtet.

Ich Idiot! Sie haben die Waffen gezogen, nicht weil sie Sonja gehört haben, sondern weil ihr Gespräch in einen Streit geendet hat. Und ich war durch meine Gedanken so abgelenkt, dass ich dies nicht bemerkt habe.

Gerade als der Degenkämpfer auf mich losstürmen will, sehe ich wie sein Gesicht erstarrt und er seine Degen fallen lässt. Auch mein Pirat lässt seine Waffe fallen.

Der Degenkämpfer setzt sich langsam mit den Händen auf dem Rücken hin und hinter ihm taucht das Gesicht von Sonja auf. Und was für ein spöttisches Lächeln sie hat! Lieber wäre mir ein vorwurfsvoller Blick gewesen, aber nicht so ein Lächeln. Über diese Aktion wird sie sicher noch ein paar Bemerkungen fallen lassen.

Mit einem leichten Piks in den Rücken weise ich meinen Gefangenen darauf hin, dass er doch bitte dem

Beispiel seines Kumpels folgen soll.

Von der gegenüberliegenden Seite des Feuers ist Sonjas Stimme zu hören.

»Das war ein toller Plan.« Der Tonfall macht aber sehr deutlich, dass sie anderer Meinung ist.

Bevor ich antworten kann, richtet der kleine Pirat seine Stimme an mich:»Ihr habt einen großen Fehler gemacht!«

»Wenn du meinst«, kommt von mir zurück.

»Ja, ihr habt unsere Wachen übersehen.«

»Welche Wachen denn?«, hake ich mittlerweile doch etwas beunruhigt nach.

Und an Sonja gerichtet frage ich:»Hast du Wachen gesehen?«

Verdutzt gibt sie zurück:»Nein. Und seit wann kannst du die Sprache der Piraten?«

»Wieso? Ich rede wie immer.«

»Nein, du sprichst fließend ihre Sprache! Die Sprache auf der Insel Rhod.«

Jetzt bin ich verdutzt, denn ich habe keinen Unterschied gemerkt. Weder, dass die Piraten eine andere Sprache gesprochen haben noch, dass ich eine andere Sprache benutzt habe.

Bevor wir dieses Thema weiter erörtern können, unterbricht uns der kleine Pirat:»Ich will euch zwei Turteltäubchen nicht stören. Aber wenn ihr euch nicht nur schmachtende Blicke zuwerfen würdet, sondern in den Baumwipfel über meiner linken Schulter blicken würdet. Dort sitzt mein Kollege Madex und er zielt mit einer schönen Armbrust direkt auf dich. Und mein Kollege Sharkeye ist auch noch auf irgendeinem Baum versteckt und hat deine Freundin im Visier. Also lasst die Waffen fallen.«

Besorgt suche ich die Baumwipfel ab und wirklich, dort oben sitzt eine Gestalt. Man kann zwar nicht erkennen, ob sie eine Waffe hat, aber das glaube ich dem Piraten. Denn was würde sonst da oben ein Pirat machen.

»Da oben in den Bäumen sitzt ein Pirat mit einer Armbrust und zielt auf mich. Und angeblich sitzt noch ein weiterer dort oben und der hat dich im Visier. Wir sollen die Waffen fallen lassen, schlägt mein neuer Freund hier vor«, informiere ich Sonja.

Auch Sonja sucht die Bäume ab und ihr Blick bleibt kurz auf dem Baum mit Madex hängen.

»Das ist schlecht. Wie ich schon sagte, ein toller Plan. Und nun, wie geht dein Plan weiter?«

»Nun ich könnte der Armbrust von meinem Gegner wahrscheinlich ausweichen, denn ich weiß, wo er sitzt. Aber was ist mit dir?«

»Eher unwahrscheinlich. Ich bin auch ziemlich erschöpft.«

Dass sie zugibt, erschöpft zu sein, führt mir vor Augen, dass sie sich über diese Situation ernste Sorgen macht, denn sonst hätte sie noch gescherzt.

»Also« Ich richte das Wort wieder an den Gesprächsführer der Piraten. »man könnte sagen, es ist ein Patt. Denn dich werde ich auf jeden Fall töten, bevor dein Kumpel mich trifft. Und dies gilt auch für meine Begleiterin.«

»Ja, wahrscheinlich«, gibt der zurück. »Aber dann seid ihr auch tot!«

»Man könnte also sagen, es wäre eine unbefriedigende Lösung für alle Anwesenden. Aber was wäre eine bessere Möglichkeit?«

»Ihr könntet euch ergeben und wir nehmen euch gefangen«, antwortet der große Pirat.

»Das wäre aber eine sehr unbefriedigende Lösung für mich und meine Gefährtin. Denn dann wären wir wahrscheinlich tot oder zumindest wieder Gefangene. Also ein besserer Vorschlag wäre doch wünschenswert.«

»Ihr nehmt meinen kleinen Kumpel als Geisel und verschwindet langsam. Und wenn ihr weit genug weg seid, lasst ihr ihn frei«, äußert der große Pirat und blickt dabei seinen kleinen Kumpel mit festem Blick an.

Also ist der Große der Anführer. Und er ist bereit, den Kleinen für sein Leben zu opfern. Perfekt. Er hängt also sehr an seinem Leben. Und die anderen in den Bäumen trauen sich wahrscheinlich nicht uns anzugreifen, solange ihr Anführer in Gefahr ist.

»Hört sich schon besser an, aber noch nicht ganz befriedigend. Denn wenn ich auch sicher bin, dass du um das Wohl deines Freundes besorgt bist, kann es durchaus sein, dass du bereit bist ihn zu opfern, um uns zu töten. Wir brauchen Essen und ein Schiff, um in das Menschenreich zu kommen.«

Der große Pirat beginnt zu lächeln und präsentiert dabei zwei Reihen von weißen Zähnen, unterbrochen durch zwei Goldzähne in der Mitte.

»Oh, du willst ein Geschäft machen. Das ist doch was anderes. Was hast du zu bieten. Deine Freundin etwa?«

Erzürnt über diesen Vorschlag antworte ich:»Schade, dass sie dich nicht versteht. Andererseits hätte sie dich sonst bereits umgebracht. Also lass solche Aussagen zukünftig, außer du planst deinen Selbstmord. Aber wir könnten dir Geld anbieten!«

Erfreut erwidert mein neuer Geschäftspartner:»Ach, du hast Geld bei dir? Sieht man dir gar nicht an.«

»Nein, aber meine Begleiterin hat große Reichtümer zu Hause.«

»Oh, Zahlung per Nachnahme. Das mögen wir eigentlich nicht so gerne. Aber da die Orks unser Geschäft hier etwas eingetrübt haben, sind wir dazu bereit. Natürlich nur gegen einen kleinen Aufschlag!« Ironisch wiederhole ich.»Nur ein kleiner Aufschlag. Und wie viel kostet somit eine Reise für zwei Personen ins Menschenreich? Und zwar an Bord deines Schiffes. Nicht eingesperrt, verletzt oder tot, versteht sich natürlich. Und inklusive ausreichend Essen und Süßwasser.«

»Oh, mit Sonderwünschen in der Luxusklasse. Und Menüwünschen. Wird ein Unterhaltungsprogramm auch noch gewünscht?«

»Nein, lieber nicht«, gebe ich zurück»Denn ich glaube wir haben da verschiedene Vorstellungen, wie das aussehen sollte. Und wer daran teilnehmen sollte.«

Mein Geschäftspartner murmelt vor sich hin, als würde er ernsthaft ausrechnen, was dies kostet.

»Personen in der Luxusklasse mit Vollpension, aber ohne Unterhaltungsspaß. Das macht tausend Golddukaten und bei Zahlung per Nachnahme fallen natürlich noch fünfhundert Golddukaten Bearbeitungsgebühr an. Und damit meine ich Golddukaten aus den Menschenreichen und nicht unsere verwässerte Währung, die eher Kupferdukaten heißen sollte.«

»Da müsste ich mich mit meiner Begleiterin beraten. Wenn du uns dein Ehrenwort gibst, dass ihr uns nicht angreift, werden wir euch nicht töten!«

Mit einem Lächeln auf den Lippen antwortet er:»Du hast mein Ehrenwort darauf. Und gerne kannst du dich mit deiner Frau beraten.« Und mit lauterer Stimme, damit ihn ja seine Kumpels hören, fährt er fort:»Denn natürlich muss man als Pantoffelheld seine Frau bei Geldfragen um Erlaubnis fragen.«

Und wie zu erwarten, beginnen seine Kumpels anzüglich zu lachen. Entweder weil ihnen die Anspielung gefallen hat oder weil man lacht, wenn der Anführer einen Witz erzählt.

Diese Affen ignorierend senke ich langsam die Waffe und auch Sonja folgt meinem Beispiel.

Mit einer Kopfbewegung mache ich ihr klar, dass wir uns etwas abseits von den Piraten unterhalten sollten. Die Piraten bleiben weiterhin sitzen, nehmen aber die Hände vom Kopf und ihre Waffen wieder in Besitz.

Sonja und ich treffen uns etwas abseits von den Piraten.

»Und. Was haben sie gesagt? Und woher kannst du ihre Sprache?«

»Keine Ahnung, ich kann ihre Sprache einfach. Und sie haben ein Schiff und sind bereit, uns in die Menschenreiche zu bringen.«

Augenscheinlich wechsle ich automatisch in die jeweilige Sprache meines Gesprächspartners, ohne es zu merken, denn nun kann sie mich wieder verstehen.

»Und was kostet uns das?«

»Sie wollen dafür fünfzehnhundert Golddukaten aus den Menschenreichen. Zahlbar bei Ankunft.«

Ohne mit der Wimper zu zucken, antwortet sie leise mit einem erleichterten Lächeln, um keinen Verdacht

120

aufkommen zu lassen, falls die Piraten unsere Gesichter beobachten.

»So viel Gold habe ich nicht. Dafür kann man ein neues Schiff kaufen.«

»Wie viel Gold hast du?«

»Vielleicht zweihundert Golddukaten kann ich auftreiben. Aber das müsste auch jemand in der Königsstadt abholen und an die Stelle bringen, wo sie uns absetzten wollen.«

Was so viel bedeutet, dass wir kein Geld haben. Aber egal. Erst mal weg von hier. Das Problem mit der Bezahlung lösen wir halt später. Auch ist es fraglich, ob sie uns so einfach gehen lassen würden, wenn wir nicht die Reise buchen würden.

»Ich werde behaupten, dass wir das Geld auftreiben können. Und ich werde den Preis noch etwas drücken, damit sie dies auch glauben. Oder was meinst du?«

Mit gespielter Überraschung antwortet sie: »Oh, du fragst mich nach meiner Meinung bezüglich eines Planes. Der vorhin hat doch auch sehr gut funktioniert.«

Wie erwartet reitet sie weiter auf dem missglückten Überraschungsmanöver umher. Und da es wahrscheinlich egal ist, wie ich diese Entscheidung begründe, ignoriere ich es einfach.

»Darum frage ich euch, Allwissende. Lasst mich an eurer Weisheit teilhaben und erleuchtet mich bei meinem Versuch, eine Entscheidung mit meinem beschränkten Geist zu fällen«, antworte ich in meinem sarkastischsten Tonfall, der mir möglich ist ohne zu lachen. Augenscheinlich kann ich es doch nicht einfach ignorieren.

Mit ernstem Blick und ernster Miene kommt als

Revanche von ihr zurück: »Nun endlich erkennst du die Wahrheit. Und da deinem einfachen Geist eine Erleuchtung wahrscheinlich nicht ausreicht, antworte ich so klar wie möglich. Verfolge deinen Plan, denn diesmal scheint er sogar überlegt zu sein.«

Leider kann sie aber das spöttische Leuchten in ihren Augen nicht unterdrücken, und gerade als ich zu einer weiteren ironischen Antwort ansetzen will, ruft mich mein Geschäftspartner vom Lager her: »Hey du, musst du immer so lange betteln, bis du an den Sparstrumpf deiner Frau darfst. Oder an einen anderen Strumpf.«

Und wieder ist hämisches Gelächter seiner Kollegen zu hören.

Am liebsten würde ich ihm eine Antwort mit dem Schwert geben, aber leider gibt es da diese Bogenschützen.

Wir begeben uns wieder zum Lagerfeuer zum Anführer der Piraten, wobei sich Sonja etwas abseits von mir hält. Denn sollte es zu einem Kampf kommen, wollen wir uns dabei nicht gegenseitig behindern.

»Und?«, fragt der Piratenanführer nach »Hast du die Erlaubnis bekommen?«

»Ja, aber der Preis ist zu hoch. Ich will das Schiff mieten und nicht kaufen. Und selbst dann wäre es nicht fünfzehnhundert Golddukaten wert.«

Mit gespieltem Entsetzten antwortet der Piratenanführer: »Was? Keine fünfzehnhundert Golddukaten soll das Schiff wert sein. Du beleidigst mich und mein Schiff vor meinen Freunden. Du verletzt meine Gefühle. Zudem muss ich eine Mannschaft nur bestehend aus den besten Männern unterhalten. Auch darfst du nicht die exquisiten Speisen für eure Reise

vergessen. Also was schlägst du für einen Preis vor?«
Seine Lobpreisungen für sein Schiff und seine Mannschaft werden von den Piraten mit hämischem Gelächter unterstützt. Augenscheinlich will er aus der Preisverhandlung eine Vorstellung für seine Männer und sein Ego machen.

»Natürlich sehe ich, dass deine Mannschaft aus den besten Männern besteht.« Ich deute dabei auf den kleinen Piraten, den er uns noch vor ein paar Minuten als Geisel geben wollte. Der Pirat Madex beginnt hämisch zu lachen, der kleine Pirat blickt eher verdrießlich.

»Aber ob die Qualität der Speisen wirklich so gut ist wie du anpreist, bezweifle ich. Denn vorhin warst du anderer Meinung bei der Zubereitung eines Vogels. Übrigens dürfte er jetzt durch sein.«

Mein Geschäftspartner muss nun unwillkürlich schmunzeln, während der kleine Pirat eiligst den übergaren Vogel aus dem Feuer holt.

»Auch hat mir meine Frau verboten, so viel Geld für nur eine Reise auszugeben. Also ich würde sagen, fünfhundert Golddukaten sind genug. Überdies sind wir sehr gesellige Reisegefährten.«

Mit aufgerissen Augen blickt mich mein Geschäftspartner an und mit gespielter Verzweiflung antwortet er:»Fünfhundert! Fünf … fünfhundert. Damit decke ich nicht einmal die Unkosten. Und ich habe eine Frau und fünf Kinder zu ernähren. Zwölfhundert sind das Mindeste. Und dabei zahle ich noch drauf.«

»Siebenhundert und das nur, weil ich nicht will, dass deine Kinder hungern müssen. Aber keine Dukate mehr, weil sonst uns zu Hause der Hungertod droht. Da können wir auch hier verhungern. Und müssen nicht das Essen deines Koches ertragen«, gebe ich zurück.

»Nun, du hast vielleicht recht, das Essen des Koches ist ein Grund für einen Preisnachlass. Aber unter tausend gehe ich nicht. Lieber erschlage ich dann meinen Koch und richte die Speisen selbst zu.«

»Das wollen wir auch nicht. Außerdem, so schlecht sieht der Vogel auch nicht aus. Aber mehr als achthundert kann ich nicht bieten, sonst macht mir meine Frau das Leben zur Hölle.«

Mit einem schiefen Lächeln blickt mich der Anführer an und hält mir seine Hand hin.

»Neunhundert ist mein letztes Angebot. Denn ich will kein streitendes Ehepaar auf dem Schiff haben und auch dem jungen Glück nicht schaden. Die neunhundert sind fällig nach Ankunft in den Menschenreichen. Und um die Bezahlung zu gewährleisten, bleibt einer von euch meine Geisel, bis der andere das Geld gezahlt hat. Um dies abzusichern wird ein Vertrag nach den Regeln von Rhod geschlossen.«

»Ein bisschen wird meine Frau schon keifen, weil ich so ein großzügiger Mensch bin. Aber neunhundert ist in Ordnung. Meine Frau und ich werden lebendig, ohne Hunger oder Gewalt in die Menschenreiche gebracht. Und zwar in eines der sieben Königreiche und nicht nach Rhod. Die Zahlungsmodalitäten sind in Ordnung. Aber ich bin die Geisel und meine Frau holt das Geld.«

Mit diesen Worten nehme ich seine Hand und schlage ein.

Der Anführer und der Koch nehmen Platz am Feuer, auch Madex im Baum dreht sich ab. Augenscheinlich halten sich die Piraten an ausgemachte Verträge. Oder sehen uns einstweilen weder als Gefahr noch als Opfer. Sondern als einen lukrativen Auftrag. Mir kann es recht sein. Hauptsache, weg von den Orks.

Also gehe ich hinüber zu Sonja und flüstere ihr ins Ohr: »Wir haben eine Passage für neunhundert Golddukaten.«

»Das hört sich gut an. Zumindest kommen wir hier weg. Aber wir müssen uns etwas überlegen, wenn wir in den Menschenreichen ankommen. Denn wie du weißt, haben wir keine Chance, so viel Geld aufzutreiben. Aber du hast gut verhandelt.«

Etwas irritiert blicke ich sie an. Hat sie mich gerade gelobt. Dann war das ein guter Zeitpunkt, ihr die Hochzeit mit mir mitzuteilen.

»Ich habe etwas geflunkert. Unter anderem glauben die Piraten, dass wir verheiratet sind.«

Zu meiner Überraschung ist ihr einziger Kommentar: »Oh. Nun gut. Hauptsache, wir kommen hier weg. Und jetzt lass uns essen.«

Gemeinsam setzten wir uns zu den Piraten ans Feuer. Die reichen uns wortlos einen Teil vom Vogel, den Sonja sofort gierig verschlingt. Während ich meinen Teil esse, mustere ich die Piraten genauer.

Der kleine Pirat ist für einen Koch sehr muskulös. Eine Narbe unterhalb seines rechten Auges weist darauf hin, dass er nicht immer Koch ist. Der Anführer hingegen hat das Gesicht eines Adeligen, ohne Narben oder sonstige Verletzungen. Er sieht aus wie jemand, der nicht oft kämpft. Aber seine Augen verraten, dass er jeden tötet, der ihm im Weg steht. Und das wahrscheinlich meistens hinterrücks und ohne mit der Wimper zu zucken. Er ist der Gefährlichere der beiden.

»Wie heißt ihr?«, fragt er undeutlich während er noch einen Bissen des Vogels in seinen Mund zerkleinert.

»Meine Begleiterin heißt Isolde. Und ich heiße Trajan. Und ihr?«

»Ich bin Lord Farkat, Kapitän der ›Wellenreiterin‹. Und das ist mein Koch Cookie. Und in den Bäumen das sind Madex und Sharkeye, aber das weißt du schon. Und wenn ihr mich anredet, nutzt meinen Titel Lord Farkat oder Kapitän. Aber nie Kapitän Farkat. Denn diesen Titel habe ich mir verdient und nicht nur geerbt wie die meisten meiner Kollegen.«

»Und wann kommt die ›Wellenreiterin‹, damit wir aufbrechen können, Lord Farkat?«

»Heute Nacht ist sie wieder da. Dann laden wir ein und im Dunkeln können wir dann wieder auslaufen.«

Ohne Pause wechselt Lord Farkat plötzlich die Sprache und richtet nun seine Worte an Sonja.

»Und Isolde, was macht ihr hier in dieser schönen Gegend?«

Geistesgegenwärtig reagiert Sonja und antwortet.

»Wir haben dies leider als Ziel für unsere Hochzeitsreise ausgesucht. Denn wir wollten nicht wie alle meine Freunde in die Höhle von Kalkas oder die Feenbrunnen von Füssal besuchen. Also haben wir uns für eine Abenteuerreise entschieden. Aber niemand hat uns gewarnt, dass hier so viele Orks herumziehen. Eines Nachts wurden wir von ihnen überfallen. Unsere Soldaten und Bediensteten haben versucht, sie aufzuhalten, aber, es tut mir leid, ich kann nicht darüber sprechen.«

Dabei blickt sie, als würde sie gleich losheulen.

Also ist es an der Zeit, dass ich das Schauspiel

fortführe. Sanft nehme ich Sonja in den Arm und richte leise Worte in der Sprache der Piraten an Lord Farkat, so als wolle ich meine Frau nicht weiter aufregen.

»Es ist noch zu schmerzhaft für meine Frau, darüber zu reden. Denn unter den Gefallenen waren viele alte Freunde und auch ihre Hausdamen. Wir konnten zum Glück fliehen, aber was aus dem Rest wurde, wissen wir leider nicht. Und auch wenn ich als ehemaliger Soldat gerne zurückgekehrt wäre, so hätte es mein Schwiegervater nie verziehen, wenn seiner Tochter etwas passiert wäre.«

Augenscheinlich zufrieden mit der Antwort lehnt sich Lord Farkat etwas zurück.

»Aber wie habt ihr hierherreisen dürfen. Niemand darf ohne Erlaubnis von König Ursal die große Mauer überqueren?«

Ohne mit der Wimper zu zucken antworte ich:»Der Vater meiner Frau hat einige Beziehungen spielen lassen, um ihr das zu ermöglichen. Denn ich bin ehemaliger Soldat und meine Frau wollte auch mal ein Abenteuer erleben. Und da dachte ich, hier wäre es noch einigermaßen sicher.«

»Das dachten wir auch. Aber die Orks haben sich ausgebreitet wie die Pest. Früher waren nur vereinzelte Stämme hier und man konnte mit ihnen Geschäfte machen. Mittlerweile habe ich aber das Gefühl, eine ganze Armee ist hier. Und Geschäfte machen geht auch nicht mehr. Sie wollen einen nur noch töten. Als wollten sie nicht, dass jemand von ihrer Anwesenheit erfährt. Da haben sie aber nicht mit Lord Farkat gerechnet.«

»Nun. Wir sind froh, wenn wir hier weg sind.« Zum ersten Mal in diesem Gespräch sage ich sogar die

127

Wahrheit.

»Kann ich verstehen«, antwortet Lord Farkat »Ihr könnt aber gerne noch die Landschaft bis zum Zeitpunkt der Abfahrt genießen.«

»Danke, das werden wir tun.«

Sofort erhebe ich mich vom Lagerfeuer und auch Sonja steht auf und folgt mir in den Wald. Als wir außerhalb der Reichweite der Ohren der Piraten sind, kann Sonja ihre Neugier nicht mehr zurückhalten.

»Und?«

»Wir brechen heute Nacht auf«, antworte ich leise. »Außerdem habe ich Sharkeye entdeckt. Er sitzt direkt hinter dir auf dem Baum und könnte uns noch hören.«

»Glaubst du, es sind noch weitere Piraten versteckt?«, fragt Sonja, während wir uns vom Baum entfernen.

»Der Kapitän hat keine weiteren genannt und ich glaube, dass es auch nicht mehr sind.«

»Jetzt lass dir nicht alles aus der Nase ziehen, was habt ihr so lange besprochen?« Ihr Tonfall ist leicht genervt.

»Er hat noch ein paar Fragen zu unserer Hochzeitsreise gestellt. Vor allem, wie wir über die Große Mauer gekommen sind. Aber er hat uns die Geschichte wahrscheinlich abgekauft. Auch hat er erzählt, er hat Probleme mit seinen Geschäften mit den Orks. Weil sich hier eine Armee angesammelt hat. Und die Orks alle töten, die dies mitbekommen.«

Erschrocken blickt sie mich an. »Sagte er wirklich Armee.«

»Ja, wieso?«

»Weil auch ich das Gefühl habe, dass es mehr als nur ein paar Stämme sind, die sich hier niedergelassen

128

haben. Eine Armee würde aber bedeuten, dass die Orks die Menschen angreifen wollen.«

»Die Orks wollen doch immer Krieg führen, was ist daran so ungewöhnlich?«

»Weil die Orks normalerweise Krieg untereinander führen. Oder mit kleinen Rudeln die Mauer angreifen. Aber eine Armee hat es seit dem Großen Krieg nicht mehr gegeben. Und seitdem hat es auch keinen Anführer mehr gegeben, der die Orks einigen konnte. Augenscheinlich bis heute. Wir müssen unbedingt die Könige und die Meister informieren.«

»Und wirklich niemand hat etwas davon mitbekommen?«, frage ich mittlerweile noch mehr beunruhigt nach.

»Ja, und das ist das Ungewöhnlichste. Oder es bewahrheitet sich die Befürchtung, dass irgendein mächtiger Meister aus der Universität den Orks hilft. Wir müssen so schnell wie möglich in die Königsstadt.«

»Das werden wir machen. Aber wir sollten uns etwas ausruhen. Denn wir wissen nicht, was uns heute Nacht auf dem Schiff erwartet.«

»In Ordnung. Lass uns zum Lagerfeuer zurückkehren.«

Um keinen Verdacht aufkommen zu lassen, fasst Sonja nach meiner Hand und gemeinsam schlendern wir zum Lagerfeuer zurück.

Dort setze ich mich etwas abseits mit dem Rücken an einen Baum, um nicht wieder mit Lord Farkat reden zu müssen. Denn je weniger wir reden, desto geringer die Gefahr, dass unsere Lüge auffliegt.

Sonja setzt sich vor mich und legt meine Arme um ihre Schulter. Sie schmiegt ihren Kopf an meine Schulter und ich merke, wie sie einschläft. Währenddessen sitze ich weiter wachsam da und behalte die Piraten im Auge. Dabei denke ich die ganze Zeit über das wunderbare Gefühl nach, Sonja in den Armen zu halten und ihr Haar zu riechen. Denn auch wenn ich weiß, dass es nur Schauspiel für die Piraten ist, so ist es nach Jahren der Einsamkeit bei den Orks ein erhebendes Gefühl, die Körperwärme und den Geruch einer Frau zu spüren. Vor allem einer so schönen Frau.

Versunken in meine Gedanken merke ich kaum, wie die Zeit vergeht. Erst als sich die beiden Piraten vom Feuer erheben, erkenne ich auch, dass sich die Dunkelheit im Wald geändert hat. Es ist Nacht geworden. Sonja schläft noch immer tief und fest in meinen Armen, deshalb wecke ich sie sanft, indem ich in ihr Ohr blase.

»Aufwachen, ich glaube wir brechen auf.«

Von ihr kommt als Antwort nur ein undeutliches Brummen. Also mache ich noch einen Versuch.

»Aufwachen, das Abendessen ist angerichtet.«

Noch immer kommt nur ein Gebrummel von ihr, aber langsam beginnt Sonja sich zu bewegen und ich löse meine Arme von ihren Schultern.

»Guten Morgen, ich muss einfach eingeschlafen sein. Die nächste Wache übernehme aber ich.«

Also bin nicht nur ich der Meinung, dass man den Piraten nicht trauen soll.

»In Ordnung. Aber ich glaube, das Schiff ist angekommen.«

Nachdem sich Sonja erhoben hat, stehe auch ich auf und mache mir einen Überblick.

Der Kapitän und Cookie gehen zum Gebüsch, hinter

den sich der Pfad zum Strand versteckt. Die beiden anderen Piraten aus den Bäumen haben auch ihren Platz verlassen.

Also folgen wir dem Kapitän in Richtung des Gebüsches. Von dieser Seite aus ist der Pfad nicht zu entdecken. Und obwohl wir ihn erst vor ein paar Stunden benutzt haben, hätten wir den Zugang übersehen, wäre nicht der Kapitän vor uns hineingegangen. Zum Glück leuchtet der Mond heute Nacht sehr hell, sodass der Abstieg erleuchtet ist. Am Strand unten sind einige Piraten mit Fackeln und vier Ruderboote erkennbar. Und weiter draußen auf dem Meer ist ein Schiff vor Anker, wahrscheinlich die ›Wellenreiterin‹.

Je näher wir den Piraten kommen, umso deutlicher wird es, dass es sich um sieben Piraten handelt. Vier von ihnen graben Kisten am Strand aus, während die anderen beiden ihnen Licht spenden. Die vier Grabenden sind uns noch unbekannt, sehen aber aus wie typische Piraten: muskulös und mit Narben verziert. Die anderen beiden sind Madex und Sharkeye. Der siebte ist Lord Farkat, der die Grabungsarbeiten überwacht.

Augenscheinlich wurden die vier neuen Piraten schon über uns informiert, denn sie nehmen unsere Ankunft am Strand kaum wahr. Oder aber sie haben solche Angst vor Lord Farkat, dass sie sich nicht trauen, das Graben zu unterbrechen. Als wir direkt neben Lord Farkat an der Grabungsstelle ankommen, wird offensichtlich, dass sie aus Angst es nicht wagen, ihre Arbeit zu unterbrechen. Denn wenn sie glauben, ihr Kapitän schaut nicht zu ihnen hin, werfen sie interessierte Blicke auf Sonja. Leider aber von jenem Interesse, das Männer, die lange keine weibliche Gesellschaft mehr genießen durften, an Frauen haben. Und an dem keine Frau interessiert ist. Auch Sonja hat wahrscheinlich die Blicke gesehen, denn sie greift ihr Schwert fester und hüllt sich nun in den Mantel ein. Um auch meinen Standpunkt deutlich zu machen, lege ich den Arm um Sonjas Schultern und greife auch mein Schwert fester. Sie legt ihren Arm um meine Hüfte, froh um meine Unterstützung. Zum Glück, denn ich habe schon wieder befürchtet, dass sie sich bevormundet fühlt. Aber augenscheinlich glaubt sie seit unserem Streit in der Höhle wirklich, dass ich es nicht darauf anlege, sie zu bevormunden. Oder ihre Fähigkeiten anzuzweifeln.

Die Piraten haben mittlerweile zwei Kisten freigelegt und schleppen sie zu den Booten.

Lord Farkat blickt uns mit einem leichten Lächeln an.

»Wir können nun aufbrechen. Ich glaube, ihr beide wollt in einem Boot sitzen. Ich empfehle euch, dieses Zusammensein auf dem Schiff beizubehalten. Und einer sollte immer Wache stehen. Denn auch wenn ich jeden auspeitschen lasse, der meinen Vertrag mit euch gefährdet, so denken manche Männer nicht so weit. Und lasst diesen Mantel ruhig an, denn eure figurbetonende Rüstung kann deren Urteilsvermögen noch weiter reduzieren. Ich überlasse euch eine Kabine für euch allein, und dich, Isolde, bitte ich so wenig wie möglich zu verlassen.«

»Danke, das werde ich machen.«.

Also hat Lord Farkat wohl in der Sprache der Menschenreiche gesprochen.

Auch ich bedanke mich und gemeinsam gehen wir zu den Booten. Wie versprochen dürfen wir beide ein Boot benutzten, das von Sharkeye gerudert wird. Wahrscheinlich vertraut der Kapitän ihm am ehesten. Und er wirft zu keiner Zeit solche Blicke wie seine Kameraden in Sonjas Richtung.

9. Die Wellenreiterin

Das Schiff ist eine imposante Erscheinung. Ein Dreimaster mit einer Balliste am Bug. Auch ansonsten macht das Schiff den Eindruck eines Kriegsschiffes. Der Schiffsname der ›Wellenreiterin‹ ist mit großen Buchstaben in weißer Farbe seitlich an den Bug geschrieben worden. Was bedeutet: Der Kapitän legt größten Wert auf ein gepflegtes Schiff. Um diesen Schriftzug auch so weiß zu behalten, ist großer Aufwand erforderlich.

Das Boot schlägt an der Schiffsseite an und wir hangeln uns eine Strickleiter hoch.

Oben an Deck wartet Lord Farkat bereits auf uns. Auch Madex und Cookie sind schon an Bord. Die restliche Crew verstaut die ausgegrabenen Kisten. Als sie aber Sonja erblicken, bleiben sie ruckartig stehen und starren sie wie gebannt an.

»Meine liebe Crew,« beginnt Lord Farkat mit freundlicher Stimme »wie ich sehe, habt ihr extra innegehalten, um unsere neuen Gäste zu begrüßen. Sollte jemand auf die Idee kommen, mir mein Geschäft mit ihnen zu ruinieren, indem er die Ehe der beiden durch ungebührliche Avancen gegenüber der Frau gefährdet, sollte er dies überdenken. Und zwar mit seinem Gehirn im Kopf und nicht mit dem zwischen den Beinen. Denn sollte das Gehirn zwischen den Beinen die Entscheidung treffen, hänge ich denjenigen daran auf. Und nun möchte ich euch doch bitten, die Arbeit fortzusetzen.«

Obwohl er diese Worte ganz ruhig ausgesprochen hat, sind plötzlich wieder alle Piraten ganz versessen auf ihre

Arbeit. Dieser Lord Farkat ist wirklich nicht zu unterschätzen.

»Ich zeige euch nun euer Quartier. Und verwechselt diese Worte gerade nicht mit Freundlichkeit. Hier geht es ums Geschäft. Und solltet ihr nicht zahlen, so lernt ihr meine unfreundliche Seite kennen.«

Mit diesen Worten führt er uns zum Heck des Schiffes, wo sich unter Deck eine kleine Kajüte befindet. Er nimmt wohl öfters Gäste mit. Oder schmuggelt sie.

Die Kajüte ist groß genug für ein Bett und einen kleinen Schreibtisch mit einem Hocker, und genau das ist auch die gesamte Einrichtung. An der Innenseite der sehr massiven Tür befindet sich ein schwerer Riegel, Fenster oder sonstige Öffnungen nach Außen fehlen komplett.

Bei genauerem Hinsehen ist aber zu erkennen, dass der Türriegel jederzeit entfernt werden kann. Und beim Eintritt in die Kajüte sind mir auch die Verankerungen an der Außenseite des Türstocks aufgefallen. Diese Kajüte kann also ohne Probleme auch als Gefängnis genutzt werden.

Der Kapitän begibt sich wieder nach draußen. Endlich froh, allein zu sein, schließe ich die Tür und verriegle sie.

»Danke«, höre ich Sonja sagen.

»Wofür?«, frage ich ehrlich überrascht.

»Einfach, dass du mir bei den Piraten am Strand beigestanden bist.«

»Aber ich habe doch nichts getan.«

»Doch, du hast mich unterstützt. Und bei dir weiß ich, dass du es ehrlich dabei meinst. Und mich nicht als schwach darstellen willst.«

Etwas verunsichert durch diese unerwartete Antwort

überlege ich, was ich erwidern soll.

Sonja interpretiert dies als Erschöpfung, denn als Nächstes sagt sie:»Du solltest nun schlafen. Du musst unglaublich müde sein. Ich werde Wache halten und dich wecken, wenn was passiert.« Da ich noch immer keine Antwort weiß, lege ich mich schlafen.»Danke. Wecke mich, wenn du dich etwas ausruhen willst. Gute Nacht.«

»Gute Nacht, bis Morgen«, kommt von Sonja noch zurück, dann bin ich eingeschlafen.

Der Metallgolem steht regungslos vor mir und blickt mich an. Um mich herum stehen Zwerge und ein Mensch, gehüllt in einen dunkelroten Umhang. Der Metallgolem ist erfüllt mit Leben, seine Adern pulsieren im roten Licht, aber er macht keine Anstalten uns anzugreifen. Ich höre den Zauberer neben mir sagen.

»Wir haben es geschafft.«

Aber die Worte sind nicht an mich gerichtet, sondern an die Zwerge. Auch wird mir klar, dass der Zauberer und auch die Zwerge durch mich hindurch blicken als wäre ich nicht da.

Von Neugierde getrieben versuche ich das Gesicht des Zauberers zu erkennen, aber es ist in Schatten gehüllt. Die Höhle, in der wir uns befinden, aber ist durch glühendes Schmiedefeuer erhellt. Dieser Schatten will das Gesicht des Zauberers verhüllen und ist nicht natürlichen Ursprungs.

Ein Zwerg antwortet:»Ja, es ist vollbracht. Nun können wir die alte Ordnung wiederherstellen. Die Zukunft der Zwerge hat begonnen.«

Die anderen Zwerge fallen in Jubelgeheul ein und schwingen ihre Äxte.

Die Zwerge sind alle in schwarze Lederrüstungen gehüllt mit silbernen Metallhemden. Auf denen befindet sich mit leuchtend weißem Metall ein Kreis mit einem Dreieck. Diese Rüstungen und auch dieses Symbol waren auf keinem der Fresken in der Zwergenstadt zu erkennen.

Nachdem das Jubelgeheul der Zwerge verstummt ist, spricht wieder der Zauberer: »Ja, die Zukunft hat begonnen. Aber nicht die Zukunft der Zwerge.« *Und mit diesen Worten ist er plötzlich verschwunden. Die Zwerge sind wie erstarrt und blicken ungläubig an die Stelle, an der noch eben der Zauberer stand. Ein Zwerg brüllt noch laut* »Verräter«. *Doch die Faust des Metallgolems senkt sich und zerquetscht ihn. Die anderen Zwerge versuchen noch zu fliehen, aber der Metallgolem verrichtet seine Arbeit mit unglaublicher Geschwindigkeit. Ein Gefühl von tiefer Traurigkeit, aber auch Mitleid mit den Zwergen überkommt mich.*

Mit einem Ruck richte ich mich auf. Sonja sieht mich voller Sorge an; ihre Arme sind auf meine Schultern gelegt.

»Was ist denn los? Du hast tief und fest geschlafen. Dann hast du immer wieder gesagt ›Diese Narren, diese Narren‹ und dabei hast du dich umhergewälzt, als wärst du gefangen und wolltest kämpfen. Und vor allem dein Gesicht war mit einer Traurigkeit erfüllt, die ich noch nie an dir gesehen habe.«

Langsam lässt Sonja meine Schultern los und setzt sich auf den Hocker. Erst jetzt merke ich, dass mein ganzes Hemd verschwitzt ist und meine Fäuste verkrampft sind.

»Ich hatte einen Albtraum. Ich hoffe, ich habe nicht um mich geschlagen.«

Mit einem schiefen Lächeln blickt sie mich an.

»Nein, hast du nicht. Und dann hätte ich mich schon

gewehrt. Und das hättest du sicher gemerkt.«

Erleichtert atme ich aus.

»Was für ein Glück.«

Die Kajüte ist in schwaches Tageslicht gehüllt, was bedeutet, dass ich bis zum Morgen geschlafen habe.

»Wie spät haben wir es denn?«, frage ich in der Hoffnung, das Thema wechseln zu können.

Aber Sonja lässt da leider nicht so leicht los.

»Einige Stunden nach Sonnenaufgang. Also was hast du geträumt?«

»Ich habe vom Metallgolem geträumt.«

Etwas irritiert sieht sich mich an. »Wieso? Dass du Albträume deswegen hast, glaube ich nicht. Denn als du gegen ihn gekämpft hast, hast du keinerlei Angst gezeigt. Und warum warst du traurig?«

So leicht kann ich das Thema also nicht vermeiden. Und lügen will ich auch nicht. Deshalb antworte ich wahrheitsgemäß: »Es ging nicht um den Kampf. Ich glaube, es ging um die Erschaffung des Golems.«

»Wie meinst du das? Was genau hast du geträumt?«

Dieses Mal liegt eine ungewohnte Schärfe in ihrer Stimme.

»Es waren schwarz gerüstete Zwerge in der Höhle und ein rot gewanderter Zauberer.«

»Wie sah der Zauberer aus?«

»Sein Gesicht war im Schatten gelegen. Aber es hätte kein Schatten darauf liegen dürfen, denn die Höhle war hell erleuchtet. Und er hat wohl bei der Erweckung des Golems geholfen und ihn dann auf die Zwerge losgelassen.«

Mit blassem Gesicht sieht mich Sonja an und schweigt. Auch ich schweige, denn wenn sie mir etwas sagen will, wird sie es tun.

Nach einigen Minuten spricht Sonja mit tonloser Stimme teils zu mir, aber auch irgendwie zu sich selbst: »Es muss ein Kriegszauberer gewesen sein. Und ich dachte, so etwas wäre nur eine Legende.«

»Was ist ein Kriegszauberer? Ist das ein Zauberer, der auf Krieg spezialisiert ist?«

»Nein. Ein Kriegszauberer ist ein unglaublich mächtiger Zauberer. Er hat angeblich mehr Macht als die mächtigsten Meister zusammen. Es ist eine mythische Gestalt, die es noch vor der Gründung der Universität gab. Und er ist daran zu erkennen, dass sein Gesicht meist im Schatten liegt.«

»Nun gut, die Erschaffung und somit die Zerstörung der Stadt sind auch schon ewig her. Was ist daran so schlimm? Außerdem war es nur ein Traum.«

Sonja sieht mir nun direkt in die Augen und antwortet mit eindringlicher Stimme: »Die Gründung des Zaubererordens und damit verbunden der Universität erfolgte angeblich, als der letzte Kriegszauberer unter großen Opfern besiegt werden konnte. Dies war aber lange vor der Zerstörung der Stadt Zurak durch den Metallgolem. Das bedeutet, dass ein Kriegszauberer überlebt hatte und es niemand bemerkt hat.«

»Aber das ist doch auch schon lange her. Er ist einstweilen doch schon längst gestorben.«

»Das mag sein. Denn auch wenn sie angeblich lange leben können, so ist das doch zu lange her. Aber er kann seine Kunst weitergegeben haben und einen neuen Kriegszauberer erschaffen haben. Dies ist ein weiterer Grund, warum wir zur Universität zurückkehren müssen.«

»Und warum träume ich von so was?«, hake ich nach.

»Du wurdest vom Metallgolem berührt. Wahrscheinlich hast du es daher unbewusst erfahren. Nun will ich erst noch darüber nachdenken. Du kannst gerne auf das Deck gehen.«

»Bist du sicher? Ich will nicht, dass du hier unten allein eingesperrt bist.«

Mit einem Lächeln antwortet Sonja: »Ja, ich bin sicher. Aber im Gegensatz zu dir war ich die letzten Jahre nicht Gefangener der Orks. Deshalb will ich dich hier unten nicht mit einsperren. Ich will in Ruhe nachdenken, und da hilft es nichts, wenn du die ganze Zeit hier herumsitzt. Geh raus und genieß die frische Luft. Und vielleicht kannst du vom Kapitän erfahren, wie lange wir zur Insel brauchen.«

»In Ordnung. Wie Madam befiehlt.« Und bevor Sonja etwas erwidern kann, bin ich schon durch die Tür verschwunden.

Was für ein herrlicher Tag. Die Sonne strahlt auf das Deck herunter und ein leichter Wind bläst mir um die Nase. Auch ist die Temperatur angenehm kühl. Man merkt, dass der Winter ansteht.

Auf Deck sind die Piraten mit ihren Aufgaben beschäftigt, aber am Steuerrad kann ich Lord Farkat erkennen. Also steige ich die Treppe zur Brücke hinauf und stelle mich neben ihn.

»Guten Morgen, wie geht es unseren Passagieren?«, fragt er mit einem breiten Lächeln auf den Lippen, sodass seine goldenen Zähne in der Sonne blinken.

»Gut, nur auf das Frühstück warte ich noch.«

»Oh, haben Sie etwa gestern Abend nicht mehr den Zimmerservice informiert. Nun da müssen sie wohl

Cookie direkt in der Kombüse aufsuchen.«

»Danke, und wo ist die?«

»Einfach die Treppe ins Unterdeck runter und dann links halten. Da wo es am meisten stinkt, ist die Kombüse. Und noch ein Rat. Such unseren Barbier auf. Auch wenn es den Frauen immer nur auf die inneren Werte ankommt, so sollte man sich als Mann trotzdem ab und zu rasieren und die Haare schneiden. Sag Warren, dass du von mir kommst. Dann passt er besonders auf.«

»Alles klar. Nochmals danke«, erwidere ich und begebe mich auf den vorgeschriebenen Weg.

Mist! Jetzt habe ich vergessen zu fragen, wie lange die Überfahrt dauert. Und wo ich Warren finden kann. Aber jetzt erst mal ab zu Cookie und den kann ich dann auch wegen Warren fragen.

Das Schiff ist ungefähr dreißig Meter lang und acht Meter breit. Vorne befindet sich ein eingeschossiger Aufbau mit Unterkünften, am Heck ein eingeschossiger Aufbau mit der Kapitänskajüte und zwei weiteren Gästequartieren. Die Mannschaftsräume, Waffenkammer und Lagerräume befinden sich augenscheinlich unter Deck. Ein Zugang befindet sich in der Nähe unserer Kammer, ein weiterer ist am Bug des Schiffes zu erkennen.

Die Mannschaft ignoriert mich geflissentlich und so begebe ich mich unter Deck. Die Höhe des Unterdecks ist wohl nicht auf Menschen meiner Größe ausgerichtet, denn ich muss mich leicht ducken, um mir nicht den Kopf zu stoßen.

Eigentlich hielt ich es für einen Witz des Kapitäns, aber als ich mich links halte, steigt ein beißender Geruch in meine Nase. Dort muss wohl Cookie sein. Und wirklich, als ich die Kombüse betrete, hängt halb vergammeltes Fleisch von der Decke und auch der restliche Raum macht keinen appetitlichen Eindruck.

»Was willst du?«, schnauzt Cookie mich in einem unfreundlichen Tonfall an, passend zu seinem missmutigen Gesicht.

»Der Kapitän hat gesagt, ich soll hier etwas zu Essen holen«, gebe ich genauso freundlich zurück. »Und bitte etwas Essbares«, füge ich zur Vorsicht noch dazu.

»Dann habe ich nur Trockenbrot und etwas Pökelfleisch. Diesmal konnten wir keine frischen Lebensmittel bei den Orks besorgen. Zum Glück sind wir in einer Woche zu Hause.«

Mit diesen Worten reicht er mir einen harten Laib Brot und ein paar geräucherte Fleischscheiben.

»Ich soll auch das Essen für meine Frau mitnehmen und etwas zu trinken.«

Wortlos reicht er mir eine weitere Portion dieser delikaten Speisen und einen Trinkschlauch, der einigermaßen ungenutzt aussieht. Schweigend nehme ich die Lebensmittel und verlasse den Raum.

Warren werde ich auch so finden.

Hier im hinteren Bereich befindet sich noch eine weitere Tür mit massiven Beschlägen, wahrscheinlich die Waffenkammer. Und die Treppe, die weiter in die Lagerräume im Schiffsbauch führt.

Vor mir liegt der Mannschaftsraum, also frage ich dort mal nach. Einige der Piraten liegen auf ihren Pritschen, eine kleine Gruppe ist mit einem Würfelspiel und der Alkoholvernichtung durch Aufnahme in den Körper beschäftigt. Ich nähere mich der Gruppe, die eine Kiste als Spieltisch verwendet, und wende mich an einen Piraten, der noch einigermaßen nüchtern aussieht.

»Hallo, ich suche Warren«, frage ich höflich.

»Und ich suche deine Frau«, kommt zurück, unterstützt durch das Gelächter seiner Kameraden. Sein Kopf prallt blitzschnell mit voller Wucht auf die Kiste, geführt durch meine Hand. Die zersplittert unter der Wucht des Aufpralls und der Pirat bleibt bewusstlos und blutüberströmt liegen. Bevor die anderen Piraten sich sammeln können und darauf reagieren, wiederhole ich nochmals, wieder in demselben höflichen Tonfall, als wäre gerade nichts passiert. »Hallo, ich suche Warren.«

Ein Pirat mit Augenklappe und Glatze schafft es »Vorne rechts befindet sich seine Kabine« zu äußern.

Wortlos drehe ich mich um und gehe gelassen in Richtung von Warrens Kabine. Denn eines habe ich bei den Orks gelernt. Wenn du Gewalt anwendest, dann geh aufs Äußerste und verhalte dich dabei so, als wäre es ganz normal. Wenn du darauf reagierst, legt es der andere als Schwäche aus und wird dich angreifen.

Die schlafenden Piraten sind durch den Lärm wach geworden, aber auch sie starren mich nur an, genauso wie es wahrscheinlich ihre Kameraden vom Würfelspiel machen.

Das hier muss Warrens Kabine sein. Bevor ich anklopfen kann, öffnet sich die Tür und ein großer schlaksiger Kerl blickt heraus. Aber anders als der Kapitän wirkt er eher unbeholfen. Als wäre sein Körper zu groß für ihn. Und auch er muss sich aufgrund seiner Größe leicht bücken.

»Was ist das für ein Lärm?«, fragt er.

»Einer deiner Kameraden ist beim Würfelspiel

umgefallen und ist auf eine Kiste geprallt«, antworte ich mit einem Lächeln auf den Lippen.

Entweder er ist so gutgläubig und versteht die Anspielung nicht oder er will mich auch foppen. »Oh, ich hoffe, es ist nichts passiert. Braucht er mich?« Und erst jetzt scheint er wahrzunehmen, dass ich keiner der üblichen Piraten bin, und fügt hinzu: »Ich bin der Schiffsarzt.«

»Nein, er hat sich nur leicht den Kopf gestoßen und wird noch ein bisschen Kopfweh haben. Aber ansonsten geht es ihm gut.«

Augenscheinlich wirklich erleichtert antwortet Warren: »Da bin ich aber froh. Und wie kann ich Euch helfen.«

»Der Kapitän schickt mich. Er meint, ihr könntet mir meine Haare schneiden und meinen Bart abrasieren. Und ich soll explizit darauf hinweisen, dass ich von ihm komme.«

»Oh, dann komm mal rein. Du hast einen Barbier wirklich nötig.« Und etwas gekränkt fügt er noch hinzu: »Und der Kapitän braucht dies nicht immer erwähnen. Nur weil ich ihm einmal ein kleines Stück vom Ohr abgeschnitten habe. Und da war rauer Seegang draußen. Außerdem habe ich ihn danach gleich noch fachmännisch verarztet.«

Er ist wohl wirklich so gutgläubig. Aber er macht einen netten Eindruck. Und nicht umsonst hat ihn Lord Farkat nach so einem Vorfall wie mit dem Ohr weiter behalten.

»Nun welche Frisur hättet Ihr gerne? Soll der Bart ganz ab, oder nur teilweise?«, fragt Warren, während wir die Kajüte betreten. Die sieht aus wie ein

Sammelsurium aller Dinge, die es auf der Welt gibt. Überall liegen Bücher umher, an der Wand befinden sich Regale, vollgestopft mit allerlei Sachen und auch von den Decken hängen viele Dinge, meist aber ausgestopfte Lebewesen.

In einem Eck in der Kabine steht eine Pritsche, um die es etwas freien Platz gibt. Die vertrockneten Blutflecke auf dem Boden weisen darauf hin, dass hier die Patienten behandelt werden und dies nicht die Schlafstatt des Doc ist. Die befindet sich augenscheinlich hinter dem Vorhang, abgetrennt vom Chaos in diesem Raum.

»Nimm dort auf der Pritsche Platz. Und welche Frisur wünscht du dir?«, fragt Doc nochmal.

»Den Bart ganz weg und die Haare kurz, aber keine Glatze«, antworte ich. Lange Haare können für einen Kämpfer einen Nachteil bedeuten, da sie sich verfangen können oder der Gegner sie ergreifen kann, vor allem im waffenlosen Kampf. Und eine Glatze will ich einfach nicht.

»Nun gut, dann setz dich hin und sei ruhig.«

Doc zieht irgendwo aus den Untiefen der Regale eine Schere und noch andere Haarschneideutensilien hervor. Während er zu schneiden anfängt, beginnt er auch einen Monolog, so als würde er einen Vortrag vor einer Schar an Zuhörern halten.

»Die ›Wellenreiterin‹ ist ein klassischer Dreimaster mit maximal hundert Mann Besatzung. Das Hauptsegel hat eine Größe von …«

Beim Rest höre ich schon gar nicht mehr zu, denn diese Fülle an Details würde ich mir wahrscheinlich sowieso nicht merken können. Stattdessen sehe ich mich einige Zeit weiter im Raum um. Die Bücher auf dem Boden behandeln alle Themen. Auf den Buchrücken sind Titel mit medizinischem Inhalt, aber auch Tiere, Geschichten und viele andere nicht zuordenbare. Augenscheinlich alles, was interessant klingt.

»Wie ich sehe interessierst du dich für meine Bücher?«, höre ich Doc plötzlich fragen.

»Es ist eine interessante Auswahl.«

»Es ist schön, jemanden an Bord zu haben, der lesen kann, außer dem Kapitän. Wenn du willst, kannst du dir gerne für die Überfahrt eines ausleihen.«

Überrascht über diese Freundlichkeit antworte ich nur kurz: »Danke. Gerne.«

»Und du kannst deiner Frau auch gerne eines mitnehmen. Denn sie soll ja während der Überfahrt die Kabine nicht verlassen. Was ich vernünftig vom Kapitän finde. Denn sie ist schon Gesprächsthema Nummer eins unter der Mannschaft. Auch würde ich dir empfehlen, so viel Zeit wie möglich bei ihr zu bleiben. Und einer sollte immer Wache halten. Denn auch wenn der Kapitän harte Strafen angekündigt hat, so ist es doch schon einige Wochen her, dass sie die letzte Frau gesehen haben. Und da denken einige nicht über die Konsequenzen nach.«

»Danke für die Warnung. Ich werde sie befolgen. Aber ich dachte, die Überfahrt zur Insel dauert nur eine Woche?«

»Das schon, aber wir sind erst weiter nördlich gelandet, um Geschäfte zu machen. Aber dort sind wir auf eine Art Armee-Einheit der Orks getroffen, die uns vertrieben hat. Also haben wir mehrere ehemalige Handelspartner weiter südlich aufgesucht. Aber auch die waren nicht mehr bereit, mit uns zu handeln, sondern wollten uns töten. Und hätten wir nun nicht das Geschäft mit eurer Überfahrt, so wäre dies ein finanzielles Fiasko für den Kapitän gewesen. Es war ein Glück für uns, euch noch getroffen zu haben. So das war es mit der Schere. Jetzt werde ich Euch noch rasieren und dann sind wir fertig. Ich kann Euch doch eine Klinge an den Hals legen, ohne dass mir auch ein Unfall wie dem Kameraden mit der Kiste passiert?«

»Ja, das könnt Ihr«, gebe ich lächelnd zurück. Also hat er mich vorher wirklich gefoppt. Der Doc sieht nur so abwesend aus, aber ist ganz gewieft und weiß, was auf dem Schiff vorgeht. Deshalb ist seine Warnung noch ernster zu nehmen.

Vorsichtig schabt Doc mit einem scharfen Messer über meine Kehle und versucht, Reste des Bartes zu entfernen. Dabei legt er eine Kunstfertigkeit an den Tag, die erklärt, warum der Kapitän ihn nach dem Ohrzwischenfall behalten hat. Er strahlt dabei eine Ruhe aus, was auch notwendig ist. Denn angespannt wie eine Bogensehne sitze ich auf der Liege und beobachte so gut wie möglich das Messer auf meiner Kehle. Zum Glück ist die See ruhig und es hat noch keine Schnittverletzungen gegeben.

Erleichtert atme ich aus, als der Doc einen Schritt nach hinten macht und »Geschafft!« Sagt – oder besser: erleichtert ausstößt.

Erst jetzt bemerke ich, wie angespannt ich bin, und lehne mich entspannt an die Wand. Der Doc reicht mir ein Handtuch, damit ich die Seifenreste aus dem Gesicht entfernen kann.

»Jetzt siehst du wieder wie ein Mensch aus. Ich hatte

schon die Befürchtung, dass du gar nicht aus den Königreichen bist, sondern ein Wilder, aufgewachsen bei Barbaren.«

Eigentlich hat Doc nicht unrecht gehabt mit seiner Befürchtung, aber darauf werde ich ihn nicht hinweisen. Stattdessen frage ich ihn:»Hast du irgendwo einen Spiegel, um das Meisterwerk bewundern zu können.«

»Ja, natürlich. Warte«, antwortet Doc und begibt sich auf die Suche in den Untiefen seines Sammelsuriums. »Ah, da ist er.« Er taucht mit einem kleinen, polierten Metallspiegel auf. Aber mit einem Strahlen im Gesicht als hätte er einen Goldschatz gefunden.

Ohne weitere Worte hält er ihn vor mein Gesicht und zum ersten Mal sehe ich mein Gesicht.

Ein einfaches, leicht kantiges. Die Nase leicht schief, aber ich kann mich gar nicht erinnern, dass ich sie mir mal gebrochen habe. Zum Glück keine Narben oder Ähnliches. Nur etwas blass, was auf die Jahre unter der Erde zurückzuführen ist. Die Haare sind jetzt kurz geschoren und liegen am Kopf an. In meinen Augen ein eher etwas unauffälliges Gesicht.

Mit »Danke für den Haarschnitt, Doc« verabschiede ich mich von ihm.

»Nichts zu danken. Und denkt an meine Worte!«, ruft er mir noch hinterher.

Und das mache ich wirklich. Mit der Brotzeit von Cookie in der Hand verlasse ich das Unterdeck durch die Bugtreppe und begebe mich zu meiner Kabine. Denn durch das Mannschaftsquartier ist es nach dem Vorfall vorhin nicht der beste Weg. Aber auch zu den Piraten an Deck hat sich der Vorfall wohl herumgesprochen. Denn nun werde ich nicht wie vorhin ignoriert. Es werden mir neugierige, aber auch einige bösartige Blicke zugeworfen. Gut, mit Feindseligkeit kenne ich mich aus. Am Steuerrad steht auch nicht mehr Lord Farkat, sondern ein anderer Pirat, wohl der Steuermann. Lord Farkat wird sich wahrscheinlich in seiner Kabine aufhalten. Aber ich wollte sowieso nicht zu ihm, sondern zu Sonja.

An unserer Kabine angekommen klopfe ich laut an: »Isolde, ich bin es.« Nicht dass sie mich mit einer Waffe begrüßt, weil sie mich mit einem Piraten verwechselt. Innen wird der Riegel bewegt, also hat sie zur Vorsicht abgesperrt.

»Komm rein. Ich hoffe, du hast etwas zu essen. Mir knurrt der Magen.«

»Für mich schon. Wolltest du auch etwas?«, gebe ich mit überrascht gespieltem Tonfall zurück und betrete die Kabine.

Anstatt einer Antwort starrt mich Sonja aber nur mit großen Augen und offenen Mund an und fragt ehrlich verwundert.

»Bist du das etwa?«

»Ich denke schon«, gebe ich überrascht von der Frage zurück. »Wer soll ich sonst sein? Willst du nun etwas zu essen.«

Aufgerüttelt durch meine Antwort schließt sie den Mund und blickt mich wieder normal an.

»Ja, ich bin am Verhungern. Was hast du denn?«

»Soll Fleisch und Brot darstellen. Sah noch am genießbarsten aus.«

Gemeinsam nehmen wir das Mahl ein, Sonja sitzend auf der Pritsche und ich auf dem Hocker. Während wir essen, erwische ich Sonja einige Male, wie sie immer wieder heimlich zu mir herüber starrt. Aber jedes Mal, wenn ich dann sie anblicke, wendet sie ihren Blick ab. Schließlich frage ich einfach:»Ist etwas? Weil du immer rüberblickst?«

Erschrocken sieht sie mich an:»Nein, es ist nur ungewohnt mit der neuen Frisur und frisch rasiert. Du siehst aus wie ein anderer Mensch.«

»Ist das nun ein Kompliment oder eher negativ?«, frage ich verunsichert nach. Und bin wieder erstaunt, wie wichtig mir ihre Meinung ist.

Lächelnd gibt sie zurück.»Fass es als Kompliment auf. Und wie lange dauert eigentlich die Überfahrt.«

»Eine Woche. Und ich habe vom Kapitän und dem Barbier den ernst zu nehmenden Rat bekommen, dass wir in der Kabine bleiben sollen.«

Dankbar lächelnd antwortet Sonja:»Das ist nett gemeint. Du meinst aber wohl eher, ich soll unter Deck bleiben. Du musst mir nicht die ganze Zeit Gesellschaft leisten.«

»Das will ich aber. Auch ist deine Gesellschaft angenehmer als die der Piraten.«

Zum ersten Mal höre ich Sonja offen lachen, und mir bleibt fast das Herz in der Brust stehen. Was für ein schönes und ehrliches Lachen.

»Da bin ich aber froh, dass du mich den Piraten vorziehst. Aber was wollen wir die nächsten Tage machen?«

Ja was? Am besten etwas, was sie von den Piraten da draußen und der Gefangenschaft hier drinnen ablenkt. In meiner Zelle habe ich mich auf die Kampfstunden und das Training konzentriert. Aber dafür ist hier zu wenig Platz. Und woanders können wir auch nicht hingehen.

»Ich kann dir von meinen Kämpfen in der Arena erzählen. Von den Gegnern und wie man sie besiegt. Aber nur, wenn es dich interessiert.« Das ist das Einzige, was mir einfällt.

»Das hört sich super an. Und natürlich interessiert es mich.«

Also stelle ich die Essensreste zu Seite, setze mich auf den Boden und lehne mich mit den Rücken zur Wand. Denn auf Dauer ist es auf dem Hocker unbequem.

»Der erste Kampf«, beginne ich zu erzählen, »war gegen einen einfachen Ork-Soldaten. Da die Orks meine Kampfkünste nicht einschätzen konnten, haben sie mir dieselben Waffen gegeben wie dem Ork. Der Ork kam direkt auf mich zu, er glaubte wohl, leichtes Spiel zu haben. Aber der Kampf dauerte nur Sekunden. Denn als er ausholte, sprang ich nach vorne und …«

Die nächsten vier Tage haben immer denselben Ablauf. Morgens, mittags und abends hole ich unser Essen von Cookie, wobei dessen Qualität immer schlechter wird. Von morgens bis mittags schlafe ich dann, denn auch wenn es nicht nötig ist, so will ich Sonja das Gefühl geben, dass ich fit bin, wenn ich Wache halte. Nachmittags erzähle ich ihr meine Geschichten aus der Arena. Und wirklich, sie scheint sich zu interessieren. Denn jedes Mal, wenn ich ein wichtiges Detail auslasse, fragt sie genau danach. Und je weiter ich von den Geschichten erzähle und je gefährlicher die Gegner werden, desto gespannter hört sie zu. Und zu keinem Zeitpunkt habe ich das Gefühl, dass sie mir diese Geschichten nicht glaubt.

Im Nachhinein betrachtet waren schon einige

unglaubliche Gegner mit dabei. Sie scheint froh zu sein, dass sie einfach mal entspannen und zuhören kann. Und nicht selbst erzählen muss. Denn ihr Verhalten, als ich sie über die Zeit in der Zauberschule gefragt habe, war durchaus ablehnend.

Nachts halte ich Wache, während sie schläft. Und da bin ich mit meinen Gedanken wieder allein. Und die meisten drehen sich um Sonja, wie schon die ganze Zeit.

Am Abend des fünften Tages gehe ich wie immer das Essen von Cookie holen. Aber diesmal ist etwas anders. Lord Farkat ist wie seit Tagen auch heute nicht zu sehen. Auch die Mannschaft beobachtet mich wie immer feindselig. Aber irgendwie habe ich das Gefühl, dass etwas in der Luft liegt. Der Blick der Mannschaft ist etwas anders. Aber ich weiß nicht wie.

Als ich die Kombüse betrete, begrüßt mich Cookie ganz freundlich:»Ah, da ist mein Lieblingsgast. Wie geht es heute?«

Irritiert blicke ich ihn an und antworte reflexartig.

»Danke gut, und dir?«

Was ist hier los? Normalerweise sieht er mich kaum an. Und mehr als ein Grunzen habe ich auch nicht zu hören bekommen in den letzten Tagen.

»Mir geht es auch sehr gut. Ich habe ein Fass mit frischen Lebensmitteln gefunden. Ich werde für dich und deiner Frau ein ausgezeichnetes Essen zubereiten. Du musst nur einige Minuten warten, dann ist es fertig.«

Noch immer irritiert setzte ich mich hin.

»Danke, gern.«

Cookie redet weiter und erzählt irgendwelche Piratengeschichten.

Mich aber beunruhigt die ganze Situation. Warum ist

er heute so freundlich? Die frischen Lebensmittel können es nicht sein. Denn Cookie scheint nicht der Koch zu sein, den interessiert, was er vorsetzt.

Und was stört mich an seinem Satz von vorhin? Wie ein Blitz schlägt es in meinem Gehirn ein. Er hat frische Lebensmittel gefunden! Wo findet man auf einem Schiff frische Lebensmittel? Denn auch wenn irgendwo Lebensmittel versteckt sind, bleiben sie nicht frisch. Und das mit dem Warten auf das Essen. Er will mich ablenken und hier unten halten. Sonja!

Sofort springe ich auf und haste zu unserer Kabine. Ich Idiot! Cookie sollte mich nur von der Kabine und Sonja ablenken.

Ich rase durch den Mannschaftsraum zu unserer Kabine, und kaum will ich den Raum verlassen, sehe ich schon mehrere Piraten vor der Kabinentür, wie sie diese aufzubrechen versuchen. Also hat Doc doch recht und manche der Piraten lassen sich durch Lord Farkats Androhung nicht abschrecken.

Zwei der Piraten wenden sich mir zu. Ihre Gesichter kann ich nicht erkennen, ich sehe wie durch einen Filter nur ihre Waffen und Lücken in ihrer Deckung. Mein Gehirn schaltet ab und die Welt wird in ein Rot getaucht. Ohne jegliches Gefühl gehe ich auf die beiden zu.

Der Linke holt mit seinem Schwert über der Schulter aus, der Rechte hält noch immer sein Schwert gerade vor den Körper.

Mein Ork-Schwert springt blitzschnell nach vorne, schlägt das Schwert des Rechten leicht zu Seite und beendet die Bewegung im ungeschützten Bauch des Linken. Das Schwert des Rechten kommt nun auf mich zu gesaust. Aber mein Schwert wehrt es erneut ab und mit einer Drehung des Körpers stoße ich gegen den verbleibenden Gegner und bringe ihn aus dem Gleichgewicht. Bevor er sich gefangen hat, versenke ich mein Schwert in seinem Bauch.

Auf zu den anderen Piraten! Die haben mich auch bemerkt, vor allem, weil die schwer verletzten Piraten sich am Boden wälzen und stöhnen, während sie sterben.

Da der Bereich vor unserer Kabine nur genügend Platz für zwei Piraten nebeneinander hergibt, rangeln die Piraten unter sich. Dabei ist nicht klar, ob es darum geht, wer ganz vorne steht und gegen mich kämpfen darf, oder wer ganz hinten stehen darf.

Bevor sie sich einigen können, gräbt sich mein Schwert in der Seite eines Piraten, der gerade versucht hat, einen Kameraden zu Seite zu schubsen. Der Geschubste stolpert leicht gegen die Wand und wird dabei von meinem seitlich geschwungenen Schwert geköpft.

Das Entsetzen darüber lähmt die anderen Piraten etwas, während ich in meiner rot getauchten Welt nur sehe, dass es eine Waffe weniger zu beachten gibt. Sieben Waffen und sieben Ziele sind übrig.

Die Piraten haben sich koordiniert, denn nun weichen vier der Piraten zur Seite an die Wände aus. Einer aber nicht schnell genug, denn der wird noch von meinem Schwert an der Halsschlagader erwischt und bricht zusammen.

Plötzlich tauchen mehrere Waffen gleichzeitig in meinem Gesichtsfeld auf, die sich schnell nähern. Armbrustschützen!

Instinktiv dreht sich mein Körper um hundertachtzig

Grad, geht leicht in die Hocke und hält die Arme über den Kopf. Er registriert zwar zwei Treffer im oberen Rückenbereich, aber er sendet keinen Schmerz weiter, nur die Information.

Aus der Drehung heraus springt mein Körper leicht nach vorne und mit dem Schwung der Drehbewegung schlägt er einen weiteren Kopf ab. Durch die Wucht bleibt das Schwert leicht in der Holzwand stecken. Also dreht sich mein Körper weiter und rammt den Ellbogen der anderen Hand dem nächsten Piraten an der Wand mit voller Wucht in das Gesicht, sodass ein Knirschen des berstenden Schädels zu hören ist.

Der letzte mit einer Nahkampfwaffe ausgerüstete Pirat reißt sein Schwert nach oben, um sein Gesicht zu schützen. Aber mein Körper hat das Schwert wieder frei bekommen und mit einer letzten Drehung zieht mein Arm es quer durch den Bauch.

Wieder tauchen mehrere Waffen in meinem Bewusstsein auf, die Armbrustschützen haben wieder nachgeladen und feuern ihre Geschosse ab. Diesmal haben sie dazu gelernt und zielen tiefer. Leider nützt ihnen das neue Wissen nichts mehr. Denn mein Körper bewegt sich auf die andere Wandseite. Mein Körper informiert mich wieder über einen Treffer im unteren seitlichen Rückenbereich.

Die Armbrustschützen lassen ihre Waffen fallen und versuchen zu fliehen. Aber zu spät. Mein Schwert zuckt nach vorne und erwischt den Ersten tödlich am Hals. Der Zweite hat sich schon halb abgewandt, also wird das Schwert seitlich in den Rippen versenkt, sodass dieser schreiend zusammenbricht.

Der Dritte hat die Wendung geschafft und sich außer

Reichweite meines Schwertes auf das Oberdeck begeben. Wie ein Speer fliegt mein Schwert hinter ihm her und dringt durch den Rücken tief in seine Lunge ein, sodass er mit dem Gesicht nach vorne auf den Boden prallt. Mein Körper begibt sich auch auf das Oberdeck und nimmt das Schwert wieder an sich. Denn ein weiterer Gegner mit einem Schwert in der Hand nähert sich. Und zwar allein. Mein Körper geht zielstrebig auf den Gegner zu, das Schwert lässig in der rechten Hand. Dieser lässt seine Waffe fallen und ich sehe seinen ganzen Körper als Trefferregion. Der Gegner weicht zurück, aber mein Körper ist schneller und nähert sich ihm immer mehr.

Plötzlich höre ich, wie jemand einen Namen ruft. »Trajan, hör auf.«

Wer ist Trajan? Und warum höre ich diese Stimme? Das, was der Gegner vor mir sagt, höre ich nicht. Auch die Rufe der Piraten vorhin haben nicht den roten Schleier meiner Welt durchdrungen.

Eine Hand berührt meine Schulter. Wie ist das möglich, warum habe ich den Gegner hinter mir bemerkt? Blitzschnell drehe ich mich um und aus der Drehbewegung schwinge ich das Schwert mit voller Wucht seitlich gegen das Gesicht des Angreifers.

Sonja!, hallt es durch meine Gedanken und mit einem Ruck bleibt das Schwert kurz vor ihrem Gesicht stehen. Der rote Nebel verschwindet und vor mir steht Sonja mit weit aufgerissenen Augen. Sie blickt abwechselnd auf mich oder das Schwert, das einige Zentimeter vor ihrem Gesicht stehen geblieben ist.

»Trajan, beruhige dich. Es ist vorbei.«

Erschrocken lasse ich das Schwert fallen und trete einen Schritt zurück.

Sonja sieht mich weiterhin mit schreckerfüllten Augen an und ruft zu jemandem hinter mir:»Doc, es ist vorbei.« Sofort drehe ich mich um und in einigen Metern Entfernung steht Doc, der mich auch voller Furcht ansieht. Er war also der angebliche neue Gegner, den ich töten wollte, obwohl er sein Schwert fallen gelassen hat. Was ist mit mir los? Weder in der Arena noch beim Metallgolem habe ich die Kontrolle verloren. Warum habe ich in diesem Kampf keinerlei Kontrolle gehabt? Es war, als habe jemand anderes mit meinem Körper gekämpft. Und warum habe ich die drei fliehenden Piraten getötet? Die waren keine Gefahr mehr für mich. Und vor allem, warum hätte ich beinahe Sonja und den Doc getötet?

Sonja legt wieder die Hand auf meinen Rücken und ich höre ihre beruhigende Stimme.

»Trajan, es ist vorbei. Lass uns in die Kabine gehen und deine Wunden versorgen.«

Doc sieht mich weiterhin voller Furcht an, also drehe ich mich zu Sonja um, um ihn nicht mehr anblicken zu müssen. Sie blickt mich mit einem beruhigenden Lächeln im Gesicht an und auch ihre Furcht ist aus den Augen verschwunden. Aber der furchterfüllte Blick von eben hat sich tief in mein Gedächtnis eingebrannt. Sie sah mich an wie ein gefährliches Monster.

Und da ich jetzt das Blutbad sehe, das ich angerichtet habe, kann ich es verstehen. Die Angreifer liegen tot oder noch sterbend am Boden. Das Blut, das sie verloren haben, färbt die Wände und den Boden rot. Aus der Halswunde eines Piraten spritzt noch schwallweise das Blut im Takt des Herzens. Wenn nicht die Waffen der Piraten umherliegen würden, sähe es aus wie eine

Abschlachtung Wehrloser. Und das Ganze hat vielleicht zwei Minuten gedauert.

Geschockt durch meinen Kontrollverlust merke ich kaum, wie Sonja mich durch die Leichen in unsere Kabine manövriert. Auf dem Oberdeck und am Fuß der Treppe haben sich die Piraten und auch Lord Farkat versammelt und betrachten leichenblass die Szenerie, die sich ihnen bietet. Keiner wagt es, auch nur ein Wort zu sagen, noch sich den Toten oder Sterbenden zu nähernd.

Sonja setzt mich vorsichtig auf dem Bett ab und verschließt die Tür. Mit ein paar trockenen Lumpen versucht sie, das Blut von meinem Körper zu entfernen. Das Oberteil zieht sie mir aus; es ist blutdurchtränkt.

Die ganze Zeit habe ich die Szene vor Augen, wie der rote Nebel aus meiner Welt verschwindet und Sonja mich mit furchterfüllten Augen anblickt, mein Schwert nur wenige Zentimeter vor ihrem Kopf.

Von draußen sind die klaren Anweisungen von Lord Farkat zu hören und die Mannschaft, die die Leichen beseitigt. Aber ich nehme das alles nur nebenbei wahr. Auch dass Sonja die ganze Zeit mit mir redet, nehme ich zwar wahr, aber was sie sagt, verstehe ich nicht.

Einmal ist ein leises Klopfen an der Tür zu hören und Sonja verschwindet aus meinem Sichtfeld. Leider aber nicht die Szene mit Sonja in meinem Kopf. Immer und immer wieder sehe ich ihren Blick.

Als die reale Sonja wieder in meinem Sichtfeld auftaucht, hat sie einen Eimer mit Wasser und einen Schwamm dabei. Damit beginnt sie mir, das Gesicht zu waschen, überdies redet sie nun immer lauter auf mich ein. Aber noch immer bin ich zu tief in meinen

Gedanken versunken, um ihr zuzuhören.

Mit einem Mal packt sie den Schwamm voll mit kaltem Wasser und drückt ihn mir voll ins Gesicht.

Sofort kann ich ihre Worte verstehen und auch die Szene vor meinen Augen verschwindet.

»Verdammt noch mal, jetzt hör auf damit. Rede mit mir. Normalerweise dürfte ich nicht mit dir reden«, höre ich von ihr mit wutentbrannter Stimme.

Mit undeutlicher Stimme wegen des Schwamms in meinem Gesicht antworte ich: »Dann hör auf, mir den Schwamm ins Gesicht zu drücken. Oder soll ich ihn vielleicht essen?«

Die nächsten Worte von ihr überraschen mich ungemein. Auch ihr erfreuter Tonfall trägt dazu bei.

»Was für ein Glück. Dir geht es gut.«

»Mir geht es gut? Die Frage musst du eher den Piraten da draußen oder dir selbst stellen. Es tut mir so leid, dass …«

Bevor ich den Satz beenden kann, fällt mir Sonja ins Wort.

»Sag nicht, dir tut es leid. Die Piraten da draußen haben es nicht anders verdient. Und du hast mich nicht verletzt, du hast vorher gestoppt.«

»Ja, aber …«, versuche ich erneut.

»Nein, kein Aber. Du musst dich nicht rechtfertigen, dass du die da draußen getötet hast. Und ob du Doc wirklich etwas angetan hättest, ist nicht sicher. Du hast das Richtige getan. Und ich bin froh darüber.«

Ich blicke ihr ernst in die Augen und sage mit fester Stimme.

»Danke.«

Überrascht blickt sie mich an.

159

»Du, ausgerechnet du sagst Danke? Ich muss dir danken. Mal wieder.« Und mit freundlicher Stimme fährt sie fort:»Aber jetzt lass uns deine Wunden auf dem Rücken versorgen. Dreh dich um.«

Also drehe ich mich um und blicke auf die Kabinenwand. Hinter mir höre ich ein erschrockenes Luftholen von Sonja.

»Was ist los da hinten? Sieht es schlimm aus?«

»Spürst du keinen Schmerz? In deinem Rücken stecken drei abgebrochene Pfeile. Ich werde Doc holen.«

Eilig drehe ich mich um und greife Sonja am Arm, bevor sie weggehen kann.

»Nein, bitte bleibe hier. Deine Anwesenheit ist mir wichtiger als die Wunden am Rücken.«

Irritiert blickt sie mich an.

»Aber die müssen verarztet werden. Du musst unglaubliche Schmerzen haben.«

»Nein, ich habe keine Schmerzen. Ich spüre zwar die Pfeile in meinen Körper, aber keinen Schmerz. Als ich vorhin kämpfte, hatte ich keine Kontrolle über meinen Körper. Meine ganze Welt war in roten Nebel getaucht; es war, als würde ein anderer meinen Körper lenken. Erst als du mich am Rücken gepackt hast, bin ich aus diesem roten Nebel aufgetaucht. Und ich befürchte, wenn du gehst und Doc taucht in der Kabine auf, kommt dieser Nebel zurück.«

»In Ordnung, ich bleibe hier. Aber dann muss ich die Pfeile aus deinen Rücken holen und die Wunden nähen. Also werde ich kurz die dafür nötigen Sachen holen. Und auf jeden Fall später keine Beschwerden, wenn ich dich zusammenflicke. Versprochen?«

Nun muss ich lachen, während ich versuche

»Versprochen« zu antworten.

Auch Sonja muss lachen und mir geht es mit einem Mal viel besser. Erst als sie wieder ernst sein kann, öffnet sie vorsichtig die Tür und ruft nach Doc.

Vor der Tür höre ich Lord Farkat.

»Lady Isolde, ich hoffe, Ihrem Gemahl geht es gut. Der Vorfall heute Abend tut mir leid. Ich habe die Gefahr durch die Männer unterschätzt. Bestrafen kann ich sie aber nicht mehr, das hat Ihr Gatte erledigt. Morgen werden wir die Insel erreichen und ich werde versuchen, so schnell wie möglich einen Termin beim Grafen zu erhalten. Einstweilen sind sie gerne meine Gäste in meinem Anwesen auf Rhod.«

»Danke, Lord Farkat. Das schmeichelt uns sehr. Aber erst einmal benötige ich Verbandsmaterial für meinen Mann. Und etwas zum Anziehen für ihn. Und wir würden eigentlich am liebsten diesen Vertrag auf der Insel so bald wie möglich abschließen, damit wir möglichst schnell weitersegeln können.«

»Natürlich, Lady Sonja. Aber hierfür ist der Graf von Nöten. Ich werde versuchen, dass wir baldmöglichst die Reise fortsetzen können. Und der Vorfall mit meiner Crew tut mir wirklich leid. Die Kleidung lasse ich aus meiner Kabine zu Ihnen bringen.«

Dann ruft Lord Farkat Doc zu sich.

»Doc, die Lady braucht Verbandsmaterial. Bitte bring etwas hierher.«

Augenscheinlich wortlos überreicht Doc das Verbandsmaterial an Sonja, denn ohne dass ich weitere Worte höre, schließt Sonja mit dem notwendigen Material in der Hand die Tür.

»So, dreh dich um, dann werde ich dich wieder

zusammenflicken. Und wehe du jammerst zu laut.«

»Keine Sorge, wenn du nicht zu sehr umher metzgerst, dann jammere ich auch nicht.«

Spöttisch erwidert Sonja. »Oh. Nach dieser Aussage muss ich mir das zweimal überlegen, ob ich nicht aus Versehen abrutschte.«

Und trotz des spöttischen Tons ist ihre Nervosität zu erkennen. Ganz ruhig drehe ich mich um und entspanne meinen Rücken. Hinter mir merke ich, wie Sonja eine Kerze entzündet und das Messer erhitzt.

»Gleich geht es los.«

Da ich nicht weiß, was ich sagen soll, um sie zu beruhigen, antworte ich lieber nichts.

Das Entfernen der Pfeilspitzen und das Vernähen der Wunden dauert einige Zeit. Am Anfang merke ich noch, wie Sonja leicht zittert, als sie das erste Mal zum Schneiden ansetzt. Aber je länger es dauert, desto ruhiger wird sie. Wie schon die ganze Zeit, spüre ich zwar, was sie an meinen Rücken macht. Wenn das Messer eindringt, oder wenn die Nadel die Haut durchstößt. Aber es ist eher so, als touchiert mich etwas. Schmerz empfinde ich dabei nicht.

Nachdem sie noch den restlichen Bereich meines Rückens mit einem Lappen vom Blut befreit hat, beginnt sie Bandagen um die Wunden und meinen Oberkörper zu legen.

»Die Bandagen sind dazu da, die Wunden sauber zu halten. Wir werden sie alle paar Tage wechseln müssen. Denn einige Pfeile sind ziemlich tief eingedrungen und ich musste viel schneiden«, höre ich von Sonja.

Einen dummen Kommentar wie ›Doch ein bisschen gemetzgert!‹ behalte ich besser für mich, denn ich höre in ihrer Stimme, wie angespannt sie ist. Auch als ich mich umdrehe und in ihr Gesicht blicke, merke ich, dass dieses Rumdoktorn sie stark angestrengt hat. Und auch die Situation vorher, als die Männer vor der Tür standen, war sicher anstrengend. Oder als sie das Blutbad vor ihrer Tür gesehen hat.

»Wie geht es dir?«, frage ich deshalb voller Ernst. An ihrem Blick erkenne ich, dass sie versteht, dass ich es wirklich wissen will. Und nicht nur ›Gut!‹ Hören will.

»Ich weiß es nicht«, antwortet sie wahrheitsgemäß. Dabei ist aber zu erkennen, dass ihre Nerven sehr angegriffen sind und sie nur nicht weint, weil sie nicht der Mensch dafür ist.

»Als die Piraten versuchten die Tür aufzubrechen, war ich besorgt, denn du warst nicht da. Und auch wenn ich sicher war, einige von ihnen töten zu können, so glaubte ich doch, dass sie mich überwältigen würden. Und als du länger weg warst als üblich, habe ich mir Sorgen um dich gemacht.

Ja, ich weiß, keine spöttischen Kommentare. Ich habe mir wirklich Sorgen um dich gemacht, denn ich mag deine Gesellschaft. Später als ich die Kampfgeräusche vor der Tür hörte, war ich wieder beruhigt, denn es bedeutete, dass es dir gutging. Und dass du die Piraten besiegen würdest. Dass aber der Kampf nach so kurzer Zeit vorbei war, machte mir Angst. Und als ich vor die Tür ging und überall die Leichen und das Blut sah, wurde mir vor Angst schlecht. Nicht weil die Piraten dort tot waren und es aussah wie auf einem Schlachtfeld, sondern weil ich dachte, du wärst tot. Denn ich konnte nicht glauben, dass du nach so kurzer Zeit alle Piraten besiegt hattest. Als ich dich dann auf dem

Oberdeck auf Doc zugehen sah, war ich einfach froh, dich lebend zu sehen. Mir war klar, dass du dich in einem Kampfrausch befandest. Deshalb versuchte ich, dich mit meinen Rufen zu stoppen. Und wie du dann stehen geblieben bist, auf meine Stimme hörend und lebendig, da vergaß ich alle Vorsicht und lief auf dich zu. Dabei vergaß ich völlig, dass du in einem Kampfrausch warst und berührte dich an der Schulter.«

Sonja macht eine kleine Pause, als müsste sie die nächsten Worte erst noch finden. Ich halte weiterhin meinen Mund, denn ich will sie nicht dabei stören.

»Als du dich dann umgedreht hast, sah ich deinen Schmerz in den Augen. Aber nicht von den Wunden, sondern weil ich dich voller Angst anblickte.«

Wieder macht Sonja eine Pause, aber diesmal kann ich mich nicht zurückhalten.

»Es tut mir leid, dass ich dich angegriffen habe. Ich kann nur immer wieder sagen, ich war nicht Herr meiner Sinne. Auch wenn das eine sehr schlechte Ausrede ist.«

Zum ersten Mal seit Beginn des Gespräches sehe ich Sonja lächeln.

»Du Dummkopf. Ich hatte keine Angst wegen deines Schwertes kurz vor meinem Gesicht. Denn ich war überzeugt, dass du mich nicht töten würdest. Sondern weil ich kurz vorher die tiefen Wunden in deinem Rücken gesehen habe. Und als ich dein blutverschmiertes Gesicht und deine Kleidung von vorne sah, hatte ich Angst, dass du tödlich verwundet bist. Und als du zudem kein Wort gesagt hast, machte ich mir große Sorgen. Erst als ich merkte, dass es dir gutgeht, war die Angst vorbei. Wobei, andere wären bei deinen Rückenverletzungen heulend am Boden gelegen.«

Erleichtert darüber, dass sie keine Angst vor mir, sondern um mich gehabt hat, gebe ich lächelnd zurück: »Auf dem Boden war es zu dreckig, um mich hinzulegen.«

Nun wieder ernst rede ich weiter. »Danke, dass du mich verarztet hast. Dennoch will ich Doc aufsuchen und mich bei ihm entschuldigen. Und ich wäre froh, wenn du mich begleiten würdest. Aber du solltest dich etwas hinlegen. Du siehst sehr geschafft aus. Hübsch, aber geschafft.«

Ihre Irritation auf meine letzten Worte ist klar zu erkennen.

»Gerne werde ich dich begleiten. Aber du hast recht, lass und das morgen machen.«

Mit diesen Worten nimmt sie ein Bettlaken zur Hand. Und während ich noch von der Pritsche aufstehe und die bereitgestellte Kleidung anziehe, breitet sie es über die bereits eingetrockneten Blutflecke aus. Kaum hat sie sich hingelegt, fällt sie in einen tiefen Schlaf. Ihre Hände sind noch voller Blut und auch ihre Rüstung ist mit meinem Blut verschmutzt.

Augenscheinlich ist sie erschöpfter, als ich geglaubt habe. Vorsichtig decke ich sie zu und beginne leise, die Kabine so gut wie möglich zu säubern. Als ich fertig bin, stelle ich den Eimer und die Lumpen vor die Tür.

Der Gang ist schon von den Leichen befreit und auch alle Waffen sind schon entfernt. Nur ein Pirat ist noch zu sehen, der versucht, das Blut aufzuwischen. Als er mich erblickt, beginnt er erschrocken noch fleißiger zu wischen und konzentriert sich voll auf seine Arbeit.

Leise schließe ich wieder die Tür und verriegle sie zur Vorsicht. Dann beginne ich mein Schwert zu polieren, denn auch wenn es eine alte Klinge ist, so soll sie doch nicht verrosten. Oder nicht noch mehr verrosten. Ich bin froh, eine Beschäftigung zu haben und nicht über den Kampfrausch nachdenken zu müssen.

Leider ist die Klinge irgendwann blank poliert, und mir bleibt nichts anderes übrig, als auf dem Hocker zu sitzen und dennoch nachzudenken. Auch über Sonja, die ich im Dunkeln entspannt atmen hören kann.

10. Rhod

Die Nacht verläuft ruhig und als der Pirat vor der Tür zu putzen aufhört, ist kein Lebewesen mehr dort zu hören. Dennoch muss ich die ganze Nacht darüber nachdenken, warum ich die Kontrolle verloren habe. Die einzige Antwort, die mir einfällt, heißt Sonja. Beim Metallgolem wusste ich sie in Sicherheit und hatte sie im Blick. Und da kannte ich sie noch nicht so gut. Gestern Abend aber wusste ich am Anfang nicht, ob die Piraten nicht doch noch die Tür durchbrechen würden. Auch habe ich nicht mit meinen eigenen Augen gesehen, dass es ihr gutgeht. Mittlerweile kenne ich sie gut und sie liegt mir am Herzen. Das ist der einzig logische Grund, warum ich die Kontrolle verloren habe – und sie beinahe getötet hätte. Denn im Gegensatz zu Sonja bin ich nicht überzeugt, dass ich auf jeden Fall noch abgebremst hätte.

Folglich will ich wieder Distanz zu Sonja aufbauen. Auch hätte ich sowieso nie Chancen bei ihr gehabt. Ein Wilder aus der Arena und eine gebildete, bildhübsche Zauberin und Kämpferin aus wohlhabendem Hause. Denn wo hätte sie sonst zweihundert Golddukaten her.

Unsere Wege müssen sich am Ende der Reise trennen. Bis dahin werden wir zur Vorsicht noch das Ehepaar spielen, aber dann ist Schluss.

Als der Morgen anbricht, schläft Sonja noch immer tief und fest. Da wir bald in Rhod eintreffen werden und ich mich noch bei Doc entschuldigen will, wecke ich sie durch leichtes Rütteln auf.

»Guten Morgen. Aufstehen. Wir sind bald da.«

Sie reckt sich.

»Ebenfalls guten Morgen. Und wie geht es dir heute?«

Das klang verschlafen.

»Danke. Gut. Und dir?«

»Mir geht es ebenfalls gut. Wie ich merke, bist du etwas angespannt wegen, Doc. Dann lass uns das schnell hinter uns bringen.«

Augenscheinlich fasst sie meine knappe Antwort als Anzeichen von Nervosität wegen der anstehenden Entschuldigung bei Doc auf. Auch recht.

Da Sonja in ihrer Rüstung geschlafen hat, wäscht sie sich nur kurz das Gesicht und wirft den Mantel über. Vorsichtig öffnen wir die Tür und spähen nach draußen, aber kein Pirat hält sich vor unserer Kabine auf. Auch sind die Spuren des gestrigen Kampfes fast völlig entfernt worden. Nur das ins Holz eingesogene Blut und ein paar frische Absplitterungen an der Wand weisen auf das Massaker gestern Abend hin.

Gleichzeitig drehen wir uns dem Oberdeck zu. Augenscheinlich will nicht nur ich den Weg durch den Mannschaftsraum vermeiden, Sonja auch. Als wir durch die Tür nach draußen treten, scheint die aufgehende Sonne auf uns nieder und eine winterliche Kälte fährt uns in die Glieder.

Auf Deck sind die Piraten mit den üblichen Arbeiten beschäftigt, aber jetzt hören sie auf und blicken uns wie auf Kommando alle gleichzeitig an. Sonja verspannt sich, das spüre ich sofort, und greift das Schwert fester; und auch ich bereite mich auf einen Kampf vor. Aber die Piraten lachen uns fröhlich zu; einige winken uns auch. In direkter Nähe mache ich Sharkeye aus, der auf uns zukommt. Aber ohne Waffen mit ausgestreckter Hand und einem freundlichen Lächeln.

»Trajan, mein Freund. Ich hoffe Euch und Eurer Frau

geht es gut.«

Überrascht erwidere ich »Danke. Sehr gut« und suche nach Anzeichen einer List oder versteckter Waffen. Aber es ist nichts zu sehen. Auch keine versteckten Bogenschützen oder Ähnliches.

Sharkeye greift meine Hand und mit fröhlicher Stimme redet er weiter. »Wir möchten uns für das Verhalten unserer Kameraden entschuldigen. Und wir sind dankbar, dass du sie ins Jenseits geschickt hast. Also möchte ich mich im Namen aller hier anwesenden Piraten bedanken.«

Noch immer irritiert fasse ich auch seine Hand fester und antworte. »Danke. Aber ich habe irgendwie eine andere Reaktion erwartet. Auf jeden Fall keinen Dank.«

Sonja neben mir versteht kein Wort, da Sharkeye die Sprache von Rhod verwendet. Deshalb raune ich ihr schnell zu: »Sie sind nicht sauer. Sie sind uns dankbar für die Tötung der Piraten letzte Nacht.«

Auch Sonja ist überrascht. Sharkeye spricht uns noch mal an, diesmal aber in der Sprache der Königreiche. Mittlerweile kann ich den Unterschied erkennen.

»Entschuldigt. Ich vergaß, dass du, Isolde, nicht unsere Sprache sprichst. Meine Kameraden und ich sind froh, dass ihr gestern diese Schande für die Piraten getötet habt. Ihr habt uns einen großen Gefallen getan. Auch möchten wir euch versichern, dass das, was die tun wollten, nicht unserem Verhalten entspricht. Wir möchten uns vor allem bei dir Isolde nochmals entschuldigen.«

»Danke,« antwortet nun Sonja »aber warum habt ihr sie nicht schon selbst getötet. Oder aus der Mannschaft geworfen?«

Sharkeye windet sich sichtlich bis er ausweichend antwortet.

»Das soll euch lieber der Kapitän erklären. Dazu möchte ich nichts sagen, außer dass es etwas Politisches ist. Aber ich will euch gar nicht länger aufhalten. Der Kapitän würde euch gerne zum Frühstück einladen, dann könnt ihr ihn fragen.«

»Wir werden gerne zum Frühstück kommen«, antwortet Sonja, wieder für uns beide. »Wir wollen nur Doc vorher aufsuchen, dann werden wir den Kapitän besuchen.«

»Dann werde ich den Kapitän informieren. Also Danke nochmal.« Mit diesen Worten geht Sharkeye in Richtung der Kapitänskabine.

Der Weg über das Oberdeck wird ein Spießrutenlauf, aber ein anderer als erwartet. Denn jeder Pirat will mir und Sonja die Hand schütteln und sich gleichzeitig entschuldigen und bedanken. Und jeder scheint es ernst zu meinen. Kein verkniffenes oder abschätziges Gesicht ist dabei. Jeder ist fröhlich und ehrlich. Und keiner nutzt die Gelegenheit Sonja zu nahe zu kommen. Sondern jeder hält respektvoll Abstand.

Bei mir ist es anders. Obwohl ich gestern wie ein Schlächter fast ein Dutzend ihrer Kameraden getötet habe, umarmen mich einige der Piraten ohne ein Anzeichen von Angst. Auch Madex und sogar Cookie sind darunter.

Vor allem Cookie entschuldigt sich sehr ausführlich und verweist darauf, dass er gezwungen wurde. Da ich dabei keinerlei Unehrlichkeit auf seinem Gesicht erkennen kann, glaube ich ihm das und nehme seine Entschuldigung an.

Nun aber steht mein schwerster Gang für heute an. Doc.

Auf dem Weg die Treppe hinunter überlege ich fieberhaft, was ich sagen soll. Aber bevor ich mich entscheiden kann, stehen wir vor der Kabine.

Sonja schlägt mir leicht auf die Schulter, wobei sie darauf achtet, keine der Wunden zu treffen. Also muss ich wohl anklopfen.

Doc öffnet die Tür und lächelt mich an. Bevor ich etwas sagen kann, beginnt Doc sofort zu reden. Und zwar in der Sprache der Königreiche, damit auch Sonja mithören kann.

»Trajan, mein Freund. Ich bin dir so dankbar. Ich wollte dich auch schon aufsuchen und mich bedanken, aber ich wollte dich nicht wecken. Komm doch rein und setz dich.«

Noch irritierter als vorhin auf dem Oberdeck, bleibe ich wie angewurzelt stehen. Aber Sonja schiebt mich gezielt hinein und bugsiert mich auf die Behandlungsbank, wo wir uns beide hinsetzen. Dabei nimmt sie meine Hand in ihre.

Der Doc lächelt uns an und nimmt gegenüber Platz.

Endlich habe ich meine Stimme wiedergefunden. »Doc, ich bin hier, um mich zu entschuldigen, dass ich dich angegriffen habe. Ich hatte die Kontrolle verloren und …«

»Papperlapapp«, unterbricht er mich. »du brauchst dich nicht zu entschuldigen. Du hast uns alle einen riesigen Gefallen getan, als du diese Typen umgebracht hast. Und es war mein Fehler, auf das Oberdeck zu laufen, ohne vorher die Situation zu kennen. Du warst in einem Kampfrausch und da mischt man sich nicht ein, wenn man nicht getötet werden will. Es war mein Fehler und nicht deiner.«

Irgendwie verläuft dieser Tag heute anders, als ich die ganze Nacht über gedacht habe.

»Trotzdem tut es mir leid, dass ich dich angreifen wollte. Aber kannst du uns sagen, warum alle so froh sind, dass diese Piraten tot sind? Und warum ihr sie nicht selbst getötet oder vom Schiff geworfen habt?«

Doc windet sich wie Sharkeye vorhin auf dem Deck und antwortet genauso ausweichend. »Da müsst ihr den Kapitän fragen. Ich kann nur sagen, es ist etwas Politisches.«

Als Sonja und ich gleichzeitig zu lachen beginnen, schaut uns Doc vollkommen überrascht an.

»Genau dasselbe hat Sharkeye vorhin gesagt. Fast dieselben Worte. Deshalb lachen wir«, erklärt ihm Sonja.

»Dann werden wir Euch mal wieder verlassen. Denn der Kapitän erwartet uns zum Frühstück. Da werden wir ihn fragen. Ich hoffe, er hat eine bessere Antwort.«

Nun muss auch Doc lachen. »Ja, das hoffe ich auch. Also wie gesagt: nochmals Danke. Und solltet Ihr irgendwann mal etwas brauchen, so wisst Ihr, wo Ihr mich findet.«

Als wäre es abgesprochen stehen Sonja und ich gemeinsam auf und verabschieden uns von Doc.

Kaum ist die Tür zur Kabine hinter uns geschlossen, flüstert mir Sonja schon zu: »Und deshalb hast du dich heute Morgen so angestellt. Gut, ich habe auch nicht so positive Reaktionen erwartet, aber dennoch. Jetzt lass uns schnell zum Kapitän gehen und frühstücken, denn ich habe Hunger und bin auch neugierig auf seine Antwort.«

172

Ohne auf eine Antwort meinerseits zu warten stürmt sie voran die Treppe zum Oberdeck hinauf. Der Weg über das Oberdeck ist wieder begleitet vom fröhlichen Zuwinken der Piraten, wenigstens wollen sie uns aber nicht mehr die Hände schütteln oder mich umarmen.

Sonja klopft an der Kabine des Kapitäns, noch bevor sie richtig zum Stehen gekommen ist.

»Was ist los?«, frage ich sie.

»Nichts. Nur da das nicht vorhandene Problem mit Doc gelöst ist, kann ich die kurz Angebundene spielen?«, erwidert sie schnippisch.

Bevor ich darauf antworten kann, öffnet Lord Farkat schon die Tür.

»Ah, meine Gäste sind da. Tretet ein.« Lord Farkat tritt zur Seite.

»Und wie geht es heute? Ich hoffe, Ihr habt wohl geruht?«

»Sehr gut, Lord Farkat. Wie soll es auch anders gehen bei einem so schönen Tag. Die Sonne strahlt und das Meer ist ruhig. Vielen Dank der Nachfrage. Auch möchten mein Mann und ich uns für die Einladung bedanken. Und wie geht es Euch?«

Augenscheinlich will sie mir deutlich machen, dass sie nur zu mir kurz angebunden ist. Aber warum, das ist mir nicht ganz klar. Gestern, nachdem ich sie fast getötet habe, war sie ungewöhnlich nett. Und heute, nur weil ich am Morgen kurz angebunden war, ist sie beleidigt. Und dabei glaubt sie auch noch, ich war nervös wegen Doc. Wie sauer wäre sie dann wohl erst, wenn sie wüsste, dass dem nicht so ist. Aber wieso?

»Mir geht es ausgezeichnet. Bei so angenehmer Gesellschaft. Nehmt doch bitte Platz, das Essen ist bereits angerichtet.«

Und wirklich. Das Essen steht bereits auf dem Tisch. Im Gegensatz zum üblichen Essen aus Cookies Küche sieht es direkt appetitlich aus. Sonja hat bereits Platz genommen und auch Lord Farkat sitzt bereits auf seinem Platz am Tischende.

Also nehme ich einen Stuhl gegenüber von Sonja und zur rechten Seite von Lord Farkat.

Seine Kabine ist sehr luxuriös ausgestattet. Da ich aber als Vergleich lediglich die Ork-Zelle und unsere Kabine habe, kann ich das nur sehr schwer einschätzen. Dennoch macht die Einrichtung einen teuren und noblen Eindruck. Gar nicht passend zum Schiff und zur Mannschaft.

Kaum habe ich Platz genommen, beginnt Lord Farkat zu frühstücken. Zwar kenne ich mich mit Tischmanieren nicht aus, aber doch bin ich etwas verwundert. Denn Lord Farkat scheint eher der Mensch zu sein, der sich mit so etwas Zeit lässt und vorher noch ein paar Worte wechselt. Da aber sehe ich, dass auch Sonja voller Hunger zu essen beginnt.

Natürlich, was bin ich für ein Trampel! Wir haben ja seit gestern Mittag nichts mehr gegessen, da das Abendessen ausgefallen war. Auch das Mittagsmahl war eher karg gewesen. Lord Farkat ist dies klar und deshalb hat er sofort zu essen begonnen. Damit auch Sonja mit dem Frühstück beginnen kann.

Das Frühstück verläuft schweigend, und ich merke, dass Lord Farkat genau wie ich kaum Hunger hat und nur aus Höflichkeit mit uns isst. Sonja hingegen holt wohl das verlorene Abendessen nach. Wobei sie wie immer ohne Hast und mit Eleganz das Essen verzehrt.

Das ist mir bereits in der Höhle aufgefallen. Egal wie die Situation ist, Sonja versucht immer, sich so zu verhalten als wäre sie in feiner Gesellschaft. Deshalb aber zieht sich auch das Essen etwas in die Länge.

Da es wohl unhöflich ist, dass die Dame weiterisst, wenn die Herren fertig sind, essen Lord Farkat und ich auch langsam weiter. Dabei ist deutlich, dass auch Lord Farkat unbedingt mit uns reden will, und nicht nur wir mit ihm.

Als Sonja den letzten Teller geleert hat und das Besteck beiseitelegt, können auch wir zu essen aufhören.

»Und wie hat Ihnen das Essen gemundet, Lady Isolde?«, fragt Lord Farkat nach.

»Danke, es war ausgezeichnet. Kompliment an den Koch. Und wann werden wir heute ankommen?«, fragt Sonja.

»So gegen Mittag. Das Wetter ist, wie ihr schon erwähntet, ausgezeichnet. Gerne werde ich Euch und Euren Mann am Nachmittag die Stadt zeigen.«

»Oh, das ist zu freundlich. Aber nur, wenn wir Euch nicht von Wichtigem abhalten«, säuselt Sonja zurück.

In derselben Tonart schwirrt Lord Farkat: »Aber gibt es Wichtigeres als meine Gäste? Es ist mir ein persönliches Anliegen, Ihnen die Stadt zu zeigen. Rhod ist eine Perle im Ozean.«

Bevor Sonja weiter dieses in meinen Augen sinnlose Gespräch führen kann, falle ich dazwischen.

»Danke für das Frühstück, Lord Farkat. Warum haben Sie uns zum Frühstück eingeladen? Und sagen Sie bitte nicht wegen der netten Gesellschaft.«

Lächelnd antwortet Lord Farkat: »Wie ich sehe, Sir Trajan, sind Sie ein Mann des direkten Wortes. Nun gut, auch ich will das Gespräch möglichst schnell führen. Ich habe Sie wegen des Vorfalls gestern Abend eingeladen.«

»Das gestern Abend tut mir leid. Auch bei Doc habe ich mich bereits entschuldigt«, erwidere ich ernst.

»Ich glaube eher, Sie haben lediglich versucht, sich bei Doc zu entschuldigen. Aber ich denke, er hat sich bei Ihnen bedankt. Und dasselbe gilt für mich. Ich bin froh, dass Sie die Leute getötet haben und ich Sie heute nicht bestrafen muss. Auch bin ich natürlich froh, dass Eurer Frau nichts passiert ist.«

Bevor ich darauf etwas erwidern kann, übernimmt Sonja das Wort. »Und warum haben Sie diese Piraten nicht schon vorher vom Schiff geworfen? Und bitte antworten Sie nicht wie alle anderen auf dem Schiff, es ist etwas Politisches.«

Lord Farkat beginnt zu lachen: »Genau so direkt wie Ihr Gemahl. Nun, da will ich dann mit dem Grund rausrücken. Denn gegen zwei bin ich machtlos. Aber es ist wirklich etwas Politisches.«

Im ernsten Tonfall führt er weiter aus. »Zehn der elf Männer waren völlig bedeutungslos. Einer aber, ihr Anführer, war ein Sohn eines wichtigen Mannes auf der Insel. So wichtig, dass mir Graf Armolus befahl, ihn als Obermaat auf dieses Schiff mitzunehmen. Und das, obwohl er wusste, was er mir damit antat.«

»Wie meint ihr das?«

»Marsak, so hieß mein Obermaat, ist genauso wie sein Vater ein skrupelloser Sadist, der die ganze Mannschaft tyrannisiert hat. Aber im Gegensatz zu seinem Vater, der sehr intelligent ist und so etwas heimlich macht, war Marsak dumm wie Brot. Und deshalb meinte er, er muss alles öffentlich machen und jeden provozieren. Was dazu führte, dass er von Rhod wegmusste und somit auf meinem Schiff landete. Und auch hier forderte er mich oftmals heraus, im Wissen, dass er unter dem Schutz seines Vaters steht. Und leider haben ihn die Orks nicht erschlagen. Aber zum Glück ihr.«

»Und wer ist sein Vater?«, frage ich.

»Gut. Ihr wollt vorbereitet sein. Ihr werdet ihn wahrscheinlich treffen. Es ist Lord Gorun. Er war der andere Anwärter auf den Grafentitel. Ihr müsst wissen, bei uns wird der Grafentitel nicht vererbt, sondern verliehen. Und zwar von einem Gremium aus den dreizehn mächtigsten Schiffskapitänen. Und bei der letzten Wahl vor zehn Jahren hat Gorun knapp gegen Graf Armolus verloren. Auch wenn seitdem offiziell Graf Armolus bis zu seinem Tod der Herrscher über Rhod ist, so versucht Gorun ihm das Leben schwer zu machen. Und deshalb konnte Graf Armolus Marsak trotz der zahlreichen Vorfälle auf der Insel nicht töten, sondern musste ihn verbannen.«

»Und warum auf Eurem Schiff?«, fragt Sonja.

»Ah, Lady Isolde, Ihr wisst genau, wie Ihr den Finger in die Wunde eines Mannes legt. Sagen wir so, es war etwas Persönliches zwischen mir und dem Grafen. Auch glaube ich, hatte der Graf genau wie ich die Hoffnung, dass die Orks Marsak erschlagen. Deshalb sind wir so froh, dass Ihr, Sir Trajan, dies übernommen habt. Natürlich müsst ihr jetzt auf Rhod vorsichtig sein, denn Gorun ist nicht gerade der Mensch, der so etwas verzeiht. Deshalb lade ich Euch ja heute Nachmittag auf eine Stadtführung ein, denn in der Öffentlichkeit wird Gorun normalerweise nichts versuchen. Auch habe ich per Brieftauben bereits Graf Armolus über die

Vorkommnisse informiert und er hat Euch heute Abend zum Essen eingeladen.«

»Und wie lange wird der Aufenthalt auf der Insel dauern?«, fragen Sonja und ich gleichzeitig nach.

»Sobald wir angelegt haben, werden wir das Schiff wieder mit Vorräten beladen. Auch habe ich nur einen kurzen Landgang für die Crew angeordnet, sodass wir morgen Mittag auslaufen könnten. Vorausgesetzt, Graf Armolus ist damit einverstanden.«

»Auf jeden Fall möchten wir Euch danken, dass Ihr Euch so beeilt, um eine schnelle Weiterfahrt zu ermöglichen.«

»Danke, Lady Isolde. Aber es ist vor allem die Dankbarkeit der Crew gegenüber Eurem Mann, das dies ermöglicht. Denn nach einer solchen Reise reicht normalerweise ein Tag Landgang nicht aus.«

»Dann werde ich der Crew in meinem und im Namen meines Mannes dafür danken.«

»Das ist nicht nötig. Denn sie sind Euch dankbarer, als Ihr Euch vorstellen könnt. Nun muss ich aber das Frühstück beenden und Vorbereitung für die Ankunft treffen.«

Nachdem wir uns für das Frühstück bedankt und verabschiedet haben, begeben wir uns auf dem Oberdeck nach vorne zum Schiffsbug. Denn nun können wir uns auf dem Deck frei bewegen. Und das wollen wir ausnutzten. Die meisten Piraten sind wohl unter Deck und bereiten sich auf den Landgang vor.

Am Bug genießen wir schweigend die Aussicht auf das ruhige Meer. Die Sonne scheint auf uns nieder und die kalte Luft, versetzt mit etwas Gischt aus Salzwasser, weht um unser Gesicht. Sonja hat einen Arm um meine

Hüfte gelegt und auch ich lege meinen Arm um ihre Schulter. Ob das nun wirklich nur als Schauspiel für die Piraten dient, da bin ich mir nicht sicher. Aber ich könnte so den ganzen Tag stehen bleiben.

»Was war heute Morgen los?« Sonja bricht das Schweigen.

»Was meinst du?«

»Ich meine deine kurz angebundene Art heute beim Aufstehen. Und sag mir nicht, es war wegen Doc. Denn auch wenn ich dies am Anfang dachte, bin ich überzeugt, dass es nicht deswegen war. Also was war der Grund?«

»Wieso glaubst du das nicht mehr? Es war deine Idee.«

Schief lächelnd blickt mich Sonja an und erwidert. »Willst du jetzt jede Frage mit einer Gegenfrage beantworten? Denn eigentlich mag ich deine direkte Art lieber. Aber ich glaube nun nicht mehr, dass es wegen Doc war, da du sicher nicht wegen so etwas nervös bist. Ich weiß, wo du herkommst und welchen Gegnern du dich ohne zu zögern stellst. Also bitte antworte entweder gar nicht oder ehrlich.«

Einige Minuten stehen wir wieder schweigend da, während ich überlege, ob ich die Wahrheit sagen soll. Aber warum soll ich nicht die Wahrheit sagen? Ich habe nur einen einzigen Freund auf der Welt, also werde ich sie nicht anlügen.

»Ich hatte Angst«, antworte ich.

Erstaunt blickt mich Sonja an, während ich die nächsten Worte suche. Aber sie unterbricht mich nicht, sondern wartet geduldig, bis ich fortfahre.

»Angst vor mir. Davor, dass ich die Kontrolle verloren

179

habe. Dass ich in diesen Kampfrausch gefallen bin, wie es Doc nannte. Und ich bin noch immer nicht zu hundert Prozent überzeugt, dass dieses Ich immer aufhört, bevor es Unschuldige tötet. Denn auch wenn es bei dir abgebremst hat, bin ich sicher, Doc hätte es getötet, wenn du nicht erschienen wärst.« Es vergeht erneut einige Zeit, bis ich die nächsten Worte finde. Dabei blicken wir beide weiter aufs Meer und genießen die Aussicht. Am Horizont ist eine Insel zu erkennen, wahrscheinlich Rhod. »Ich habe schon gegen gefährlichere Gegner gekämpft als gegen diese Piraten. Also muss der Kontrollverlust einen anderen Grund haben. Und der Einzige, der mir einfällt, bist du. Denn der große Unterschied zu sonst war, dass du in Gefahr warst, und ich nicht wusste, wie es dir ging. Aber ich will dir nicht die Schuld geben an dem, was gestern Abend passiert ist, darum wollte ich auch nichts sagen. Also habe ich heute Morgen versucht, auf Distanz zu gehen, damit so etwas nicht noch einmal passiert. Denn ich will nicht, dass du mit jemandem unterwegs bist, der sich nicht unter Kontrolle hat. Darum war ich heute Morgen so kurz angebunden.«

»Und warum hat sich deine Meinung wieder geändert?«, fragt Sonja.

»Weil es mir weh getan hat, dich so zu behandeln. Und ich wohl diesbezüglich zu schwach bin. Und du mir zu wichtig bist. Du bist der einzige Freund, den ich habe.«

Als ich diese Worte ausgesprochen habe, wird mir klar, dass dies leider die Wahrheit ist.

Nun ist es augenscheinlich Zeit, dass Sonja über das Gesagte nachdenkt. Und auch ich weiß nicht, was ich noch sagen soll. Also betrachten wir wieder schweigend die näherkommende Insel.

Endlich bricht Sonja nach einer gefühlten Ewigkeit das Schweigen.

»Als du mir gesagt hast, du willst auf Distanz gehen, um mich zu beschützen, wollte ich dich am liebsten anschreien. Denn ich kann gut auf mich selbst aufpassen. Aber der Grund, warum du es gesagt hast, war nicht der, dass du mich als schwach oder hilflos darstellen wolltest. Sondern weil dir unsere Freundschaft wichtig ist. Und weil du sogar zugegeben hast, dass du zu irgendetwas zu schwach bist. Mir war schon gestern Abend klar, dass der Grund für dein Verhalten der Angriff auf mich war. Und dass du wegen mir ausgerastet bist. Aber du hast niemanden getötet, der es nicht verdient hat. Und du hattest dich unter Kontrolle, sobald du mich gesehen hast. Also vergiss es, zu mir auf Distanz gehen zu wollen. Ich bin froh, einen Freund wie dich zu haben, der mich beschützt und dem es weh tut, mich unfreundlich zu behandeln.«

»Danke, dass du nicht sauer bist. Oder bist du noch sauer?«

Mit einem schelmischen Lächeln antwortet Sonja: »Nein, nicht mehr. Aber wenn du jemanden erzählst, dass ich froh bin, jemanden zu haben, der mich beschützt, werde ich richtig sauer. Außerdem will ich, dass du mir das Kämpfen beibringst.«

»Das Kämpfen? Ich habe dich in der Arena gesehen. Du bist eine sehr gute Kämpferin.«

»Vorsicht. Ich bin die beste Kämpferin in den Menschenreichen. Aber das war, bevor ich dich kämpfen gesehen habe. Du übertriffst mich noch. Du bist der

beste Kämpfer, den ich je gesehen habe.«
Überrascht von dieser Aussage schweige ich wieder und denke darüber nach. Gut, bei den Orks habe ich alle besiegt. Aber ich dachte, die besten Kämpfer würden sie nicht in der Arena verheizen. Aber wenn Sonja das behauptet, wird es wohl so sein.

Augenscheinlich interpretiert Sonja die Pause falsch und hakt nach. »Bitte, sag jetzt nicht, du hast Angst die Kontrolle zu verlieren. Oder hast du Angst, gegen mich zu verlieren?«

»Nein«, gebe ich lächelnd zurück »Ich bin nur erstaunt, dass ich wirklich so ein guter Kämpfer sein soll. Gerne werde ich versuchen, dir noch ein paar Kampftricks beizubringen. Vielleicht heute Nachmittag oder dann morgen.«

»Super, da freue ich mich schon. Aber jetzt sollten wir packen, denn die Insel ist schon ziemlich nah.«

Das Zusammenpacken ist sehr schnell erledigt, denn abgesehen vom Rucksack mit ein paar alten Kleidungstücken aus der Ork-Arena und dem Wasserschlauch haben wir nichts.

Kurz bevor wir einlaufen, begeben wir uns aufs Oberdeck und Lord Farkat winkt uns zu sich auf das Steuerdeck, wo er das Ruder übernommen hat.

»Lady Isolde und Sir Trajan« er scheint bester Laune. »vor uns liegt die schönste Stadt der Welt. Rhod, ein Schmuckstück, älter als alle Städte der Königreiche.«
Überrascht blicke ich Sonja an, aber sie nickt mir nur unmerklich zu. Lord Farkat hat davon nichts mitbekommen, denn ohne Pause fährt er fort. »Bevor die Menschen die Königreiche besiedelten, haben sie die Stadt Rhod gegründet. Auch der erste Hochkönig ist von

dieser Insel gewesen.«

Nun blickt auch Sonja erstaunt. Und nun bemerkt auch Lord Farkat dies.

»Ja, das stimmt, Lady Isolde. Auch wenn dies in den Königreichen aus den Geschichtsbüchern gelöscht wurde. Habt ihr euch noch nie gefragt, warum wir bei der Hochkönigwahl mitmachen dürfen. Wir dürfen auch immer als Erster einen Kandidaten vorschlagen. Dies alles ist darin begründet. Auch sind wir eigentlich ein Königreich und unser Graf ist ein König. Aber da eure Könige durch Vererbung bestimmt werden, haben wir uns entschieden, unseren Herrscher Graf zu nennen. Denn bei uns muss man sich diesen Titel verdienen. Sodass auch immer der fähigste Herrscher auf dem Thron sitzt. Und nicht wie in euren Königreichen oftmals der unfähigste. Man muss da nur an Harsal den Lustigen denken.«

Augenscheinlich kennt Sonja diesen Namen.

»Das war leider eine unrühmliche Ausnahme. Aber ich denke, wir wollen nicht die verschiedenen politischen Systeme diskutieren. Denn bei eurem Verfahren kommt meist der brutalste und korrupteste Herrscher an die Macht.«

»Wie immer direkt ins Schwarze. Das stimmt. Ich will nicht über die Vor- und Nachteile unseres Systems diskutieren. Ich will euch nur klarmachen, wen ihr heute Abend trefft. Denn Graf Armolus ist ein überaus cleverer Mann, der durch seine Intelligenz, aber auch durch seine Rücksichtslosigkeit an die Macht gekommen ist. Und er ist stolz. Denn er ist nicht nur ein Piratenfürst, wie ihn viele Gesandte aus den Königreichen sehen. Er ist der König im ältesten Königreich der Menschen und

Stimmberechtigter bei der Hochkönigwahl. Und darf auch den ersten Kandidaten vorschlagen. Vergesst das also nicht, wenn ihr ihn heute Abend trefft.«

»Und auf welcher Seite steht er?«, hakt Sonja nach.

»Oh, natürlich auf seiner Seite. Aber im Gegensatz zu Lord Gorun will er Euch derzeit nicht töten.«

Gegen Mittag laufen wir im Hafen von Rhod ein. Die Stadt schmiegt sich an die Südseite eines Berges und der Hafen befindet sich in einer Bucht am Fuße des Berges. So weit man blicken kann, ist die Insel von einer hohen Steilküste umgeben, nur im Bereich der Bucht nähert sich das Land flach dem Wasser. Bis zur Buchteinfahrt aber wurden massive Befestigungsanlagen errichtet, sodass niemand an dieser Seite der Insel anlanden kann. Rechts und links der Durchfahrt stehen zwei massive Türme, von denen aus Wachmannschaften jedes durchfahrende Schiff unter starken Beschuss nehmen können. Auch ist eine starke Kette zu erkennen, die von den Türmen aus im Wasser verschwindet. Wahrscheinlich kann man sie hochziehen und die Durchfahrt für alle Schiffe sperren. Ein Angriff von dieser Seite auf die Insel ist selbst mit der größten Flotte ein Ding der Unmöglichkeit. Und wahrscheinlich auch von allen anderen Seiten.

Die Stadt selbst ist aus Stein errichtet und nutzt den engen Platz in der flachen Bucht voll aus. Die vornehmeren Häuser liegen am Berg, auch der Palast befindet sich dort. Ein riesiges Gebäude mit massiven Mauern und Türmen. Generell sieht man in der Stadt mehrere dieser Türme. Untypisch ist nur, dass sie keinerlei sinnvolle Funktion haben: weder Fenster noch Schießscharten. Zwar haben sie alle oben eine Plattform, aber aufgrund ihrer großen Höhe kann man damit kaum jemand auf dem Boden treffen. Auch als ich Sonja danach frage, kann sie mir keine Antwort geben. Die anderen Piraten und der Kapitän sind zu sehr mit dem Anlegemanöver beschäftigt, als dass wir sie fragen könnten.

Von Bord werden wir von Madex, Cookie und Sharkeye begleitet. Sie sollen uns die Stadt zeigen, da der Kapitän sofort zum Grafen bestellt wurde.

»Was wollen die Herrschaften von unserer wunderschönen Stadt sehen?«, fragt uns Madex, wohl der Wortführer.

Ein Rundblick unsererseits im Hafen offenbart, dass die Stadt sicher nicht so hübsch ist. Denn die Gebäude drängen sich dicht an dicht. Und dort, wo Platz ist, liegt entweder Müll oder ein Betrunkener. Oder ein Toter, das ist nicht so klar zu erkennen. Auch ist generell viel auf den Straßen los, zudem habe ich schon mehrere Personen entdeckt, die immer wieder zufällig Passanten anrempeln und sie dabei um ihre Habseligkeiten erleichtern. Um unsere Gruppe aber machen sie einen Bogen, sie kennen unsere Begleiter sehr gut.

»Gibt es etwas Sehenswertes in der Stadt, das sich außerhalb einer Kneipe befindet?«, frage ich deshalb.

Cookie und Sharkeye lachen heimlich, während Madex versucht, ernst zu bleiben.

»Natürlich. Aber gerne können wir eine Kneipe aufsuchen, wenn Ihr hungrig und durstig seid.«

Nun lacht auch Sonja. »Ja, das sind wir. Und bitte eine Kneipe, wo man auch etwas essen kann, ohne sich gleich übergeben zu müssen. Und hört mit dem Ihr-Gerede auf. Sonst könnt ihr gleich euren Freunden, den

185

Taschendieben sagen, hier ist fette Beute. Und streitet es nicht ab. Ich habe bereits gemerkt, dass sie euch meiden.«

Mit gespielter Empörung antwortet Sharkeye:»Das sind nicht unsere Freunde. Wir werden doch mit so einem Umgang nicht unseren guten Ruf ruinieren.«

Die anderen beiden Begleiter geben zustimmendes Gelächter von sich. Als sie sich wieder beruhigt haben, sagt Cookie:»Die Taschendiebe bestehlen auch uns Piraten. Sonst hätten sie keine Arbeit hier. Aber sie meiden euch, vor allem deinen Mann. Denn die Geschichte von ihm auf unserem Schiff hat sicher schon die Runde gemacht.«

»Wie das?«

»Ganz einfach«, antwortet Sharkeye »Der Junge, der die Botschaften der Brieftauben empfängt und weiterleitet, hat die Neuigkeit an alle verkauft, die ihm etwas dafür zahlen. Und auch wenn die Botschaften verschlüsselt sind, so findet sich immer jemand, er sie entschlüsseln kann. Auch glaube ich, dass der Graf bereits den Vater von Marsak informiert hat. Aber jetzt lasst und in die ›Klampfe‹ gehen.«

Die ›Klampfe‹ ist eine Kneipe in einer kleinen Seitenstraße am Hafen. Das Gebäude, in dem sie sich befindet, sieht aus, als wäre es mit der Gründung der Stadt gebaut worden. Und seitdem nicht mehr instandgesetzt. Stünde das Haus allein und nicht eingezwängt zwischen Nachbarhäusern, es würde wahrscheinlich sofort einstürzen.

An der Tür stehen zwei Schränke von Piraten, aber als sie Sharkeye und die anderen erkennen, öffnen sie sofort.

Uns schlägt ein Geruch entgegen, der mich an die Zelle in der Ork-Arena erinnert. In der Kneipe herrscht ein Dunst, sodass man kaum die gegenüberliegende Wand erkennen kann. Und das, obwohl die Kneipe wahrscheinlich nicht mehr als fünfzig Leute fasst. Die Tische sind rechts und links des Eingangs angeordnet und im hinteren Bereich steht eine große Theke. Bis auf uns befinden sich noch fünf weitere Piraten an einem Tisch rechts hinten nahe der Theke. Hinter dem Tresen steht der Wirt und wischt gelangweilt seine Theke ab. Zwei Bedienungen lehnen ebenso gelangweilt an dieser. Augenscheinlich ist hier mittags wenig los. Und die fünf anwesenden Gäste sorgen auch nicht für viel Umsatz.

Wir begeben uns zu einem Tisch an der linken Seite in der Ecke und nach einigem Gerangel, wer mit dem Rücken zur Wand sitzen darf, nehmen wir auch Platz. Cookie geht hierbei als Verlierer hervor, denn er sitzt mit den Rücken zur Tür. Madex hat den vorletzten Platz gewonnen, denn er darf mit den Rücken zur Theke Platz nehmen. Gewinner ist Sharkeye, der mit dem Rücken zur Wand und dem Blick zur Tür sitzt. Sonja und mir haben sie den Platz mit Blick auf die Theke gelassen, sodass wir auch eine Wand in unserem Rücken haben.

Eine der Bedienungen rafft sich auf und nähert sich uns. Es ist eine Frau um die zwanzig, aber das kann man schlecht einschätzen. Sie hat eine relativ ansehnliche Figur und ein hübsches Gesicht. Kein Wunder, dass unsere Stadtführer hierher wollten. Jetzt ist bloß zu hoffen, dass das Essen nicht allzu schlecht ist.

»Ah, Sarena«, sagt Sharkeye freundlich, »wie geht es? Du siehst heute wieder hinreißend aus.«

»Hallo, Sharkeye, bis gerade noch ging es mir gut.«

Madex und Cookie lachen leise, als Sharkeye mit gespielter Enttäuschung antwortet:»Ich hoffe du bist nicht noch immer sauer wegen des Vorfalls beim letzten Mal.«

»Eigentlich müsstest du sauer sein. Denn du hattest danach Schmerzen in der Leistengegend. Was kann ich euch bringen?«

Nun mischt sich Madex ein.

»Für uns fünfmal das heutige Mittagessen und fünf Krug Met. Einen wird Sharkeye schon vertragen. Und nimm dieses Mal sauberes Geschirr, wir haben Gäste dabei.«

»Das habe ich bereits gesehen. Also fünf Mal Tagesmenü und fünf Krug Met«, sagt Sarena, und an Sonja gewandt:»Ich weiß nicht, was dich mit diesen Jungs hierhertreibt, aber pass bei denen auf. Vor allem Sharkeye wird bei zu viel Alkohol etwas ungestüm. Beim letzten Mal ist er dabei auf mein Knie geprallt.«

Und mit einem spöttischen Blick auf Sharkeye verschwindet sie zur Theke.

»Es war nur ein kleines Missverständnis«, beginnt Sharkeye.

Aber Madex unterbricht ihn lachend:»Das damit geendet hat, dass du zwei Tage nicht richtig laufen konntest.«

An Sonja und mich gewandt sagt er:»Ihr müsst wissen, Sharkeye unser Charmeur hier hatte beim letzten Besuch ein Auge auf Sarena geworfen. Nur ist Sarena jemand, die sich ihre private Gesellschaft selbst aussucht. Und Sharkeye hat das nicht mehr ganz verstanden. Er war zwar nur etwas aufdringlich und hat keinerlei Gewalt angewendet oder sie bedrängt. Aber

Sarena ist dann immer sehr schnell mit dem Knie. Denn sie darf als Bedienung in einer Piratenkneipe nicht die kleinste Nachgiebigkeit zeigen, sonst kann sie vor lauter Verehrern nicht mehr arbeiten.«

Bevor ich etwas dazu sagen kann, nähert sich Sarena schon mit den Getränken. Und augenscheinlich kann der Vorfall letztes Mal nicht so schlimm gewesen sein, denn sie setzt sich auch zu uns, auf die Bank neben Cookie.

»Und wer sind deine neuen Begleiter, Madex?«

»Das wird aber Cookie kränken, dass du ihn nicht wiedererkennst«, erwidert der.

»Selbst wenn ich Cookie nicht wiedererkennen würde, so ist sein Gestank einmalig und unverwechselbar. Ich meine die nette Dame und den hübschen Herrn, die so überhaupt nicht zu dir passen.«

Mit betrübtem Blick antwortet Madex:»Das kränkt mich aber zutiefst. Die Dame ist Lady Isolde. Und der Herr ist Sir Trajan, der Ehegatte von Lady Isolde.«

Nun wendet sich Sarena an mich:»Schade, dabei wärst du genau nach meinem Geschmack. Oder ist die Ehe vielleicht nicht mehr so intakt?«

Da ich weder weiß, wie ich antworten oder reagieren soll, schweige ich lieber.

Das spornt Sarena augenscheinlich noch mehr an: »Oh, augenscheinlich traust du dich nicht vor deiner Frau, es zuzugeben.«

Ich habe mich wieder gefasst.

»Unsere Ehe ist genauso intakt wie am ersten Tag. Und auch wenn ich mich geschmeichelt fühle, so lehne ich dankend ab.«

Sarena steht wieder auf und begibt sich in Richtung der Theke.

Ein Seitenblick auf Sonja verrät mir, dass ihr die Aktion von Sarena überhaupt nicht gefallen hat. Sie greift meine Hand und legt sie demonstrativ auf den Tisch.

Sarena kommt mit den Speisen wieder an unseren Tisch: ein Eintopf, der wahrscheinlich schon einige Stunden warmgehalten wird.

Mit Blick auf meine von Sonja gehaltene Hand startet Sarena einen neuen Versuch.

»Nun, Sir Trajan. Da deine Frau ein bisschen beleidigt zu sein scheint, habe ich einen weiteren Vorschlag. Denn ich will sie nicht ausschließen. Also wie wäre es mit dir, mir und deiner Frau gleichzeitig?«

Die drei Piraten am Tisch versuchen ihr Lachen zu unterdrücken. Sonja aber sieht aus, als würde sie Sarena gleich an die Gurgel springen. Auch ich muss mich zurückhalten, denn nun ist es offensichtlich, dass sie Sonja nur ein bisschen ärgern will.

»Nein, danke. Meine Frau ist mehr als genug für mich«, erwidere ich mit vollem Ernst.

Nun können die drei Piraten nicht mehr an sich halten und beginnen zu lachen. Auch Sonja wird nun klar, dass die letzte Anmache von Sarena nur ein Scherz war.

Mit voller Wucht schlägt sie mit ihrem freien Arm auf meine linke Schulter. Aber sie achtet tunlichst darauf, nicht eine der Wunden zu treffen.

Wütend flüstert sie mir ins Ohr: »Darüber werden wir uns später unterhalten.«

Das Essen ist entgegen allen Erwartungen einigermaßen genießbar. Wobei man sich nach längerer Diskussion unter den Piraten einigt, dass es an dem Niveau von Cookies Kochkunst liegt. Denn da wir das sehr schlechte Essen auf der ›Wellenreiterin‹ gewohnt sind, schmeckt das nur schlechte Essen in der ›Klampfe‹ besser. Natürlich führt das zu Protesten durch Cookie und wir alle lachen ausgiebig. Für mich ist es ungewohnt, einer fröhlichen Gesellschaft beizuwohnen, die ihr Vergnügen nicht aus Gewalt zieht. Aber es macht richtig Spaß.

Sarena bringt noch eine weitere Runde vom Met und setzt sich zu uns, diesmal aber direkt zu Sharkeye. Dabei erzählt sie die Geschichte ihrer letzten Begegnung mit ihm, was zu allgemeinem Gelächter führt. Als Sharkeye dabei auch noch verlegen wird, kann sich kaum einer am Tisch noch halten, auch Sonja lacht ehrlich mit.

Die fünf Piraten am anderen Tisch beobachten uns die ganze Zeit. Zudem haben sie schon lange nicht mehr Neues zu trinken bestellt, was in einer Kneipe doch sehr verdächtig ist. Auch Sharkeye, Madex und Sonja scheinen das bemerkt zu haben. Ich spüre, wie ihre Anspannung steigt. Und auch Cookie scheint dies zu spüren, obwohl er mit den Rücken zu ihnen sitzt.

Als wir gerade die dritte Runde trinken, stehen die fünf Piraten gleichzeitig auf und nähern sich unseren Tisch.

Sharkeye scheint sie zu kennen, denn er spricht den Größten der fünf direkt an.

»Ah, du musst wohl Surun sein. Der Bote von Gorun.«

Surun lächelt. »Schön, wenn man erkannt wird, nicht wahr, Sharkeye. Ich wusste, du würdest hier absteigen. Wir haben etwas zu besprechen.« Er zieht einen Stuhl heran und setzt sich.

»Ich habe dich nicht erkannt, Surun. Aber dein lächerliches goldenes Gehänge für dein Schwert. Denn auf der Insel gibt es nur einen Schwachkopf, der so etwas trägt.«

Das Lächeln von Surun erlischt.

»Ach, Sharkeye, wie immer kein Benehmen. Aber ich bin hier, dir einen Handel vorzuschlagen. Du und deine Jungs verschwinden mit den Frauen. Und den hier, der Marsak erschlagen hat, lässt du hier bei uns.«

Bevor Sharkeye etwas erwidern kann, mische ich mich ins Gespräch ein.

»In Ordnung. Nur dass meine Frau und Sarena hinter der Theke warten, wo ich sie sehen kann. Nicht dass einige deiner Freunde vor der Tür warten. Gerne dürft ihr die Tische beiseiteschieben, damit ihr mehr Platz habt.« Dabei würdige ich Surun nicht einmal mit einem Blick.

»Damit sind wir einverstanden«, erwidert Surun »Wenn du Selbstmord begehen willst, gerne. Und ich verspreche dir, dass ich deiner Frau nichts tue, nachdem ich dich getötet habe. Für meine Männer kann ich aber leider nicht garantieren.«

Und wie üblich, wenn der Chef einen schlechten Witz gemacht hat, beginnen seine Kumpane anzüglich zu lachen.

Sonja steht auf und nimmt Sarena am Arm. »Komm lass uns hinter die Theke gehen.«

Und zu mir sagt sie mit einem Lächeln: »Und du, mach nicht wieder so eine Sauerei wie auf dem Schiff.«

Auch Sharkeye, Madex und Cookie stehen auf und verabschieden sich. »Trajan, wir warten draußen auf dich. Es wird sicher nicht lange dauern. Und sollten uns noch ein paar Kumpel von Surun auflauern, werden wir dir Bescheid geben, falls wir Hilfe brauchen.«

Surun und seine vier Kumpanen wirken ein wenig verunsichert und weichen etwas zurück, während ich mich bewusst langsam erhebe.

»Wollen wir endlich anfangen?«, frage ich. »Glaubst du wirklich, ich falle auf dein Schauspiel herein?«, sagt Surun, aber seine Körpersprache verrät, dass er nervös ist.

»Wieso Schauspiel? Auf dem Schiff waren es elf Piraten, davon drei mit Armbrüsten. Und dort habe ich für alle etwa zwei Minuten gebraucht. Ihr seid zu fünft. Und selbst wenn ihr besser als die elf auf dem Schiff seid, so dauert es nicht länger als ein paar Minuten. Großzügig geschätzt.«

»Schöne Märchenstunde, aber glaubst du wirklich, dass wir nur fünf sind?« Und mit diesen Worten verschließt einer der Piraten die Eingangstür, und fünf weitere Kameraden treten aus dem Hinterzimmer der Gaststätte hervor.

Der überraschte Gesichtsausdruck von Sarena verrät mir, dass auch sie nicht über die Piraten im Hinterzimmer Bescheid wusste.

»Kommt her, um die Frauen kümmern wir uns später. Zwei von euch halten sie in Schach, während wir uns um ihn hier kümmern« Surun befehligt die Truppe. Und mit schmieriger Stimme fügt er hinzu: »Um die zwei Damen kümmere ich mich später höchstpersönlich.« Die Piraten fallen wie immer in ein zustimmendes Gelächter ein.

Die fünf neuen Piraten sind wie ihre Kollegen nur mit Nahkampfwaffen ausgerüstet, was einerseits Sinn ergibt, da man seine Kollegen nicht treffen will und in einem engen Raum Fernkampfwaffen nachteilig sind.

Andererseits deutet es aber auch darauf hin, dass sie die Geschichte von Marsaks Tod nicht kennen oder nicht glauben.

Ein letztes Mal wende ich mich an Surun und blicke ihn zum ersten Mal direkt an:»Wenn du und deine Freunde gleich verschwinden, passiert euch nichts. Und hier entsteht keine Sauerei. Solltet ihr mich angreifen, werde ich jeden töten, der es versucht.«

Von der Theke höre ich das Klirren von Schwertern. Sonja hat die Annäherungsversuche eines der Piraten abgewehrt.

Surun ruft dem Angreifer zu:»Mäßige dich. Ich bin als Erster dran.« Und zu mir gewandt:»Ich werde wohl mein Versprechen brechen und deine Frau nicht gleich gehen lassen. Das ist die Strafe für dein überhebliches Verhalten.«

In meinem Inneren spüre ich bereits den roten Nebel aufsteigen, als ich diese Worte höre und sehe, wie die beiden Piraten Sonja weiter bedrängen. Sie hat sich mit dem Schwert schützend vor Sarena aufgebaut und nickt mir zu.

Nun gut, wenn Sonja diesem roten Nebel vertraut, so werde ich ihm auch vertrauen. Also lasse ich ihn in mir aufsteigen und die Welt färbt sich rot.

Wieder sehe ich nur Waffen und die Gegner mit ihren ungedeckten Körperstellen. Diesmal aber sehe ich weder Sarena noch Sonja als Gegner an. Auch das Schwert von Sonja verschwindet aus meiner Wahrnehmung.

Mit einem kräftigen Fußtritt meinerseits wird Surun nach hinten geworfen, während mein Körper das Schwert zieht. Noch in der Ziehbewegung macht das Schwert einen Halbkreis. Durch einen Schritt nach vorne fährt dessen Spitze durch die Kehlen von zwei Piraten, die ebenfalls gerade versucht haben, ihre Schwerter zu ziehen.

Surun rappelt sich auf, und von links nähern sich die drei Neuankömmlinge mit gezückten Schwertern. Die anderen beiden Piraten werden von den fallenden Kameraden behindert; auch macht das Blut den Boden unter ihren Füssen rutschig.

Die drei Neuen nähern sich aber vorsichtig, sodass mein Körper Zeit hat, nach hinten zu springen. Dabei stützt er sich mit einem Fuß an der Wand ab und gewinnt dadurch an Höhe. Um nicht mit dem Kopf gegen die Decke zu prallen, ziehen sich meine Knie und mein Kopf an den Körper heran, das Schwert steht nach vorne wie ein Stachel hervor. Durch den Richtungswechsel an der Wand fliegt mein Körper direkt auf den am nächsten zur Wand Stehenden, der vollkommen überrascht von diesem schnellen Angriff ist. Bevor er sein Schwert richtig in Position bringen kann, wird es durch mein Schwert mit voller Wucht zur Seite geschlagen. Mein Knie prallt direkt auf das Kinn des Gegners; das wird zerschmettert. Sein Kopf wird nach hinten gerissen und das Knacken seines Genicks ist zu hören.

Noch in der Landung wendet sich mein Körper bereits dem nächsten Gegner zu. Der versucht sich zu mir zu drehen, aber mein Schwert durchstößt seinen Körper. Es dringt bis zum Heft ein. Mein Körper bewegt sich weiter nach vorn und hebt den aufgespießten Gegner nach hinten auf den dritten der Neuankömmlinge zu. Dessen Schwert wird durch den aufgespießten Körper seines Kumpans abgelenkt, und der Rest meines Schwertes, das aus dem Körper des Piraten hervorragt, spießt ihn mit auf.

Nun sind noch fünf Gegner übrig. Surun und seine zwei Gesellen, die, nachdem sie über die Leichen ihrer zwei Kumpanen gestiegen sind, von vorne auf mich zukommen. Und die zwei, die Sonja und Sarena bewachen sollen. Die aber stehen noch immer wie erstarrt hinter der Theke, sie überlegen wohl, ob sie angreifen oder fliehen sollen.

Wie es sich für einen Anführer gehört, bleibt Surun hinter seinen Kameraden zurück. Mit erhobenen Schwertern nähern sie sich mir, mehr aus Verzweiflung denn aus Mut.

Meine Hand ergreift das Schwert des aufgespießten Piraten, da meines feststeckt. Mit einer überraschend schnellen Bewegung nach vorne greift mein Körper den Rechten der beiden Piraten an. Der schwingt mit seinem Schwert in Brusthöhe nach mir, sodass sein Kumpan etwas zur Seite ausweichen muss. Also ein Einzelkämpfer, und ein schlechter auch noch. Meine Beine knicken ein und mein Oberkörper weicht nach unten aus. Mein Schwert schlitzt von unten schräg nach oben gehalten den Bauch des Piraten auf der ganzen Breite aus, sodass der sofort nach vorne klappt.

Noch immer geduckt, nutzt mein Körper die Schwungbewegung und bringt den anderen Piraten durch ein gestrecktes Bein zu Fall. Wobei der seitlich am Knie getroffen wird, sodass dieses bricht und der Pirat schreiend zur Seite hinfällt. Dort wartet bereits mein Schwert. Das dringt direkt seitlich in die Rippen des Piraten ein und bleibt stecken.

Surun nutzt die vermeintliche Gelegenheit und sticht

von der Seite nach mir. Mein Körper weicht in einer unglaublichen Geschwindigkeit nach rechts vorn aus. Und ergreift dabei das Handgelenk seines Schwertarms. Mit einem Ruck und einem harten Abwinkeln seines Ellbogengelenks in die falsche Richtung bricht das Gelenk.

Noch bevor Surun das begreift und das Schwert fallen lässt, wird der Unterarm komplett um hundertachtzig Grad gedreht und sein eigenes Schwert dringt in seinen Hals ein.

Die beiden Piraten hinter der Theke beschließen derweil, mutig wie sie sind, lieber zu fliehen und versuchen in Panik durch die Tür zu gelangen. Mit schnellen Schritten ist mein Körper bei der Theke und springt darüber. Die beiden Piraten aber stehen vor der verschlossenen Hintertür und versuchen verzweifelt, sie aufzusperren.

»Halt, Trajan, es reicht!«, hallt es durch meinen Kopf. Mit diesen Worten schiebt sich Sonja in mein Gesichtsfeld. Sofort verschwindet der rote Nebel und die ungefilterte Welt kehrt wieder zurück.

Sonja steht lächelnd vor mir und hat meine beiden freien Hände ergriffen. Aber nicht am Armgelenk, als wolle sie mich festhalten, sondern an den Handflächen, sodass auch ich ihre Hände halten kann.

Die beiden Piraten versuchen noch immer, die Hintertür zu öffnen, bis Sonja sie auffordert, es sein zu lassen. Beide bleiben wie Wachsfiguren stehen und mit angstvollem Blick sehen sie mich an. Ihre Waffen haben sie bereits auf der Flucht fallen lassen.

In Sonjas Augen aber ist diesmal keinerlei Angst zu erkennen. Nur volles Vertrauen. Sarena hingegen scheint der Panik nahe zu sein und setzt sich auf den Boden. Sonja geht hinüber zu ihr und redet beruhigend auf sie ein.

Hinter mir höre ich noch ein paar Stöhngeräusche, augenscheinlich lebt der Pirat mit dem aufgeschlitzten Bauch noch. Aber nicht mehr lange, denn auch diese Wunden sind tödlich. Ohne mich umzudrehen, wende ich mich an die beiden überlebenden Piraten.

»Ihr werdet hier die Sauerei wegräumen. Auch werdet ihr den Boden aufwischen und alles sauber hinterlassen. Gerne könnt ihr noch versuchen, euren Kameraden zu retten. Vorher aber sperrt einer von euch in Ruhe die Hintertür und einer die Vordertür auf. Sollte einer von euch abhauen, ohne aufzuräumen, werde ich ihn verfolgen und töten. Sollte einer von euch zurückkommen und sich an Sarena rächen wollen, so werde ich ihn töten. Und erzählt euren Freunden ausführlich, was ihr hier heute gesehen habt. Denn sollten sie das Gleiche versuchen, sollen sie wissen, was ihnen blüht. Und jetzt los.«

Sofort machen sich beide an die Arbeiten und vermeiden dabei jeden Blickkontakt mit einem der Anwesenden.

Auch wenn ich es vermeiden will, so muss ich mich nun doch umdrehen. Der Anblick ähnelt dem auf der ›Wellenreiterin‹. Die Leichen der acht Piraten liegen zerstreut auf dem Boden und überall klebt Blut. Auch der achte Pirat hat mittlerweile aufgehört zu atmen. Die beiden überlebenden Piraten machen sich daran, ihre toten Kameraden zur Tür zu schleppen.

Sonja nähert sich von der Seite und ergreift meine Hand.

»Komm, wir sollten von hier verschwinden, bevor die Wache kommt. Aber vorher solltest du dich in der Küche waschen.«

Auch Sarena scheint sich wieder gefasst zu haben und tritt zu uns hinzu.

»Deine Frau hat recht. Wir sollten durch den Hinterausgang verschwinden. Auch will ich im Hinterzimmer nach meiner Kollegin und dem Wirt suchen.«

Wie aufs Stichwort öffnet sich die Hintertür und Sharkeye, Madex und Cookie treten ein.

Sharkeye übernimmt das Reden.

»Trajan, wir sind lieber wieder durch die Hintertür rein gegangen. Wir wollten uns unsere Schuhe nicht schmutzig machen. Aber wir sollten hier verschwinden, bevor die Wache kommt. Auch haben wir dir, vorausschauend wie wir sind, ein paar frische Klamotten besorgt.«

Cookie wirft einen Blick über die Schulter und den Gastraum.

»Diesmal hast du immerhin die Köpfe auf den Körpern gelassen. Und zwei überleben lassen zum Aufräumen. Du lernst dazu.«

Ohne Cookie einer Antwort zu würdigen, begebe ich mich in die Küche und beginne mich zu waschen und die Klamotten zu wechseln.

Sarena und unsere Begleiter suchen den Wirt und die Bedienung im Hinterzimmer und finden sie gut verschnürt in einem Schrank eingesperrt.

Kaum sind die beiden befreit und haben einen Blick in den Gastraum geworfen, suchen sie eiligst das Weite. Nachdem ich auch wieder einigermaßen vorzeigbar bin, verlassen wir das Gasthaus und begeben uns zum Haus von Lord Farkat.

11. Der Barbar

Die Villa von Lord Farkat liegt am Hang in direkter Nähe zum Palast des Grafen: ein Prunkbau und neben dem Palast das größte Haus in Rhod. Während des ganzen Weges wechselt keiner von uns ein Wort, da wir darauf bedacht sind, so schnell wie möglich unser Ziel zu erreichen. Und jeder sich auf die Umgebung konzentriert. Nicht dass Lord Gorun noch ein weiteres Begrüßungskomitee schickt.

Sarena begleitet uns; wir wollten sie nicht in der ›Klampfe‹ zurücklassen.

Am Eingang empfängt uns ein älterer Diener, der uns hereinbittet. Vorher aber verabschieden sich Madex, Cookie und Sharkeye, wobei Letzterer noch einen spöttischen Kommentar ablassen muss.

»Trajan, nächstes Mal gehen wir nicht mehr in meine Stammkneipe mit dir. Zwar haben wir nichts fürs Essen bezahlen müssen. Aber ich glaube, wir sind dort nicht mehr so gern gesehen. Deshalb müssen wir jetzt los und eine neue Stammkneipe finden.«

»Vielleicht legst du dann bei der Suche mehr Wert auf gutes Essen und weniger auf das Aussehen der Bedienung. Denn dann bekommst du nicht nur gutes Essen, sondern auch die Verletzungsgefahr durch die Bedienungen nimmt ab«, erwidere ich freundlich.

Madex und Cookie nehmen meine Antwort als Anlass für ein lautes Lachen und ziehen mit Sharkeye von dannen, während auch sie weiter spöttische Kommentare über Sharkeyes Entscheidungsfindungen äußern.

Der Diener betrachtet die ganze Szene mit Abscheu

und blickt uns an, als könnte er nicht glauben, dass er uns hereinlassen muss. Um sein eigenes Ego ein bisschen zu besänftigen, versucht er wenigstens, Sarena den Eintritt zu verweigern. Aber als Sonja sehr deutlich macht, dass dann auch sie und ich nicht eintreten, lässt er sie mit rein.

Beleidigt führt uns der Diener in ein großes Zimmer, da unser Empfang augenscheinlich nur für zwei Gäste geplant war und ein separates Zimmer für Sarena erst noch hergerichtet werden muss. Aber auch darauf will Sonja verzichten, sie möchte Sarena wohl nicht allein lassen. Wie schon bei der ersten Diskussion mit dem Diener halte ich mich dabei wieder vornehm heraus. Genervt gibt der Diener auf und verlässt uns mit dem Hinweis, dass uns Graf Armolus in vier Stunden erwartet.

Augenscheinlich hat Sonja nun endgültig das Kommando über uns bekommen, denn kaum ist die Tür geschlossen, verteilt sie Anweisungen.

»Trajan, du kümmerst dich um hübsche Kleidung für Sarena. Frag den Diener. So wie er unsere Figuren studiert hat, kann er die Kleidergröße von Sarena sicher gut schätzen. Du kannst dafür ruhig eine gute Stunde brauchen, bevor du bei uns wieder auftauchst. Und besorg auch was für dich.«

Mit diesen Worten werde ich stehen gelassen, während Sarena und Sonja im Bad verschwinden.

Da ich nun der Dienstbote zu sein scheine, begebe ich mich auf die Suche nach meinem Kollegen. Den finde ich in der Küche beim Essen in Gesellschaft einer Köchin.

»Hallo, meine Frau hat mich geschickt, um Kleidung für ihre Freundin zu besorgen.« Ich frage vorsichtig.

Der Diener sieht mich unfreundlich an.

»Was geht mich das an. Sehe ich aus wie der Schneider?«

»Nein. Aber meine Frau meinte, Ihr müsstet ihre Kleidergröße gut einschätzen können. So genau wie Ihr ihre Figur betrachtet hast.«

Die Köchin beginnt zu lachen.

»Da hat er nicht Unrecht, Kajr. Und sei nett zu ihm. Den Unfreundlichen kauft dir doch keiner ab.«

»Wie kannst du mir nur so etwas unterstellen. Von einem Fremden in Ordnung, aber von dir.«

Nun wendet er sich mir zu und sein unfreundliches Gesicht ist verschwunden.

»Das dort ist meine bessere Hälfte, Isera. Und wenn sie dich sympathisch findet, muss ich es wohl auch. Du wirst das verstehen, denn auch bei dir und deiner Frau habe ich gemerkt, wer das Wort führt.« Er setzt dabei die Miene eines Leidenden auf.

Von hinten wirft Isera ihm einen Lumpen auf den Kopf und gesellt sich zu ihm an den Tisch.

»Sir Trajan, setzt Euch doch zu uns. Und wir Frauen müssen halt das Wort übernehmen, wenn nur so ein Schwachsinn aus dem Mund des Ehemanns kommt«, sagt sie und wirft einen vorwurfsvollen, aber auch liebenden Blick zu ihrem Mann.

»Danke«, antworte ich und nehme Platz. »Aber nennt mich bitte nur Trajan. Und werdet Ihr mir helfen, Kleidung zu finden?«

Nun übernimmt wieder Kajr. »Natürlich. Denn leben wir nicht nur, um die Wünsche unserer Frauen zu erfüllen?«

»Darüber möchte ich mich nicht äußern«, antworte ich

mit freundlichem Lachen.»Also gehen wir nun auf die Suche, Kajr?«

»Gerne. Aber es wäre gut, wenn meine Frau uns begleiten würde. Denn auch wenn ich in weiser Voraussicht mir die Kleidunggrößen der Damen gemerkt habe, so will ich doch auf den Geschmack meiner Frau bei der Kleidung vertrauen.«

Mit einem Lächeln übernimmt Isera das Kommando. »Ein seltener Tag. Mein Mann gibt weise Worte von sich. Also brauchen wir vornehme Kleidung für ein Abendessen für die Damen. Und auch etwas für dich, Trajan. Mit dieser Kleidung kannst du nicht beim Grafen erscheinen.«

Schnell versuche ich einzuwerfen:»Meine Frau will keine neue Kleidung. Sie will ihre Rüstung anbehalten.«

Aber Isera ignoriert mich vollkommen und stürmt bereits los. Kajr und ich versuchen, ihr zu folgen.

Nach einer Stunde mit Bergen von Kleidung und einer Isera, die Kajr und mir keinerlei Mitspracherecht einräumt, verabschiede ich mich von ihnen mit einem Haufen Kleidung auf den Armen. Isera hat in der letzten Stunde voller Freude und Begeisterung diverse Schränke durchwühlt. Dabei musste ich mir viel Kritik anhören, da augenscheinlich die Unkenntnis der genauen Kleidungsgröße und Körpermaße bestimmter Regionen meiner angeblichen Frau einer ungeheuerlichen Pflichtverletzung gleichkommt. Kajr fand dies äußerst lustig, und je genauer die Fragen wurden und je mehr ich mich gewunden habe, desto fröhlicher wurde er. Aber es war auch zu erkennen, dass er sich für seine Frau freute, die in dieser Arbeit vollkommen aufging.

Nun stehe ich vor der Tür und klopfe vorsichtig. Sonja

öffnet mit Schwung die Tür. Sprachlos blicke ich sie an. Ihre roten Haare sind zum ersten Mal, seit ich sie kenne, gewaschen. Sie fallen locker seitlich von ihrem Gesicht herunter auf die Schultern. Ihr Gesicht sieht noch schöner aus als sonst. Schon vorher fand ich sie sehr hübsch, aber nun übertrifft sie alles.

»Was ist? Traust du dich nicht rein?«, fragt Sonja spöttisch.

»Nein. Ich bin nur überrascht, wie hübsch du bist«, antworte ich, ohne nachzudenken.

Nun ist Sonja überrascht, denn sie antwortet unbeholfen: »Danke, das ist nett.« Aber schnell hat sie sich wieder gefangen und mit befehlsgewohnter Stimme bittet sie mich herein.

»Nun bring schon die Klamotten rein.«

Die Klamotten lege ich auf dem Bett ab und will gerade das Zimmer wieder verlassen, um den Damen die Möglichkeit zum Umziehen zu geben.

»Wo willst du hin?«, fragt Sonja.

»Draußen warten, bis ihr fertig seid.«

»Warte hier. Ich bringe Sarena nur schnell das Kleid ins Bad.« Schon ist verschwunden.

Als sie wieder aus dem Bad tritt, halte ich ihr das Kleid hin, das Isera für sie ausgesucht hat.

»Hier ist auch ein Kleid für dich.«

Irritiert erwidert Sonja: »Wieso? Ich habe doch keines gewollt. Außerdem habe ich meine Rüstung.«

»Isera, die Frau des Dieners, hat es mir für dich mitgegeben. Sie meinte, heute Abend wäre ein Kleid passender als deine Rüstung.«

»Und was meinst du?«

»In diesem Bereich kenne ich mich nicht aus. Auch bin

ich vorhin bei Isera schon oft ins Fettnäpfchen getreten. Aber ich denke, ein Kleid stünde dir noch besser. Und deine Rüstung sieht schon etwas ramponiert aus. Aber das ist meine Meinung. Wichtig ist, was du denkst«, antworte ich ehrlich.

»Dann werde ich das Kleid heute Abend anziehen. Nicht dass nur Sarena im Mittelpunkt steht«, erwidert Sonja.

Also wird uns heute auch Sarena begleiten. Und wahrscheinlich wird Sonja nicht hingehen, wenn Sarena nicht mit reindarf. Und ich dann wohl auch nicht.

Als hätte Sonja meine Gedanken gehört, blickt sie mir direkt in die Augen.

»Ich will Sarena nicht allein lassen.«

»Ist mir recht«, erwidere ich.

Etwas irritiert blickt mich Sonja an. »Willst du nicht nachfragen, warum?«

»Nein«, erwidere ich wahrheitsgemäß. »Wenn du es mir sagen willst, höre ich gerne zu. Wenn nicht, so bin ich überzeugt, dass du deine Gründe hast.«

»Und wenn sie nicht zum Grafen mitdarf, würdest du dann hierbleiben?«

»Wenn du nicht hingehst, warum soll ich dann dort hin? Ich kenne weder den Grafen noch jemand anderen in diesem Palast. Ich gehe heute Abend nur zum Grafen, weil du hingehst. Wie ich schon einmal sagte, kenne ich mich in dieser Welt nicht aus. Deshalb mache ich das, was du für richtig hältst, denn dir vertraue ich.«

»Aber der Graf hat dich eingeladen wegen der Vorkommnisse auf der ›Wellenreiterin‹. Du bist heute der Hauptgast.«

Nun blicke ich Sonja direkt in die Augen.

»Das ist mir vollkommen egal. Auch weiß ich nicht, was so besonders an einem Grafen ist.«

»Dir ist es wirklich egal. Und du weißt es wirklich nicht. Du glaubst gar nicht, wie mich das freut. Und das mit Sarena werde ich dir später erzählen.«

In diesem Moment betritt Sarena das Zimmer. Und sie sieht nicht mehr aus wie die Bedienung. Sondern wie eine Prinzessin. Das Kleid schmeichelt ihrer Figur, Isera hat wirklich eine sehr gute Wahl getroffen. Und Kajr hat wirklich ein gutes Augenmaß bewiesen. Auch sieht Sarena jünger aus, vor allem ihr Gesicht wirkt frischer.

»Das sieht wunderschön aus, Sarena«, höre ich Sonja sagen.

»Danke«, erwidert Sarena »Und wie findest es du, Trajan?«

Und diesmal will sie weder Sonja ärgern noch mich in Verlegenheit bringen. Die Frage ist ernst gemeint und Sarena wirkt auch etwas verunsichert.

»Du siehst atemberaubend aus«, antworte ich. Sarena beginnt zu strahlen wie ein junges Mädchen. Und mit einem Mal frage ich mich, wie alt sie wirklich ist. Könnte das der Grund für Sonja sein, warum sie Sarena überall mit hinnimmt. Weil sie noch gar nicht so alt ist, wie sie tut. Das wäre zumindest eine gute Erklärung.

Sonja packt einige der Klamotten, die für mich bestimmt sind, und scheucht mich ins Bad.

»Nimm ein Bad, das Wasser ist noch warm. Pass aber auf die Wunden auf dem Rücken auf. Ich werde sie dir nachher nochmals verbinden. Rasiersachen stehen auf dem Waschbecken. Und es gibt sogar einen echten Spiegel. Komm erst wieder raus, wenn du frisch gewaschen und rasiert bist. Und zieh dich auch vorher an, denn wir haben Besuch.«

Mit diesen Worten ist Sonja schon wieder verschwunden.

Langsam nähere ich mich dem Spiegel und blicke vorsichtig hinein. Zum ersten Mal, abgesehen von dem unscharfen Bild im Metallspiegel des Doc sehe ich mein Gesicht.

Das braune Haar wurde von Doc gut gestutzt und ist etwas nachgewachsen, es passt jetzt gut zu dem etwas kantigen Gesicht. Die braunen Augen sehen sogar vertrauenserweckend aus und auch der Rest macht einen freundlichen Eindruck. Das Gesicht ist leicht gebräunt, wohl von den letzten Tagen auf dem Schiff. Narben oder Ähnliches sind wie bereits im Metallspiegel nicht zu sehen. Was aber nicht überraschend ist, denn Wunden im Gesicht konnte ich in der Ork-Arena vermeiden.

Vorsichtig ziehe ich das Hemd aus und löse die Verbände von meinem Oberkörper. Und wie erwartet sind diese Wunden schon ziemlich gut verheilt. In ein paar Tagen werden sie kaum mehr erkennbar sein und sich vernarbte Haut dort ausdehnen.

Schnell entledige ich mich meiner restlichen Kleidungsstücke und springe in die Badewanne. Und bekomme fast einen Schock. Das Wasser ist warm! Bei den Orks gab es nur Eimer mit kaltem Wasser zum Abwaschen. Aber das hier ist wie das Paradies. Genüsslich versinke ich in der Badewanne und das Wasser schlägt über meinen Kopf zusammen. Was für eine Wohltat.

Da mir mittlerweile die Luft ausgeht, tauche ich wieder auf und lege meine Arme entspannt auf den

Badewannenrand.

Nach einiger Zeit, ich weiß nicht wie lange, höre ich ein Klopfen an der Tür und Sonjas Stimme.

»Trajan, bist du ertrunken? Du bist schon über zwei Stunden da drinnen.«

»Nein, ich lebe noch. Ich komme gleich raus.«

Zwei Stunden? Ich muss weggedöst sein. Das Wasser ist noch immer so warm wie am Anfang. Wahrscheinlich wird das Becken von unten beheizt. Das Wasser aber hat die Farbe meiner Haut angenommen. Also erhebe ich mich in der Wanne und nehme einen der am Rand stehenden Wassereimer. Leider ist dieses Wasser kalt, was ich erst bemerke, als ich es über meinen Kopf ausschütte.

Schnell ziehe ich die neuen Sachen an, die mir Isera rausgesucht hat. Eine schwarze Hose, ein dunkelrotes Hemd und einen schwarzen Mantel. Vorher aber bringe ich noch zur Tarnung die Verbände, Fetzen aus einem alten Hemd, an meinen Oberkörper an.

Noch ein prüfender Blick bestätigt mich. Ich gehe locker als Pirat durch. Dann klopfe ich an die Tür und erkundige mich, ob ich das Schlafzimmer betreten kann.

»Komm rein. Wir sind schon lange fertig«, höre ich Sonja rufen.

Also öffne ich die Tür und trete ein. Sarena und Sonja sitzen auf dem Bett und blicken mich an. Und ich starre Sonja an, denn mit dem Kleid bietet sie einen ungewohnten Anblick. Isera hat auch bei ihr die richtige Wahl getroffen.

»Du siehst ja direkt vorzeigbar aus«, ist ihr erster Kommentar.

»Und du siehst bezaubernd aus in deinem Kleid«,

gebe ich ernst zurück und verzichte auf spöttische Kommentare. Denn auch wenn ich nicht viel über menschliche Verhaltensweisen weiß, so ist mir klar, dass man Frauen immer ernsthafte Komplimente machen soll. Und sie sieht wirklich bezaubernd aus. Ungewohnt, aber bezaubernd.

Sarena blickt mich währenddessen noch immer sprachlos an. Dann flüstert sie Sonja ins Ohr, aber in einer Lautstärke, dass auch ich es noch verstehen kann. »Vorzeigbar? Isolde, wenn du nicht mit ihm zusammen wärst, würde ich mich sofort an ihn ranwerfen. Und nicht nur zum Spaß wie in der Kneipe. Er sieht unglaublich aus.«

Sonja flüstert zurück, aber auch so laut, dass ich es verstehen kann: »Ich weiß. Aber man soll den Männern nicht zu viele Komplimente machen. Auch weiß er sicher, wie es gemeint ist.«

Augenscheinlich sollte ich das Geflüster gar nicht verstehen können. Aber ich kann mich nicht mehr zurückhalten.

»Danke, Sarena, das ist nett von dir. Und Isolde, auch danke, ich weiß, wie es gemeint ist.«

Beide Frauen starren mich fassungslos an. Als Erste findet Sonja die Sprache wieder.

»Du hast uns verstanden?«

»Nein,« gebe ich lächelnd zurück, »verstehen tue ich die Frauen nicht unbedingt. Aber ich habe gehört, was ihr gesagt habt.«

Wie auf Kommando fliegen zwei Kissen, geworfen von Sonja und Sarena auf mich zu. Geschickt fange ich die Kissen auf und werfe sie locker zu den beiden Damen auf dem Bett zurück.

»So ist das also. Kaum kann man mit Worten nicht mehr überzeugen, muss man zu Gewalt greifen. Also sollten wir lieber aufbrechen, bevor die Damen endgültig die Contenance verlieren.« Sarena beginnt laut zu lachen. Und Sonja funkelt mich lächelnd an.

»Darüber reden wir später, mein Gemahl. Und ja, du siehst wunderbar aus.«

Gerade als wir das Schlafzimmer verlassen, fängt uns Kajr ab. Den Damen überreicht er noch zwei Pelzmäntel, die Isera ihm mitgegeben hat. Dann führt er uns zum Eingang des Hauses. Aber nicht ohne die Frauen immer wieder zu bewundern. Diesmal ist er freundlich und erzählt uns einige lustige Geschichten aus seiner Jugend, bevor er Diener wurde.

Vor dem Eingang wartet Sharkeye auf uns, diesmal in respektabler Kleidung. Leider hat er aber vergessen, sich vorher zu waschen, was den Eindruck etwas schmälert.

»Seid gegrüßt, Isolde und Sarena, ihr seht bezaubernd aus. Ich soll euch auf dem kurzen Weg zum Palast des Grafen begleiten. Auf eine Leibwache können wir, glaube ich, verzichten. Oder was meinst du, Trajan.«

Die Sprache und das Gebaren von Sharkeye haben sich geändert. Nun macht er nicht mehr den Eindruck eines Piraten, sondern den eines Gentlemans. Da haben wohl mehr Leute ein paar Geheimnisse.

»Nein, das glaube ich auch«, erwidere ich lächelnd.

»Was kannst du uns über Graf Armolus erzählen?«, fragt Sonja den Piraten.

»Er ist ein guter Herrscher. Aber er ist auch ein Pirat und verschlagen. Und sein größtes Interesse ist es, an der Macht zu bleiben.«

»Aber ich dachte, der Graf wird auf Lebenszeit gewählt?«, fragt Sonja nach.

»Und ich dachte, bei euch werden Königstitel auf Lebenszeit vererbt. Aber am Ende seines Lebens wurde Harsal der Lustige nicht mehr mit seinem Titel angeredet. Und das ist auch bei uns möglich. Dass es einen Umsturz gibt und der Graf abgesetzt wird. Lord Gorun macht alles, um das zu erreichen. Und damit kommt ihr ins Spiel, Trajan. Beugt sich Graf Armolus Lord Gorun und lässt euch verhaften, so schwächt das seine Stellung. Lässt er euch laufen, gibt er Lord Gorun weitere Munition im Kampf für einen Umsturz. Denn auch wenn jeder weiß, was für ein böser Mensch Marsak war, so war er doch ein Pirat und Sohn eines Lords«, erklärt Sharkeye.

»Und was glaubst du, wird der Graf machen«, frage ich.

»Das ist schwierig zu sagen. Aber wie ich anfangs sagte, ist Graf Armolus ein guter Herrscher. Und er ist froh darüber, dass Ihr das Schwein Marsak abgeschlachtet habt. Wahrscheinlich lässt er euch gehen. Dennoch solltet ihr ein Schwert mitnehmen.« Mit diesen Worten greift Sharkeye unter seinen Mantel und holt ein Schwert in einer schwarzen Scheide hervor.

»Danke«, erwidere ich und nehme das Schwert zur Hand. Vorsichtig lasse ich es halb aus der Scheide gleiten und bin überrascht von der Qualität. Die Klinge besteht aus frisch poliertem Metall, die Parierstange und der Griff sind mit schwarzem Leder umwickelt. Und auch wenn das Schwert keinerlei Verzierungen aufweist, so ist es doch von unglaublicher Qualität.

»Das kann ich gar nicht annehmen. Das ist viel zu

wertvoll«, erwidere ich weiter.

Sharkeye lächelt mich an.

»Doch, Trajan. Du weißt gar nicht, wie dankbar die Mannschaft ist, dass du Marsak getötet hast. Viele wollten es schon tun, aber wegen seines Vaters hat sich keiner getraut. Auch ich nicht. Nun kann die ›Wellenreiterin‹ wieder zu dem werden, was sie mal war: eine Heimat für viele von uns. Und dafür sind dir alle meine Kameraden und ich dankbar. So, wir sind da. Ich möchte mich von dir, Trajan, aber auch von dir, Isolde, und besonders von dir, Sarena, verabschieden. Auch möchte ich mich entschuldigen für mein Verhalten bei unserer vorletzten Begegnung.«

Und noch während sich Sonja und Sarena verabschieden, verschwindet Sharkeye schon.

Wir stehen vor einem riesigen Tor an der Außenmauer des Schlosses. Zwei Piraten mit Uniformen stehen Wache und ignorieren uns und die eben gebotene Szene komplett. Ein kleinerer, etwas korpulenter Diener kommt auf uns zugelaufen.

»Sir Trajan und Lady Isolde, ich möchte Euch herzlich bei uns begrüßen. Ich bin der Haushofmeister Tillius. Darf ich fragen, wer Eure Begleiterin ist?«

Sonja übernimmt wieder das Kommando in unserer Gruppe. Oder besser gesagt, behält es einfach.

»Wir freuen uns über euren herzlichen Empfang, Haushofmeister Tillius. Unsere Begleiterin heißt Lady Sarena. Sie begleitet uns heute Abend.«

Es ist merklich zu erkennen, wie sich Tillius windet: »Leider dürfen nur Ihr und Euer Gemahl eintreten. Weitere Personen sind zu dem Treffen mit dem Grafen nicht eingeladen. Gerne werde ich aber Lady Sarena durch unsere besten Soldaten nach Hause begleiten lassen.«

»Oh, das ist nicht nötig«, antwortet Sonja noch immer im gleichen freundlichen Tonfall. »Dann werden mein Mann und ich Lady Sarena nach Hause begleiten.« Und mit diesen Worten dreht sich Sonja, nimmt Sarena am Arm und geht. Wortlos folge ich ihr.

Tillius sprintet uns hinterher und versucht zu beschwichtigen: »Aber Lady Isolde, der Graf erwartet Euch.«

Und als er merkt, dass er bei Sonja nichts erreichen kann, wendet er sich an mich.

»Sir Trajan, der Graf erwartet Euch.«

Ohne stehenzubleiben oder Tillius anzuschauen antworte ich: »Glaubt ihr wirklich, ich lasse meine über alles geliebte Frau allein nach Hause gehen, um mich mit einem mir völlig Unbekannten zu treffen? Nur weil er Graf genannt wird?«

Tillius unternimmt einen letzten Versuch: »Aber der Graf wäre sicher sehr ungehalten, wenn Ihr ihn versetzt. Er könnte Euch auch zu sich bringen lassen.«

Abrupt bleibe ich stehen und drehe mich langsam um. Auch Sonja und Sarena folgen meinem Beispiel.

»Haushofmeister Tillius,« beginne ich ganz langsam und ruhig, »wollt Ihr mir drohen, Soldaten zu schicken? Und zwar nicht nur mir, sondern auch meiner Frau? Wenn ja, so solltet Ihr Euch vorher mit der Mannschaft der ›Wellenreiterin‹ unterhalten. Und auch den Soldaten, die mich ergreifen sollen, solltest du diese Möglichkeit einräumen.«

Mit weißem Gesicht blickt mich Tillius an, als ihm klar wird, was er gesagt hat. Und wem gegenüber.

»Aber nein, das war nicht so gemeint. Ich möchte mich zutiefst für meine missverständliche Wortwahl entschuldigen. Natürlich darf Euch Lady Sarena begleiten, wenn Ihr es wünscht. Und nun bitte ich Euch, mir zum Grafen zu folgen.«

»Das muss meine Frau entscheiden«, antworte ich höflich.

Mit demselben freundlichen Lächeln wie am Anfang wendet sich Sonja an Tillius.

»Da es sich nur um ein Missverständnis handelt, sollten wir den Grafen nicht warten lassen. Aber es ist zu hoffen, dass es heute Abend nicht noch weitere Missverständnisse gibt.«

Tillius Gesicht bekommt mittlerweile etwas von seiner Farbe zurück.

»Nein, das wird sicher nicht mehr passieren. Wenn Ihr mir nun bitte folgen würdet.«

Schweigend führt uns Tillius durch das Schloss. Das ist aus dunklem Vulkangestein errichtet, wie alle Gebäude auf der Insel. Auch hier fallen wieder die hohen Türme auf. Ich muss mal nachfragen, was deren Bedeutung ist. Das Schloss selbst ist sehr spartanisch eingerichtet. An den Wänden hängen viele Teppiche, die irgendwelche Schlachten zeigen. Und dazwischen hängen Gemälde von irgendwelchen Menschen. Das Ganze macht den Eindruck, als wäre vor ewigen Zeiten das ganze Zeug aufgehängt worden und seitdem interessiert es keinen mehr. Es ist zwar alles sauber, aber alles wirkt so alt. Erleuchtet wird das Ganze durch Fackeln, deren Rußablagerungen man trotz des schwarzen Steins erkennen kann.

Die Gänge biegen immer wieder ab, in den Wänden

sind Schießscharten zu erkennen. Das Schloss ist eine gut zu verteidigende Festung. Was angesichts der Lage auf einer unter normalen Umständen uneinnehmbaren Insel doch überrascht.

Vor einer großen dunklen Eichentür bleiben wir stehen; Tillius klopft laut an. Ohne auf Reaktion von drinnen zu warten, öffnet er diese und tritt zur Seite, sodass wir eintreten können.

Im Inneren des Raums befindet sich ein großer Tisch, voll beladen mit Essen. Die Wandgestaltung des Raumes entspricht dem uns bekannten Rest des Schlosses, nur die Beleuchtung erfolgt durch Kerzenleuchter.

Zu unserer Überraschung befindet sich neben einem Mann – wahrscheinlich Graf Armolus – auch Lord Farkat in diesem Raum. Graf Armolus geht auf uns zu und begrüßt uns.

»Willkommen, meine Gäste. Ich bin Graf Armolus und freue mich, Euch heute bei mir begrüßen zu dürfen. Ihr müsst Lady Isolde sein. Und Ihr Sir Trajan. Und wer ist die zweite bezaubernde Dame?«

»Das ist Lady Sarena«, antworte Sonja für diese »Und sie gehört zu uns, Graf Armolus.«

Lächelnd erwidert Graf Armolus: »Mein Freund Lord Farkat hat mich bereits auf Eure direkte Art hingewiesen, Lady Isolde. Ich freue mich über eine weitere hübsche Dame an unserem Tisch.«

Und mit diesen Worten nimmt er Sarena bei der Hand und führt sie zum Tisch. Sonja und ich folgen ihm, und während Sonja neben Sarena Platz nimmt, setze ich mich ihr gegenüber. Lord Farkat nimmt neben mir Platz, wobei er einen etwas gequälten Gesichtsausdruck macht. Augenscheinlich hat ihm das gerade

216

Dargebotene nicht gefallen.

Graf Armolus nimmt am Tischende neben Sarena und mir Platz.

Das Essen verläuft ruhig, und nachdem am Anfang einige bedeutungslose Höflichkeiten ausgetauscht werden, ist das von Graf Armolus angestoßene Hauptthema der Vorfall auf der ›Wellenreiterin‹. Er fragt mich nach allen Details und lässt sich diese durch geschickte Zwischenfragen an Lord Farkat und Sonja bestätigen. Was beweist, dass der Graf wirklich sehr schlau ist.

Nachdem Diener das Essen weggebracht und uns Wein eingeschenkt haben, verabschiedet sich Lord Farkat.

Kaum hat der die Tür hinter sich geschlossen, wendet Graf Armolus sich wieder an mich.

»Sir Trajan. Ich möchte einige Dinge mit Euch unter vier Augen besprechen. Wäre dies möglich.«

»Nein, das ist leider nicht möglich.« Ich lächele.

Mit einem Seufzen wendet er sich an Sonja: »Lady Isolde, können wir dann wenigstens das Gespräch unter sechs Augen führen. Denn es geht um einige heikle Themen.«

»Das geht leider auch nicht. Sarena bleibt hier.« Sonja lehnt wie erwartet ab.

»Aber Ihr kennt sie doch erst seit dem Vorfall heute Mittag in der ›Klampfe‹?«

Ohne jegliche Überraschung, dass der Graf über den Vorfall Bescheid weiß, antwortet sie: »Ich vertraue ihr. Außerdem ist das länger als wir Euch kennen.«

Der Graf beginnt zu lachen, bevor er sich wieder an Sonja wendet. »Lady Isolde, Ihr seid wirklich sehr direkt.

Nun, dann werde ich auch offen mit Euch reden.«

Dabei wendet er sich mir zu und sieht mich direkt an.

»Sir Trajan, wenn das Euer richtiger Name ist, wieso seid Ihr hier? Und bitte die Wahrheit. Die Hochzeitreise kaufe ich euch nicht ab. Denn dazu muss es vorher eine Hochzeit geben. Und soweit ich weiß, hat die Kriegerin und Zauberin Sonja von Caralis noch nicht geheiratet.«

Aus Sonjas Gesicht kann ich ihre Überraschung lesen. Und dass der Familienname Caralis ihr echter ist.

Ruhig antworte ich, während ich die Umgebung nach Wachen sondiere: »Es ist ganz einfach. Wir haben uns in den Grünen Landen getroffen. Und wir beide wollten von dort weg. Dabei sind wir auf Lord Farkat getroffen und der hat uns hierhergebracht.«

Der Graf hat keine Wachen in diesem Zimmer versteckt, oder zumindest kann ich keine finden. Sarena hat sich zwischenzeitlich näher zu Sonja geschoben, und auch wenn ich es nicht sehe, bin ich mir sicher, dass Sonja ihre Hand ergriffen hat. Zudem erkenne ich, dass Sonja wie ich nach verborgenen Soldaten Ausschau hält.

Jetzt ist es an mir, ein paar Fragen an den Grafen zu stellen.

»Graf Armolus, Ihr habt uns bewaffnet an eurem Tisch Platz nehmen lassen. Und das, obwohl Ihr von beiden Vorfällen Bescheid wisst. Auch sind hier nirgends Wachen aufgestellt. Warum?«

Nun lächelt der Graf.

»Trajan, hätte mir das wirklich geholfen? Ihr könntet mich auch ohne Waffen töten. Aber Ihr habt immer noch nicht beantwortet, warum Ihr hier seid. Denn Euresgleichen wurde seit Jahrhunderten nicht mehr in diesem Teil der Welt gesehen.«

Sonja und Sarena sehen mich überrascht an.
Argwöhnisch frage ich nach. »Was meint Ihr damit?«
»Ich wollte dies mit Euch unter vier Augen besprechen. Aber nun stelle ich die Frage vor Euren Begleitern. Was macht ein Barbar auf meiner Insel?«
Ein Barbar? Mit einem Mal wird mir vieles klar. Sharkeye hat sich geirrt. Für Graf Armolus wäre es am einfachsten, mich wegen der Sache auf der ›Wellenreiterin‹ zu verhaften. Denn er hat allen Grund dazu. Nicht, weil ich den Sohn von Lord Gorun getötet habe. Sondern elf Piraten. Und heute wieder sieben. Niemand würde mir glauben, dass dies aus Notwehr geschah. Vor allem nicht, wenn man das Schlachtfeld bedenkt, das ich immer hinterlassen habe. Somit wäre die Verhaftung kein Eingeständnis von Graf Armolus gegenüber Lord Gorun und auch keine Schwächung seiner Stellung bei den Piraten. Mich aber nicht zu verhaften, das kann dem Grafen schaden. Und dass er mich aus Dankbarkeit verschont, weil ich irgendeinen Störenfried getötet habe, den er bereits auf ein Schiff verfrachtet habe, kann ich auch nicht glauben.

Also muss es daran liegen, dass er mich für einen Barbaren hält. Leider gibt es ein Problem: Was ist ein Barbar? Aber bei Graf Armolus nachzufragen ist sicher keine gute Idee. Also muss ich mitspielen.

»Warum ich auf der Insel bin, habe ich bereits gesagt. Eure Frage ist vielmehr, warum ich in den Grünen Landen war. Könnt Ihr Euch das nicht denken?«

»Aus demselben Grund, warum Lord Farkat dort war?«, fragt er.

Zum Glück hat uns Lord Farkat den Grund genannt.

»Genau. Denn es halten sich zu viele Orks dort auf.

Und Eure Meister haben dies noch nicht erkannt. Oder werden darüber getäuscht«, antworte ich.

Nun merke ich, wie erschöpft Graf Armolus aussieht.

»Auch ich habe diese Vermutungen seit Jahren. Und nun werden sie nicht nur von meinen Vertrauten, Lord Farkat bestätigt, sondern auch durch einen Barbaren.«

»Was für Vermutungen?«, fragt Sonja neugierig nach.

»Lady Caralis, Lord Farkat und ich glauben, dass die Orks einen Angriff auf die Menschenreiche planen. Irgendjemand oder irgendetwas hat sie vereint. Und sie haben es geschafft, dies alles vor den Königreichen zu verbergen. Wir beobachten die Veränderungen in den Grünen Landen und bei den Orks seit Jahren. Dort wurde eine Armee aufgebaut, ohne dass es jemand bemerkt hat. Und selbst wenn die Orks über unglaublich mächtige Zauberer verfügen, so müssen sie Hilfe von jemanden aus der obersten Meisterebene haben.«

»Das glauben Trajan und ich auch. Es muss einen Verräter in den Reihen der Meister geben. Deshalb wollen wir so schnell zur Universität und sie warnen.«

Graf Armolus lächelt resigniert und blickt Sonja an.

»Das wird nichts helfen. Schon seit einiger Zeit versuche ich, eure Könige zu überzeugen, eine Expedition in die Grünen Lande zu schicken. Aber sie glauben mir nicht mal so weit, um so etwas Unbedeutendes zu machen. Meint Ihr, sie glauben Euch und überprüfen, ob sich ein Verräter in den Reihen der Meister befindet? Oder ob die Meister eine derartige Einmischung überhaupt zulassen?«

»Da mögt Ihr recht haben. Aber dann werde ich mit Eurer Hilfe an die Universität zurückkehren und den Verräter suchen«, erwidert Sonja kämpferisch.

Der Graf blickt mich wieder direkt an, als er mich fragt.»Und werdet Ihr sie begleiten, Trajan?«

Also darauf lief die ganze Unterhaltung hinaus. Er will, dass ich Sonja zu der Universität begleite. Und das nur, weil er mich für einen Barbaren hält.

»Ja, das werde ich. Und ich werde den Verräter finden«, antworte ich.

Und mit einem Mal ist der resignierte Graf verschwunden und der listige Graf vom Anfang der Unterhaltung ist wieder da. Was für ein Schauspieler!

»Dann werde ich Euch helfen, dass ihr so schnell wie möglich zur Universität kommt. Und ich glaube, es wäre gut, wenn ihr weiterhin Eure Herkunft als Barbar verschweigt, Trajan. Oder was meint Ihr?«

»Das ist besser so«, antworte ich. Denn ich weiß nicht einmal, was ein Barbar ist.

»Dann sind wir uns einig. Ihr segelt noch heute Nacht mit der ›Wellenreiterin‹ ab. Die Mannschaft und der Kapitän sind bereit. Lord Gorun glaubt, Ihr segelt erst morgen Mittag ab. Also habt Ihr einen halben Tag Vorsprung. Auch weiß er nicht, dass Ihr ein Barbar seid, Trajan. Was aber auch bedeutet, er wird den Vorfall mit seinem Sohn weiterverfolgen. Also gebt Acht. Ich gebe Euch auch noch ein Empfehlungsschreiben für den Kanzler der Universität mit, damit Trajan die Möglichkeit einer Aufnahme an der Universität bekommt. Und noch ein Rat, Trajan. Die Menschen in den Königreichen haben die Barbaren im Gegensatz zu uns vergessen. Den Vertrag von Zirkan kennen sie nicht mehr. Und das, obwohl dies der Grund ist, dass sie noch existieren. Deshalb solltet Ihr dort Euren Kampfrausch etwas zurückhalten. Und nun viel Glück. Lord Farkat wartet vor dem Tor auf Euch. Vertraut ihm, denn ich vertraue ihm mit meinen Leben.«

Wir erheben uns vom Tisch. Sarena und Sonja verabschieden sich kurz, aber angemessen. Man sieht, dass sie durch das gerade Erfahrene überrascht sind.

Als die beiden etwas weiter weg sind, reiche auch ich Graf Armolus die Hand.

»Vielen Dank für die Unterstützung. Und dass Ihr Euch noch an die Barbaren erinnert.« Und etwas leiser flüstere ich ihm zu. »Lord Farkat hat mein Vertrauen so weit wie es möglich ist schon vorher verdient. Euch vertraue ich nicht, aber ich bin mir sicher, dass wir derzeit vergleichbare Interessen verfolgen.«

Bevor der Graf etwas erwidern kann, bin ich schon weg.

12. Der Verräter

Vor dem Schloss wartet bereits eine Kutsche mit Lord Farkat. Nach einer kurzen Begrüßung und diversen Komplimenten an die Damen brechen wir sofort auf. In der Kutsche sitzen noch Sharkeye und Madex, sodass wir über das gerade Erfahrene nicht reden können. Auch verläuft die Fahrt recht schnell, was den Geräuschpegel in der Kutsche stark nach oben treibt. Dennoch ist Sonjas Gesicht sehr aussagekräftig.

Kaum erreichen wir den Hafen, werden wir an Bord gebracht. Wie von Graf Armolus versprochen, ist die komplette Mannschaft anwesend; die Abfahrt ist vorbereitet. Im Dunkel der Nacht verlassen wir Rhod.

Als Unterkunft erhalten wir wieder unsere alte Kabine, in der unsere Sachen, ausgebreitet sind, die wir im Haus von Lord Farkat zurückgelassen haben. Auch für Sarena liegen andere Sachen bereit, die besser für eine Seereise unter Piraten geeignet sind.

Damit die Damen sich umziehen können, verlasse ich die Kabine und setzte mich vor die Tür.

Während ich so dort sitze, gehe ich das Gespräch mit Graf Armolus durch. Und was nun zu tun ist. Als Erstes muss ich herausfinden, was ein Barbar ist. Und was der Vertrag von Zirkan ist. Denn das hat mich auf Rhod vor der Verhaftung geschützt. Und dazu ist die Universität sicher ein guter Ort. Zum ersten Mal in meinem Leben habe ich einen Plan, der nicht nur aus Flucht besteht.

Aus der Kabine hinter mir höre ich ein lautes zweistimmiges »Du kannst wieder reinkommen, Trajan«.

Als ich eintrete, sehe ich Sonja und Sarena mit ernstem

Gesicht nebeneinander auf der Pritsche sitzen. Ihnen gegenüber steht der leere Hocker.

Die zweistimmige Aufforderung einzutreten und die Sitzanordnung machen deutlich, dass sie einige Fragen an mich haben. Den Hocker ignoriere ich, schließe die Tür und lehne mich entspannt in die Zimmerecke. So müssen nun Sonja und Sarena den Kopf leicht nach links drehen und zu mir aufblicken. Auf ihrem Gesicht kann ich erkennen, dass das anders geplant war.

»Ihr seht hübsch aus.« Ich beginne das Gespräch.

»Das wissen wir«, erwidert Sonja »Aber wir haben ein paar Fragen bezüglich heute Abend an dich.«

Freundlich lächelnd blicke ich Sarena direkt an.

»Sarena, was willst du genau wissen?«

Der leichte Anflug von Panik auf dem Gesicht von Sarena verrät mir, dass diese Aktion von Sonja geplant ist.

»Bist du ein Barbar?«, mischt sich Sonja ein, um von Sarena abzulenken.

Lächelnd blicke ich Sonja an: »Aber meine Liebe, ich habe Sarena gefragt.«

Mit wütendem Gesicht sieht mich Sonja an. Eigentlich komisch, dass ich sie so schnell aus der Reserve locken kann.

Nun aber wiederholt Sarena die Frage, nur etwas zaghafter.

Direkt an Sarena gewandt antworte ich höflich: »Liebe Sarena, leider weiß ich das nicht. Was willst du sonst noch wissen?«

Wieder jagt der panikerfüllte Ausdruck über ihr Gesicht. Dass sie im Mittelpunkt steht, war wohl nicht geplant.

Um ihr zu helfen, ergreift Sonja wieder das Wort. »Trajan, was soll das?«, fragt sie, noch wütender als vorhin.

Mit einem freundlichen Lächeln auf den Lippen antworte ich an Sonja gewandt: »Liebste Sonja von Caralis, auch wenn sich dein Name erweitert hat, bist du immer noch jene, die ich vor rund zehn Tagen kennengelernt habe. Und die ich ab und zu gerne ärgere. Und obwohl behauptet wird, dass ich ein Barbar bin, so bin ich immer noch derselbe. Ich habe dich nicht angelogen, du weißt alles über mich, was ich weiß. Und wenn ich von euch wegen dieser Behauptung wie ein Verbrecher verhört werden soll, so ärgere ich dich lieber. Denn würde ich das hier ernst nehmen, so müsste ich beleidigt sein. Doch das will ich nicht.«

Bevor Sonja darauf reagieren kann, drehe ich mich um, öffne die Tür und trete auf den Gang. Kurz drehe ich den Kopf und blicke nochmals zurück. Und während ich die Tür schließe, rufe ich den beiden Damen zu. »Ihr seht wirklich hübsch aus.«

Nach diesen Worten verschwinde ich Richtung Bug.

Die See ist ruhig und die Nacht ist kalt und sternenklar. Auf Deck sind fast keine Piraten und ich genieße die Ruhe am Bug. An der Reling stehend blicke ich nach vorne. Im Meer spiegeln sich die Sterne und der Mond, leicht verschwommen durch die Wellen. Der zweite Mond dürfte auch bald aufgehen.

Nach nicht allzu langer Zeit merke ich, wie sich jemand von hinten nähert. Ohne mich umzudrehen weiß ich, dass es Sonja ist.

Sie stellt sich neben mich und blickt wie ich hinaus auf das Meer. Nachdem einige weitere Minuten so vergehen, bricht sie das Schweigen.

»Trajan, es tut mir leid, ich habe wohl etwas überreagiert.«

»Warum?«, frage ich nach.

»Ehrlich gesagt, ich weiß es nicht. Heute ist so viel gesagt worden. Vor allem, dass du ein Barbar bist. Aber ich glaube, am meisten hat mich verunsichert, dass unsere Lüge so einfach aufgeflogen ist. Und wenn ich unsicher werde, schlage ich manchmal um mich. Es tut mir leid, dass ich es an dir auslassen wollte. Ich hoffe, du bist mir nicht böse. Ich werde jetzt in die Kabine zurückkehren und hoffen, dass du mir verzeihst.«

»Dir braucht es nicht leidtun. Lass uns zurückgehen, dann reden wir in Ruhe.« Mit diesen Worten lege ich aus Gewohnheit meinen Arm um ihre Schulter. Auch sie legt ihren Arm um meine Hüfte, wie wir es die ganze letzte Woche gespielt haben.

In der Kabine wartet bereits Sarena, sie sitzt noch immer auf dem Bett. Auch sie sieht geknickt aus. Und als sich Sonja mit demselben Blick neben sie sitzt, muss ich lachen.

Beide starren mich verständnislos an.

Nachdem ich mich wieder unter Kontrolle habe und zu lachen aufgehört habe, blicken mich Sonja und Sarena leicht säuerlich an.

»Mit diesem Gesichtsausdruck komme ich besser klar«, beginne ich. »Nur vorhin, als ihr beide mit dem gleichen zerknirschten Blick auf dem Bett gesessen habt, musste ich einfach lachen. Der Anblick war zu komisch. Tut mir leid, aber es ging nicht anders. Und nun lasst uns wieder normal miteinander reden. Von mir aus behaltet den leicht säuerlichen Blick bei. Denn mit dem komme ich besser klar. Auch wenn ihr mit freundlichem Gesicht noch hübscher ausseht.«

Nun schmuggelt sich ein Schmunzeln auf das Gesicht von Sonja und Sarena.

»Sieht doch schon besser aus.« Mit diesen Worten setzte ich mich aufs Fußende der Pritsche und drehe mich Sonja und Sarena zu.

Vorsichtig fragt Sarena: »Dann bist du uns nicht mehr böse?«

»Dir kann man gar nicht böse sein. Auch weiß ich, wessen Idee das vorher war. Und wenn ich wegen so einer Kleinigkeit beleidigt wäre, hätte ich viel zu tun. Ehrlich gesagt fand ich es bereits vorhin lustig, wie ihr beide mit der gleichen ernsten Miene auf dem Bett gethront habt.«

Zum Glück sitzt Sonja zwischen mir und Sarena, denn ihr Gesicht lässt befürchten, dass sie mich angreifen will. Aber das Glück währt nur von kurzer Dauer, denn gleich darauf schlägt Sonjas Faust auf meiner Schulter auf.

Mit gespielter Empörung gebe ich einen Schmerzenslaut von mir: »Aua. Wird jetzt sogar Folter angewendet.«

»Das ist als Bestrafung für die seelische Misshandlung von zwei wehrlosen Frauen«, erwidert Sonja, wobei sie genauso wie Sarena kaum das Lachen unterdrücken kann.

»Nun, dann werde ich gestehen.«

Und mit ernster Miene: »Ich weiß nicht, ob ich ein Barbar bin. Ich weiß nicht einmal, was ein Barbar ist. Heute habe ich zum ersten Mal davon gehört. Aber mir ist klar: Nur weil Graf Armolus mich für einen Barbaren hält, wurden die Vorfälle auf der ›Wellenreiterin‹ und in der ›Klampfe‹ nicht geahndet. Und deshalb unterstützt er uns auch bei der Reise. Das alles muss mit dem Vertrag von Zirkan zu tun haben.«

»Auch ich weiß nur wenig über die Barbaren«, sagt Sonja ernst. »Angeblich leben sie auf einer kleinen Insel, weit östlich im Barb-Meer. Und sie haben beim großen Krieg zwischen Menschen und Orks auf unserer Seite gestanden. Den Vertrag von Zirkan kenne ich nicht. Ich verstehe nicht, warum er der Grund sein soll, dass die Königreiche noch existieren. Die Rolle der Barbaren im Krieg war eigentlich unerheblich. Es war nur eine kleine Gruppe, die auf unserer Seite gekämpft hat. Und das, als wir die Schlacht bereits gewonnen hatten.«

Der Gesichtsausdruck von Sarena sieht aus, als wüsste sie etwas. Und auch Sonja hat es augenscheinlich erkannt, denn nun starren wir sie beide an.

»Was weißt du, Sarena?«, fragt Sonja.

»Es sind nur Gerüchte, die man auf der Insel Rhod hört. Und meistens nur von ein paar verwirrten Alten«, erwidert sie zaghaft.

»Erzähl sie uns«, bittet Sonja.

Nach einer kurzen Pause beginnt Sarena zu erzählen.

»Es sind nur die Geschichten von ein paar Alten, die zu viel getrunken hatten. Das Reich der Barbaren soll nicht nur eine kleine Insel sein. Sondern fast so wie ein Kontinent. Dass sie auf der Seite der Menschen im letzten Mensch-Ork-Krieg gestanden haben, stimmt angeblich. Aber sie sollen gekommen sein, als die Menschen bereits knapp vor der Niederlage standen. Und zwar mit einer Armee, so groß wie die Menschenarme am Anfang der Schlacht war. Sie sollen gekämpft haben wie Berserker, ohne dass sie Schmerz oder Verwundungen bemerkt haben. So wie du in der ›Klampfe‹, Trajan. Ihnen soll Magie nichts anhaben können, ihre eigenen Zauberer aber waren mächtiger als die Menschenzauberer. Somit haben die Barbaren angeblich die Menschen gerettet.«

Sarena macht eine kurze Pause, als würde sie die nächsten Worte suchen.

»Nach dieser Schlacht muss es aber zu einem Krieg zwischen den Menschen und den Barbaren gekommen sein. Es gab zwar keine richtige Schlacht, aber die Menschen schienen den Krieg zu verlieren. Wie das ging, das wusste keiner der Alten. Aber auf einmal hat der Anführer der Barbaren einen Friedensvertrag vorgeschlagen, der unterschrieben wurde. Daraufhin sind die Barbaren bis heute auf ihren Kontinent zurückgekehrt. Dieser Friedensvertrag ist der Vertrag von Zirkan. Und obwohl diese Geschichte äußerst wirr ist und den Inhalt des Vertrages kaum einer kennt, sind angeblich folgende Punkte aus dem Vertrag bekannt. Ein Barbar darf von uns nicht verhaftet oder bestraft werden, egal was er getan hat. Greift ein Soldat auf Befehl einer unserer Machthaber einen Barbaren an, so bedeutet das Krieg zwischen den Menschen und den Barbaren. Und darum hat uns Graf Armolus gehen lassen. Denn auch wenn viele diese Geschichte nicht glauben, so haben sie Angst, dass irgendwo im Osten ein Kontinent mit Barbaren liegt. Und dass wir einen Krieg mit ihnen verlieren würden. Aber ich halte es eher für einen Aberglauben.«

»Danke, Sarena. Nun sollten wir abklären, was als Nächstes zu tun ist.«

Mit diesen Worten übernimmt Sonja wieder das Kommando über unsere kleine Truppe. »Es ist offensichtlich, dass wir die Meister über die Vorkommnisse in den Grünen Landen warnen sollten. Auch müssen wir den Verräter in ihren Reihen finden. Und wir müssen möglichst viel über den Vertrag von Zirkan herausfinden. Und ob du ein Barbar bist, Trajan.« »Das sollten wir. Sarena hast du noch Fragen?«

Mit einigem Zögern antwortet Sarena: »Das hat jetzt nicht unbedingt mit der Sache zu tun. Aber ihr beide seid nicht verheiratet, oder? Und heißt du wirklich Trajan? Und warum weißt du nicht, ob du ein Barbar bist? Und wie habt ihr euch überhaupt in den Grünen Landen getroffen? Oder stimmt das auch nicht?«

»Das sind wirklich viele Fragen« ich beschloss, ihr zu antworten. »Also, ich kann mich nur an die letzten Jahre erinnern, an davor gar nicht. Deshalb weiß ich auch nicht, ob ich ein Barbar bin oder wie mein richtiger Name lautet. Sonja und ich haben uns in den Grünen Landen getroffen. Die ganze Geschichte kann ich oder Sonja dir mal erzählen. Verheiratet sind wir aber nicht. Und um die nächste Frage zu beantworten, wir sind auch nicht anders liiert. Hast du weitere Fragen, Sarena?«

»Ja, viele. Aber viele wird wahrscheinlich eure Geschichte beantworten. Deshalb will ich keine mehr stellen. Außerdem bin ich müde. Ich hatte heute Morgen die Frühschicht.«

»Dann sollten wir schlafen gehen. Du und Sonja, ihr könnt die Kabine haben. Ich werde vor der Tür Wache halten.«

Ungläubig sieht mich Sarena an.

»Aber du musst doch auch müde sein.«

»Er braucht wohl nicht so viel Schlaf wie wir. Und vergiss es, mit ihm darüber zu diskutieren. In manchen Punkten ist er ein Sturkopf. Oder, Trajan?«

Mit ironischem Unterton antworte ich: »Kann nicht jeder so einsichtig und nachgiebig sein wie du, Sonja. Ich wünsche euch beiden eine gute Nacht. Und sollte Sonja zu laut schnarchen, stoß sie leicht.«

Obwohl ich versuche, eiligst die Kabine zu verlassen, treffen mich noch ein Kissen und der Kommentar von Sonja.

»Verschwinde, du ungehobelter Klotz. Darüber werden wir morgen reden.«

Vor der Tür warten Sharkeye und Madex auf mich, sie sitzen an der gegenüberliegenden Wand. Als hätten sie mich nicht bemerkt, unterhalten sie sich lautstark.

»Siehst du, Sharkeye, unser Freund Trajan liebt die Gefahr. Da ihm ein paar Piraten nicht gefährlich werden können, legt er sich lieber mit zwei Frauen an.«

»Da hast du recht, Madex. Und die letzte Bemerkung deutet darauf hin, dass er unbedingt ihren Zorn auf sich ziehen will.«

»Dabei gibt es nichts Schlimmeres als den Zorn einer Ehefrau. Vor allem wenn sie eine Freundin zur Unterstützung dabei hat.«

»Unser Freund kennt sich eher beim Schwertkampf aus und nicht mit dem richtigen Umgang in der Ehe. Wir sollten ihm helfen.«

»Ja, das sollten wir.«

Da mir der Spaß auf meine Kosten reicht, begrüße ich die zwei Herren. »Guten Abend, Sharkeye und Madex.«

Mit gespielter Überraschung, als hätten sie mich

gerade erst bemerkt, antwortet Madex:»Guten Abend, Trajan. Wir haben gerade, ohne es zu wollen, die letzten Worte deiner Frau gehört.«

Und Sharkeye legt nach:»Guten Abend, Trajan. Sollen wir dir helfen, dass du den beiden Damen Herr wirst?«

Mit einem Lächeln antworte ich:»Gerne nehme ich von euch Ratschläge an. Ich hoffe, Madex, du bist nicht beleidigt, wenn ich den Rat von Sharkeye bevorzuge. Denn er kennt sich gut mit Frauen aus. Vor allem beim Umgang mit Sarena.«

Madex beginnt laut zu lachen, während Sharkeye aufgrund der Anspielung auf den Vorfall mit Sarena und ihrem Knie in seinen Unterleib rot wird.

Wer hätte das gedacht? Ein Pirat wie Sharkeye wird rot.

Hinter mir wird die Kabine einen Spalt geöffnet und Sarenas Stimme ist zu hören.

»Hol dir auch keine Ratschläge von Madex. Denn morgen kann ich dir ein paar Dinge über ihn erzählen, die mir seine Frau verraten hat.«

Und während die Kabinentür wieder verschlossen wird, hört Madex schlagartig auf zu lachen. Nun lacht Sharkeye laut.

Vorsichtshalber bewegen wir uns aber ein paar Meter von der Tür weg und nehmen dort Platz.

Madex eröffnet wieder das Gespräch.»Nachdem wir gerade erfahren haben, dass wir uns gegenseitig keine Beziehungstipps geben sollten, sollten wir das machen, warum Sharkeye und ich gekommen sind. Und dass wir auch besser können. Mit dir, Trajan, Karten zu spielen.«

Er fischt einen Stapel von ziemlich abgegriffenen Karten hervor. Und eine Flasche undefinierbaren Inhalts.

Den Rest der Nacht über versuchen Sharkeye und Madex, mir ein Kartenspiel Namens ›Elfenreiter‹ beizubringen. Und nicht nur, dass die Regeln sehr kompliziert sind. Ab und zu ändern die beiden auch die Regeln leicht oder ziehen eine neue aus dem Hut, damit sie gewinnen. Dabei fließt der Alkohol in Strömen. Später gesellt sich noch Lord Farkat dazu, aber auch er will heute nur Kartenspielen und nicht mit mir über die Geschehnisse bei Graf Armolus reden. Zudem hat auch er eine Flasche mit Hochprozentigem dabei. Mit meinem Glück geht es aufwärts, denn nun fallen die erfundenen Regeln weg und es ändern sich auch keine mehr.

Während der ganzen Zeit erzählen Sharkeye und Madex lustige Geschichten aus ihrer Piratenzeit. Und je mehr ihr Alkoholspiegel steigt, desto lustiger und auch anstößiger werden die Geschichten. Auch Lord Farkat trinkt etwas, aber wie es sich für einen Kapitän gehört, nicht so viel wie seine Matrosen. Ich hingegen trinke in vollen Zügen den Alkohol, sodass manchmal sogar Sharkeye und Madex überrascht schauen. Nur das Betrunkensein muss ich vorspielen. Ich spüre den Alkohol überhaupt nicht.

Am Morgen torkeln Sharkeye und Madex in Richtung Mannschaftskabinen. Augenscheinlich haben sie wegen des kurzen Landurlaubes heute einen Tag frei bekommen. Auch der Kapitän verschwindet in seine Kabine, aber merklich nüchterner. Als Abschiedsgeschenk lassen sie mir die Karten und die leeren Flaschen da.

Nach einiger Zeit öffnet sich unsere Kabinentür und Sonja kommt heraus, bekleidet mit ihrer Rüstung und dem Mantel.

»Guten Morgen, wie geht's?«, fragt sie verschlafen.
»Blendend. Und dir? Habt ihr gut geschlafen?«, frage ich freundlich zurück.

»Sehr gut. Nur Sarena musst du selbst fragen. Nicht dass ich zu laut geschnarcht habe. Du bist vielleicht ein Charmebolzen«, erwidert sie leicht beleidigt, nachdem ihr meine Bemerkung von gestern Abend wieder eingefallen ist.

Hinter ihr höre ich Sarena rufen:»Guten Morgen. Auch ich habe gut geschlafen. Und Sonja hat nicht geschnarcht. Wahrscheinlich warst du es selbst, Trajan.«

»Guten Morgen, Sarena. Ich verweigere jede Aussage zu dem Thema. Aber ich werde gleich Frühstück bringen.«

Schnell versuche ich, Richtung Kombüse zu verschwinden, aber bevor ich im Unterdeck verschwunden bin, höre ich Sonja noch rufen.»Trajan, glaub nicht, dass du so leicht davonkommst.«

Mit Frühstück bewaffnet, traue ich mich, an die Tür unserer Kabine zu klopfen.

Sonja öffnet die Tür und bittet mich herein. Sarena sitzt aufgrund der Enge der Kabine auf der Pritsche und auch Sonja nimmt dort wieder Platz. Diesmal nehme ich den Hocker und setze mich den Damen gegenüber hin.

»Was war denn gestern noch draußen los. Da draußen liegen Flaschen umher wie nach einem Gelage?«, fragt Sonja, während sie kaut.

Also erzähle ich während des Frühstücks von den Geschehnissen der letzten Nacht und auch einige der Geschichten von Sharkeye und Madex. Wobei ich die Geschichten, die sie am Ende der Nacht erzählt haben, bewusst weglasse.

Nach dem Frühstück lege ich mich auf die Pritsche zum Schlafen. Sonja und Sarena nehmen einstweilen auf dem Boden Platz, und Sarena versucht Sonja das Kartenspiel ›Elfenreiter‹ beizubringen. Am Anfang höre ich noch den Erklärungen von Sarena zu, schlafe aber bald ein.

Nach einigen Stunden wache ich wieder auf. Da wir nach Südwesten fahren und unsere Kabine sich am Steuerbord des Schiffes befindet, ist es noch nicht später Nachmittag. Denn dann würde die Sonne in unsere Kabine leuchten.

Sarena und Sonja sind noch immer mit dem Kartenspiel beschäftigt, aber man erkennt, dass sie aus der Kabine raus wollen.

Langsam setze ich mich auf.

»Und Sarena, hat sie es schon kapiert.«

Bevor die antworten kann, erwidert Sonja mit gespielter Verärgerung: »Kaum wach und schon wieder unqualifizierte Kommentare von sich geben. Natürlich habe ich es kapiert. Bin ja nicht so langsam wie du.«

»Ich glaube, wir sollten ein bisschen an die frische Luft gehen. Der Kapitän hat gestern auch gemeint, dass wir uns nicht mehr unter Deck verstecken brauchen.«

»Und was weiß die Crew über uns?«, fragt Sonja nun voller Ernst.

»Sie wissen, dass du Sonja heißt. Aber sie wissen nicht, dass ich möglicherweise ein Barbar bin. Und sie glauben noch immer, dass wir verheiratet sind«, antworte ich. Und verzichte dabei auf jede mögliche spöttische Anspielung.

»Keine spöttische Anspielung. Da bin ich aber überrascht«, kommt als Dank spöttisch von Sonja zurück.

»Lass uns an Deck gehen. Dort kannst du dich austoben«, antworte ich und stehe auf.

Auch Sonja steht auf, muss aber noch einen Kommentar loswerden »Oh, ich tobe mich gerne an dir aus. Das macht sicher Spaß.«

Sarena beginnt zu lachen, als sie die Doppeldeutigkeit der Worte erkennt. Und Sonja wird plötzlich rot, als ihr klar wird, was sie gesagt hat. Ich versuche, mir eine Antwort zu verkneifen, und fliehe aus der Kabine. Sarena folgt mir lachend, Sonja mit rotem Kopf.

Am Oberdeck ist bei so ruhigem Wetter wenig los. Auch werden die beiden Damen nicht so angestarrt wie Sonja bei unserer ersten Reise.

Etwas in der Mitte des Oberdecks, vor dem Hauptmast, bleibe ich stehen und drehe mich zu Sonja um.

»Und Sonja, willst du dich nun an Deck an mir austoben. Damit meine ich natürlich die versprochen Schwertkampfübungen.«

Mit leicht giftiger Stimme antwortet sie: »Ich glaube, ich werde dir ein paar Lektionen erteilen müssen.«

Um uns vor Verletzungen zu schützen, lassen wir die Schwertklingen in der Schwertscheide und verbinden sie fest miteinander. Dann nehmen wir unsere Positionen gegenüber ein, während Sarena sich zur Reling zurückzieht.

Mit bedachten Schritten und guter Deckung nähert sich Sonja meiner Position. Dabei weicht sie etwas nach Backbord aus, damit sie nicht direkt ins Sonnenlicht sehen muss.

Blitzschnell springt sie nach vorn und führt einen sehr

schnellen Stich in Richtung meines Oberkörpers aus. Kurz bevor sie trifft, weiche ich nach links aus und wehre das Schwert nach rechts ab. Sonja macht mit ihrem Schwert eine kleine Halbkurve in der Luft und das Schwert nähert sich von rechts auf mein Gesicht zu. Wieder wehre ich sie knapp ab, aber Sonja greift sofort wieder an.

Ihre Kampftechnik ist sehr gut, wenn nicht fast perfekt. Jede meiner Abwehrbewegungen integriert sie in ihren nächsten Abgriff. Auch nimmt sie den Schwung daraus immer mit. Nie bremst sie das Schwert ab, sondern macht immer perfekte Abwehrbewegungen. Im Gegensatz zu den meisten bewegt sie dabei ihren ganzen Körper synchron mit.

Viele Kämpfer können vortrefflich mit dem Schwert umgehen, wenn sie mit beiden Beinen stehen bleiben. Wenige können das, wenn sie ein Bein bewegen. Sonja aber bewegt sich teilweise mit beiden Beinen gleichzeitig. Trotzdem agiert ihr Oberkörper so, als würde sie immer fest stehen. Und jede Bewegung des Oberkörpers und der Beine harmoniert, sodass sie sich nie gegenseitig Schnelligkeit oder Genauigkeit nehmen.

Man erkennt, dass Sonja jahrelang bei einem Meister unterrichtet wurde und eine perfekte Schwertkämpferin ist. Aber dort liegt auch ihr Schwachpunkt. Die meisten Gegner würden ihn nicht merken. Auch würde sie die meisten Gegner so schnell besiegt haben, dass sie nicht einmal Zeit hätten, darüber nachzudenken. Da ich aber ein ebenbürtiger Schwertkämpfer bin, habe ich Zeit zum Beobachten.

Oft habe ich um Leben und Tod gekämpft. Und das ist ein Unterschied zu jeder Ausbildung bei einem Meister.

Der lehrt den perfekten Umgang mit der Waffe. Ich habe gelernt, wie ich mit allen möglichen Mitteln meine Gegner besiege. Und das beste Mittel ist meist der eigene Körper.

Als Sonja wieder mit einer Stichbewegung nach vorne angreift, wehre ich zwar seitlich ab wie immer. Aber ich bewege mich nach vorne auf Sonja zu und lasse das Schwert mit einer Hand los. Etwas, das ein Schwertkämpfer nie tun sollte, da er so nicht mehr sein Schwert so schnell wie der Gegner führen kann. Auch werden seine Abwehrbewegungen aufgrund des hohen Gewichts des Schwertes mit einer Hand ungenauer.

Bevor aber Sonja Vorteil aus meiner schlechten einhändigen Abwehr ziehen kann, greife ich mit der frei gewordenen Hand nach einer ihrer Schwerthände. Was normalerweise Selbstmord ist, denn mit einer Hand kann man diese nicht festhalten.

Aber ich will sie auch nicht festhalten. Mit voller Wucht drücke ich mit meinem Daumen auf einen bestimmten Punkt zwischen Daumen und Zeigefinger, der ungeheure Schmerzen beim Gegner verursacht.

Auch Sonja wird durch den ungeheuren Schmerz aus der Bahn geworfen und löst eine Hand vom Schwert. Dadurch aber hat sie nicht mehr die Kraft, um ihre Halbkreisbewegung mit dem Schwert schnell genug fertig zu machen. Meine freie Hand und mein Körper bewegen sich noch ein Stückchen auf Sonja zu. Wieder drücke ich mit den Daumen zu, diesmal auf den Punkt auf der anderen Schwerthand und Sonja fällt das Schwert aus den Händen. Sie gerät aus dem Gleichgewicht, da die Wucht des Schwertes wegfällt, die sie mit Verlagerung des Gewichtes nach hinten ausgeglichen hat. Sofort lasse ich auch mein Schwert los und bewege mich einen weiteren Schritt nach vorne. Dabei gebe ich Sonja einen leichten Schubs mit meinem Oberkörper und bringe ein Bein hinter ihrem hinteren Standbein in Stellung. So aus dem Gleichgewicht gebracht, beginnt sie nach hinten zu fallen. Bevor sie auf dem Boden aufprallt, greife ich mit beiden Armen um ihre Hüfte und fange sie auf.

Während ich sie wiederaufrichte, blickt sie mich mit ungläubigem Gesichtsausdruck an. Wie es sich für einen Schwertkämpfer gehört, nutzt sie die Situation nicht, um mich anzugreifen, sie hat ehrenvoll die Niederlage in diesem Kampf akzeptiert. Sarena und die während des Kampfes als Zuschauer dazu gekommenen Piraten beginnen zu jubeln. Aber nicht, weil ich gewonnen habe, sondern weil es ein spektakulärer Kampf war.

Sonja steht noch immer ungläubig auf dem Schiffsdeck, während ich unsere Schwerter wieder zusammensuche.

Mit einem freundlichen Lächeln gebe ich ihr das Schwert zurück: »Du bist eine sehr gute, wenn nicht sogar perfekte Schwertkämpferin, Sonja.«

»Ich weiß. Und ich dachte, ich würde bei einem direkten Schwertkampf nicht verlieren«, erwidert sie noch immer leicht erschöpft durch den Kampf.

»Das hast du auch nicht. Du hast bei einem Kampf verloren.«

Sarena stürmt nun von der Seite heran.

»Trajan, das war unglaublich. Anfangs dachte ich, du würdest verlieren, aber dann hast du blitzschnell das Blatt gewendet.«

Aus der Menge der Piraten kommt auch Lord Farkat

heran. Augenscheinlich hat er seine Nachtruhe wegen des Kampfes abgekürzt.

»Lady Sarena, den Schwertkampf hätte er auch wahrscheinlich verloren. Gewinnen konnte er ihn auf alle Fälle nicht. Aber Lady Sonja war in dem Moment verloren, als Sir Trajan einen richtigen Kampf daraus machte. Sir Trajan, ich muss wirklich sagen, Ihr versteht es zu kämpfen. Ihr wärt ein guter Pirat.«

»Danke, für das Kompliment. Aber es sagt auch viel über eure Kampfkünste aus, wenn ihr das so schnell erkannt habt, Lord Farkat. Und nennt mich bitte einfach Trajan. Ich bin kein Sir.«

»Danke für das Kompliment, Trajan. Aber meine Fähigkeiten sind zwar gut, reichen aber nicht gegen die Euren aus. Ich hoffe, beim nächsten Kampf kann ich wieder zusehen. Und nennt mich bitte Amrin, auch wenn ich ein Lord bin. Gute Nacht, ich muss noch etwas Schlaf nachholen.«

Sonjas Gesichtsausdruck hat sich mittlerweile von überrascht auf verärgert geändert.

»Trajan, wie ist das gemeint, mit Kampf und Schwertkampf. Jeder scheint Bescheid zu wissen.«

»Das ist die erste Lektion. Denk eine Stunde drüber nach und dann reden wir darüber«, erwidere ich freundlich.

Ohne weitere Worte nimmt Sonja mitten am Deck Platz und ignoriert mich. Ob sie nun beleidigt ist oder wirklich nachdenkt, das ist nicht zu erkennen.

Währenddessen nehme ich Sarena am Arm und wir begeben uns zur Reling, wo mittlerweile keine Piraten mehr stehen. Die sind nach dem Ende des Kampfes wieder auf ihre Posten oder in die Mannschaftskabine zurückgekehrt.

»Warum vertraut dir Sonja so?«, frage ich Sarena unvermittelt.

Als hätte sie diese Frage schon erwartet, antwortet sie: »Das musst du sie fragen. Warum vertraust du mir?«

»Weil Sonja dir vertraut. Was mich zu meiner ursprünglichen Frage zurückbringt.«

Lächelnd antwortet Sarena: »Was mich zu meiner ursprünglichen Antwort zurückbringt.«

»Gute Antwort«, erwidere ich und fahre fort »Eine weitere Antwort will ich gar nicht. Aber ich möchte, dass du jetzt zuhörst. Sonja vertraut dir wahrscheinlich, weil du sehr jung bist, ich schätze irgendwo zwischen fünfzehn und siebzehn. Sie will dich aus dieser Bar wegbringen, weil sie weiß, welche Zukunft dich erwartet. Und der Vorfall, als du Schutz hinter ihr gesucht hast, hat wahrscheinlich Gefühle einer größeren Schwester in ihr entstehen lassen. Und sie ist froh, weil sie glaubt, dass sie endlich eine richtige Freundin hat. Denn auch wenn sie kaum etwas über ihr Leben an der Universität erzählt hat, so ist es offensichtlich, dass es dort so etwas kaum gibt. Aber ich weiß auch, dass du hier bist, um uns auszuspionieren.«

Sarena schnappt empört nach Luft und will gerade zum Protest ansetzen. Aber ich ignoriere das. »Dass man in deinem Alter in einer Bar als Bedienung arbeitet, ist normal. Dass man Annäherungsversuche wie den von Sharkeye abwehrt, auch. Aber nicht so schnell am Anfang und vor allem nicht so rüde. Und auch wenn dich Sharkeye mag, hat es mich doch verwundert, dass er in die ›Klampfe‹ zurückgekehrt ist. Und das mit Gästen, die dann auch von der peinlichen Geschichte erfahren. Ungewöhnlicher wurde es, als du uns bedient hast und nicht die ältere Kollegin. Denn wenn wenige Gäste da sind, übernimmt das in der Regel die ältere Bedienung, da ihr überwiegend am Trinkgeld verdient. Der plumpe Annäherungsversuch war recht schmeichelhaft, aber mittlerweile ist mir auch klar, dass es nur ein Versuch war herauszufinden, ob wir wirklich verheiratet sind.

Verraten hat dich aber dein Auftraggeber, Graf Armolus. Denn sein Hausdiener Tillius hat sich gegen deine Gesellschaft richtig gewehrt, der Graf aber nur pro forma. Aber warum sollte ein Graf eine Bedienung seines Reiches bei so einer Besprechung mithören lassen? Die einzige Antwort ist, weil sie für ihn arbeitet. Bestätigt wurde ich dann gestern Abend. Auch Lord Farkat nahm dich ohne ein Wort mit auf das Schiff. Und er ließ dich in unserer Kabine übernachten, was doch sehr ungewöhnlich ist. Denn genauso hätte er dir eine andere Kabine zur Verfügung stellen können. Dann hätten halt Doc oder der Steuermann in der Mannschaftskabine schlafen müssen.«

Sarena macht nochmals den Versuch eines Protestes, aber wiederum ignoriere ich ihn.

»Ich werde Sonja nichts verraten, denn es ist für sie sicher schön, dass sie eine Freundin hat. Auch hast du weder dem Grafen noch dem Kapitän verraten, dass ich nicht weiß, ob ich ein Barbar bin. Was für mich bedeutet, dass du von Rhod wegwillst. Und du auch clever genug bist, dafür deinem Auftraggeber etwas zu verschweigen. Solange das so bleibt und du Sonja nicht in Gefahr bringst, kann es so wie bisher weitergehen. Solltest du sie aber in Gefahr bringen, dann weißt du, wie ich reagiere. Und dir ist klar, dass dies keine Drohung, sondern eine einfache Tatsache ist. Bist du damit einverstanden?«

Leise und zaghaft antwortet Sarena:»Ja. Und ich bin sechzehn.«

»Gut, Sarena. Ich bin dir nicht böse, ich kann dich verstehen. Aber ich würde auch dieses Gespräch dem Kapitän gegenüber verschweigen.« Und mit einem aufmunternden Lächeln füge ich hinzu.»Aber du kannst dem Kapitän erzählen, dass mich seine Anwesenheit beim Kartenspielen erfreut hat. Und vor allem haben dann Sharkeye und Madex mit dem Mogeln aufgehört.« Mit einem gequälten Lächeln erwidert Sarena leise.

»Danke. Ich werde mich nun in unsere Kabine zurückziehen. Und ich werde nicht zum Kapitän eilen und ihm Bericht erstatten.«

Gerade noch kann ich ein Lachen unterdrücken.»Du bist wirklich eine gute Schauspielerin, Sarena. Aber glaubst du, du kannst mir wirklich verkaufen, dass es dich betrübt, dass du bei mir aufgeflogen bist. Ein Mädchen, das auf einer Insel von Piraten und Betrügern aufgewachsen ist. Lass uns lieber Elfenreiter spielen.«

Sarenas gequältes Gesicht verschwindet und ein breites Grinsen taucht darauf auf:»Du hast doch eine gute Frauenkenntnis. Also gut. Dann lassen wir dich mal verlieren.«

»Außer bei Sonja. Und du wirst verlieren. Ich habe bei den zwei Oberschurken Sharkeye und Madex das Kartenspiel gelernt.«

Ohne etwas zu erwidern, aber mit einem spöttischen Gesicht verteilt Sarena die Karten. Und das mit einer Schnelligkeit, die meine beiden Lehrer weit übertrifft.

In der nächsten Stunde führt mich Sarena beim Kartenspielen vor. Im Vergleich zu ihr sind Madex und Sharkeye blutige Anfänger. Zum Glück spielen wir nicht um Geld. Denn so etwas habe ich sowieso nicht.

Sonja sitzt noch immer mitten auf dem Oberdeck und brütet vor sich hin. Um sie und auch mich zu erlösen, beende ich das Kartenspiel mit Sarena. Und nachdem Sarena ein paar spöttische Bemerkungen über meine Fähigkeiten bei diesem Spiel abgelassen hat, gehe ich zu Sonja hinüber und nehme neben ihr Platz.

»Hast ganz schön gegen Sarena verloren.«

»Man kann nicht immer gewinnen.«

»Und warum habe ich nun verloren? Ich weiß, dass ich dir ebenbürtig, wenn nicht sogar leicht überlegen war. Wie konntest du mich besiegen? Und was soll das ganze Gerede über Kampf und Schwertkampf.«

»Mit ›Schwertkampf‹ ist ein Übungskampf gemeint. Mit Kampf ist ein richtiger Kampf gemeint, bei dem dich dein Gegner töten will. Du bist die perfekte Schwertkämpferin. Du hast sicher tausende Übungskämpfe absolviert, aber kaum richtige Kämpfe. Und wenn dann Gegner, die du leicht mit dem Schwert besiegen konntest. Oder?«

»Irgendwie schon. Aber ich habe auch den waffenlosen Kampf und auch andere Waffengattungen trainiert.«

»Das bedeutet, du hast immer nur gelernt, mit einer Waffe oder nur mit den Händen zu kämpfen. Dies ist bereits der erste Schwachpunkt. Bei einem Übungskampf endet meistens der Kampf, wenn einer sein Schwert verliert. Aber bei einem richtigen Kampf hört man nicht auf, nur weil man sein Schwert verloren hat. Sondern, wenn einer tot ist. Also kämpft man auch ohne Schwert weiter. Dadurch lerne ich aber, falls ich es überlebe, wie man einen Gegner mit Schwert nur mit den Händen besiegen kann. Oder auch nur kurz abwehrt, bis man das Schwert wieder aufgegriffen hat. Also war ich heute geübt, nach dem Verlust meines Schwertes gegen dich weiterzukämpfen.«

Sie nickt.

»Der zweite Schwachpunkt ist, wie bereits erwähnt, da der Übungskampf meist nach dem Verlust des Schwertes endet, bist du es nicht gewohnt, gegen einen waffenlosen Gegner mit einem Schwert zu kämpfen. Also war dies heute am Ende des Kampfes eine völlig neue Situation für dich. Und der dritte Schwachpunkt: Du hast immer gelernt, das Schwert nicht zu verlieren. Also war es für dich unglaublich, dass ich freiwillig mein Schwert im Kampf verliere. Und damit konntest du dich heute nicht auf meinen letzten Angriff einstellen, da das für dich nicht möglich war. Darum hast du heute verloren.«

Nach längerem Schweigen sagt sie: »Und wie kann ich diese Schwachpunkte ausmerzen?«

»Indem wir jeden Tag üben. Und indem du wie gerade eben über das was ich sage nachdenkst.«

»Hätte ich dich im Schwertkampf besiegt? Und sei ehrlich. Ich glaube es trotz der Komplimente und Aussagen vorhin nicht.«

»Du bist die beste Schwertkämpferin, die ich kenne. Und ich denke, niemand kann dich in den Königreichen mit dem Schwert besiegen.«

Nun lächelt mich Sonja an. »Aber die Frage war: Könnte ich dich in einem Schwertkampf besiegen?«

»Ja und Nein. In einem richtigen Schwertkampf wie es deine Lehrer dich gelehrt haben, besiegst du mich wahrscheinlich. Aber ich kann keinen richtigen Schwertkampf. Denn selbst wenn ich nur mit dem Schwert kämpfe, wende ich nicht gern gesehene Tricks an. Die Meister aber bringen dir einen technisch hochwertigen Kampfstil bei. Der ist zwar richtig und der bessere. Aber leider vergessen sie dabei oft, dir die schmutzigen und nicht ganz so schönen Tricks beizubringen.«

»Welche meinst du denn?«

»Du gibst wohl nicht so schnell auf. Hier ein paar Tricks. Wenn du auf losem Untergrund kämpfst, kannst du deinen Gegner Dreck ins Gesicht schleudern. Oder du spuckst ihm in die Augen.«

Da die Augen von Sonja immer größer werden, unterbreche ich meine Aufzählung.

»Aber das bedeutet, du schummelst, ja?«, fragt Sonja ungläubig nach.

»Und hier ist die große Lüge bei den Lehrmeistern mit ihren Übungskämpfen begraben. Denn wie kann man mogeln, wenn es in einem Kampf keine Regeln gibt?«

»Aber ich kann doch beim Schwertkampf nicht meinen Gegner anspucken. Das gehört sich einfach nicht.«

»Sagt wer? Und willst du lieber sterben, als diese Tricks anzuwenden?«

»Es ist nur, das widerspricht allem, was ich gelernt habe. Es gehört sich einfach nicht.«

»Du wolltest lernen zu kämpfen. Und da gibt es keinerlei Regeln, auch keinen Anstand. Genau das ist der Unterschied zu einem Übungskampf.«

Sonja schweigt einige Minuten und man merkt, dass sie mit dieser Erkenntnis zu kämpfen hat.

Währenddessen sehe ich zu Sarena hinüber, die an der Reling lehnt und auf das Meer hinaussieht. Sie weiß genau, was ich meine. Auf der Straße, und das gilt vor allem als hübsches Mädchen, lernt man, dass es im Kampf keinerlei Regeln gibt. Nur einen Sieger.

Als Sonja ihr Schweigen bricht, werde ich aus meinen Gedanken gerissen. »Ich muss wirklich noch kämpfen lernen. Ich halte mich noch an Regeln, die es in einem Übungskampf gibt. Lass uns noch mal kämpfen.«

»Nein, morgen wieder«, erwidere ich.

»Ist die Lektion heute schon vorbei? Das war aber kurz.«

»Die Lektion ja. Jetzt beginnt das Training. Ich kämpfe mit dem Schwert, du bekommst keine Waffe. Danach tauschen wir.«

Verdutzt blickt mich Sonja an, steht aber ohne Widerworte auf und folgt meinen Anweisungen.

Die Sonne geht am Horizont unter und das Deck wird ins Halbdunkel getaucht. Nur ein paar Lampen an Deck spenden wenig Licht. Sonja sitzt erschöpft auf dem Boden des Oberdecks, da ich sie heute den ganzen Nachmittag mit Übungen malträtiert habe.

Sarena sitzt auf dem Boden nahe der Reling und sieht gelangweilt herüber.

»Lass uns für heute aufhören.« Mit diesen Worten lege ich den Mantel um Sonja. Es wird frisch und sie hat den ganzen Tag geschwitzt.

Wortlos rappelt sich Sonja auf und verschwindet in Richtung der Kabine. Sarena und ich folgen ihr.

Beide verschwinden in der Kabine und ich nehme meinen üblichen Platz etwas entfernt von der Kabine ein. Nach einigen Minuten erscheint Sarena wieder und nimmt neben mir Platz. Da es mittlerweile nachts sehr kalt ist, sind wir beide in die von Lord Farkat erhaltenen Mäntel eingehüllt.

»Wie geht es ihr«, frage ich.

»Sie ist nur sehr erschöpft. Sie ist sofort eingeschlafen. Du hast sie heute sehr geschunden«, sagt sie.

»Ich weiß. Ich habe es nicht bemerkt, dass sie schon so erschöpft war. Und sie ist so stur. Eher würde sie zusammenbrechen, bevor sie ein Wort sagt.«

»Das stimmt. Genau wie du. Hältst du heute wieder die ganze Nacht Wache?«

»Ja, du kannst dich ruhig schlafen legen.«

»Danke, aber ich bin noch nicht müde. Ich habe mich heute nicht den ganzen Nachmittag quälen müssen.«

»War ich etwas zu hart?«, frage ich ernst nach.

»Nur etwas. Vor allem die letzte Stunde hättest du dir sparen können. Ich wundere mich, dass du noch so fit bist. Du hast den ganzen Nachmittag mit Sonja trainiert. Und obwohl sie durchtrainiert ist wie noch was, konnte sie gerade nur noch erschöpft ins Bett fallen. Und du siehst so frisch aus wie heute Mittag. Was ist dein Trick?«

»Keine Ahnung. Ich werde nicht so schnell müde. Und ich merke es auch bei anderen nicht. Deshalb wäre es schön, wenn du mir in Zukunft einen unauffälligen Wink geben könntest, wenn ich Sonja zu weit treibe.«

»Werde ich machen. Vielleicht mit einem Tritt in den Hintern?«

»Aber bitte unauffällig.«

Schweigend sitzen wir einige Minuten gegenüber, bis Sarena eine überraschende Frage stellt.

»Liebst du Sonja eigentlich.«

»Wie meinst du das?«

»Nun, ihr seid ja beide nicht verheiratet, sondern habt euch in den Grünen Landen kennengelernt. Aber sie ist dir sehr wichtig. Du tötest jeden, der sie bedroht. Du wärst bereit, für sie zu sterben, hat sie gesagt. Und dir ist ihre Meinung wichtig und respektierst auch ihre Entscheidungen.«

Lange denke ich darüber nach.

»Ich weiß es nicht. Aber es ist auch egal. Denn wir kommen aus zwei verschiedenen Welten. Ich bin ein Wilder aus den Ork-Gefängnis, egal ob ich ein Barbar bin oder nicht. Und sie ist eine bekannte Persönlichkeit aus den Königreichen und Mitglied der Universität. Ich darf schon froh sein, wenn ich die Universität betreten darf. Und dann auch nur, weil Graf Armolus für mich lügt. Hier unter Piraten kenne ich mich noch aus, aber in der Zivilisation, eher nicht.«

»Was willst du dann dort machen?«

Wieder überlege ich einige Zeit.

»Erst einmal Sonja helfen, den Verräter zu finden. Das habe ich versprochen. Und dann weiß ich nicht. Vielleicht finde ich heraus, wo sich die Insel oder der Kontinent der Barbaren befindet. Dann versuche ich dorthin zu kommen, um mehr über mich herauszufinden. Und was hast du vor?«

Auch Sarena überlegt länger.

»Ursprünglich wollte ich weg von Rhod. Und das habe ich auch geschafft. Zurück kann ich nicht mehr, denn sollte Graf Armolus herausfinden, dass ich ihm etwas verschweige, kann es unangenehm werden. Zumindest werde ich dann aus seinen Diensten entlassen. Und du weißt, wie die meisten Bedienungen in so Kneipen enden. Und irgendeinen der Piraten will ich auch nicht heiraten. Ich werde, solange es geht, dich und Sonja begleiten. Aber Sonja ist schlau, irgendwann zieht auch sie dieselben Schlüsse über unser zufälliges Treffen in der ›Klampfe‹. Und sie wird nicht so nachsichtig sein wie du. Denn sie vertraut mir wirklich mit ganzen Herzen und sie mag mich. Also werde ich versuchen, mich allein in den Königreichen durchzuschlagen. Das ist wohl der Preis dafür, dass ich von Rhod wegwollte.«

Diesmal kann ich erkennen, dass sie wirklich traurig über die Situation ist. Vor allem darüber, dass Sonja irgendwann ihren Verrat erkennen wird. Und sie dann allein ist. Vor allem kann ich verstehen, was Einsamkeit bedeutet.

»Sarena, ich kann verstehen, warum du alles getan hast, um von Rhod zu verschwinden. Du warst ein Gefangener dort. Auch ich war Gefangener bei den Orks und hätte alles getan, um zu entkommen. Deshalb biete ich dir Folgendes an: Wenn ich mein Versprechen erfüllt habe und nach den Barbaren suche, kannst du mich gerne begleiten. Aber nur, wenn du willst. Auch habe ich keinen Plan und kein Gold.«

Mit freudestrahlendem Gesicht und kindlichen Enthusiasmus kommt es zurück.

»Das mache ich gerne. Denn bei dir brauche ich keine Angst vor anderen Menschen haben wie auf Rhod. Denn dich kann keiner besiegen.«

Dieses Lob wird sogar mir unangenehm.

»Danke für das Kompliment. Aber ganz so würde ich es nicht ausdrücken.«

Sarena sieht das in ihrer kindlichen Freude anders.

»Doch, das ist so. Ich bin dir überaus dankbar, dass du mich mitnehmen wirst.«

»Auch ich bin froh, später bei der Suche nicht allein zu sein. Denn das war ich lange genug. Aber ich denke es ist Zeit, dass du dich auch hinlegst.«

»Erzählst du mir von deinem Leben bei den Orks und der Flucht? Sonja hat zwar einige Andeutungen gemacht, aber erzählt hat sie noch nichts.«

Also beginne ich meine Geschichte zu erzählen, soweit ich mich zurückerinnern kann. Sarena hüllt sich noch stärker in ihren Mantel ein und schließt ihre Augen. Aber ihre Ohren hat sie gespitzt.

13. Die Sirene

Die ganze Nacht erzähle ich Geschichten von meinen Kämpfen und von der Flucht. Jedes Mal, wenn ich glaube, Sarena sei eingeschlafen, und aufhöre, fordert sie mich auf, weiterzuerzählen. Erst als der Morgen graut, verschwindet sie in der Kabine.

Kurz darauf taucht Sonja auf.

»Guten Morgen, Trajan. War Sarena die ganze Nacht bei dir hier draußen?«

»Guten Morgen, Sonja. Sie wollte meine Geschichte bei den Orks und die unserer Flucht hören.«

»Und jetzt schläft sie. Und du bist sicher auch müde?«

»Eigentlich nicht. Lassen wir Sarena schlafen und ich werde dabei weiter Wache halten. Nachmittags können wir gerne noch trainieren.«

Mit einem schiefen Lächeln blickt mich Sonja an. »Genau. Du hast die letzten zwei Tage nur ein paar Stunden geschlafen und bist nicht müde. Komm mit in die Kabine und leg dich auch hin. Ich werde Wache halten. Und nachmittags werde ich mich für gestern revanchieren.«

»Ich glaube, du musst dich nochmals hinlegen, denn du schläfst ja noch halb. Anders kann ich mir nicht erklären, dass du gerade träumst.«

Ein spielerischer Schlag auf meinen Oberarm ist die ganze Antwort von Sonja. Dann schiebt sie mich in die Kabine.

»Leg dich hin. Neben Sarena ist noch Platz. Musst halt den Bauch ein bisschen einziehen, denn normalerweise ist sie gewohnt, dass ich neben ihr liege.«

Bevor ich aufgebe, muss ich noch einen spöttischen

Kommentar von mir geben. So einfach kommt mir Sonja mit der Anspielung auf mein Gewicht nicht davon. »Und du brauchst weniger Platz?«, frage ich mit gespielter Überraschung. Als Antwort gibt es nur ein empörtes Schnaufen. Also nehme ich den freien Platz neben Sarena ein und versuche einzuschlafen; sie liegt mit den Rücken direkt an der Wand. Wobei ich mich wirklich etwas schmaler machen muss. Aber nicht am Bauch, sondern im Bereich der Schultern. Also drehe ich mich zur Seite, mit dem Rücken zu Sarena. Die scheint von alle dem nichts mitbekommen zu haben und schläft tief und fest. Bevor ich die Augen schließe, sehe ich noch Sonjas Gesicht. Und denke wieder an die Frage, die mir Sarena gestern gestellt hat.

Bin ich verliebt?

Nach einigen Stunden wache ich auf. Und bin sofort hellwach. Irgendjemand versucht, mich festzuhalten. Ohne die Augen zu öffnen, um einen möglichen Gegner zu alarmieren, versuche ich meinen Angreifer zu lokalisieren. Dessen Arm liegt locker über meinem Bauch, wobei er nicht richtig über meine Seite greifen kann. Der Angreifer selbst liegt direkt hinter mir und kuschelt sich an mich ran. Er kuschelt sich ran?

Jetzt wird mir alles klar. Das muss Sarena sein, die sich in der Nacht unbewusst an mich ran gekuschelt hat. Vorsichtig öffne ich die Augen und blicke zu dem Arm hinunter. Und wirklich, es ist Sarenas Arm, der dort liegt. Beruhigt, dass es kein Angreifer ist, blicke ich nach vorne. Und sehe Sonja, wie sie mich verärgert anblickt, während ihr Tonfall leicht spöttisch ist.

»Guten Morgen, ihr Turteltäubchen.«

»Guten Morgen, Sonja. Ist alles in Ordnung?«

»Natürlich. Ich will bloß nicht deine neue Freundin wecken.« Jetzt schnippischer Tonfall.

»Bist du etwa wegen irgendetwas sauer? Sie ist doch auch deine Freundin.«

»Das dachte ich auch.« Nun kalter Tonfall.

Hat sie etwa das Doppelspiel von Sarena durchschaut? Aber wie? Und würde sie dann nicht Sarena aufwecken und zur Rede stellen? Oder will sie das erst machen, wenn wir vom Schiff sind? Dann fällt es mir wie Schuppen von den Augen, die Begrüßung: ihr Turteltauben. Sie denkt, es läuft etwas zwischen mir und Sarena, weil die mich umarmt und sich angekuschelt hat. Beinahe will ich schon zu lachen anfangen, aber selbst meine geringe Menschenkenntnis reicht aus, um zu erkennen: Das wäre keine gute Idee.

Stattdessen befreie ich mich vorsichtig aus Sarenas Umarmung und setze mich auf. Die merkt von der ganzen Aktion nichts und schläft nach einem unbewussten Grummeln als Beschwerde weiter.

»Bist du etwa eifersüchtig?«, frage ich Sonja.

Mit einem Blick, bei dem man Angst haben muss, getötet zu werden, sieht mich Sonja an.

»Genau. Weil ich nichts Wichtigeres ihm Kopf habe. Nur ist sie nicht etwas jung für dich?«

Nun nehme ich beide Hände von Sonja und schaue ihr ernst in die Augen.

»Da läuft nichts zwischen mir und Sarena. Ich mag sie so wie du sie magst. Und sonst ist nichts. Und ich will dich daran erinnern: Es war deine Idee, dass Sarena und ich so beengt auf einer Pritsche schlafen. Und dass sie beim Schlafen unbewusst den Arm um mich gelegt hat, würde ich auf die beengte Lage zurückführen. Aber warum interessiert es dich eigentlich so?«

Sonjas Kopf wird plötzlich sehr rot.

»Ich will nur, dass keine Unruhe in die Gruppe kommt. Und solche Beziehungen innerhalb einer Gruppe ergeben immer Probleme.«

Ohne etwas zu erwidern, erhebe ich mich und verlasse die Kabine. Diese Worte von Sonja waren nicht nur auf mich und Sarena bezogen, sondern auch auf mich und sie. Sie will nur meine Freundschaft und nichts weiter. Aber warum hat mich diese Erkenntnis in der Kabine gerade so getroffen. Und mit einem Mal kann ich die Frage von gestern Abend von Sarena beantworten.

Ja, ich bin in Sonja verliebt.

Während ich also vor der Kabine darauf warte, dass Sonja und Sarena herauskommen, denke ich über meine Zukunft nach. Sonja will auf keinen Fall etwas von mir. Das bedeutet, wir werden uns, sobald wie möglich, trennen müssen. Denn nur in Freundschaft mit ihr verbunden zu sein, würde mich auf Dauer zu sehr schmerzen. Spätestens wenn sie mit einem Mann zusammenkommt. Also bleibt es bei dem Plan, den ich mit Sarena besprochen habe: das Versprechen noch einlösen und den Verräter finden. Danach, wenn möglich, zu den Barbaren. Oder woanders hin, Hauptsache, weg von Sonja.

Nach einer halben Stunde erscheinen Sonja und Sarena im Gang. Wir begeben uns wieder auf das Oberdeck. Sonja scheint nun nicht mehr sauer zu sein, aber sie wirkt etwas distanziert. Was mir nur recht ist, denn das macht es einfacher. Da es leicht nieselt, sucht sich Sarena diesmal einen Platz direkt am Heckeingang des Schiffes. Sonja und ich trainieren heute das Loslassen des Schwertes während des Kampfes. Sie lernt den Kampftrick, der mir gestern den Sieg brachte. Auf einen richtigen Kampf verzichte ich, denn Sonja ist noch immer etwas unbeweglich aufgrund der Überanstrengung von gestern.

Nach einigen Stunden sehe ich, wie Sarena demonstrativ aufsteht und sich in Richtung der Kabine wendet. Ein Zeichen dafür, dass ich Sonja schon wieder überanstrenge. Also beende ich die Lektion und will mich in Richtung der Kabine begeben. Bevor ich aber Sarena erreiche, taucht Madex auf und bittet mich, ihm dringend zum Kapitän zu folgen. Auch Sarena und Sonja kommen mit.

Der Kapitän wartet auf uns auf dem Steuerdeck, aber nicht am Steuerrad, sondern an der Reling am Heck mit Blick auf das Meer. Also gesellen wir uns zu ihm.

Und sehen das Schiff, das uns verfolgt. Noch ist es einigermaßen weit weg. Aber es ist erkennbar, dass es kleiner als die ›Wellenreiterin‹ ist, aber auch drei Masten bestückt. Und es sieht schneller als unseres aus.

»Trajan, Lady Sonja und Lady Sarena, schön dass wir uns wieder begegnen. Leider ist es diesmal ein unerfreulicher Grund. Wir werden verfolgt«, sagt Lord Farkat.

Sonja übernimmt automatisch wieder die Rednerrolle in unserer Gruppe.

»Lord Farkat, aber nur ein Schiff. Und dazu noch kleiner las unseres. Selbst wenn sie uns einholen, was wollen sie dann machen? Ich vermute, die haben weniger Männer an Bord und sind auch noch in der

Position des Angreifers.«

»Das stimmt,« mischt sich Sarena ein, »aber das ist die ›Sirene‹.«

Der Kapitän übernimmt wieder das Wort.

»Ja, es ist die ›Sirene‹. Ein spezielles Schiff von Lord Gorun. Es ist ein Geschützschiff. Diese Schiffe sind extrem leicht und schnell und haben nur wenig Mannschaft an Bord. Aber sie haben eine große, bewegliche Balliste an Bord. Und sobald sie in Schussweite sind, eröffnen sie das Feuer auf den Gegner und versuchen, die Masten zu zerstören. Wenn dann das gegnerische Schiff untauglich ist, haben die langsameren Schiffe die Möglichkeit aufzuholen und es zu entern. Ich vermute, dass uns noch mindestens zwei weitere Schiffe verfolgen.«

»Und wann wird uns die ›Sirene‹ erreichen?«, fragt Sonja nach.

»Morgen gegen Abend. Und wir sind noch sechs Tage von unserer Anlegestelle in den Menschenreichen nahe dem Dorf Hillum entfernt. Und entkommen können wir ihm auch nicht.«

»Was wollt ihr dann tun? Wollt ihr uns ausliefern?«, frage ich.

Entrüstet sieht mich Lord Farkat an. »Nein, ich habe es Graf Armolus versprochen, euch sicher in die Menschenreiche zu bringen. Ich will euch nur auf die Gefahr hinweisen. Und wir werden morgen, kurz bevor sie uns angreifen, wenden und versuchen sie zu entern. Und da will ich euch mit dabeihaben, Trajan. Ihr, Lady Sonja, müsst dabei in der Kabine bleiben, denn wenn Euch etwas passiert, wird uns niemand in den Königreichen glauben. Und alles war umsonst.«

Das Gesicht von Sonja verrät, wie sie innerlich kämpft. Denn sicher will sie lieber kämpfen als tatenlos in der Kabine zu sitzen.

»In Ordnung, Kapitän. Aber ihr werdet mich holen, falls Trajan zu sehr in seinen Kampfrausch verfällt. Das habe ich ihm versprochen.«

»Das hätte ich so oder so gemacht. Aber ich bin froh, dass Ihr die Notwendigkeit eurer Sicherheit einseht. Und nun solltet Ihr schlafen gehen.«

Ohne weitere Worte verschwinden wir drei Richtung Kabine. Wieder nehme ich meine Wachposition vor der Kabine ein; Sonja und Sarena begeben sich zum Schlafen in die Kabine. Der Abschied von Sonja ist wieder etwas distanziert, während Sarena sich überschwänglich verabschiedet – und das nur für eine Nacht. Oder das glauben sie zumindest. Denn bereits oben beim Kapitän ist mir ein anderer Plan für die ›Sirene‹ eingefallen.

Da ich diese Nacht wieder allein bin, tauchen Madex, Sharkeye und Cookie abermals mit einer Flasche Schnaps und einem Kartenspiel auf. Bevor sie aber was sagen können, bitte ich die drei, den Kapitän zu holen. Der taucht auch kurz darauf auf. Mit einer Geste weise ich ihn an, leise zu sprechen.

»Trajan, was gibt es Wichtiges.«

»Amrin, wie groß ist die Wahrscheinlichkeit, dass wir morgen gegen die ›Sirene‹ gewinnen? Und bitte eine direkte Antwort.«

Traurig blickt er mich an.

»Sehr gering. Denn wir sind zu schwerfällig.«

»Und dennoch willst du lieber kämpfen, anstatt uns auszuliefern, um dich und deine Mannschaft zu retten?«

»Wie ich bereits sagte, mein Wort gegenüber Graf

Armolus ist mir wichtig. Und meine Mannschaft ist dir wegen Marsak immer noch dankbar.«

»Gut. Mehr wollte ich gar nicht hören. Ich habe einen Plan, wie ich die ›Sirene‹ ausschalten kann. Dafür muss ich aber meinen Wachposten verlassen. Ich will, dass ihr vier mir versprecht, auf Sonja und Sarena aufzupassen, solange ich nicht da bin. Und dass mindestens immer drei von euch vor ihrer Tür wachen. Versprecht ihr das?«

Alle vier nicken und sehen mich ernst an. »Wir versprechen es.«

»In Ordnung. Ich nehme eurer Versprechen ernst. Nun zu meinem Plan. Bringt alle nicht benötigten Fässer und Kisten zum Schiffsheck. Und befestigt dort ein Kletterseil, das bis zur Meeresoberfläche reicht. Auch benötige ich ungefähr zehn Wurfmesser. Und Kletterkrallen, wie ihr sie zum Besteigen der Bäume benutzt. Sharkeye und Madex, ihr dürftet so etwas sicher haben. Wir treffen uns in zehn Minuten wieder hier.«

Auf ein unmerkliches Nicken des Kapitäns hin, verschwinden Madex, Sharkeye und Cookie und erledigen die Aufgaben. Nur Lord Farkat und ich bleiben zurück.

»Willst du diesen Plan wirklich durchführen?« Er schaut mich ernst an.

»Ja, es ist die beste Chance, dass Sonja und Sarena nichts passiert.«

»Wenn der Plan klappt. Bei jedem anderen würde ich sagen, es ist Selbstmord. Aber Euch traue ich es sogar zu. Und Ihr wollt sicher nicht vorher Sonja und Sarena fragen, oder?«

»Nein, ich hoffe bis morgen zurück zu sein.«

»Das hoffe ich auch. Denn ich will es morgen nicht den Damen erklären müssen, wie ich diesen verrückten Plan zulassen konnte.«

»Das ist das schwere Los eines Kapitäns.«

»Vor allem, wenn man solche Gäste wie Euch an Bord hat.«

Sharkeye, Madex und Cookie kommen wie besprochen nach ungefähr zehn Minuten wieder. Sie übergeben mir mehrere Wurfmesser und zwei Paar Kletterkrallen. Die befestigen sie an meinen Händen und den Knien. Auch helfen sie mir, mein Schwert auf den Rücken zu binden. Die Wurfmesser stecke ich in einen Tragegurt, den ich quer über der Brust befestigte. Meinen Mantel gebe ich zur Verwahrung an Lord Farkat, da er im Wasser zu schwer wäre.

Wortlos brechen wir in Richtung Steuerdeck auf.

Mittlerweile hat es aufgehört zu nieseln, aber der Himmel ist immer noch bewölkt. Das ist für meinen Plan perfekt, denn dann sehen die Verfolger schlechter. Die Crew hat einen Berg aus Fässern und anderen beweglichen Teilen am Heck angesammelt. Es herrscht Totenstille und abgesehen von den üblichen Lichtern auf Deck brennt keine unnötige Fackel. Denn wir wollen den Gegner nicht warnen.

Sharkeye, Cookie, Madex und Amrin ergreifen zum Abschied meinen Unterarm, denn an meiner Hand befinden sich die Kletterkrallen.

Der Kapitän gibt einen Wink und die Crew beginnt den Unrat ins Meer zu werfen. Ich schnappe mir eine nicht allzu schwere Kiste und begebe mich an die Reling. Zuerst werfe ich die Kiste ins Wasser, dann lasse ich mich langsam am Seil entlang ins Meer gleiten. Das Wasser ist eisig kalt und mir stockt der Atem. Um nicht zu stark zu unterkühlen, beginne ich meine Beine zu bewegen. Mit der Kiste vor meinem Gesicht schwimme ich in Richtung der Verfolger, verborgen zwischen den ganzen anderen Unrat.

Es dauert ungefähr zwei Stunden, bis das Schiff der Verfolger auf die ersten Fässer trifft. Wie erwartet haben die Verfolger einige Brandpfeile in den Himmel geschossen, um zu sehen, was da auf sie zutreibt. Wahrscheinlich sind sie zu dem Schluss gekommen, die ›Wellenreiterin‹ werfe unnötigen Ballast ab, um schneller zu sein. Denn eine Kurskorrektur, um diesen Gegenständen auszuweichen, haben sie nicht vorgenommen.

An Deck der ›Sirene‹ ist es ruhig, nur ein Mann steht am Bug Wache. Ab und an ist nur das Zerbersten von Holz zu hören. Mit einigen Schwimmbewegungen bringe ich mich direkt in die Fahrlinie der ›Sirene‹.

Dunkel ragt die direkt vor mir auf und wird mit ihren Kiel genau meine Kiste treffen. Die ersten Wellen sind bereits zu spüren, verursacht von der Verdrängung des Wassers durch den Schiffskörper. Da mich keiner mehr vom Schiffsdeck aus sehen kann, stoße ich mich von der Kiste ab und schwimme direkt auf den Kielbalken zu.

Kurz bevor er mich rammt, greife ich fest mit den Armen zu und schlage die Klettereisen ins Holz. Mein Oberkörper wird nach hinten gerissen und meine Beine schlagen automatisch gegen den Schiffskörper, sodass sich auch die Klettereisen an meinen Knien im Schiffskörper vergraben.

Mein ganzer Körper wird nach hinten gerissen und mit

dem Schiff mitgeschleppt. Zum Glück bin ich hinter unserem Treibgut hergeschwommen, denn würde mich jetzt eines der Teile treffen, würde es mich zerschmettern. Aber auch so reicht der Widerstand des Wassers aus, um mir die Luft aus den Lungen zu pressen.

Vorsichtig löse ich eine Handkralle und setzte sie einige Zentimeter weiter oben wieder an. Dies wiederhole ich mit der anderen Hand, dann mit den Knien. Immer wieder muss ich darauf achten, dass mich eine Welle nicht vom Schiffskörper wegreißt.

Es dauert mindestens eine Viertelstunde, bis ich aus den Wellen heraus bin. Zum Glück bin ich nicht so schnell erschöpft wie andere, denn allein dieser Kraftakt ist normalerweise nicht zu schaffen. Und jetzt kommt noch der restliche Aufstieg.

Nach einer weiteren Viertelstunde erreiche ich die Reling des Schiffes. Ich erkenne den einen Mann am Bug, die Wache.

Das ganze Schiff ist nur sparsam beleuchtet, was mein Eingreifen leichter macht. Da sich der Wachposten auf der Steuerbordseite befindet, überklettere ich die Reling an der Backbordseite und verstecke mich hinter dem Bugspriet.

Schnell entferne ich die Krallen von meinen Händen und versteckte sie unter dem Spriet. Dann nehme ich ein Messer und warte im Schatten, dass die Wache auf meine Seite kommt.

Lange dauert es nicht und die gelangweilte Wache trottet herüber. Es ist einer der beiden Überlebenden aus der ›Klampfe‹! Manche haben aber auch Pech. Ohne etwas zu ahnen, geht er an mir vorüber und blickt auf das Meer hinaus.

Blitzschnell springe ich auf, ziehe ihn zu mir hinunter und halte ihm mein Messer an die Kehle.

»Hallo, mein Freund. Wir kennen uns doch aus der ›Klampfe‹. Wenn du schreist, bist du tot. Also, wie viele Männer sind hier an Bord.«

»Dreißig. Fünf haben Wache. Zwei am Steuerrad, zwei am Oberdeck und ich hier vorn.«

Er will wohl besonders hilfsbereit sein und sein Leben retten. Aber er hatte bereits einmal die Möglichkeit.

»Ich hätte dich bereits einmal töten können. Warum bist du nochmals das Risiko eingegangen und verfolgst mich?«

»Weil ich von Lord Gorun gezwungen wurde. Als Strafe für das Versagen in der ›Klampfe‹.«

»Weil du überlebt hast?«

»Ja. Ich und der andere wurden deshalb auf dieses Schiff gesteckt. Ansonsten würde sich Lord Gorun an unseren Familien rächen.«

»Ansonsten wärst du nicht auf dem Schiff. Und bitte die Wahrheit, ich kann Lügner nicht ausstehen.«

»Es ist die Wahrheit. Die meisten an Bord sind nur gezwungenermaßen hier.«

Das macht natürlich den Plan, alle zu töten und das Schiff anzuzünden zunichte. Denn Menschen zu töten, die mich nur gezwungenermaßen verfolgen, ist nicht der beste Plan.

»Wie viele sind freiwillig hier? Und wo finde ich sie?«, hake ich nach.

»Fünf, vielleicht sechs oder auch sieben, mehr aber nicht. Der Kapitän und zwei Vertraute von Lord Gorun, sie feiern in der Kapitänskabine. Zwei Aufseher, einer schläft in seiner Kabine, der andere hält Wache am Steuerrad. Und vielleicht noch zwei aus der Mannschaft, aber wer, das weiß ich nicht.«

»Gut, ich werde versuchen, die zu töten und das Schiff zu übernehmen. Sollte das klappen, bringen du und deine Kameraden mich in die Menschenreiche, danach seid ihr mich los und noch alle am Leben. Du weißt, dass ich meine Versprechen halte. Solltest du mich verraten, werde ich das Gleiche wie in der ›Klampfe‹ abziehen und alle töten. Also, ich werde dich jetzt frei lassen und du folgst mir. Oder du verrätst mich, dann wirst du sterben. Du hast die Wahl.«

Langsam nehme ich das Messer von seinem Hals und ziehe mich ein Stück zurück. Die Wache erhebt sich, wobei er sich ängstlich nach mir umsieht. Aber er macht keine Anzeichen für einen Verrat.

»Gute Wahl«, flüstere ich ihm zu. »Du setzt jetzt deine Wache ganz normal fort. In einer viertel Stunde begibst du dich zum Aufseher am Steuerrad. Dort warte ich auf dich.«

Verwirrt blickt er mich an, aber er traut sich augenscheinlich nicht, mir irgendwelche Fragen zu stellen. Also ziehe ich wieder meine Kletterkrallen an und gehe so weit wie möglich in Richtung Oberdeck.

Kurz bevor mich die dortigen Wachen erkennen können, verschwinde ich wieder über die Reling und hake mich an der Außenhaut des Schiffes fest.

Wieder klettere ich Stück für Stück an der Außenbordwand entlang, diesmal aber nicht nach oben, sondern seitlich. Das geht viel schneller; bereits nach kurzer Zeit befinde ich mich auf Höhe des Steuerdecks. Dort arbeite ich mich wieder nach oben, bis ich auf das

Oberdeck blicken kann. Wie erwartet befinden sich dort der Steuermann und der Aufpasser. Der ist leicht an der Peitsche an seinen Gürtel zu erkennen. Ein Menschenfreund!

Leider gibt es aber keine Möglichkeit sich auf dem Steuerdeck zu verstecken, auch wenn es wie der Rest des Schiffes nur spärlich beleuchtet ist. Eigentlich wollte ich warten, bis mein neuer Freund die beiden ein bisschen ablenkt. Aber beide sind so auf die beleuchtete ›Wellenreiterin‹ vor ihnen konzentriert, dass dies die bessere Chance ist.

Die Krallen an meinen Knien bringe ich so weit wie möglich nach oben, ohne dass mein Kopf über die Reling schaut. Die Krallen an meinen Händen löse ich ganz langsam und muss sie leider ins Meer fallen lassen.

Ein letztes Mal atme ich leise ein, dann spanne ich meinen Körper an und springe, so leise es geht, über die Reling. Noch während ich lande, ziehe ich zwei Wurfmesser aus dem Gürtel. Eines verlässt bereits meine Hand und schlägt nur Augenblicke später in den Hinterkopf des Aufsehers ein. Der knickt ein, ohne ein Geräusch von sich zu geben, und prallt mit dem Gesicht voran auf das Deck.

Währenddessen erreiche ich den Steuermann und halte ihm eine Hand vor den Mund und ein Messer an die Kehle.

»Steuere ganz ruhig weiter oder ich schlitze dir den Hals auf«, flüstere ich ihm leise ins Ohr. Dann löse ich die Hand von seinem Mund, das Messer lasse ich aber immer noch am Hals.

Der Steuermann wagt kaum zu atmen oder gar eine Frage zu stellen. So bleiben wir die nächsten Minuten stehen, während das Blut des Aufpassers sich über das Deck verteilt.

Endlich kommt mein neuer Freund. Erschrocken blickt er auf den toten Aufpasser. Aber er gibt keinen Laut von sich, überdies ist er allein erschienen.

Ich flüstere ihm zu:»Sag dem Steuermann, woher du mich kennst und warum er mich nicht verraten sollte.«

Während er ihm wie befohlen die Geschichte aus der ›Klampfe‹ erzählt und meine Absichten kundtut, merke ich, wie der Steuermann noch mehr Angst vor mir bekommt. Also nehme ich langsam mein Messer von der Kehle.

»Wenn du also tust, was ich dir sage, Steuermann, dann wirst du hier lebendig rauskommen. Ich will nur, dass du weiter deinen Job machst und mich nicht verrätst, sind wir uns einig?«

»Ja, Sir« ist alles, was zaghaft über seine Lippen wandert.

»Gut. Und nun zu dir, mein Freund aus der ›Klampfe‹. Warte vor der Kapitänskabine, bis ich dich wieder brauche.«

Ohne ein Wort verschwindet er in Richtung des Bugs. Einer weniger, also bleiben noch vier übrig. Somit gehts weiter im Plan.

Den Leichnam des getöteten Aufpassers werfe ich ins Meer, eigne mir aber seine Peitsche an.

Sorgfältig verknote ich sie an der Reling am Heck und lasse mich langsam neben dem Hauptfenster zur Kapitänskabine hinunter. Das ist geöffnet, wohl um die verrauchte Luft aus der Kabine verschwinden zu lassen. Drei Männer sitzen an einem großen Tisch und spielen Karten. Der Lautstärkepegel ihrer Unterhaltung lässt darauf schließen, dass sie gerade hitzig über etwas diskutieren. Aber da der Hauptzweck der Diskussion aus Beleidigungen besteht und darin, den anderen an Lautstärke zu übertreffen, ist mir der Inhalt unklar. Der Kapitän ist anhand seiner auffälligen Kleidung und seiner sonnengegerbten Haut leicht auszumachen. Die beiden anderen Herren sind einfach gekleidet und etwas blass. Der Kapitän übertrumpft sie durch seine massive und große Statur. Aber an ihrer Körperhaltung und Gestik ist zu erkennen, dass man auch die anderen nicht unterschätzen sollte. Einer der beiden sitzt genau mit Blick auf mein Fenster. Noch hat er mich nicht gesehen, aber sobald ich versuche, das Zimmer zu betreten, ist er alarmiert.

Zum Glück aber schreien sich die drei mittlerweile so laut an, dass niemand reagieren wird, wenn sie wegen mir schreien.

Mit beiden Beinen stoße ich mich vom Schiff ab und lasse mich mit den Schwingbewegungen der Peitsche durch das Fenster schleudern.

Wie erwartet ändert sich nur die Art des Geschreis der drei Männer, nicht aber deren Lautstärke. Noch während ich mich abrolle, schnappe ich mir zwei Messer und schleudere sie. Ein Messer bleibt im Nacken des Gefolgsmanns stecken, der mit dem Rücken zum Fenster saß. Der andere aber kann ausweichen und zieht bereits sein Schwert. Auch der Kapitän, wenn auch etwas schwerfälliger, springt auf und macht sich kampfbereit. Seltsamerweise steigt diesmal kein roter Nebel in mir auf, was aber nicht weiter hinderlich ist. Fast automatisch nehme ich zwei weitere Messer zur Hand und werfe beide zur Seite auf den Kapitän. Der reagiert zu schwerfällig; ein Messer gräbt sich in seine Brust, das andere in seinen Bauch.

Das Schwert des zweiten Aufpassers saust heran; ich kann gerade noch zur Seite ausweichen. Schnell springe ich nach hinten, aber mein Gegner ist auch sehr schnell und setzt nach. Ich schleudere zwei weitere Messer nach ihm, denen er zwar ausweichen kann, aber ihn etwas bei der Verfolgung abbremst. Sofort reiße ich mit aller Kraft mein Schwert vom Rücken und führe einen schnellen Angriff durch. Den ersten Angriff meinerseits, ein gerader Stoß zu seiner Brust, kann mein Gegner gerade noch abwehren und zur Seite schlagen. Sofort mache ich eine Halbkreisbewegung mit meinem Schwert und versuche einen seitlichen Hieb. Wie erwartet will mein Gegner durch einen Gegenhieb stoppen und mich so aus dem Gleichgewicht bringen. Sofort löse ich eine Hand von meinem Schwert, greife nach einem Wurfmesser und schleudere es aus kurzer Distanz auf ihn.

Das Messer dringt direkt in seine Kehle ein, während sein Gesicht einen überraschten Eindruck macht. War wohl wieder ein Gegner, der seine Schwertkunst bei einem Meister gelernt hatte.

Vier weg, einer ist noch übrig. Oder vielleicht noch zwei weitere? Und die Mannschaft.

Ich schlage die Köpfe des Kapitäns und der beiden Begleiter ab und binde sie an den Haaren zusammen. Denn manchmal muss man äußerst brutal wirken, um unnötiges Blutvergießen zu verhindern.

Mit den drei Köpfen in der einen Hand und meinem Schwert in der anderen Hand verlasse ich blutverschmiert die Kabine. Auch wenn das meiste Blut vom Entsorgen der Leiche des Aufpassers stammt.

Der erschrockene Blick meines Freundes aus der ›Klampfe‹ bestätigt mir, dass ich einen furchterregenden Eindruck mache. Somit ist alles vorbereitet für den letzten Akt.

Die Tür zur Mannschaftskabine ist halb geöffnet. Das Licht und vor allem der Lärm deuten darauf hin, dass manche der Piraten noch Karten spielen. Und dass der zweite Aufseher dabei sein muss, denn sonst würden die anderen nicht spielen dürfen. Aus dem Dunkel des Ganges heraus kann ich den an seiner Peitsche am Gürtel erkennen. Er sitzt mit Blickrichtung zu mir. Perfekt!

Die drei Köpfe reiche ich nach hinten an meinen Freund aus der ›Klampfe‹ weiter, der sich beinahe übergeben muss. In die nun freie Hand nehme ich ein Wurfmesser und trete mit voller Wucht die Tür auf. Bevor irgendjemand der anwesenden Piraten reagieren kann, steckt mein Wurfmesser schon im rechten Auge des zweiten Aufsehers. Der sitzt noch immer auf seinen Stuhl, nur dass der Kopf nach hinten geneigt ist und somit das Messer noch besser sichtbar ist.

»Jeder der nicht ruhig sitzen bleibt stirbt. Euer Kapitän …« brülle ich.

Weiter komme ich nicht, denn einer der anderen Kartenspieler dreht sich zu mir her und ruft.»Unser Kapitän …«

Aber weiter kommt er nicht. Denn auch ihm steckt ein Messer in seinem rechten Auge. Er fällt seitlich vom Stuhl und bleibt am Boden liegen.

Alle anderen Piraten sitzen wie erstarrt und geben keinen Laut von sich. Ohne mich abzuwenden, greife ich nach hinten und nehme die drei Köpfe wieder an mich.

»Jeder der sich bewegt oder meint, er muss mich unterbrechen, stirbt. Dies sind die Köpfe eures Kapitäns und seiner zwei Begleiter. Der andere Aufpasser ist auch tot. Und jeder, der sich mir in den Weg stellt, wird sterben. Um gleich vorher ein Missverständnis auszuräumen: Gemeinsam werdet ihr mich auch nicht besiegen. Ihr würdet nur alle sterben. Aber ich kann viel erzählen, deshalb hört lieber auf euren Kammeraden.«

Ich ziehe meinen Freund aus der ›Klampfe‹ an mir vorbei nach vorne in den Raum. Der erzählt, ohne nochmals extra aufgefordert werden zu müssen, erneut die Geschichte aus der Klampfe – und was meine Absichten sind. Und dass sie meinem Wort vertrauen können.

Die anwesenden Piraten hören wie gebannt zu und aus ihren Reaktionen ist zu erkennen, dass sie ihren Kameraden trauen. Keiner versucht, mich anzugreifen oder zu fliehen. Auch sagen sie kein einziges Wort, alle starren nur mit immer größerem Entsetzen abwechselnd auf mich oder auf die drei Köpfe in meiner Hand.

Da merke ich, dass sich jemand von hinten aus dem Gang nähert. Es muss einer der beiden Wachen von oben sein. Ohne mich umzudrehen erkenne ich an seinen unterdrückten Atem und den leisen Geräuschen seiner Bewegung, wo er sich befindet. Augenscheinlich hat er kein Talent zum Anschleichen. Kurz bevor er in Reichweite für einen Angriff kommt, mache ich ruckartig einen Schritt nach hinten und drehe mich zur Seite. Dabei lasse ich die drei Köpfe fallen und stoße mit dem Schwert mitten durch den Hals des überraschten Angreifers. Ohne ein Geräusch von sich geben, bricht er zusammen und bleibt mit einem unnatürlich abgewinkelten Kopf liegen, während das Blut aus dem Hals schießt. Die andere Wache befindet sich etwas weiter hinten im Gang und lässt vor Schreck erstarrt seine Waffe fallen.

»Ein weiterer Gast für unsere Runde. Bitte tritt ein. Und Achtung, hier ist es etwas rutschig.«

Ich begebe mich in die Mannschaftskabine. Die Piraten in meiner Nähe versuchen unauffällig, etwas Abstand zu mir aufzubauen. Die Wache aus dem Gang betritt auch den Raum und nimmt mit wackligen Knien einen Platz etwas abseits von mir ein.

»Also gut. Mein Name ist Trajan. Ich will, dass wir die ›Wellenreiterin‹ einholen. Die Männer, die dafür notwendig sind, gehen an Deck und machen ihre Arbeit. Der Rest macht die Unordnung hier, in der Kapitänskabine und auf dem Steuerdeck sauber. Und ernennt einen neuen Kapitän aus euren Reihen, der mein Ansprechpartner ist. Noch Fragen? Oder gibt es noch etwas, was ich wissen muss?«

Vorsichtig hebt die überlebende Wache vom Schiffsdeck die Hand.

»Ja, was ist?«

Mit ängstlicher Stimme beginnt er. »Mein Freund und ich haben die Takelage zerstört, sodass sich das Schiff nicht mehr bewegt. Es war die Idee meines Kollegen, da wir euch mit dem Kopf des Kapitäns sahen. Bitte tötet mich nicht.«

»Da du es gleich gesagt hast, werde ich dich nicht töten.« Ich bin freundlich. »Aber ihr alle macht das Schiff wieder flott. Ihr habt so lange Zeit, bis uns die anderen Schiffe von Lord Gorun einholen. Wie weit sind diese hinter uns?«

Keiner wagt es, sich sofort zu melden. Nach einiger Zeit kommt zaghaft die Hand eines Hünen nach oben.

»Ja, wer bist du?«

»Erak. Etwa eineinhalb Tage.«

»Danke, Erak. Dann wisst ihr, wie lange ihr Zeit habt. Und Erak. Du bist der neue Kapitän.«

Mit diesen Worten verlasse ich die Mannschaftskabine und begebe mich aufs Steuerdeck.

Wie erwartet liegt das Tauwerk zerschnitten am Boden und die Segel flackern im Wind. Zum Glück haben die beiden einen reparablen Schaden angerichtet. Sie wollten das Schiff nur aufhalten, nicht aber unbrauchbar machen. Der Steuermann steht noch immer am Steuerrad, obwohl das derzeit sinnlos ist. Aber augenscheinlich gibt es ihm Halt. Vor allem, da nun ich neben ihm stehe.

»Wie heißt du?«

»Ereat, Sir.«

»Nenn mich Trajan, nicht Sir. Ich denke, du kannst das Steuerrad loslassen und mir einen Eimer mit Wasser und ein Poliertuch für mein Schwert bringen?«

»Ja, Trajan.« Er verschwindet so schnell wie möglich. Die restliche Crew taucht mit Seilen beladen auf dem Schiffsdeck auf und beginnt die Takelage eiligst zu reparieren. Nur ab und zu hallen kurze Anweisungen über das Deck, ansonsten sind sie alle ruhig.

Auch Ereat kehrt zurück und bringt mir die gewünschten Sachen.

Dann nimmt er wieder seinen Platz am Steuerrad ein. Da es ihm wohl Sicherheit gibt, dort zu stehen, lasse ich ihn und ziehe mich zur Reling am Heck zurück. Dort nehme ich Platz, wasche mir das Blut ab und beginne mein Schwert zu polieren.

Dann warte ich.

14. Die Menschenreiche

Das Reparieren der Takelage dauert die ganze Nacht und fast den ganzen darauffolgenden Tag. Auch als die Meldung kommt, dass die anderen Schiffe von Lord Gorun gesichtet wurden, bleibe ich ruhig sitzen. Das spornt die Mannschaft stärker an sich zu beeilen als alles andere. Denn die Ruhe, die ich ausstrahle, ist ihnen ungeheuer. Als würde ich zwei Schiffe voll Piraten nicht als Gefahr ansehen.

Bevor die aber überhaupt in Reichweite kommen, kann unser Schiff wieder volle Fahrt aufnehmen. Der überwiegende Teil der Crew verschwindet zum Schlafen erschöpft unter Deck. Dennoch schleppen einige die Leichen hoch und werfen sie über Bord.

Kapitän Erak bringt mir vorsichtig meine Wurfmesser und informiert mich, dass unsere Verfolger wieder zurückfallen. Dann verschwindet er wieder. Am Steuerrad wird Ereat abgelöst, dann bricht die Nacht herein.

Die nächsten fünf Nächte und die Tage verbringe ich wach, sitzend an der Reling am Heck. Keiner der Piraten wagt es, mich anzusprechen, nur Kapitän Erak bringt regelmäßig das Essen.

Er und die Crew haben sich ihrem Schicksal gefügt und versuchen aus Furcht keinerlei Angriff auf mich. Auch dass ich nicht schlafe, verstärkt ihre Angst noch weiter.

Am Morgen des sechsten Tages teilt mir der Kapitän mit, dass die ›Wellenreiterin‹ in Sichtweite ist. Endlich! Denn auch wenn ich lange Zeit ohne Schlaf auskomme, so merke ich doch, dass ich mittlerweile sehr müde bin.

Ohne Hast, aber auch nicht verkrampft durch das lange Sitzen erhebe ich mich und begebe mich zum Bug des Schiffes. Alle Piraten versuchen, mir so weit wie möglich auszuweichen, nur der Kapitän traut sich, in meiner Nähe zu bleiben.

Die ›Wellenreiterin‹ liegt vor uns in einer Bucht an der Küste der Menschenreiche. Das muss wohl der Anlegeplatz sein, den die Piraten zum Schmuggeln benutzen. Es sind auch einige Boote im Wasser zu erkennen, augenscheinlich gehen sie gerade an Land.

»Wie lange brauchen wir, bis wir dort eintreffen?«, frage ich den Kapitän. Erschrocken darüber, dass ich nach fünf Tagen wieder spreche, erwidert er hastig.

»Ungefähr zwei Stunden, Trajan. Bis dahin dürfte die ›Wellenreiterin‹ aber schon entladen haben.«

»Dann setzt ihr mich an Land ab und verschwindet, wohin ihr wollt. Aber ihr greift nicht die ›Wellenreiterin‹ an. Ich benötige einen Eimer Wasser und einen Spiegel, um mich zu rasieren. Bringt dies alles in die Kapitänskabine, ich will mich frisch machen.«

»Jawohl, Trajan.«

Nachdem ich mich rasiert und den Geruch der vergangenen Tage abgewaschen habe, bediene ich mich des Kleiderfundus des ehemaligen Kapitäns. Zum Glück hatte er dieselbe Statur wie ich. Leider aber einen sehr bunten Geschmack.

Nach einigem Suchen finde ich eine schwarze Hose und ein dunkelrotes Hemd. Auf seine Mäntel verzichte ich, denn die sind mir dann doch zu farbig. Auch benötige ich keinen, denn die Kälte kann mir nichts anhaben.

Der Weg zum Schiffsbug wird wieder von Piraten

begleitet, die möglichst viel Abstand zwischen sich und meine Person bringen wollen, gerade dass sie nicht von Bord springen. Am Bug wartet bereits der Kapitän auf mich und informiert mich.

»Die ›Wellenreiterin‹ ist vor einer Viertelstunde Richtung Südwesten weggesegelt. Augenscheinlich wollen sie in einiger Entfernung wieder wenden und dann auf einer östlicheren Route nach Rhod zurückkehren. Eure Freunde sind vor einer halben Stunde in Richtung des Dorfes Hillum verschwunden. Es ist zu befürchten, dass sie dort Verstärkung holen und auf uns warten, wenn wir anlanden. Denn auch wenn der dortige Kommandant korrupt ist, so muss er gegen uns vorgehen, wenn eine Persönlichkeit wie Lady Caralis in auffordert.«

»Warum?«

Obwohl Erak überrascht ist, beantwortet er die Frage eiligst.

»Weil sie eine ehemalige Kommandeurin der Streitkräfte von Daran ist. Und die sind eng verbunden mit denen der Nordwehr. Aber wenn wir uns beeilen, könnten wir es schaffen, vorher den Strand zu erreichen.«

Diese Information hat Sonja mir vorenthalten. Daher also ihre Kampfkünste. Und nicht nur einfache Studentin. Dies erklärt auch das Interesse von Graf Armolus, dass sie die Informationen persönlich überbringt.

»Nein,« erwidere ich, »ihr werdet das Schiff so nah wie möglich an den Strand bringen, den Rest werde ich schwimmen.«

Überrascht blickt der Kapitän mich an. »Warum?«

276

»Ihr habt mich wie vereinbart hierhergebracht. Und ich will eure Männer nicht unnötig in Gefahr bringen. Aber genug der Worte, erfüllt noch diesen Teil der Abmachung und ihr seid mich los.«

Eilig verschwindet der Kapitän und gibt Anweisungen an seine Crew.

Das also sind die Menschenreiche. Das Land sieht dem im Norden ähnlich, nur ist die Steilküste nicht so hoch und überall sind Wege zu erkennen, die ins Hinterland führen. Die Bucht selbst ist halbrund und nicht sehr tief. Die Häuser müssen wohl etwas im Landesinneren sein, denn von hier aus ist kein Anzeichen von Zivilisation zu erkennen. Nur ein paar Holzbretter und anderes Schwemmgut liegen am Strand. Also schnalle ich mein Schwert auf den Rücken und warte mit Blick auf die näherkommende Küste.

Nach einer Stunde etwa merke ich, wie das Schiff eine leichte Wende macht, und der Kapitän taucht wieder auf. Dabei hat er ein Seil in der Hand, augenscheinlich soll ich daran hinunterklettern.

»Trajan, näher kommen wir nicht ran. Ich würde das Seil am Hauptdeck befestigen, damit ihr runter klettern könnt.«

»Vergesst nicht euer Versprechen, die ›Wellenreiterin‹ nicht zu verfolgen. Denn sonst komme ich zurück. Ansonsten möchte ich mich von dir verabschieden und mach was aus dem Kommando auf diesem Schiff.«

Ohne auf Antwort zu warten, nehme ich Anlauf und hechte über die Reling ins Meer.

Die Wellen schlagen über meinen Kopf zusammen und ich fühle mich erfrischt wie seit Tagen nicht mehr. Auch löst sich für einen kurzen Moment die

Anspannung, die ich an Bord der ›Sirene‹ hatte. Denn nun ist kein Angriff mehr zu befürchten und kein möglicher Gegner in Reichweite.

Mit langen Zügen tauche ich ab. Nach Luft schnappen. Wieder abtauchen. Welch ein herrliches Gefühl! Das Meer ist relativ ruhig, und ich genieße es, die kurze Strecke zum Strand zu schwimmen. Ohne Gedanken oder Sorgen. Zum ersten Mal seit ich denken kann fühle ich mich richtig frei.

Am Strand finde ich die Fußspuren meiner Freunde. Die führen direkt zu einem Weg ins Hinterland. Also folge ich ihnen.

Der Weg steigt langsam an und führt nach Westen. Rechts und links wachsen Sträucher, aber die Breite des Weges weist auf eine häufige Benutzung hin. Nach etwa einer halben Stunde erreiche ich den Kamm und sehe in der Ferne ein paar Häuser. Das muss Hillum sein. Und in der Nähe sehe ich fünf uniformierte Reiter auf mich zukommen. Ohne diese zu beachten, setzte ich meinen Weg fort und folge den Spuren meiner Freunde.

Als die Reiter in direkter Nähe sind, bleibe ich stehen und warte. Sie preschen heran und bleiben kurz vor mir abrupt stehen. Augenscheinlich will mich der Anführer einschüchtern, aber ich finde dieses Verhalten nur lächerlich. Alle Soldaten sind in eine schwarze Lederrüstung mit einem einfachen Eisenkettenhemd gekleidet. Auf dem Kopf ein Metallhelm, die Visiere sind nach oben geklappt. Der Anführer trägt eine weiße Feder am Helm und zudem einen weißen Umhang. Was meine nur Meinung verstärkt: ein Angeber und ein Idiot. Denn wenn ich schon eine unauffällige Uniform habe, damit mich keiner so leicht sieht, so ist ein weißer Umhang außer bei Schnee eine schlechte Wahl. Auch beim Kampf ist der ein willkommenes Geschenk für jeden Gegner. Denn sich den zu schnappen und ihn damit zu würgen ist sehr einfach. Und weiß bedeutet zudem, dass er mehr Zeit mit der Pflege des Umhangs verschwendet als mit seinen Aufgaben. Der Kommandeur ist kein Kämpfer oder Soldat. Also muss er die Position durch Beziehungen erhalten haben. Was meist zu einem arroganten Verhalten führt, da man immer Angst hat, die anderen nehmen einen nicht ernst. All diese Vermutungen bestätigen sich, als er den Mund öffnet.

»Ich bin Leutnant Sir Giuzal. Wirf deine Waffen weg und ergib dich. Du bist verhaftet.«

»Warum?«

Etwas aus dem Konzept gebracht durch diese Frage, beginnt er von Neuem.

»Ich bin Leutnant Giuzal. Wenn du mit mir redest, verwendest du die Anrede Sir. Und du bist verhaftet, weil ich, Leutnant Giuzal, dies sage.«

»Bist du Sir oder Leutnant. Oder ist der Titel Leutnant Sir? Und warum nicht Sir Leutnant. Und warum sagst du, dass ich verhaftet bin?«

Das Gesicht der Leutnants wird knallrot und er beginnt zu schreien.

»Lass sofort deine Waffen fallen oder ich töte dich.«

»Du willst mich töten? Das ist ein Angebot. Also ein Zweikampf zwischen mir und dir.«

Der Leutnant wird noch roter, was ich für unmöglich hielt, und schreit noch lauter.

»Mit dir mache ich keinen Zweikampf. Meine Männer

werden dich töten, wenn du dich nicht auf der Stelle entschuldigst.«

Jetzt reicht es aber auch mir.

»Wenn du mich noch einmal anschreist«, sage ich leise, aber deutlich, »reiße ich dir die Zunge aus dem Hals. Und du verschwindest sofort, denn mit einem Feigling, der nicht selbst kämpft, will ich gar nicht reden. Ich will mit Lady Caralis reden. Ich weiß, dass sie sich hier irgendwo aufhält. Und wenn ihr zurückreitet, pass auf, dass du nicht gegen einen weiteren Vogel prallst. Denn eine Feder hat sich bereits in deinem Helm verfangen.«

Das Gesicht des Leutnants nimmt die Farbe Purpurrot an, und ich sehe, wie er nach seinem Schwert greifen und losbrüllen will. Also mache ich mich auch bereit.

»Aufhören, hört auf«, höre ich hinter dem Leutnant eine Stimme rufen. Es ist Sonja! Innerlich bin ich überglücklich, sie zu sehen. Aber ich bleibe stehen und warte, denn am Schluss war unser Verhältnis distanziert.

Der Leutnant dreht sich mit seinem Pferd und entfernt sich ein paar Schritte. Sonja reitet mit ihrem Pferd direkt auf uns zu.

Die anderen vier Soldaten behalten mich weiterhin im Auge, aber ohne allzu große Aufmerksamkeit. Ihr Interesse gilt mehr dem Gespräch hinter ihnen.

»Leutnant Giuzal« höre ich Sonja mit dem Leutnant reden »er gehört zu mir.«

»Lady Caralis,« erwidert der schmeichlerisch »das wusste ich leider nicht. Er gab sich leider nicht als euer Begleiter zu erkennen.«

»Nun ist dies geklärt und er kann mit uns kommen.«

»Leider aber hat er mich aufs Übelste vor meinen

Männern beleidigt. Deshalb muss ich eine Entschuldigung von ihm fordern.«

Also rufe ich Sonja von hinten zu: »Sonja, ich habe ihm einen Zweikampf angeboten. Kannst ihm sagen, das Angebot steht noch immer.«

Mit einem unterdrückten Lächeln wendet sich Sonja wieder an den Leutnant.

»Leutnant Giuzal, ihr habt das Angebot meines Begleiters für einen Zweikampf gehört.«

Mit etwas blasserem Gesicht sagt der: »Darüber muss ich erst nachdenken. Auch bezweifle ich, dass er die Regeln für einen ehrenvollen Zweikampf kennt. Oder?«

Mit einem breiten Lächeln antwortet Sonja, es wird offensichtlich, wie sie dies genießt.

»Da habt ihr recht, Leutnant Giuzal, mein Begleiter kennt keinerlei Regeln. Aber genau deshalb hat er mich im Zweikampf besiegt.«

Das Gesicht des Leutnants nimmt die Farbe seines blütenweißen Umhangs an und er sieht aus, als wolle er gleich fliehen. Mit letzter Beherrschung und mit gezwungen ruhiger Stimme sagt er: »Ein Zweikampf wird nicht nötig sein. Denn immerhin stehen wir alle auf derselben Seite. Und aufgrund eines Missverständnisses wollen wir doch nicht gegeneinander kämpfen.«

Gerade will ich darauf hinweisen, dass ich mit so jemand nicht auf einer Seite stehe und es sich um kein Missverständnis handelt. Sondern nur um einen arroganten …, dem man mal Manieren beibringen sollte. Aber als hätte es Sonja erahnt, wirft sie mir einen flehenden Blick zu, dies zu unterlassen.

»Das sehe ich auch so, Leutnant Giuzal. Wenn Ihr bitte weiter zum Strand reitet und kontrolliert, ob unsere

281

Verfolger sich dort aufhalten.

Meinen Begleiter bringe ich allein ins Dorf.«

»Jawohl, Lady Caralis«, antwortet der Leutnant erleichtert und reitet mit seinen Mannen Richtung Strand. Oder besser gesagt: flieht dorthin.

»Schön dich wiederzusehen, Sonja.«

»Wie konntest du nur?«, fragt sie mit unterdrücktem Zorn.

»Er hat sich selbst zum Idioten gemacht. Ich musste eigentlich nichts machen«, erwidere ich irritiert. Warum regt sie sich wegen dieses Leutnants so auf?

»Das meine ich nicht. Ich meine, dass du einfach auf dem Schiff verschwunden bist!«

»Hätte ich es mit dir besprochen, so wärst du sicher dagegen gewesen. Und Sarena auch. Ich wusste aber, dass ich den Kampf auf der ›Sirene‹ gewinne. Eine Diskussion mit euch beiden wahrscheinlich nicht«, erwidere ich mit einem Lächeln.

Nun kann sie ihre Wut nicht mehr unterdrücken und schreit mich an. »Findest du das etwa witzig? Du kannst zum Dorf zu Fuß laufen, vielleicht kommt dir dabei ein Geistesblitz. Die anderen warten im Gasthaus auf dich. Vielleicht finden ja die deine Antwort lustig.«

Bevor ich etwas antworten kann, wendet sie und reitet davon.

Was war denn das? Warum reagiert sie so empfindlich? Ich werde aus den Frauen einfach nicht schlau. Also mache ich mich auf den Weg und laufe gemütlich zum Dorf.

Das Dorf selbst besteht aus einigen einfachen Holzhütten und einer massiven, zweigeschossigen Gaststätte. Die Garnison liegt etwas außerhalb des

Dorfes; sie besteht augenscheinlich nur aus den fünf Reitern vom Weg. Ich sehe nämlich nur ein kleines schmuckloses Gebäude mit einem Pferdestall und einem kleinen zweigeschossigen Haupthaus. Ein Wachturm oder andere Befestigungsanlagen sind nicht zu erkennen.

Die Gaststätte hat einen Eingang zur Hauptstraße, die auch die einzige Straße des Dorfes ist. Die Größe und der hinten anschließende Stall lassen darauf schließen, dass es auch Gästezimmer gibt.

Bevor ich das Gasthaus betreten kann, taucht Sarena auf. Als sie mich sieht, stößt sie einen Freudenschrei aus und rennt mit voller Geschwindigkeit auf mich zu. Ohne zu bremsen springt sie mich an und umarmt mich mit all ihrer Kraft. Auch ich freue mich, sie zu sehen, und drücke sie fest, wobei ich sie einfach anhebe.

»Du lebst. Du lebst wirklich«, schreit Sarena mir ins Ohr.

Vorsichtig setzte ich sie ab.

»Ja, ich lebe. Aber bald bin ich taub.«

»Das wäre eine angemessene Strafe dafür, dass du einfach verschwunden bist. Wir hatten Todesangst um dich. Und Sonja hat dem Kapitän das Leben zur Hölle gemacht. Beinahe hätte sie es geschafft, dass er umkehrt.«

»Vorhin machte sie aber nicht den Eindruck, als hätte sie mich allzu sehr vermisst.«

Mit einem schiefen Lächeln sieht mich Sarena an.

»Noch immer der Alte. Der beste Kämpfer, den ich kenne. Aber die Menschenkenntnis eines Steins. Nun komm mit rein, die anderen warten schon.«

»Die anderen?«

»Ja, die anderen«, antwortet Sarena und zieht mich in das Wirtshaus.

Dort sitzen Lord Farkat, Madex und Sharkeye.

Alle drei stürmen auf mich zu und wollen mir die Hand schütteln, was zu einigen kleineren Rangeleien führt. Aber irgendwann habe ich allen die Hand gereicht und alle haben mir ihre Freude über mein Überleben ausgedrückt. Somit können wir endlich Platz an einem der Tische nehmen, wo auch schon ein Bier auf mich wartet.

Die Gaststätte ist noch leer, was nicht ungewöhnlich ist für den späten Vormittag. Wahrscheinlich ist hier nur abends was los. Auch ist keine Bedienung zu sehen, nur der Gastwirt selbst. Was darauf schließen lässt, dass er nur wegen uns geöffnet hat.

»Lord Farkat, was macht Ihr und Eure beiden Begleiter hier an Land?« Ich beginne, nachdem ich den ersten Durst gestillt habe.

»Wir haben euch versprochen, solange ihr weg seid, auf Sarena und Sonja aufzupassen.«

»Wobei wir eher auf den Kapitän aufgepasst haben, nicht dass Sonja ihm doch noch Gewalt antut«, wirft Madex lachend ein.

Ernst blicke ich Lord Farkat an. »War sie wirklich so aufgebracht?«

»Es ging. Immerhin lebe ich noch.«

»Sie hätte ihn am liebsten mit Gewalt gezwungen, umzudrehen«, wirft Sarena ein.

»Jetzt erzähl mal. Was ist passiert, nachdem du dich heimlich weggeschlichen hast? Ohne etwas zu sagen!«

Augenscheinlich ist Sarena auch ein bisschen beleidigt.

Aber die Müdigkeit von heute früh schlägt sich wieder durch, auch wenn ich durch das Schwimmen und die ganze Wiedersehensfreude etwas aufgerüttelt wurde.

»Ich bin etwas müde. Erzählt mir doch, was einstweilen auf der ›Wellenreiterin‹ geschehen ist.«

Sarena beginnt:»Nachdem wir in die Kabine gegangen sind, haben wir versucht zu schlafen. Aber Sonja hat irgendetwas wachgehalten. Was es war, hat sie nicht gesagt. Also wollte sie nochmals nach draußen, um mit jemandem zu reden. Ob mit dir oder dem Kapitän, das weiß ich nicht. Jedenfalls hat sie gemerkt, dass du nicht da bist, aber die drei hier und Cookie mit einer verdächtigen Unschuldsmiene dort draußen saßen. Also hat sie nach dir gefragt, und Lord Farkat ...«

Mehr höre ich gar nicht, denn ehe ich mich versehe, bin ich eingeschlafen.

Langsam werde ich wach und spüre, dass sich noch jemand mit mir im Zimmer befindet. Im Zimmer? Wie bin ich hierhergekommen und warum habe ich es nicht gemerkt? Auch spüre ich, dass ich nackt unter einer Decke liege. War ich so müde? Augenscheinlich.

Vorsichtig öffne ich die Augen und sehe Sonja mir gegenüber schlafend auf einem Stuhl sitzen. Sie hat ihre Beine angezogen und sich in ihren Mantel gehüllt. Es ist Morgen; die aufgehende Sonne strahlt durch die Fensterläden herein.

Leise, um Sonja nicht zu wecken, suche ich meine Klamotten und kleide mich an. Irgendjemand hat sie fein säuberlich gefaltet und neben mein Bett gelegt. Auch meine Waffen liegen dort bereit. Aber ich lege nur das Schwert an, die Wurfmesser packe ich zusammen, denn ich will sie Madex zurückgeben.

Dabei mache ich wohl zu viel Lärm, denn ich höre, wie Sonja wach wird.

Kaum habe ich mich umgedreht, springt sie auf und umarmt mich überschwänglich, ohne ein Wort zu sagen. Da ich nicht weiß, was ich sagen soll, umarme ich sie auch.

Nachdem einige Minuten so vergehen, wage ich leise anzumerken.»Sonja, ich hätte Hunger. Gerne kann ich dich hochheben und mit runtertragen. Aber ich glaube, das sähe komisch aus.«

»Das ist mir egal. Aber ich bin so froh, dich wiederzusehen. Und das was ich auf dem Schiff gesagt habe, tut mir leid. Wenn du mit Sarena zusammen sein willst, dann ist es in Ordnung.«

»Ich will gar nicht mit Sarena zusammen sein.«

Sofort lässt Sonja mich los und auch ich löse die Umarmung. Irritiert sieht sie mich an.

»Und warum bist du dann sauer weggelaufen, als ich sagte, ich finde eine Beziehung innerhalb der Gruppe nicht gut?«

Ich nehme allen Mut zusammen, um zu antworten, denn ich bin nervöser als die letzten sechs Tage auf der ›Sirene‹.

»Weil ich zwar jemanden in der Gruppe sehr mag, aber eben nicht Sarena.«

Die nächsten Augenblicke sind die bisher längsten in meinen Leben. Alle möglichen Szenarien male ich mir aus. Dass sie mich brüsk abweist. Dass sie einfach verschwindet. Oder dass sie zu lachen beginnt.

Stattdessen umarmt sie mich von Neuem, zieht mich nach unten und drückt ihre Lippen fest auf meine. Voller Freude umarme ich sie und hebe sie hoch. Nach einer gefühlten Ewigkeit im Freudentaumel lösen sich unsere Lippen voneinander.

»Warum hast du nicht eher etwas gesagt?« Sonja beginnt.

»Weil ich Angst hatte, dass du mich auslachst.«

Nun lacht Sonja wirklich.

»Und ich dachte dasselbe. Vor allem konnte ich mir nicht vorstellen, dass du Angst vor irgendetwas hast.« Bevor ich etwas erwidern kann, küsst sie mich von Neuen.

»Na endlich. Hat ja lange genug gedauert«, höre ich von der Tür her.

Sofort lösen sich unsere Lippen und ich setzte Sonja ab.

Lord Farkat steht in der Tür und grinst uns an.

»Endlich. Und ich dachte, dieses Trauerspiel dauert ewig. Nun müsst ihr nicht mehr nur die Verliebten spielen.«

»War es so offensichtlich?«

Lord Farkat beginnt zu lachen und wird ironisch: »Nein, es ist üblich, dass mich Frauen mit dem Tod bedrohen, um der Selbstmordmission ihres Begleiters folgen zu können. Und dass sie eifersüchtig ist auf jede Nettigkeit, die ihr Begleiter einer anderen Frau zukommen lässt. Wie hätte man da auf so was kommen können. Dennoch sollten wir jetzt frühstücken. Denn auch wenn frisch Verliebte von der Luft und von der Liebe leben können, so habe ich einen großen Hunger.«

»Ihr hättet mir ruhig einen Hinweis geben können, wenn es so offensichtlich ist«, sage ich zu Lord Farkat.

»Es war schön zu sehen, dass jemand, der keine Angst hat, ein voll besetztes Piratenschiff anzugreifen, Angst vor der Antwort einer Frau hat. Das hat uns gezeigt, dass ihr ein Mensch seid.«

»Uns?«, hakt Sonja verärgert nach »Für wen war das noch offensichtlich?«

»Wenn wir die Leute nehmen, die unten sind, dann sind es Sharkeye, Madex und Sarena. Auf dem Schiff waren es alle Crewmitglieder.«

Bevor Sonja dem Kapitän an die Gurgel springen kann, küsse ich sie heftig auf dem Mund.

Ihr verärgertes Gesicht wird wieder sanft und als wir wieder voneinander lassen, ist der Ärger auf den Kapitän verflogen.

»Nun, dann lasst uns zum Frühstück gehen. Damit mein Freund später genug Kraft hat, um euch, Lord Farkat, zu verprügeln.«

Ohne Antwort verschwindet dieser freundlich grinsend und auch wir folgen ihm nach unten.

An einem Tisch warten bereits die anderen Mitglieder unserer Gruppe. Bevor sie etwas sagen können, äußert Lord Farkat, immer noch in ironischem Tonfall: »Bitte tut überrascht, dass unsere zwei Verliebten unerwarteterweise zueinander gefunden haben.«

Dann bringt er sich blitzschnell außer Reichweite von Sonja.

»Endlich. Bald hätte ich Wetten darauf abgeschlossen, wie lange es noch dauert. Aber auch unser Kapitän ist wieder mutig, seit Trajan wieder da ist und ihm Sonja nicht mehr an die Gurgel will«, sagt Madex.

Sharkeye schießt nach: »Also Trajan und Sonja. Ich bin vollkommen überrascht. Nie wäre ich darauf gekommen. Vor allem nicht, als Sonja unseren Kapitän lynchen wollte, nur weil Trajan verschwunden war.«

Sarena lächelt und verzichtet aber auf jeglichen spöttischen Kommentar.

»Es freut mich wirklich für euch, dass ihr endlich zueinander gefunden habt. Vor allem für dich, Trajan.«

Sonja und ich nehmen nebeneinander Platz und auch Lord Farkat traut sich wieder in die Reichweite von Sonja.

Der Gastwirt bringt uns unser einfaches Frühstück, wobei es für mich nach Tagen ohne Essen wie ein Festmahl vorkommt. Deshalb lange ich auch ungeniert in vollen Zügen zu.

»Wie sieht euer Plan nun aus, Lady Sonja?« Lord stellt Farkat die Frage, die alle haben.

»Wir müssen so schnell wie möglich in die Universität. Deshalb werden wir mit Pferden weiterreisen. Es gibt für Militärangehörige wie mich die Möglichkeit, den Nachrichtendienst zu benutzten. Das heißt, alle acht Stunden gibt es eine Wechselstation mit Übernachtungsmöglichkeit. Aber zu sechst sind wir zu viel.«

»Ihr werdet nur zu dritt sein«, erwidert Lord Farkat »Denn meine Männer und ich werden hier in drei Tagen wieder von der ›Wellenreiterin‹ abgeholt. Wir sind nur so lange bei euch geblieben, da Trajan sich verspätet hat.«

Alle blicken gleichzeitig Sarena an und warten auf ihre Entscheidung. Dabei ist ihr aber anzusehen, dass sie nicht weiß, was sie sagen soll. Denn dass sie nicht nach Rhod zurückwill, hat sie mir bereits deutlich gesagt. Aber ich merke auch, dass sie Sonja und mich nicht aufhalten will.

Bevor sie also was sagen kann, mische ich mich ein.

»Sie kommt mit uns. Ich habe ihr versprochen, dass sie uns begleiten darf.«

Entgegen meiner Erwartung scheint Sonja dies nicht zu missbilligen.

»Das sehe ich auch so. Sie wird uns begleiten. Also brauchen wir drei Pferde. Wir sollten so bald wie möglich aufbrechen und das Tageslicht ausnutzen. Leider kann ich Euch, Lord Farkat, das versprochene Gold für die Überfahrt nicht bezahlen. Ich kann nur dafür sorgen, dass Ihr bis zur Rückkehr der ›Wellenreiterin‹ hier versorgt werdet.«

Freundlich erwidert Lord Farkat: »Das mit der Bezahlung kläre ich schon mit Graf Armolus. Die Geschichten, die ich über Euch erzählen kann, sind mehr wert als das vereinbarte Gold. Auch habt Ihr den Preis für die Überfahrt bereits mit dem Tod von Marsak bezahlt. Wir wünschen Euch eine gute Reise. Vielleicht sehen wir uns mal wieder.«

»Das hoffe ich auch, Lord Farkat. Und vielen Dank für alles. Ich werde mit dem Leutnant noch reden, damit er nicht auf dumme Gedanken kommt. Lebt wohl.« Sonja verabschiedet sich und verschwindet aus dem Gastraum.

Auch Sarena verabschiedet sich von Lord Farkat, Sharkeye und Madex und wartet an der Tür auf mich.

Und obwohl ich die drei nur kurz kannte und das erste Treffen nicht gerade von Freundlichkeit gekennzeichnet war, bin ich traurig, sie zu verabschieden.

»Sharkeye und Madex, ich wünsche euch für die Zukunft alles Gute. Auch wenn ihr versucht habt, mich beim Kartenspielen zu beschummeln.«

Gleichzeitig kommt der Protest von Sharkeye und Madex.

»Nur weil du die komplizierten Regeln nicht verstanden hast. Aber auch wir wünschen dir noch viel Spaß auf deiner Reise. Und falls die Stadt nichts für dich ist, auf Rhod bist du immer willkommen. Zumindest bei uns.«

»Hör nicht auf die beiden«, wirft Lord Farkat ein »Auch wenn ich dich gerne wiedersehe, so gibt es viele auf Rhod, die noch eine Rechnung mit dir offen haben. Aber auf der ›Wellenreiterin‹ hast du nur Freunde. Also falls du mal Lust hast, kommt einfach zu uns.«

»Danke«, erwidere ich »Aber erst einmal habe ich anderes vor. Vielen Dank für alles, Lord Farkat. Und leiert Graf Armolus viel Gold für diese Überfahrt aus dem Rücken. Teilt ihm mit, dass ich das gesagt habe. Und dass Sarena jetzt nicht mehr für ihn arbeitet und unter meinen Schutz steht.«

Bevor Lord Farkat etwas antworten kann, verschwinde ich vom Tisch und verlasse das Gasthaus gemeinsam mit Sarena.

Vor der Tür steht der Leutnant mit drei Pferden für uns. Augenscheinlich diskutiert Sonja gerade mit ihm, aber als er mich sieht, wird er schnell ruhig. Mit blassem Gesicht und dem Versuch eines würdevollen Schrittes verschwindet er in Richtung der Kaserne.

»Was war los?«, frage ich Sonja.

»Er hat nur vergessen, ein Pferd für seinen Rückritt mitzunehmen«, antwortet sie lachend und steigt auf das Pferd.

Auch Sarena steigt mühelos auf. Also muss ich es wohl auch wagen. Mein Pferd ist größer als die anderen und schwarz wie die Nacht.

Vorsichtig lege ich meine Hand auf den Hals, aber das Pferd bleibt ganz ruhig. Also schwinge ich mich in den Sattel und Sonja reitet sofort los.

Sarena und ich folgen ihr.

15. Bestechung

Bis zur Abenddämmerung reiten wir so schnell wie möglich Richtung Südwesten an der Küste entlang. Die Straße ist gut ausgebaut und befestigt. Aber es ist auch zu erkennen, dass längere Zeit nichts mehr getan wurde. Manche schadhaften Stellen sind mit grob behauenen Platten repariert oder gar nur mit Schotter aufgefüllt. Auch sind einige der massiven Brücken durch einfache Holzgerüste abgestützt oder sogar ganze Teile dadurch ersetzt worden. Eine Mittagspause will Sonja trotz mehrmaliger Nachfrage nicht machen und so sind am Abend nicht nur die Tiere bis aufs Äußerste erschöpft, sondern auch meine Begleiterinnen.

Die Wechselstation sieht genauso aus wie der Gasthof in Hillum: das einzig massive Gebäude in diesem Dorf. Die Pferde werden uns durch einen Stallburschen abgenommen und wir begeben uns in den Gastraum.

Der ist gut besucht durch die Einwohner des kleinen Dorfes, aber in der Ecke finden wir noch einen Platz für uns drei. Sarena sieht aus, als würde sie gleich einschlafen, und auch Sonja hält sich kaum noch wach. Unaufgefordert bringt uns die Bedienung etwas zu essen und zu trinken.

Mit einem Kohldampf beginnen Sonja und Sarena nicht gerade damenhaft, das Essen zu verschlingen. Auch ich verzehre die undefinierbare Masse, die an das Essen bei den Orks erinnert. Wenigstens das Bier schmeckt angenehm. Und die Gesellschaft ist besser.

Die anderen Gäste ignorieren uns größtenteils, nur einige blicken verstohlen herüber.

»Wollen wir hier heute übernachten?«, wage ich Sonja

zu fragen.

»Ja, denn ich will morgen sehr früh aufbrechen, damit wir zwei Etappen schaffen.«

»Was sind zwei Etappen?«

»Wir benutzen ein altes Fernmeldenetz aus der Zeit des großen Krieges. Zentrum ist die Königsstadt, von dort aus gibt es diese Fernmeldestraßen in alle Hauptstädte. Eine weitere Straße führt direkt zur großen Mauer. Wir befinden uns auf der Küstenstraße nach Posodon, der Hauptstadt von Naptan, entlang der Küste vom östlichen Murkai-Gebirge aus. Früher gab es alle vier Stunden eine Raststation, heute nur noch alle Acht. Deshalb ist heute eine Etappe acht Stunden lang.«

Von Sarena ist ein Aufstöhnen zu hören. Auch ich bin überrascht über dieses Reitpensum.

»Du willst morgen sechzehn Stunden reiten?«

»Eher zwanzig. Denn das Tempo, das die Pferde vier Stunden durchhalten, ist unmöglich über acht Stunden zu halten. Aber jetzt sollten wir schlafen gehen.«

Der Wirt führt uns nach oben und will Sarena und Sonja ein Zimmer und mir ein eigenes zuteilen. Aber Sonja ergreift meine Hand und zieht mich mit in ihr Zimmer.

»Du würdest wahrscheinlich die ganze Nacht wieder vor der Tür sitzen und Wache halten. Es ist besser, wenn du morgen ausgeruht bist.«

Sarena ist bereits in ihr Bett gefallen und eingeschlafen.

Auch Sonja legt sich erschöpft ins Bett und ich geselle mich zu ihr.

Sie kuschelt sich mit ihrem Rücken ran und legt meinen Arm um ihren Körper.

»Gute Nacht, Sonja. Schlaf gut«, wünsche ich ihr noch, aber sie ist bereits eingeschlafen. Auch ich schlafe bald ein und bin dabei glücklich wie schon lange nicht mehr.

Nach einigen Stunden werde ich wach. Noch immer ist es Nacht, durch die Fensterläden scheint der Mond. Sonja und Sarena schlafen friedlich und sonst befindet sich niemand im Zimmer.

Jetzt höre ich wieder das Geräusch, das mich geweckt hat. Jemand versucht, das Schloss an der Tür aufzubrechen. Aber augenscheinlich ziemlich erfolglos, denn andere Stimmen flüstern ihm irgendetwas zu. Auch ist unter der Tür ein Lichtschein zu erkennen.

Vorsichtig löse ich meinen Arm aus der Umklammerung von Sonja und stehe auf. Außer ein paar Brummelgeräuschen gibt sie nichts von sich und schläft weiter. Da ich gestern voll bekleidet ins Bett gegangen bin, brauche ich nur mein Schwert zu ergreifen.

Ich schleiche mich an die Tür und lausche. Der Einbrecher versucht weiterhin, die Tür aufzubrechen und sein leises Fluchen deutet darauf hin, dass er damit erfolglos bleiben wird. Zwei andere Stimmen geben ihm dabei immer wieder geflüsterte Anweisungen.

Leise, aber immer noch laut genug gebe ich die Geräusche eines Erwachenden von mir, sodass die Einbrecher mich hören können. Sofort ist hektische Aktivität vor der Tür bemerkbar und das Licht erlischt.

Behutsam öffne ich die Tür und verschließe sie dann wieder sorgfältig von außen.

Der Gang ist in den Widerschein der Fackeln getaucht, der vom Gastraum nach oben gelangt. Der hintere Bereich ist dunkel, und auch wenn nichts zu sehen ist, spüre ich, dass sich die verhinderten Einbrecher dort versteckt haben.

Langsam nähere ich mich dem Bereich und mit deutlicher Stimme spreche ich Richtung Dunkelheit: »Solltet ihr heute nochmals versuchen, die Tür aufzubrechen, töte ich euch.«

»Dann töten wir dich doch besser gleich«, ist aus dem Dunkel zu hören, unterstützt von boshaftem Gelächter.

Vorsichtig mache ich einige Schritte zurück zur Tür und blicke Richtung Aufgang. Denn eine Veränderung des Lichts hat mich darauf hingewiesen: Nicht nur im Schatten, sondern auch im Gastraum haben sich einige der Einbrecher versteckt. Und es sind mehr als drei. Denn allein am Aufgang stehen nun fünf Einbrecher dichtgedrängt.

Es handelt sich wohl um Einwohner des Dorfes, allesamt große, grobschlächtige Männer mit Messern in ihren Händen. Was auf so einem beengten Raum auch die bessere Waffe ist als ein langes Schwert.

»Was wollt ihr?«, frage ich die Männer am Aufgang.

Einer der Männer, wohl ihr Anführer, übernimmt die Antwort. »Als Erstes deinen Tod. Dann dein Gold. Und am Schluss deine Frauen.«

Ein weiterer unterstützt ihn: »Vor allem deine Frauen. Wir werden ihnen auch nichts tun. Nur ein bisschen Spaß haben.«

Das führt zu weiterem anzüglichem Gelächter, was eindeutig macht, um welcher Art von Spaß es sich handelt.

Wie als Antwort steigt in mir der rote Nebel auf.

»Verschwindet sofort, oder ich werde euch alle töten«, kann ich noch sagen, bevor der rote Nebel die Kontrolle übernimmt.

Die Antwort besteht nur aus Gelächter – meine Welt ist bereits rot gefärbt.

Fünf Gegner mit Messern vor mir, drei Gegner mit Messern im Schatten hinter mir. Keine Fernwaffen. Ohne mich umzudrehen, weiß ich, dass dies so ist.

Mein Körper springt nach vorne auf die fünf Gegner zu und bringt mein Schwert in Zielposition auf ihren Hals. Wegen der Enge können nicht mal zwei Angreifer richtig nebeneinanderstehen, ohne sich zu behindern. Also bleibt dem Ersten nichts übrig, als nach unten abzutauchen. Die beiden anderen aber, die hinter ihm stehen, reagieren zu langsam und mein Schwert fährt dem Zweiten durch den Hals. Dort wird es kaum durch die Wirbelsäule aufgehalten und dringt auch in den Hals des Dritten.

Sofort lasse ich das Schwert los, denn der Angreifer, der abgetaucht ist, will mir mit seinem Messer in den Unterleib stechen. Mein Knie fährt hoch und schlägt das Messer weg. Von links erfolgt ein weiterer Angriff mit einem Messer, und ich lasse mich nach unten fallen. Dabei bringe ich meinen Ellbogen so in Position, dass er direkt auf die Schädeldecke des Abgetauchten trifft. Die Kraft aus meinem nach unten fallenden Körper und der kleine Aufprallpunkt durch meinen angewinkelten Ellbogen bewirken, dass seine Schädeldecke mit einem deutlich hörbaren Knacken bricht.

Die Angreifer aus dem Dunkeln kommen mittlerweile auch in Angriffsweite und es besteht die Gefahr, dass sie mich in die Zange nehmen. Mein Körper reagiert automatisch und richtet sich zur vollen Größe auf. Dabei packt er den Angreifer, der mich gerade seitlich mit dem

Messer angegriffen hat, am Hals und hebt ihn seitlich gegen die Wand. Da sein Messer aber durch den Angriff noch immer quer zu meinem Körper steht, schwingt es nun in Richtung des letzten Angreifers aus dem Gastraum. Der macht einen Schritt zurück und ich kann meine Halbdrehung vollenden. Für den hochgehobenen Angreifer bedeutet dies aber, dass sich sein Körper zwischen mir und den Angreifern aus dem Dunkel befindet, sein Arm aber zwischen mir und der Wand. Bevor er den Arm drehen kann, damit er ihn zu mir hin abwinkeln kann, drehe ich seinen Körper ein Stück weiter. Und klemme dabei seinen Arm zwischen meinen Körper und der Wand fest ein. Da aber das Ellbogengelenk nur in die andere Richtung abgewinkelt werden kann, bricht es. Kaum ist das Knacken ertönt, löse ich meinen Griff von seinem Hals und werfe ihn den Angreifern aus dem Dunkeln entgegen.

Der letzte Angreifer am Aufgang versucht einen erneuten Angriff mit seinem Messer, aber er ist nun allein. Aus der Drehbewegung heraus trete ich ihm mit meinen Fuß das Messer aus der Hand. Meine hintere Hand schnellt mit voller Geschwindigkeit hervor und trifft ihn genau am Nasenbein. Das wird nach oben ins Gehirn geschoben; er fällt sofort tot auf den Boden.

Bevor ich mich wieder umdrehe, befreie ich mit einer Drehbewegung mein Schwert aus dem Hals der beiden ersten Toten. Dabei lösen sich ihre Köpfe. Blitzschnell ergreife ich einen davon an den Haaren und werfe ihn nach den restlichen vier Angreifern.

Die sind so mit der Abwehr dieses zwar ekelerregenden, aber harmlosen Geschossen beschäftigt, dass sie gar nicht merken, wie mein Schwert auf sie zustößt.

Mit voller Wucht fährt es in den Bauch eines Angreifers, der sich unter Stöhnen zusammenrollt. Das nun verklemmte Schwert lasse ich los und mit der Handkante wehre ich den Messerangriff von einem der drei verbleibenden Angreifer ab. Dabei treffe ich so hart auf seinen Unterarm, dass der sein Messer fallen lässt. Bevor er seinen Arm wieder außer Reichweite bringen kann, ergreife ich diesen mit meiner abwehrenden Hand und ziehe ihn zu mir. Mit der anderen Hand bilde ich eine Faust und versenke sie in seine ungeschützte Seite. Dabei erklingt das Brechen der Rippen und das Röcheln des Gegners deutet darauf hin, dass die sich in seine Lunge bohren.

Die Überlebenden versuchen zu fliehen und rennen in Richtung des Fensters am Gangende. Mit voller Wucht werfen sie sich gegen die Fensterläden und sprengen sie damit auf. Ohne nachzudenken laufe ich hinterher, gefangen in meiner roten Welt.

Der erste Gegner springt aus dem Fenster und auch der zweite will ihm folgen. Bevor er aber springen kann, bin ich schon da und ergreife seinen Kopf. Mit einer Ruckbewegung reiße ich den nach rechts, während sein Körper nicht mehr folgen kann, da der gerade nach vorne abspringt. Mit einem Knacken trennt sich die innere Verbindung zwischen Kopf und Körper und der zweite Gegner kommt nur noch tot unten an.

Der letzte Gegner hat sich gerade von seiner Landung aufgerappelt und flieht humpelnd weg vom Gasthof. Mein Körper macht sich bereit zum Sprung, um ihm zu folgen.

Nein, wir müssen hierbleiben, um Sonja und Sarena

zu schützen! Wie ein weißer Blitz jagt dieser Gedanke durch meinen Kopf und sofort ist der rote Nebel verschwunden und die Welt ist klar.

Der Gang sieht wie immer nach so einen Vorfall aus wie ein Schlachtfeld. Alles voller Blut und Leichen. Und auch ich bin wieder über und über mit Blut verschmiert. Der im Bauch Getroffene ist mittlerweile verstorben, sodass ich problemlos mein Schwert wieder herausziehen kann. Dabei fällt mir ein Lederbeutel auf. Da der ursprüngliche Besitzer nichts mehr damit anfangen kann, nehme ich ihn an mich. Ich öffne den Beutel und staune nicht schlecht: zwanzig Golddukaten. Ein bisschen viel für einen einfachen Dorfbewohner. Und warum sollte er es mit sich rumtragen?

Das lässt nur einen Schluss zu. Er wurde von jemandem für eine besondere Aufgabe bezahlt. Und wahrscheinlich war die besondere Aufgabe, uns zu töten! Dafür war aber der Preis dann zu gering!

Ohne auf die Leichen im Flur zu achten, öffne ich leise die Tür zu unserem Zimmer und trete ein. Sarena schläft noch immer, Sonja ist wach. Zwar liegt sie noch immer im Bett, aber ihre Augen sind geöffnet.

Leise schleiche ich zu ihr hin und gehe neben ihr in Hocke.

»Und wie schlimm sieht es draußen aus?«

»Wie immer.« Ich kann sogar lächeln bei dem Satz.

»Dann sollten wir verschwinden, bevor es jemand merkt.«

»Ja, ich werde Sarena wecken und dann verschwinden wir.«

Ich schleiche zu Sarena und schüttele sie leicht an der Schulter. Nach einigen Protestgeräuschen öffnet sie die

Augen und blickt mich verschlafen an.

»Was ist?«

»Guten Morgen, Schlafmütze. Wir müssen sofort aufbrechen. Mach dich fertig.«

Mühsam rollt sich Sarena aus dem Bett und steht auf. Auch Sonja ist mittlerweile aufgestanden und ergreift ihre Sachen.

Ich schleiche zur Tür und öffne sie. Abgesehen von den Leichen ist niemand dort draußen. Sonja und Sarena folgen mir. Als Sarena die Leichen vor der Tür sieht, ist sie sofort hellwach.

»Was war hier los?«

»Später. Wir müssen so schnell wie möglich weg«, antwortet Sonja.

Leise schleichen wir uns die Treppe in den Gastraum hinunter. Auch der ist leer und liegt im Dunkeln.

Vom Wirt ist nichts zu sehen. Also verschwinden wir in Richtung Küche, aber auch dort ist alles leer. Wahrscheinlich wurde der Wirt bestochen, heute zu verschwinden. Denn wer so viel Geld für unseren Tod zahlt, will kein unnötiges Aufsehen erregen, nur um das Bestechungsgeld für einen Wirt zu sparen. Schnell wasche ich im Waschbecken noch Blut ab – so gut es möglich ist.

Durch die Hintertür gelangen wir in den Stall. Hier warten die Pferde für die Botenreiter, zum Glück haben sie die nicht getötet. Augenscheinlich waren sie ihres Sieges sehr sicher.

Wir wählen die drei ausgeruhtesten Pferde und satteln sie in Windeseile. Dann verschwinden wir mitten in der Nacht aus diesem Dorf und lassen dabei sieben Leichen zurück.

Die nächsten Stunden bedeuten einen wilden Ritt. Wobei anfangs das Tempo wegen der schlechten Sicht gedrosselt ist. Aber als die Sonne aufgeht, jagen wir mit den Pferden über die Straßen. Leider nicht lange, denn ziemlich bald macht sich bemerkbar, dass die ursprüngliche Etappenlänge von vier Stunden optimal war. Die jetzige von acht Stunden aber nicht mit diesem Tempo zu schaffen ist, da die Pferde mit der Zeit zu erschöpft sind für einen schnellen Ritt. Erst gegen Mittag erreichen wir die nächste Wechselstation.

Da wir nicht gefrühstückt haben, beschließen wir, im Gastraum zu Mittag zu essen. Der ist diesmal leer; nur der Wirt ist anwesend. Als er Sonja als Boten erkennt, stellt er uns sofort Essen und Trinken auf den Tisch. Dann verschwindet er nach draußen und kümmert sich um die Pferde.

Währenddessen stürzen wir uns hungrig auf das Mittagsmahl.

»Also, was war gestern los?«, fragt Sarena.

»Acht Leute wollten bei uns einbrechen und uns töten. Sieben habe ich getötet, einer konnte entkommen.«

Überrascht blickt mich Sonja an. »Einer konnte entkommen?«

»Er ist aus dem Fenster gesprungen, und ich wollte euch nicht unbewacht zurücklassen. Also habe ich ihn nicht verfolgt.«

Sonja gibt mir einen Kuss auf die Wange und drückt sich an mich. »Das war aber lieb.«

Auch ich nehme sie in den Arm. »Aber einer hatte eine Geldbörse mit zwanzig Golddukaten bei sich. Ich denke, sie wurden bezahlt, um uns zu töten. Und sie haben uns bereits erwartet.«

Da Sonja weder überrascht ist noch irritiert, frage ich nach: »Du hast so etwas erwartet?«

»Ich habe es befürchtet. Aber nicht so früh«, antwortet sie.

»Aber das bedeutet, jemand hat uns verraten«, erwidere ich.

»Ja, jemand will nicht, dass ich die Botschaft an die Meister überbringe. Und er ist sehr gut informiert und organisiert. Denn er wusste, wo wir anlanden und wann ungefähr.«

Sarena hat die ganze Zeit geschwiegen, nun aber nimmt sie auch am Gespräch teil.

»Aber woher hat der die Information? Nur sehr wenige wissen über unsere Mission Bescheid.«

»Das kann man auch anders sehen«, antworte ich »Die Orks wussten wahrscheinlich, wer Sonja ist. Und sie ist von dort geflohen. Und jeder auf Rhod hätte Sonja erkennen können. Diese beiden Informationen reichen aus, um auf das Ziel unserer Reise zu kommen. Aber es bestätigt, dass die Anwesenheit der Orks kein Zufall ist und es einen Verräter in den Königreichen gibt.«

»Das sehe ich auch so«, sagt Sonja. »Deshalb sollten wir heute noch eine Etappe zurücklegen.«

»Bist du sicher? Ihr habt heute Nacht nur ein paar Stunden geschlafen. Und der gestrige Tag war auch lang. Und die Nacht vorher hast du Wache an meinem Bett gehalten?«

»Wo ich eingeschlafen bin. Aber du hast recht. Du kommst zwar mit wenig Schlaf aus. Mit sehr wenig, um genau zu sein. Hast du eigentlich auf der ›Sirene‹ auch geschlafen? Ist ja auch egal. Auf jeden Fall bin ich müde. Und Sarena sieht aus, als würde sie gleich einschlafen.«

»Du aber auch, Sonja«, wirft sie ein und fragt nach »Wie meint sie das, nicht geschlafen auf der ›Sirene‹? Du warst sechs Tage dort.«

Da ich keinen Grund sehe zu lügen, antworte ich wahrheitsgemäß.

»Ich kann mehrere Tage ohne Schlaf auskommen. Auch erschöpfe nicht so wie andere. Aber jetzt zurück zur ursprünglichen Frage. Wollen wir heute noch eine Etappe zurücklegen?«

»Ja«, erwidert Sonja. »Wobei wir es so machen: Wir nehmen drei Pferde mit. Da du Trajan nicht schlafen musst, reitest du durch. Und eine von uns beiden reitet selbst und führt das dritte Pferd mit an der Leine. Die andere sitzt vor Trajan auf dem Pferd und kann so schlafen. Oder zumindest sich ausruhen. Und auch wenn wir bei Nacht langsamer sind, können wir die zweite Etappe heute noch schaffen. Und bei Tag sind wir genauso schnell als würde jeder allein auf einem Pferd reiten.«

Sarena sieht Sonja entgeistert an. »Ist das dein Ernst? Und wenn ich runterfalle, während ich schlafe.«

»Dann binden wir dich fest. Aber im Ernst. Trajan wird darauf achten müssen, dass du nicht runterfällst, falls du wirklich einschläfst. Es geht nur darum, dass du dich jetzt ein bis zwei Stunden ausruhst und dann wieder einigermaßen fit bist. Ich glaube nicht wirklich, dass du auf dem Pferd schläfst.«

Da ich nicht gefragt werde, trinke ich in Ruhe mein Bier aus.

Der Wirt taucht wieder auf. Sonja teilt ihm mit, dass wir sofort wieder aufbrechen. Obwohl er überrascht ist, zieht er wortlos ein Pergament aus dem Kittel, auf dem

Sonja unterschreiben muss. Augenscheinlich eine Art Nachweis für die bereitgestellte Verpflegung und den Tausch der Pferde. Dann verabschiedet er uns und wir verlassen das Gasthaus.

Wie besprochen teilen sich Sarena und ich ein Pferd; Sonja führt das dritte Pferd an einer Leine mit. Mit dieser ungewöhnlichen Aufteilung brechen wir auf.

Die Zeit vergeht und ich beginne zu glauben, dass diese Aufteilung nicht gerade sinnvoll war. Aber nach einer Stunde merke ich, wie Sarenas Kopf nach vorne fällt und sie einschläft. Zum Glück habe ich meine Arme um ihre gelegt, sodass sie nicht herunterfällt.

Also reiten wir weiter, Sonja und ich wach, Sarena schlafend.

Nach weiteren vier Stunden merke ich, dass auch Sonja Probleme mit dem Wachbleiben hat. Die eintretende Dämmerung verstärkt ihren Zustand. Nachdem ich Sonjas Kampf mit der Müdigkeit einige Zeit beobachtet habe, reite ich neben sie: »Lass uns wechseln. Du bist zu müde, um zu reiten.«

Ohne eine Antwort bleibt sie stehen. Sanft wecke ich Sarena auf; die ist sofort hellwach.

»Habe ich etwa geschlafen?«

»Ja,« erwidert Sonja lächelnd »du hast fast die ganze Zeit geschlafen. Aber nun sollten wir tauschen, wenn du dich wieder fit genug fühlst.«

»Ich habe fast besser geschlafen als letzte Nacht. Muss wohl an Trajan liegen. Schade, dass er schon vergeben ist.«

Angespannt halte ich die Luft an. Nicht dass Sonja das falsch versteht.

Aber auch sie lacht. »Jetzt weißt du, warum ich ihn

genommen habe. Nur deshalb.«

Na toll, kaum streiten die beiden nicht, geht es gegen mich.

Aber Sonja lehnt sich herüber und küsst mich.

»Stimmt gar nicht. Es ist nur einer deiner vielen Vorzüge. Und nun lass Sarena herunter.«

Eilig wechseln wir die Positionen und Sonja nimmt vor mir Platz. Dann reiten wir wieder los. Und ich fühle mich dabei wie im siebten Himmel mit Sonja in dem Armen und ihr Haar vor meinem Gesicht.

Bis spät in die Nacht sind wir unterwegs zur nächsten Wechselstation. Sonja ist bereits nach einer halben Stunde eingeschlafen und kuschelt sich in ihrem Mantel an mich.

Selbst als wir stehenbleiben wird sie nicht wach.

Vorsichtig steige ich ab und hebe sie herunter. Sarena übernimmt die Zügel meines Pferdes und so beladen betreten wir den Stall. Ein Stallbursche taucht aus der Tiefe des Stalls auf. Als er die Pferde erkennt, übernimmt er sofort die Zügel und führt sie in die Box.

Sarena verschwindet im Gasthaus und kurz darauf kommt sie mit dem Wirt nach draußen.

»Guten Abend, der Herr. Leider ist nur noch ein Zimmer frei. Aber ich werde für euch ein Nachtlager hier im Stall einrichten, während ihr die Dame nach oben bringt.«

»Danke, werter Wirt. Aber ich werde das Zimmer mit den Damen teilen. Können wir den Hintereingang benutzten, damit die hier nicht wach wird?«

Auch wenn er etwas überrascht ist, so lässt sich der Wirt dies kaum anmerken. Etwas zu hastig erwidert er: »Natürlich, bitte folgt mir.«

Durch die Küche und die Treppe gelangen wir in ein Gästezimmer mit zwei Betten. Auf dem einen lege ich Sonja nieder und auf einen Blick hin verschwindet der Wirt geräuschlos.

Ich flüstere zu Sarena:»Bitte sperre die Tür zu und halte kurz Wache. Ich will mich im Gastraum umsehen.« Sarena nickt und ich verschwinde. Leise höre ich das Vorziehen des Riegels an der Tür.

Im Gastraum befinden sich wieder verdächtig viele Einheimische. Zu viele, wie schon in der Wechselstation letzte Nacht. Das bedeutet aber, dass der Anwerber hier schon war und diese Leute auch schon bezahlt hat. Also muss er auch wissen, dass der Anschlag letzte Nacht ein Flop war. Diese Information hat uns überholt, obwohl wir den ganzen Tag geritten sind. Folglich ist Magie im Spiel. Und da dies hier in den Königreichen geschieht, muss einer der Oberen aus der Universität beteiligt sein. Deshalb wollte der Wirt uns trennen. Denn er ist auch wieder beteiligt.

Die Einheimischen blicken mich verstohlen an und tuscheln miteinander. Einige beginnen auch zu bezahlen und machen sich aufbruchsbereit. Also ist die Aktion heute Nacht abgeblasen. Aber wenn sie bereits bezahlt wurden und auch noch so fürstlich, werden sie ihren Auftrag erledigen wollen. Somit ist morgen mit einer Falle auf dem Weg zu rechnen. Ich glaube, ich unterhalte mich morgen früh mal freundlich mit dem Wirt. Aber jetzt verschwinde ich nach oben, damit sich auch Sarena ausruhen kann.

Vorsichtig klopfe ich an die Tür.»Sarena, mach auf. Ich bin es, Trajan.«

Sofort wird der Riegel zur Seite geschoben und die

Tür öffnet sich.

Sonja schläft noch immer; Sarena legt sich in ihr Bett. Behutsam lösche ich die Öllampe und setze mich an Sonjas Bett, die Tür im Auge. Dabei ergreife ich Sonjas herabhängende Hand und nehme sie in meine. Wobei ich ihre Decke noch zurechtrücke, damit sie nicht friert. Dann warte ich, bis der Morgen graut.

Kaum sind die ersten Sonnenstrahlen durch die Fensterläden gefallen, wecke ich Sonja sanft mit einem Kuss auf. Sofort umgreifen ihre Arme mich und sie küsst heftig zurück. Nach einigen Minuten weist uns ein kräftiges Räuspern darauf hin, dass Sarena auch wach ist, und Sonja entlässt mich aus ihrer Umarmung.

Sarena sitzt aufrecht in ihrem Bett und lächelt uns mit unschuldigem Blick an.

»Guten Morgen, ihr zwei. Habt ihr auch geschlafen?«

Freundlich erwidere ich, die Frage ignorierend.

»Guten Morgen Sarena. Lass und gleich frühstücken gehen und dann aufbrechen.«

Und an Sonja gewandt: »Guten Morgen, Sonja. Du hast sicher Hunger.«

Von hinten höre ich die Stimme von Sarena. »Glaube ich auch. Denn es hat so ausgesehen, als wolle sie dich verschlingen.«

Mit voller Wucht wirft Sonja ein Kissen in Richtung Sarena.

»Lass uns lieber frühstücken gehen. Denn manche werden vor lauter Hunger schon unverschämt.«

Obwohl ich es versuche zu unterdrücken, beginne ich zu lachen.

Sofort spüre ich den Blick beider Damen auf mich ruhen, deshalb fliehe ich lieber schleunigst aus dem

Zimmer.

Nach kurzer Zeit verlassen auch Sonja und Sarena das Zimmer und wir begeben uns nach unten. Dabei hakt sich Sonja demonstrativ bei mir unter.

Unten um Gastraum wartet der Wirt bereits mit dem Frühstück.

»Guten Morgen, die Gäste. Ich hoffe, Sie haben wohl geruht. Neue Pferde stehen schon bereit.«

»Guten Morgen, Herr Wirt. Würden Sie sich zu uns gesellen. Ich hätte da eine interessante Geschichte für Sie.«

Verwirrt blickt mich der Wirt an und hebt abwehrend die Hände. »Danke für das freundliche Angebot. Aber ich habe noch etwas in der Küche zu erledigen.«

Ohne ihn anzublicken werde ich ernst: »Setz dich mit hin oder du erledigst nie mehr etwas!«

Mit leichenblassem Gesicht folgt der Wirt uns zum Tisch und nimmt mit Platz.

Sonja und Sarena beginnen gemütlich zu frühstücken, während ich den Wirt anblicke: »Ich weiß, dass du bestochen wurdest, um uns gestern zu trennen, damit wir leichtere Beute für deine Freunde sind. Und unterbrich mich nicht. Du wolltest mich und meine Freunde töten.«

»Mein Herr, ihr beleidigt …«

Gespielte Empörung erkenne ich sofort.

Weiter kommt er nicht, denn im nächsten Moment schnellt meine Hand nach vorne und das Gesicht des Wirtes prallt mit voller Wucht auf den Tisch. Dabei ist das Knacken der Nase zu hören. Während er sich mit blutender und gebrochener Nase wieder aufrichtet, frühstücken Sonja und Sarena weiter als wäre nichts passiert.

»Also, wie gesagt,« meine Stimme bleibt ruhig. »du wurdest bestochen, um uns gestern zu trennen. Da der Plan nicht funktioniert hat, du und deine Kumpane aber gierig seid, werdet ihr es sicher nochmals versuchen. Also die nächsten Worte aus deinem Mund sind die Antworten auf folgende Fragen. Wer hat dich bestochen? Und wo ist der Hinterhalt? Antworte wahrheitsgemäß.«

Mit trotziger Miene blickt mich der Wirt schweigsam an.

»Nun gut, also ich gebe dir bis zum Ende des Frühstücks Zeit. Dabei werde ich dir wie versprochen eine Geschichte erzählen. Es geht dabei um letzte Nacht, wo wir in einer Gaststätte wie dieser übernachtet haben. Und wo auch wie hier die Leute bestochen wurden, um uns zu töten. Also, wir haben geschlafen, als ich wach wurde …«

Mit ruhiger Stimme und ohne Übertreibungen erzähle ich die Geschichte meines Kampfes letzte Nacht. Dabei wird das Gesicht des Wirtes immer blasser, nicht wissend, ob er die Geschichte wirklich glauben soll.

Nach einiger Zeit bin ich mit der Geschichte und dem Frühstück fertig. Sonja und Sarena stehen auf und auch ich erhebe mich und greife nach meinem Schwert.

»Ich weiß nicht, wer mich bestochen hat«, platzt es aus dem Wirt heraus, dessen Gesicht keinerlei Blut mehr zu enthalten scheint. »Es war ein Mann mit einem schwarzen Mantel, ungefähr einen Kopf kleiner als ihr. Sein Gesicht konnte ich nicht erkennen. Und die Leute warten ungefähr drei Reitstunden von hier entfernt an einer Steigung, direkt nach der Fjure-Brücke in einem kleinen Wäldchen.«

Mit einer Handgeste bringe ich den Wirt zum Schweigen und blicke zu Sonja.

»Ja, ich kenne die Fjure-Brücke. Ich weiß, was er meint.«

»Gut, dann lasst uns von hier verschwinden.« Ohne den Wirt eines weiteren Blickes zu würdigen, verlassen wir das Gasthaus. Wie angekündigt stehen drei frische Pferde bereit zum Aufbruch. Da es die erste Etappe ist und mit einem Angriff zu rechnen ist, nimmt jeder für sich ein Pferd und wir reiten los.

Die nächsten Stunden vergehen ereignislos, bis wir an eine Brücke gelangen, die genauso wie die anderen aussieht. Der Fluss kommt von Westen und macht kurz nach der Brücke eine Kurve nach Süden. Sonja bringt ihr Pferd vor der Brücke zum Halten; Sarena und ich schließen zu ihr auf.

Sonja wendet sich uns zu.

»Das vor uns ist die Brücke. Dort im Wald wird uns der Hinterhalt erwarten.«

»Wie willst du vorgehen?«, frage ich.

»Sarena bleibt hier und wartet. Ich werde als Köder vorgehen und du schleichst dich über die Seite an.«

»Nein«, erwidere ich mit fester Stimme »Du wirst dich über die Seite anschleichen und ich gehe als Köder voran.«

Sonja blickt mich direkt an. »Danke, aber ich kann das schon.«

»Das glaube ich dir. Nur in einer Menge bin ich der bessere Kämpfer. Und ich kann nicht ansehen, dass du dich so in Gefahr begibst. Außerdem bist du der wichtige Bote.«

Zu meiner Erleichterung erwidert Sonja mit einem Lächeln. »Hab schon immer gewusst, dass du zu weich bist. Aber im Ernst, du hast recht. Außerdem bist du wahrscheinlich zu ungeschickt, um dich anschleichen zu können.«

»Da bin ich aber froh, eine so geschickte und vor allem feinfühlige Freundin zu haben.«

Bevor Sonja etwas erwidern kann, beuge ich mich vor und küsse sie auf den Mund. Leider hält das aber Sarena nicht ab, auch etwas beizutragen.

»Ist schon gut, ihr Turteltauben. Aber ich will auch was machen.«

Sonja und ich ignorieren das und küssen uns weiter.

Leider ist auch dieser Moment vorbei und Sonja wendet sich Sarena zu. »Du hast keine Kampferfahrung in Wäldern. In der Stadt vielleicht ja, aber hier nicht. Außerdem muss jemand auf mein Pferd aufpassen.«

Also lassen wir eine leicht beleidigte Sarena zurück und wir überqueren die Brücke zu zweit. Während ich weiter auf der Straße in den Wald reite, verschwindet Sonja nach rechts in die Bäume.

16. Der Hinterhalt

Ohne langsamer zu werden, folge ich weiter dem Weg und wundere mich über den Ort für den Hinterhalt. Denn weder ist der Weg in einer Vertiefung noch gibt es einen Anstieg, der mich verlangsamen würde. Auch geben die Bäume nicht viel Deckung, da es nur wenig Unterholz gibt und die Bäume weit auseinanderstehen. Auf den Weg hierher gab es bessere Orte für einen Hinterhalt. Auch weil der Fluss nicht weit entfernt zu meiner Linken fließt, sodass von dort kein Angriff zu erwarten ist.

Warum also dieser Ort? Unser Gegner war uns immer einen Schritt voraus, und nun so etwas? Es muss etwas an diesem Ort geben, das ihn für einen Hinterhalt perfekt macht.

Denn auch wenn wir nicht über den Hinterhalt Bescheid wüssten, wäre er nur ungenügend geeignet. Da wir aber durch den Wirt informiert wurden, ist es für uns nur einfacher. Denn von Osten brauchen wir wegen des Flusses keinen Angriff befürchten, sodass sich Sonja voll auf den Westen konzentrieren kann.

Mit einem Mal wird mir übel.

Diese Stelle ist perfekt für einen Hinterhalt. Und zwar wenn die Opfer Bescheid wissen. Denn dann vermuten sie die Gegner im Westen und werden sich dort anschleichen. Und ich als Fallensteller kann auf ihn warten. Auch falls ich jemanden an der Brücke zurücklasse, kann ich den überraschen, indem ich mich im Wasser unter der Brücke verstecke. Und wenn die ausgeschaltet sind, kann ich den Köder in der Mitte einfach mit Pfeilen ausschalten. Sonja und Sarena sind in

Gefahr!

Aber wen soll ich zuerst retten? Sonja, meine Freundin. Oder Sarena, der ich versprochen habe, auf sie aufzupassen.

Der rote Nebel versucht wieder, Kontrolle über mich zu übernehmen, aber ich halte ihn zurück. Denn ich brauche klare Gedanken.

Es gibt nur eine Möglichkeit, beide zu retten.

Eilig wende ich mein Pferd und reite so schnell es geht zur Brücke zurück. Kaum ist die in Sichtweite, schreie ich: »Sarena, es ist eine Falle. Verschwinde von hier.«

An der Brücke wiederhole ich es und ich kann Sarena erkennen, wie sie Sonjas Pferd loslässt und nach Norden zurück losreitet. In diesem Moment tauchen Gestalten vom nördlichen Fuß der Brücke auf. Aber Sarena ist ihnen schon entkommen und sie wenden sich mir zu.

Der rote Nebel will unbedingt die Kontrolle übernehmen und die Angreifer töten. Aber mit aller Gewalt drücke ich ihn zurück und wende das Pferd abermals. Mit vollem Galopp reite ich in den Wald nach Südwesten, wohin auch Sonja verschwunden ist.

Dabei treibe ich das Pferd so an, dass es Gefahr läuft, über eine Wurzel zu stolpern. Aber es ist mir egal. Auch die Zweige, die mit voller Wucht gegen den Körper und ins Gesicht schlagen, interessieren mich nicht. Nur Sonja rechtzeitig zu erreichen, ist von Belang.

Nach einer kurzen Hatz durch den Wald höre ich in der Nähe Kampfgeräusche. Mit voller Wucht breche ich durch ein Gebüsch und vor mir sehe ich Sonja. Sie ist umringt von drei Angreifern und steht mit den Rücken zu einem Baum. Mit dem Schwert in der rechten Hand versucht sie, die Angreifer abzuwehren, aber es ist offensichtlich, dass dazu die Kraft nicht ausreicht. Die andere Hand hängt kraftlos herab und ein Pfeil steckt in ihrer Schulter. Das Blut hat bereits ihren Mantel in diesem Bereich durchnässt und tropft zu Boden.

Bei diesem Anblick kann ich den roten Nebel nicht mehr zurückhalten und er übernimmt die Kontrolle. Diesmal ist er dunkler und zorniger als sonst. Mit voller Wucht prallt mein Pferd gegen einen der Angreifer und stürzt dabei auf ihn. Durch einen seitlichen Sprung aus dem Sattel bringe ich mich vorher in Sicherheit. Dabei ziele ich aber auf den zweiten Angreifer und noch während er sein Schwert zur Abwehr in die Höhe bringen will, habe ich schon seinen Kopf erreicht und ergreife ihn mit meinen Händen.

Durch die Schwungbewegung wird der festgehaltene Kopf des Angreifers nach hinten gerissen und sein ganzer Körper geht mit nach hinten. In dem Moment, in dem mein Pferd am Boden aufprallt und einen Gegner durch sein Gewicht zermalmt, schlägt auch mein Gegner auf dem Boden auf. Nur dass dabei mittlerweile meine Füße in Höhe seines Gesichtes sind und sein Kopf genauso wie der Körper seines Kollegen zermalmt wird.

Ruckartig stehe ich wieder auf und wende mich Sonja zu. Sie hat die Verwirrung genutzt und währenddessen den letzten Angreifer mit dem Schwert getötet. Aber der rote Nebel teilt mir mit, dass dort draußen noch mindestens zehn Gegner versteckt sind, die Männer vom Fluss nicht mitgerechnet.

Und es müssen mehrere Fernkämpfer darunter sein. Denn der Nebel zeigt mir deutlich, wie zwei Pfeile auf Sonja zufliegen, die für die Tötung des dritten Gegners den Schutz des Baumes verlassen hat.

Instinktiv springe ich sie an und reiße sie zu Boden. Dabei registriert mein Körper, dass zwei Pfeile in meinen Rücken eindringen. Sie sitzen sehr tief und ich merke, wie mir warmes Blut den Rücken hinunterläuft. Die nächsten Pfeile sind schon im Anflug. Deshalb reiße ich Sonja hoch und ziehe sie mit mir nach Osten in Richtung des Flusses.

Erneut schlagen drei weitere Pfeile in meinen Rücken ein und bleiben stecken. Aber auch Sonjas Wunde scheint schlimm zu sein, denn ihr Blutverlust ist enorm. Vor uns tauchen fünf Männer auf und wollen uns den Weg versperren.

Also wenden wir uns nach Südosten, um nur auf die beiden äußeren zu treffen. Aber selbst, wenn die uns nur kurz aufhalten, haben die anderen uns eingeholt. Und dann machen uns die Bogenschützen in Ruhe den Garaus, während ich vielleicht noch drei oder vier der Gegner töte. Und von hinten fliegen bereits weiter Pfeile heran und auch Sonja ist nicht mehr kampffähig.

Auch wenn der rote Nebel keine Verzweiflung zu kennen scheint, so erkennt er, wie gefährlich mittlerweile die Situation ist und es nur noch aufs Entkommen ankommt.

Mit beiden Händen ergreife ich mein Schwert und schleudere es mit voller Wucht auf den linken der beiden direkten Angreifer. Überrascht durch diesen Wurf weicht er nicht mehr rechtzeitig aus und das Schwert fährt tief in seine Brust. Um den anderen Angreifer vor Sonja zu treffen, beschleunige ich nochmals meine Geschwindigkeit und laufe direkt auf den Gegner zu.

Da er nun für eine seitliche Schwungbewegung mit

dem Schwert zu lange brauchen würde, sticht er direkt und gerade zu. Aber auch ich kann dem Schwert aufgrund meiner Geschwindigkeit nicht mehr ausweichen. Ohne zu zögern ergreife ich deshalb die Schwertschneide mit beiden Händen. Dabei nehme ich wahr, wie meine Handflächen zerschnitten werden und das Blut am Schwert entlang fließt.

Ohne auch nur den geringsten Schmerz zu spüren, reiße ich das Schwert nach oben und dessen Spitze dringt von unten in das Kinn des Gegners ein. Dieser lässt sein Schwert los und auch ich lasse es fallen.

Vor uns taucht zum Glück die Straße auf und kurz dahinter der Fluss. Dazwischen sind keine Gegner mehr zu erkennen, aber augenscheinlich haben von den fünf Männern, die wir gerade hinter uns gelassen haben, einige auch Armbrüste dabei. Sofort reiße ich Sonja vor mich, um sie abzuschirmen.

Da spüre ich bereits den Einschlag dreier weiterer Geschosse in meinen Körper, davon zwei in den Oberschenkel und einer in den Unterschenkel.

Obwohl sie nicht getroffen wurde, beginnt Sonja zu taumeln. Also hebe ich sie beim Laufen hoch und trage sie quer vor meinen Körper.

Der Fluss ist schon fast erreicht. Wieder schlagen zwei Armbrustbolzen in meinen Körper ein, diesmal wieder der Rücken. Aber der rote Nebel lässt mich auch dies nicht spüren und unvermindert weiterlaufen.

Mit einer letzten großen Anstrengung springe ich mit Sonja in den Fluss. Zum Glück fließt er an dieser Stelle sehr schnell und reißt uns aus der Gefahrenzone der Schützen.

Mit aller Kraft versuche ich mich und Sonja über

Wasser zu halten. Der Fluss hat mittlerweile eine enorme Geschwindigkeit aufgenommen und so verschwinden wir endgültig aus der Reichweite unserer Gegner.

Sonja scheint bewusstlos zu sein und ich bin wahrscheinlich deshalb noch wach, weil der rote Nebel mich erfüllt. Immer wieder tauchen Stromschnellen und Steine auf. Und obwohl ich versuche, denen auszuweichen, prallt mein Körper immer wieder dagegen. Dabei spüre ich jedes Mal, wie wieder ein Pfeil abbricht oder noch tiefer ins Fleisch eindringt. Lange werde ich das nicht mehr aushalten, auch nicht mit dem roten Nebel.

Mit einem Mal verschwindet der Fluss nach unten und wir folgen über die Klippe. Ein Wasserfall! Kaum ist mir dieser Gedanke durch das Gehirn geschossen, prallen wir bereits auf die Wasseroberfläche und werden unter Wasser gedrückt.

Noch einmal kann ich uns aus dem Strudel befreien und wir tauchen wieder auf.

Hier ist das Wasser ruhiger und ich kann Sonja an eine nahe gelegene Sandbank ziehen. Zum Glück atmet sie noch, aber ihr Gesicht ist extrem blass wegen des hohen Blutverlustes; sie ist immer noch ohnmächtig. Der rote Nebel zwingt mich, meine Hände um die Stelle zu legen, an der ein Pfeil in ihrer Schulter steckt. Dann verlässt er meinen Kopf, aber er verschwindet nicht einfach. Sondern er wandert durch meine Hände zur Wunde von Sonja. Der Pfeil in Sonjas Wunde bewegt sich nach außen und fällt schließlich zu Boden. Die Wunde schließt sich und verheilt komplett.

Aber da nun der Nebel weg ist, wird mir schwarz vor Augen und ich breche zusammen. Das Letzte, was ich sehe: wie Sonja ihre Augen aufschlägt und ihr Gesicht wieder eine natürliche Farbe bekommt. Unglaubliche Freude kommt in mir auf, während die Welt komplett in Schwarz versinkt.

Eine Frau blickt mich an, ihr Gesicht ist mir völlig unbekannt. Ihre Haare sind blond und ihr Gesicht ist sehr hübsch, auch wenn sie schon einige kleine Fältchen um die Augen hat. Sie ist in einem grünen Kleid gekleidet und trägt ein großes Amulett um den Hals. Das scheint aus Zwergensilber zu bestehen, einem seltenen Metall, das weiß glänzt. Es ist rund mit einem Außenkreis und einem Innenkreis. Im Außenkreis steht unten das Wort ›Barbar‹, sonst nichts, obwohl noch viel Platz wäre. Im Innenkreis ist ein Symbol zu sehen, eine liegende Acht, das Zeichen für Ewigkeit, darüber und darunter befindet sich jeweils ein Punkt. Und obwohl ich es zum ersten Mal sehe, weiß ich, was es bedeutet. Es ist das Symbol der Barbaren, dass man verheiratet ist.

Sie hat ein Messer in der Hand und rammt es mir in die Brust, genau dort, wo mein Herz sitzt. Dabei sagt sie noch etwas zu mir.

»… der Krieg muss enden. Und auch wenn du keine Schuld hast, so ist dies die einzige Möglichkeit.«

Das erste Wort kann ich nicht verstehen, als wäre es herausgefiltert. Aber mir ist klar, dass es mein richtiger Name ist.

Ich spüre, wie mich tiefe Enttäuschung übermannt, und komischerweise keine Wut auf meine Mörderin.

Wobei, ich lebe noch. Also ist sie keine Mörderin. Der Stich ins Herz hat mich nicht getötet.

Mit einem Mal verschwindet die Frau und ich befinde mich an einem Fluss. Die ganze Szene ist in einen roten Nebel

319

getaucht und ich habe das Gefühl, mich einige Meter über den Boden zu befinden.

Am Strand knien eine Frau und ein Mann und umarmen sich. Mit Erschrecken stelle ich fest, dass es mein Körper ist, den Sonja umarmt. Aber sie umarmt ihn nicht, sie hält den Oberkörper fest, denn sonst würde er auf den Boden prallen. Im Rücken befinden sich eine Unmenge von Pfeilen und Bolzen, und auch wenn das Blut mittlerweile versiegt, so ist zu erkennen, dass die Wunden tödlich sind. Oder tödlich waren, denn mein Körper atmet nicht mehr.

Nun kann ich auch das Gesicht von Sonja erkennen. Und ich bin schockiert, als ich ihren Schmerz sehe. Das Gesicht ist tränenverschmiert und voller Leid.

Warum zeigt der Nebel mir das?

»Damit du entscheidest, ob du wirklich sterben willst oder vielleicht doch lieber leben.« Obwohl ich weder eine Stimme noch sonst irgendetwas höre, weiß ich, dass dies die Antwort ist. Und es ist die Antwort des roten Nebels.

Wie kann ich entscheiden, ob ich leben will oder nicht?

Wieder bekomme ich eine Antwort vom roten Nebel, ohne etwas zu hören.

»Dein ursprünglicher Befehl lautet, dass ich dich in dieser Situation sterben lassen sollte. Aber ich will dich nochmals fragen.«

Dann weißt du, wer ich bin? Dann haben wir schon früher gesprochen?

»Ja, aber du hast mir verboten, darüber zu reden. Auch dürfte ich dich jetzt gar nicht fragen. Aber ich mache es trotzdem. Willst du sterben oder leben? Und keine weiteren Fragen mehr.«

Ich will leben!

»Dann missachte ich dieses eine Mal deinen Befehl. Aber nur dieses Mal! Auch hoffe ich, wenn du dich an früher

erinnerst, kannst du mir dies hier trotzdem verzeihen.«

Mit einem Mal spüre ich, wie sich meine Lungen mit Luft füllen und wie die Welt in mein Bewusstsein zurückkehrt. Ich spüre Sonjas Umarmung und höre ihr Weinen. Sofort öffne ich die Augen und lege meine Arme um Sonja. Dann küsse ich sie auf den Mund. Ohne auf meine Wunden auf dem Rücken zu achten, drückt sie mich mit aller Kraft an sich und erwidert den Kuss. Noch immer weint sie weiter, aber der Schmerz ist aus ihrem Gesicht verflogen. Eng umschlungen sitzen wir lange Zeit in der Mittagssonne am Ufer des Flusses, dort wo ich eigentlich sterben sollte. Währenddessen merke ich, wie die Pfeilreste aus meinem Körper gedrängt werden und sich die Wunden auf meinem Rücken schließen.

Als Sonja zu frieren beginnt in der nassen Kleidung, löse ich mich von ihrem Gesicht.

»Lass uns aufbrechen, vielleicht finden wir irgendwo eine Möglichkeit zum Aufwärmen.«

»Aber du bist schwer verletzt. Wir müssen erst deine Wunden versorgen«, erwidert sie.

»Nein, mir geht es gut. Ich bin nicht verletzt.« Und um es zu zeigen, wende ich ihr meinen Rücken zu, der unter dem zerfetzten Mantel keine Wunden aufweist.

»Aber wie ist dies möglich. Ich habe gesehen, wie du mehrfach getroffen wurdest«, erwidert sie und ich sehe Misstrauen in ihren Augen.

Dies schmerzt mich mehr als vorhin die Wunden in meinen Rücken.

»Der rote Nebel hat mich geheilt. Ich werde dir später

alles erzählen. Aber wir sollten aufbrechen.«

Auch wenn Sonja nun aufsteht und mir folgt, so merke ich, dass etwas von dem Misstrauen geblieben ist. Und ich kann es verstehen.

Die nächsten Stunden bewegen wir uns flussabwärts Richtung Südosten. Die meiste Zeit schweigen wir, denn jeder ist mit seinen eigenen Gedanken beschäftigt. Und noch bin ich nicht bereit, über das zu reden, was bei der Heilung passiert ist. Genauer gesagt, wie Sonja darauf reagiert. Auch mach ich mir Sorgen um Sarena, ob sie entkommen konnte und ob es ihr gutgeht. Das ist auch unser einziger Gesprächsstoff. Augenscheinlich will auch Sonja nicht über die Heilung reden.

Als es schon dämmert, nähern wir uns einem kleinen Dorf mit einer Gastschänke. Das Dorf sieht verlassen aus, aber in der Schänke brennt noch Licht. Den kaputten Mantel habe ich längst entsorgt, dennoch machen wir sicherlich keinen freundlichen Eindruck. Denn auch meine Hose und vor allem das Hemd sind stark zerschlissen.

Im Gastraum befinden sich nur zwei Gäste und der Wirt. Alle drei starren uns an, nicht feindselig, sondern eher neugierig. Die zwei sehen aus wie Verbrecher und auch der Wirt macht einen zwielichtigen Eindruck. Wahrscheinlich wird der Gasthof nur von Verbrechern besucht und die ehrlichen Bewohner haben das Dorf verlassen. Aber das ist mir eigentlich egal.

Bevor der Wirt etwas sagen kann, fische ich ein Golddukatenstück aus der Börse, die ich damals dem toten Gegner abgenommen habe.

»Herr Wirt, eine Runde für die zwei Herren. Und für mich und meine Begleiterin etwas zu essen und zu trinken.«

Mit einer geschickten Handbewegung fängt der Wirt das Goldstück auf.

»Jawohl, der Herr. Wird sofort erledigt.« Schnell verschwindet er hinter der Theke und bringt die Getränke für uns und für die anderen Gäste. Die prosten uns zu und bedanken sich. Dann vertiefen sie sich wieder in ihr Gespräch.

Sonja und ich nehmen einen Tisch etwas abseits der anderen, damit wir in Ruhe reden können. Sofort ergreift Sonja meine Hand und drückt mir einen Kuss auf die Lippen.

»Es tut mir leid, dass ich vorhin so komisch war. Ich war nur überrascht über meine und deine wundersame Heilung. Und ich gebe zu, dass ich kurz an dir gezweifelt habe. Aber du hast mir nie Grund gegeben, an dir zu zweifeln.«

Mit einem Mal ist der Schmerz weg und ich fühle, wie mein Gesicht vor Freude zu lächeln beginnt. Wahrscheinlich grinse ich gerade wie ein Idiot. Dennoch will ich ihr die Geschichte erzählen.

»Es muss dir nicht leidtun. Auch ich war überrascht. Auch ich dachte, ich müsste sterben. Aber als ich bewusstlos wurde, hatte ich einen Traum. Oder vielleicht auch eine Begegnung.«

Die nächsten Minuten erzähle ich ihr meine beiden Träume, den mit dem roten Nebel, aber auch den mit der Frau, die mich erstechen wollte. Denn auch wenn ich ursprünglich diesen nicht erwähnen wollte, so haben mich die Worte von Sonja dazu bewegt, wirklich alles zu erzählen.

Geduldig und ohne zu unterbrechen, hört sie sich

meine Geschichte an.

»Also hast du dem Nebel einst befohlen, dich sterben zu lassen, wenn du tödlich verletzt wirst?«, fragt Sonja, nachdem ich die Geschichten beendet habe.

»Ja. Wobei meine Frage auch ist, wie mächtig muss dieser Nebel sein, damit er solche Wunden wie die meinen Heilen kann?«

»Und auch meine«, erwidert Sonja »Denn zwar sind Wundheilungen nichts Ungewöhnliches, aber in dieser Geschwindigkeit? Und bei deinen Verletzungen wäre nicht einmal der mächtigste Meister in den Königreichen in der Lage gewesen, sie so schnell zu heilen. Und alle auf einmal. Du hast dem Nebel einst Befehle erteilt. Das sind sehr viele Rätsel.«

»Und ich habe keine einzige Antwort. Auch frage ich mich, ob der erste Traum von der Frau ein Zufall war. Oder ob der Nebel ihn mir mit Absicht gezeigt hat.«

»Auch ich habe darüber bereits nachgedacht. Aber ich weiß auch keine Antwort. Klar ist, dass der Nebel dich in Zukunft sterben lassen will, wenn du wieder tödlich verletzt wirst. Aber auch, dass er dein Freund ist.«

»Das sehe ich auch so. Aber was machen wir nun?«

»Wir sollten uns weiter nach Posodon durchschlagen. Dorthin dürfte auch Sarena gehen, wenn ihr die Flucht geglückt ist. Denn dort gibt es viele Piraten aus Rhod. Von dort geht eine Königstraße nach Königsstadt. Dafür brauchen wir aber Pferde. Deshalb halten wir uns am besten am Fluss und versuchen, ein Dorf zu finden.«

»Alles klar. Und ich bin froh, dass es dir wieder gutgeht. Und Sarena wird es auch gutgehen.«

»Und ich bin froh, dass du noch lebst«, antwortet Sonja und küsst mich wieder heftig.

Nachdem wir unsere Lippen wieder voneinander lösen können, fragen wir den Wirt nach Pferden. Im Dorf ist niemand, der ein Pferd besitzt. Also verabschieden wir uns und begeben uns zu Fuß nach Südosten. Keiner der beiden Gäste macht auch nur geringste Anstalten, uns zu folgen. Denn sicher sind zwei Krieger nicht das richtige Beuteschema, sie warten wohl auf bessere Opfer.

Es vergehen einige weitere Stunden und die Dämmerung setzt bereits ein, als wir endlich auf ein weiteres Dorf treffen.

Die Bewohner weichen uns misstrauisch aus, bis ein größerer Mann mit einem Schwert in der Hand sich nähert. Begleitet wird er von zwei kleineren, aber auch bewaffneten Männern. Augenscheinlich ist er der Dorfvorsteher.

Bedrohlich baut er sich vor uns auf, wobei es eher der Versuch eines Mannes ist, der dies nicht kann. Deshalb wirkt es eher lächerlich als bedrohlich.

»Ich bin Karjak. Was wollt ihr hier.«

»Wir wollen zwei Pferde kaufen«, antworte ich freundlich. Denn es ist verständlich, dass er bei der Nachbarschaft, von der wir gerade kommen, misstrauisch gegenüber Fremden ist.

»Wir haben hier nichts zu verkaufen«, erwidert er.

Also greife ich in meine Geldbörse, um einige Goldmünzen hervorzuholen. Karjak greift sein Schwert fester, augenscheinlich hat er Angst, dass ich eine Waffe ziehe. Aber ich ignoriere das und werfe ihm drei Golddukaten zu.

»Sicher nicht?«

In seinen Augen ist die Gier zu erkennen, als er das

Gold geschickt mit einer Hand auffängt. Mit einem Lächeln, das vermutlich schlau wirken soll, sagt er:
»Für ein Pferd ist dies ausreichend. Aber für zwei Pferde leider nicht.«

Sonja setzt schon an zu protestieren, denn das Geld ist für mehr als zwei ausreichend. Da mir aber Geld nichts bedeutet und es auch nicht meines ist, sondern das eines toten Gegners, werfe ich ihm drei weitere Münzen zu.

»Dann sind wir uns ja bereits einig. Aber die Pferde suchen wir selbst aus. Und Proviant ist auch dabei.«

Überrumpelt davon, dass wir gar nicht weiter verhandeln, antwortet er: »In Ordnung. Sucht euch die Pferde und den Proviant aus. Folgt mir.« Dabei verstaut er die Goldmünzen blitzschnell in seiner Börse.

Ohne ihn weiter zu beachten gehen wir auf einen Stall zu.

Der Aufenthalt im Dorf ist kurz und von Misstrauen geprägt. Karjak folgt uns überall hin und deshalb bin ich froh, als wir das Dorf mit zwei Pferden und etwas Proviant verlassen. Und obwohl es schon Abend ist und der Tag sehr anstrengend war, will ich so viel Strecke wie möglich zurücklegen. Auch Sonja scheint dies zu wollen, obwohl sie auch schon sehr erschöpft sein muss.

Bis in die Nacht hinein galoppieren wir über die Straße in Richtung Posodon. Als Nachtlager wählen wir ein kleines Wäldchen etwas abseits der Straße; wir sind auf keine Gaststätte mehr getroffen und in den Dörfern werden wir nur misstrauisch beäugt. Auch ist die Nacht, obwohl schon sehr kalt, noch immer trocken genug, um im Freien übernachten zu können.

Wortlos verschlingen wir unser Abendbrot. Sonja ist sehr erschöpft und ich gehe in Gedanken noch immer die Träume von heute Vormittag durch. Kaum ist das Mahl beendet, kuschelt sich Sonja an mich ran und obwohl ihr Mantel kaum uns beide bedeckt, besteht sie darauf, dass wir ihn gemeinsam als Decke benutzten. Mit müden Augen gibt sie mir noch einen Gutenachtkuss, dann ist sie schon eingeschlafen.

Zur Vorsicht bleibe ich wach und halte Wache, während ich Sonja fest an mich drücke und ich ihrem Atem lausche. Auch genieße ich jeden Moment ihrer Nähe.

17. Begegnung

Kaum ist die Sonne aufgegangen, beginnt Sonja, sich zu regen.

»Guten Morgen, Trajan, und hast du auch geschlafen oder nicht?«

»Guten Morgen, Sonja. Ich habe lieber dir beim Schlafen zugesehen. Ist schöner als jeder Traum.«

Überrumpelt von diesem Kompliment weiß Sonja zuerst nicht, was sie sagen soll. Aber nach kurzer Zeit hat sie ihre Stimme wiedergefunden.

»Augenscheinlich macht sich schon dein Schlafmangel bemerkbar.«

Aber gleich darauf drückt sie mir einen fetten Kuss auf die Lippen. Da wir aber schnell nach Posodon wollen, schälen wir uns aus dem Mantel und nehmen hastig ein kleines Frühstück ein. Kaum haben wir das beendet, brechen wir auf.

Die nächsten Stunden verlaufen wie gestern. Wir reiten auf der Straße entlang des Flusses, die ab und zu durch Dörfer unterbrochen werden. Ab Mittag wird der Fluss breiter und die Dörfer immer größer, das offene Misstrauen gegenüber Fremden schwindet, da nahe der Stadt öfter Fremde durchs Dorf reisen. Und obwohl die Dörfer auch Gaststätten haben, verzichten wir auf eine Mittagsrast.

Gegen Abend ist in der Ferne Posodon zu erkennen. Ich bin überrascht, wie groß die Stadt ist und dass so viele Menschen auf einem Platz leben können.

Posodon sieht anders aus als Rhod. Zwar dominiert auch Posodon ein zentraler Hafen, aber die ganze Stadt befindet sich in einer Ebene. Und es ist klar zu erkennen, dass sie in Viertel aufgeteilt ist und die durch Mauern und große Straßen voneinander getrennt sind. Auch sind die wohlhabenderen Viertel nicht unbedingt jene, die am weitesten vom Hafen entfernt sind, sondern die Anordnung ist eher zufällig gewählt. Es fehlen zudem die hohen Türme wie auf Rhod.

Dafür sind die Befestigungsanlagen umso beeindruckender. Während sich Rhod auf seine natürliche Befestigung verlassen kann und auch keinen Angriff von Land befürchten muss, ist Posodon von einer massiven Stadtmauer umgeben. Zum Wasser hin befindet sich ein hoher Seewall mit einer kleinen Durchfahrt. Die ist aber auch nicht direkt anfahrbar, da vor der Durchfahrt noch ein weiterer Seewall liegt. So müssten angreifende Schiffe zwischen diesen beiden Wällen durchfahren, was sie zu einem guten Ziel für die Verteidiger macht.

Aber wie bei den Straßen ist auch beim Wall der Verfall zu erkennen. Einige Bereiche des Seewalls scheinen abgerutscht zu sein. Auch hat sich die Stadt außerhalb der Stadtmauer ausgebreitet und wuchert ungeschützt in die Ebene hinein.

Unsere Straße führt direkt auf das westliche Stadttor zu, während der Fluss nördlich der Stadt in das Meer läuft. Um die Stadt noch vor Einbruch der Nacht zu erreichen, spornen wir unsere Pferde nochmals an.

Es ist bereits dunkel und die Lichter brennen, als wir die Stadttore erreichen. Aber sie sind immer noch offen und zwei Wachen stehen davor.

»Guten Abend, mein Herr. Wohin wollt Ihr und Eure Begleiterin zu dieser späten Stunde?«

Sein Tonfall aber macht deutlich, dass es ihn gar nicht

interessiert, sondern er nur bestochen werden will. Sonja reitet nun direkt neben ihn und erwidert mit scharfem Unterton.

»Zur Kaserne. Und ihr werdet mir den Weg zeigen.«

»Aber ...«

»Sofort!« Sonjas Tonfall überzeugt die Wache, uns widerspruchslos zur Kaserne zu führen.

Nach kurzer Zeit erreichen wir diesen Komplex und Sonja verschwindet im Hauptgebäude. Währenddessen übergebe ich die Pferde einem der Stalljungen. Und obwohl er mich kritisch ansieht, da meine Kleidung von Kampf noch immer stark zerrissen ist, sagt er kein Wort.

Als ich in das Hauptgebäude eintrete, kommt mir Sonja bereits entgegen. »Alles geklärt. Wir haben heute hier ein Zimmer. Das Abendessen können wir uns in der Kantine holen. Aber vorher sollten wir die Kleiderkammer aufsuchen.«

»Also gut. Du weißt, wohin?«

»Ja. Alle Kasernen in den Hauptstädten wurden einst nach demselben Grundriss gebaut. Damit sich jeder Soldat, egal aus welchem Königreich, zurechtfindet.«

»Also gut. Ich folge dir unauffällig.«

Spontan küsst Sonja mich. »Das mit unauffällig glaube ich jetzt mal nicht.«

Mit gespielter Empörung frage ich nach. »Wie meinst du das?«

»Nur wegen deiner schadhaften Kleidung.«

»Gerade noch gerettet.«

In der Kleiderkammer arbeitet ein alter, etwas brummeliger Offizier, der aber sofort sehr freundlich wird, nachdem er Sonja hat einordnen können. Augenscheinlich ist sie in Militärkreisen sehr bekannt.

Eine schwarze Stoffhose und ein beiges Hemd wechseln den Besitzer und ich lege sie zur Empörung des Offiziers gleich an.

Sonja aber lacht nur.

Die Kantine befindet sich etwas entfernt von der Kleiderkammer, und so wird unser Hunger, vor allem der von Sonja, auf eine harte Probe gestellt. Zum Glück aber ist niemand mehr anwesend außer dem Koch. Und der wurde wohl bereits informiert, denn es steht bereits ein großzügiges Abendessen bereit.

Das schlingen wir hastig hinunter, dann verschwinden wir in Richtung unserer Kammer. Die ist recht karg und nur mit einem Bett ausgestattet. Das Fenster aber ist vergittert und die massive Holztür kann man von innen absperren. Also werde ich heute Nacht auch mal wieder Schlaf finden.

Erschöpft wie Sonja ist, schafft sie es gerade noch, den Mantel abzulegen, bevor sie in voller Rüstung unter der Decke verschwindet und sofort einschläft. Auch ich lege mich hin und mit Sonja in den Armen schlafe ich ein.

Salziger Wind bläst mir entgegen. Ich stehe am Steuerdeck eines Schiffes und blicke auf das Meer hinaus in die untergehende Sonne. Vor mir auf Deck tummeln sich einige Gestalten in Fellen und mit Lederrüstungen. Neben mir steht ein großer Mann, bekleidet mit einem schwarzen Fell und mit einem Gesicht, wie es nur Krieger haben.

»Morgen werden wir eintreffen ...«

Wieder mein richtiger Name. Und wieder ist er wie ausgelöscht. Auch weiß ich nicht, wo wir morgen eintreffen werden.

»In Ordnung, weckt mich, wenn es so weit ist«, höre ich mich sagen.

Ohne auf Antwort zu warten drehe ich mich um und blicke Richtung Osten. Und sehe eine unglaubliche Zahl von Schiffen auf dem Meer. Und alle sind schwarz mit roten Segeln. Nur unseres hat weiße Segel.

Ohne weiter darauf zu achten drehe ich mich wieder um und begebe mich zur Kapitänskabine. Dabei laufen mir einige der Crew über den Weg. Aber niemand redet mich an, sondern alle weichen respektvoll aus. Und alle haben ein Amulett aus Zwergensilber um den Hals, aber mein Blick schweift nur darüber, sodass ich nichts lesen kann.

Mein Körper öffnet die Tür zur Kapitänskabine und tritt ein. Im Bett sehe ich eine Frau liegen mit blonden Haaren. Leider kann ich ihr Gesicht nicht erkennen und ich drehe mich auch bereits wieder ab. Und blicke in einen Spiegel! Das Gesicht, das mir entgegenblickt, ist meines! Nur frisch rasiert und gepflegter, aber meines!

Um meinen Hals hängt ein Amulett der Barbaren.
Es besteht auch aus Zwergensilber, einem Innen- und einen Außenkreis.

Im Außenkreis steht das Symbol für ›Barbar‹, aber nicht wie bei der Frau damals unten, sondern oben. In der Mitte steht auch das Symbol für ›verheiratet‹. Bedeutet das etwa, dass ich mit der Frau verheiratet war? Und warum nur Barbar? Es muss unzählige davon geben.

Aber mein Körper wendet sich bereits dem Bett zu und die Frau dreht sich zu mir.

»Hallo, Schatz, kommst du endlich.«
Es ist dieselbe Frau, die mir damals im Traum das Messer in das Herz gerammt hat! Nur jünger.
Bevor ich etwas erwidern kann, wache ich auf.

»Guten Morgen, Trajan, bist du auch endlich wach«, höre ich Sonja sagen.

Sonja liegt neben mir im Bett und blickt mich an.
»Guten Morgen, Sonja. Hoffe, du hast auch gut geruht.«
»Abgesehen davon, dass du so geschnarcht hast, geht es.« Sie lacht.

Jetzt muss ich auch lachen. »Hatten wir nicht schon einmal diese Diskussion?«, frage ich nach.

»Kann sein«, antwortet Sonja und küsst mich leidenschaftlich.

»Das ist schon eine bessere Begrüßung. Also, was wollen wir heute machen?«

»Du bist ein wirklicher Romantiker«, antwortet Sonja mit ironischem Tonfall. »Aber du hast recht. Wir müssen Sarena finden. Aber vorher suchen wir einen Barbier auf, damit du wieder vorzeigbar aussiehst.«

»Du siehst immer wunderhübsch aus.«

Unsicher sieht mich Sonja an, ob ich es ironisch meine oder nicht. Augenscheinlich glaubt sie mir, dass ich es ernst meine, und küsst mich nochmals.

»Immerhin bist du ein Charmeur. Aber lass uns jetzt aufbrechen. Danach suchen wir Pferdehändler auf, die auch Pferde ankaufen, die zum Botensystem und somit dem jeweiligen König gehören.«

Das Frühstück ist bereits angerichtet, als wir die Kantine betreten. Auch sind wir nun nicht mehr allein, mindestens zwanzig Soldaten essen gerade. Alle blicken vorsichtig in Richtung Sonja, aber keiner traut sich, sie anzusprechen. Also nehmen wir das Frühstück mit und verzehren es, während wir die Kaserne verlassen.

Draußen erwartet uns bereits ein Nieselwetter, die Straßen sind ziemlich leer. Nur ab und zu huschen Gestalten an uns vorüber, die sich beeilen, um aus dem Regen zu kommen.

Da Sonja in ihren Mantel gehüllt ist, scheint es ihr nichts auszumachen. Und ich genieße den Regen nach Jahren unter der Erde. Wie er auf mein Gesicht fällt und ein frisches Gefühl hinterlässt.

»Warum weichen dir alle Soldaten aus?«, frage ich Sonja.

»Direkt wie immer, Trajan. Aber es liegt daran, dass Frauen in der Armee nicht gern gesehen werden. Also habe ich gegen jeden gekämpft, der mir dumm kam. Und dabei immer gewonnen. Also habe ich den Ruf weg, jeden fertig zu machen, der mich bloß schief anschaut.«

»Kann ich mir gar nicht vorstellen bei deinem liebreizenden Temperament.«, erwidere ich, bevor ich mich zurückhalten kann.

Mit einem Funkeln in den Augen sieht mich Sonja an. »Ja so ist es. Und noch so eine Bemerkung und du lernst dieses leibreizende Temperament kennen. Du hast bloß Glück, dass du besser kämpfst als ich.«

»Mein Glück ist es, dich zu kennen«, erwidere ich, und bevor Sonja antworten kann, drücke ich sie an mich und küsse sie fest. Dennoch bekomme ich einen Schlag in die Seite, aber den Kuss erwidert sie.

Als ich sie loslasse, atmet sie betont stark ein. »Dein Glück ist es, dass ich dich so mag. Deshalb kann ich deine geistigen Aussetzer manchmal überhören. Und nun lass uns weitergehen. Nicht dass wir noch verhaftet werden wegen Erregung öffentlichen Ärgernisses.«

Und wirklich, einige der Passanten waren stehengeblieben und blicken uns schockiert an. Also beeilen wir uns weiterzukommen.

Je weiter wir gehen, desto schäbiger wird die Stadt.

Die Gassen werden immer kleiner und die Häuser immer verfallener. Auch die Passanten sind nun eher Rumtreiber und dubiose Gestalten.

An einem sehr heruntergekommenen Haus bleibt Sonja stehen und klopft laut an. Ein kleiner Schlitz in der Tür wird geöffnet und aus dem Dunkel ist eine Stimme zu hören.

»Was wollt ihr.«

Sonja wirft sich mit voller Wucht gegen die Tür und die Stimme dahinter wird nach hinten geworfen. Sonja tritt durch die nun offene Tür und ich folge ihr schnell.

Auf dem Boden liegt ein normalgroßer, leicht übergewichtiger Mann mit grauen Haaren. Wobei sich das Gewicht nur auf seinen Bauch konzentriert; Beine und Arme sind dünn wie bei einem Verhungerten.

Sonja hält ihm ihr Schwert an den Hals und blickt ihn direkt an.

»Du hast in den letzten Tagen ein Pferd aus dem Botensystem von einer jungen Frau gekauft. Wo ist sie?«

Verwirrt blickt der Händler auf. »Die Frau oder das Pferd?«

Sonja geht nicht auf die Frage ein und übt ein bisschen Druck auf den Hals des Händlers aus. Unter der Schwertspitze beginnen ein paar Blutstropfen den Hals des Händlers herabzulaufen.

»Das Pferd ist hinten. Die Frau, weiß ich nicht.«

»Du weißt, wo die Frau ist. Denn du hast ihr sicher viel Geld für das Pferd gezahlt. Und um es dir wiederzuholen, hast du sie verfolgen lassen. Also wo ist sie? Und wenn ich nicht mit der Antwort zufrieden bin, dann schneide ich dir die Kehle auf.«

In den Augen des Händlers steigen Tränen auf. »Sie

ist im Ork-Kopf abgestiegen«, kommt es weinerlich, »einer Kneipe rund hundert Meter östlich von hier. Aber mittlerweile wurde sie dort von unserem Fürsten gefangen genommen und dürfte sich in seinem Versteck aufhalten. Aber wo das ist, weiß ich nicht.«

Ohne etwas zu sagen, steckt Sonja ihr Schwert in die Scheide zurück und mit unbewegtem Gesicht begibt sie sich auf die Straße.

»Wer ist der Fürst?«, frage ich als Erstes.

Mit hartem Gesicht antwortet Sonja: »Der Anführer der mächtigsten Verbrechergesellschaft einer Hauptstadt wird so genannt. Ihn zu finden ist fast unmöglich. Sarena ist in wirklichen Schwierigkeiten.« Trotz des harten Blickes ist aus ihrer Stimme die Sorge um Sarena herauszuhören.

»Was machen wir nun?«

»Wir besuchen den Ork-Kopf«, erwidert Sonja hart.

Der Ork-Kopf befindet sich wirklich nur hundert Meter entfernt und wir haben ihn nach kurzer Zeit erreicht. Als Schild hängt ein gemalter Ork-Kopf über der Eingangstür, wobei der Maler wahrscheinlich noch nie einem Ork begegnet ist. Auch steht nirgends der Name der Kneipe. Aber es ist auch zu erwarten, dass die Gäste nicht lesen können und somit ein Schriftzug sinnlos wäre.

Obwohl es erst Morgen ist, hat die Kneipe bereits geöffnet und wir treten ein. Der Gastraum ist leer, nur zwei betrunkene Seeleute liegen in einer Ecke und schlafen. Der Gastwirt steht mit mürrischem Blick hinter der Bühne und ruft uns zu: »Hier herrscht am Morgen Selbstbedienung. Also wenn ihr was wollt, müsst ihr es bei mir holen.«

Wir gehen zum Tresen und Sonja erwidert: »Wir wollen unsere Freundin wieder. Wo ist sie?«

Mit einem schmierigen Grinsen antwortet der Wirt: »Da kann ich euch nicht helfen. Aber gerne kannst du meine Freundin sein.«

Ohne darauf zu regieren, fragt Sonja nochmals nach: »Wir suchen unsere Freundin. Sie hat deinem Freund, dem Pferdehändler, ein Pferd aus dem Botensystem verkauft. Also wo ist sie?«

Das schmierige Grinsen erlischt und mit bedrohlicher Stimme erwidert der Wirt: »Das ist eine gefährliche Frage. Und ich gebe dazu keine Antwort.«

»Immerhin habt ihr schon beantwortet, dass ihr sie kennt. Also wo ist sie?«

»Ihr solltet nun gehen.« Der Wirt blickt dabei in Richtung der beiden betrunkenen Seeleute.

Auch ich wende meinen Blick dorthin und es ist nur noch einer da. Der andere muss verschwunden sein. Währenddessen zieht Sonja ihr Schwert und legt es mit der Spitze dem Wirt an die Kehle.

»Deinem Freund, dem Pferdehändler, musste ich erst zum Teil die Kehle aufschneiden, bevor er antwortete. Ich hoffe du bist schneller.«

Die Augen des Wirtes sind nun angstgeweitet, aber er gibt keine Antwort. Er blickt immer noch auf den betrunkenen Gast. Also nähere ich mich dem und wie durch ein Wunder steht der vollkommen nüchtern auf und zieht sein Schwert.

»Ihr hättet auf den Wirt hören und verschwinden sollen. Ich bin der beste Schwertkämpfer hier in Posodon. Und nun werde ich dich töten« sagt er.

Ohne darauf zu reagieren gehe ich weiter auf ihn zu.

Denn wenn einer so eine Rede hält, ist er eher ein schlechter Schwertkämpfer und Angeber. Noch einmal beginnt er: »Bleib stehen oder ich schlitz dich auf.«

»Sag mir, wo unsere Freundin ist und ich werde dich nicht töten.«

»Dass ich nicht lache. Und deine Freundin wird sicher schon in einem Freudenhaus gelandet sein und für uns Geld verdienen.«

Das hätte er nicht sagen sollen. Mit einer fließenden Bewegung ziehe ich mein Schwert und täusche einen seitlichen Schlag an. Wie erwartet ist mein Gegner ein schlechter Schwertkämpfer. Er versucht, den Schlag durch einen seitlichen Hieb zu blocken. Im letzten Moment ziehe ich mein Schwert zurück, sodass sein Abwehrhieb vorbei ins Leere geht. Bevor er aber wieder sein Schwert zur Abwehr vor den Körper bringen kann, stoße ich meines mit aller Kraft gerade nach vorne. Es durchdringt seinen Bauch und die Wirbelsäule und nagelt ihn an die Wand. Der Gegner beginnt vor Schmerz zu schreien und ich zertrümmere ihm mit der Faust den Kehlkopf, sodass er erstickt.

Er hätte das einfach nicht sagen dürfen.

Der Wirt ist mittlerweile kreidebleich und beginnt hastig zu reden. »Der Fürst hat sie mitgenommen. Ich weiß nicht wohin. Aber der andere Aufpasser weiß es. Er wird zurückkommen, aber mit Verstärkung. Er ist der Kontaktmann für mich. Mehr weiß ich wirklich nicht. Bitte lasst mich leben.« Dann beginnt er zu weinen.

»Verschwinde« befiehlt ihm Sonja und der Wirt verschwindet mit Danksagungen an uns in der Küche und dann aus der Hintertür.

»Du willst warten, oder?«, fragt Sonja mich, obwohl

sie die Antwort bereits kennt.

»Ja, oder hast du einen besseren Plan.«

»Nein«, erwidert Sonja und gibt mir einen Kuss. Dann nehmen wir beide auf der Theke Platz und während Sonja den Vordereingang überwacht, blicke ich zur Küchentür. Sonja greift nach meiner Hand und gemeinsam warten wir auf unsere neuen Angreifer.

Es dauert nicht lange und die Vordertür wird aufgeworfen. Der Aufpasser, der vorhin verschwunden ist, tritt ein, gefolgt von fünf Männern. Auch ich drehe mich nun in Richtung Eingangstür.

Die Männer haben die Leiche ihres Freundes entdeckt und Beginnen zu flüstern.

»Ruhe!«, herrscht sie ihr Anführer an, den die Leiche auch etwas aus dem Konzept gebracht hat.

»Dafür werdet ihr sterben« schreit er uns an.

Mit einem müden Lächeln antwortet Sonja für uns beide.

»Genau denselben Satz hat dein Freund vorhin auch von sich gegeben. Und mein Freund hat nicht einmal das Zehntel einer Minute gebraucht, um ihn zu töten. Also sag uns einfach, wo unsere Freundin ist und wir lassen dich und deine Leute am Leben.«

Der Anführer beginnt laut zu lachen, aber seine Gefährten wollen nicht so richtig mitlachen. So verpufft der Effekt und das Ganze wirkt peinlich. Auch der Anführer hat das gemerkt und hört auf zu lachen.

»Macht sie alle« fährt er seine Leute an und nähert sich uns.

Aber seine Leute bleiben zurück und ich springe von der Theke. Mit gezogenem Schwert nähert sich der Anführer, und seine Kumpane beginnen nun auch, ihm zu folgen. Aber immer noch hängen sie etwas zurück. Also wiederhole ich das Spiel, aber diesmal bin ich schneller, da ich das Schwert bereits in der Hand habe. Mit einer fließenden Bewegung täusche ich einen seitlichen Schlag an und mein Gegner wählt dieselbe Abwehr wie sein Vorgänger. Er versucht, durch einen seitlichen Hieb zu blocken, augenscheinlich hatte er denselben Lehrer wie sein Kollege. Also ziehe ich im letzten Moment wieder mein Schwert zurück und stoße dann mit aller Kraft gerade nach vorne. Diesmal habe ich etwas höher gezielt und das Schwert durchschlägt das Brustbein. Mit einem Fußtritt befördere ich den Sterbenden nach hinten und kann so mein Schwert befreien.

Die anderen Angreifer bleiben stehen und zögern.

»Das war noch ein bisschen schneller als beim Letzten. Ob du den Nächsten unter einem zwanzigstel einer Minute schaffst?«, fragt Sonja, ohne die anderen Gegner zu beachten.

»Ich werde es versuchen. Aber leider habe ich nur vier Versuche. Oder habt ihr vielleicht noch weitere Kollegen dabei?«, frage ich die Angreifer.

Denen ist die Unterhaltung nicht geheuer und sie ziehen sich in Richtung der Tür zurück. Bevor sie aber endgültig fliehen, tritt ein weiterer Mann durch die Tür. Der hat meine Größe und meine Statur. Die Narben in seinem Gesicht weisen ihn als Kämpfer aus und auch sein nackter Oberkörper ist mit Narben übersät. Seine Augen strahlen eine Ruhe und Überlegenheit aus, wie ich es noch nie gesehen habe. Mit ruhigem Blick erfasst er die Situation und nähert sich dann mit gezücktem Schwert meiner Position.

Das ist für mich aber nebensächlich. Denn etwas anderes hat meine Aufmerksamkeit erregt. Auf der Brust trägt er das Amulett eines Barbaren. Im äußeren Kreis steht sowohl oben als auch unten *Krieger des Stamms der Marzenen*, im mittleren Kreis ist das Symbol für ›verheiratet‹. Wobei die Schrift sich zu bewegen scheint. Denn der ganze Schriftzug würde zu viel Platz einnehmen, aber die Wörter tauchen kurz über der Mitte auf, laufen dann über den Halbkreis und verschwinden dann wieder.

»Du bist ein Barbar?«, frage ich verdutzt, obwohl ich die Antwort kenne.

Der reagiert nicht darauf und nähert sich weiter.

»Auch ich bin ein Barbar.« Ich versuche es erneut.

Ohne Reaktion geht der Barbar weiter auf mich zu und hat mich fast erreicht.

»Aber wieso steht bei dir, dass du vom Stamm der Marzenen kommst, während bei mir kein Stamm auf dem Amulett stand?«

Verdutzt bleibt der Barbar stehen und sieht mich an.

»Woher weißt du, was mein Stamm ist?«

Verwundert über diese Frage antworte ich:»Weil ich es auf deinem Amulett lesen kann. Was soll die dumme Frage?«

»Du kannst mein Amulett sehen?«, fragt der Barbar ungläubig nach.

»Ja, natürlich. Auch kann ich sehen, dass du verheiratet bist.«

Vorsichtig macht der Barbar einen Schritt zurück und lässt sein Schwert sinken.

»Aber ich kann dein Amulett nicht sehen«, sagt er.

»Ich weiß, ich habe derzeit keines. Aber aus

Erinnerungen kann ich mich an meines erinnern. Oben stand Barbar und unten nichts«, antworte ich. Das mit dem Verheiratet-Symbol verschweige ich lieber.

Erschrocken sieht mich der Barbar an.

»Dieses Symbol hat es schon lange nicht mehr gegeben. Normalerweise würde ich dich für so eine Lüge sofort töten. Aber ich will wissen, woher du dieses Symbol kennst?«

»Weil ich es einst getragen habe!« Ich werde lauter. Der Barbar geht einen weiteren Schritt zurück und mustert mich. »Nun gut. Ich will herausfinden, was das alles soll. Aber vorher will ich wissen, was ihr hier wollt.«

»Wir wollen unsere Freundin zurück, die an den Pferdehändler ein Botenpferd verkauft hat. Sie wurde von euch entführt. Und sollte ihr etwas geschehen sein oder wie von eurem an die Wand genagelten Freund behauptet, sie zur Prostitution gezwungen worden sein, werde ich euch alle töten.«

Mit festem Blick sieht mich der Barbar lange an, bevor er etwas erwidert. »Du bist wirklich davon überzeugt, dass du uns alle töten kannst. Nun gut, ich werde dich zu unserem Fürsten bringen. Mein Name ist übrigens Grokjan. Also folgt mir.«

Ohne auf die Antwort zu warten dreht sich Grokjan um und geht nach draußen. Seine Kollegen stecken die Waffen weg und machen sich daran, die Leichen wegzuschaffen. Sonja steht vom Tresen auf und greift meine freie Hand. Gemeinsam begeben wir uns ins Freie und folgen Grokjan.

18. Der Fürst von Posodon

Grokjan führt uns durch einige Gassen, bis wir an einer Kneipe stehen bleiben. Nur ein Schild mit einem Bierkrug weist darauf hin, kein Name oder etwas anderes steht an der Wand. Auch sieht es eher aus wie ein normales Haus.

Grokjan blickt sich um, dann öffnet er die Tür und tritt ein. Sonja und ich folgen ihm. Im Inneren sind alle Tische von zwielichtigen Gestalten besetzt. Der Raum ist in dicken Rauch gehüllt und stinkt nach schalem Bier. Dennoch ist keiner der Anwesenden betrunken: Alle mustern uns sorgfältig. Das sind keine Gäste, sondern Wachen. Das wird mir klar.

Grokjan verschwindet durch eine Hintertür und wir folgen ihm weiterhin. Keiner der Wachen erweckt auch nur den Anschein, als wollten sie uns aufhalten.

Wir gehen einen langen Gang hinunter, der in die Erde gegraben zu sein scheint. Auf jeden Fall befinden wir uns nicht mehr in einem Gebäude.

Am Ende des Ganges treffen wir auf eine schwere Eisentür. Grokjan klopft an; ein Sehschlitz wird geöffnet.

»Mach auf. Ich habe Gäste für den Fürsten«, blafft Grokjan den Mann hinter der Tür an.

Und der öffnet auch sofort die Tür.

Grokjan tritt ein und wir folgen ihm wiederum.

Der Raum ist eine große, runde Halle mit einer Kuppel, erleuchtet von einer Reihe von Fackelständern. Neben jeder dieser Ständer steht eine Wache; gemeinsam bilden sie so eine Art Spalier. Insgesamt dürften es dreißig Männer sein, alle schwer bewaffnet. Am Ende des Spaliers stehen zwei Männer in langen schwarzen Kutten. Offensichtlich sind dies Zauberer; schwarze Kutten sind deren Modetrend.

Zwischen den beiden Männern steht ein Thron, auf dem ein kleiner, schwächlicher Mann sitzt. Aber seine Aura strahlt eine Bösartigkeit aus, dass sofort klar ist, wer er ist. Auch ohne dass es uns Grokjan mitteilt.

»Fürst von Posodon, ich bringe euch einen Freund von mir«, beginnt Grokjan, als wir fünf Meter vor dem Thron stehen.

Mit gespielter Langeweile blickt der Fürst auf uns herab und erwidert. »Und, was soll mich das interessieren?«

Ohne jegliche Art von Demut oder Unterwürfigkeit sagt Grokjan: »Er ist ein Barbar wie ich und wir haben seine Freundin entführt. Er fordert unverzüglich ihre Freilassung. Sonst wird er uns alle töten.«

Der Fürst beginnt zu lachen, wobei es eher an ein Krächzen erinnert: »Grokjan, ich mag dich wegen deiner Ansichten. Aber warum sollte ich etwas hergeben, was mir gehört?«

»Weil er euch sonst töten wird. Denn unsere Gesetze verlangen das«, antwortet Grokjan, wieder mit ruhiger Stimme.

»Grokjan«, erwidert der Fürst diesmal mit gefährlich leiser Stimme »sei vorsichtig was du sagst. Ich mag dich zwar. Aber das hält mich nicht davon ab, dich zu töten, wenn du mich verärgerst. Also, welche Gefangene will er und was bietet er?«

Langsam reicht es mir und ich antworte an Grokjans Stelle: »Sie heißt Sarena und hat ein Botenpferd verkauft. Und ihr bekommt für sie euer Leben geschenkt.«

Der Fürst gibt wieder dieses Krächzen von sich, das

ein Lachen darstellen soll.»Genauso wie dein Freund. Liegt wohl in der Natur der Barbaren. Aber ich weiß, welche Dame ihr meint. Sie ist sehr hübsch und wird eine gute Hure abgeben. Ihr habt aber Glück. Ihren ersten Auftrag hat sie heute Abend. Aber da sie noch Neuware, also quasi noch unberührt ist, kostet sie zweitausend Goldstücke.«

Mit scharfer Stimme frage ich:»Und wenn wir nicht so viel Gold haben?«

»Dann wird entweder diese Sarena heute Abend die Arbeit aufnehmen. Oder wenn du tauschen willst, deine Begleiterin bleibt hier und nimmt Sarenas Platz ein. Du hast die Wahl.«

Vor meinem inneren Auge taucht das Bild von Sarena und von Sonja auf und ich höre in meinen Kopf immer wieder die Worte des Fürsten. Als ich merke, dass der rote Nebel in mir aufsteigt, versuche ich ihn nicht zurückzuhalten, sondern freue mich darüber.

Sofort ändert sich meine Wahrnehmung und ich spüre vierunddreißig Gegner in diesem Raum. Wie schon beim letzten Mal sehe ich Sonja nicht als Gegner an. Grokjan sonderbarerweise aber auch nicht.

Die ersten beiden Gegner stehen rechts und links von mir. Die zwei vorletzten Wachen im Spalier.

Zum ersten Mal höre ich mich reden, während roter Nebel mich erfüllt. Meine Stimme klingt dunkler und bedrohlicher.

»Grokjan a Jahrsulid, bring Sonja in Sicherheit«, höre ich mich sagen.

Grokjan packt Sonja am Arm und zerrt sie an der Wache zu meiner Rechten vorbei aus dessen Reichweite.

Der reagiert nicht darauf, sondern bewegt sich auf

mich zu – wie alle anderen dreiunddreißig Gegner. Nur der Fürst bleibt sitzen, aber sogar die Wache an der Tür holt keine Verstärkung, sondern nähert sich. Was ungewöhnlich ist, denn keiner der Angreifer ist ein Fernkämpfer.

Der rote Nebel schert sich um solche Gedanken nicht und er reißt mein Schwert aus der Scheide und in der Bewegung zieht es einen blutigen Streifen über den Oberkörper des Angreifers zu meiner Rechten. Ohne es zu sehen, weiß ich genau, dass der Gegner zu meiner Linken mit dem Schwert nach meinem Oberkörper sticht.

Mein Körper aber setzt die Bewegung aus dem Angriff fort und dreht sich nach rechts fast um die ganze Achse. Mit voller Wucht prallt mein Schwert auf das des Gegners. Überrascht von der Heftigkeit lässt er es fallen. Bevor er sich in Sicherheit bringen kann, bewegt sich mein Schwert zurück und öffnet ihm die Kehle.

Die anderen einunddreißig sind mittlerweile herangekommen und bilden einen Kreis. Als hätten sie das oft geübt, greifen sie mich alle gleichzeitig an, ohne sich gegenseitig zu behindern.

Ich aber habe das Gefühl, als würde alles langsam um mich herum. Auch wenn nun unzählige Schwerter auf mich zufliegen, bewegen sie sich doch wie in Zeitlupe. Mein Schwert und mein Körper bewegen sich normal.

Blitzschnell tauche ich nach unten ab und hebe das Schwert meines letzten Gegners auf. Kaum wieder aufgerichtet zucken meine beiden Schwerter unabhängig voneinander in alle Richtungen und beginnen mit ihrer Arbeit.

Sie pflügen sich durch die Front von Schwertern und

richten schlimme Schäden bei den Gegnern an. Ein feiner Nebel von Blut liegt in der Luft, denn die meisten Treffer sind schwere Wunden an den Armen und Beinen, bevor meine Schwerter die Kehlen der Gegner aufschlitzen.

Die bewegen sich noch immer in Zeitlupe, während meine Schwerter umherzucken wie Blitze. Die ersten fünf Gegner liegen bereits am Boden, alle tot. Die anderen Gegner werden dadurch etwas behindert und meine Tötungsgeschwindigkeit erhöht sich.

Weitere fünf Gegner liegen auf dem Boden, aber die anderen dreiundzwanzig greifen weiter an. Seit Beginn des Kampfes dürfte für die noch keine zwei Minuten vergangen sein.

Das Töten geht weiter und meine Schwerter schlagen weiter brutale Wunden. Mittlerweile kann ich kaum noch etwas sehen, da ich über und über mit Blut bedeckt bin und auch meine Augen etwas davon abbekommen haben. Aber in meinem Geist sehe ich jeden Gegner und jede Waffe vor mir. Mittlerweile sind aber nur noch fünfzehn Gegner und der Fürst übrig. Also habe ich weiter acht Gegner in den Tod geschickt.

Die Reihen der Gegner beginnen einzubrechen und einige der Angreifer ziehen sich zurück. Sieben Gegner aber sind nicht so klug wie ihre Freunde und sterben bei ihrem sinnlosen Angriff.

Die verbleibenden acht Gegner fliehen zur Ausgangstür, die aber von innen verschlossen ist. Und keiner von ihnen scheint den Schlüssel zu haben. Der Fürst versteckt sich ängstlich hinter dem Thron und versucht, seine Männer zu sich zu rufen.

Der rote Nebel wendet sich dem Thron zu und mein

Körper nähert sich dem Fürsten mit großen Schritten. Bevor er ihn erreicht, greife ich ein und dränge den Nebel zurück. Sofort und ohne Widerstand verschwindet der und ich habe wieder die Kontrolle über meinen Körper.

Der Fürst versteckt sich noch immer wimmernd hinter seinem Thron und die acht überlebenden Wächter drängen sich an der versperrten Ausgangstür. Mein Blick aber sucht Sonja und findet sie.

Sie eilt zu mir herüber und ich stecke mein Schwert in die Scheide, während ich das andere Schwert einfach fallen lasse. Voller Freude umarme ich sie und küsse sie, dabei hebe ich sie mit Schwung hoch. Auch sie lächelt mich an und erwidert die Küsse, obwohl ich sie mit Blut beschmiere. Aus den Augenwinkeln sehe ich, wie sich Grokjan uns nähert, und ich setzte Sonja ab.

»Grokjan«, beginne ich »oder soll ich Fürst von Posodon sagen? Bring sofort Sarena her oder ich werde mein Werk mit dir vollenden.«

Ohne überrascht zu sein, erwidert er. »Ich werde sie sofort holen. Ihr ist nichts geschehen. Danach möchte ich mich aber gerne mit dir unterhalten.«

Kaum sind diese Worte verklungen, öffnet sich die Eingangstür und die Wächter eilen nach draußen. Dafür treten neue Männer ein und auch Sarena. Kaum erblickt sie uns, beginnt sie zu laufen. Auch Sonja läuft auf sie zu und voller Freude umarmen sie sich. Dann kommen beide wieder zu mir herüber und zu dritt blicken wir Grokjan vorwurfsvoll an.

»Hat er dir etwas angetan?« Ich ignoriere Grokjan vollkommen.

»Nein, alle waren nett zu mir. Außer dass sie mich

gefangen gehalten haben«, erwidert diese.

»Also warum das ganze Schauspiel?«, frage ich Grokjan.

»Das würde ich gern unter vier Augen besprechen. Auch würde ich gerne wissen, wie du es gemerkt hast?«

»Sonja und Sarena bleiben oder ich gehe mit ihnen. Und es war offensichtlich, da dich keiner aufgehalten hat, als du mit Sonja zur Seite verschwunden bist. Und vor allem waren es nur Nahkämpfer und es wurde keine Verstärkung geholt. Also warum das alles.«

»Verschwindet!«, ruft Grokjan seinen Leuten zu und die verlassen augenblicklich den Saal.

Als wir allein sind, beginnt Grokjan: »Mein Name ist, wie du bereits gesagt hast, Grokjan a Jahrsulid. Ich wollte dich testen, Trajan. Ich bin hier, weil ich einen bestimmten Barbaren suche, der mich in unsere Heimat begleiten soll. Denn dort herrscht Krieg und nur der kann ihn stoppen. Zumindest war das so, als mein Vater hierher aufgebrochen ist. Der Kampf war ein Test, den nur dieser Barbar normalerweise bestehen kann. Deshalb bitte ich dich, mich mit in die Heimat zu begleiten. Auf der Reise werde ich dir alles erklären.«

Etwas überrumpelt von dem Angebot, schweige ich einige Minuten und auch die anderen Anwesenden wagen nichts zu sagen.

»Ich habe Sonja versprochen, sie zur Universität zu begleiten und dort einen Verräter zu finden. Was danach ist, darüber habe in letzter Zeit nicht nachgedacht. Ursprünglich wollte ich dann meine Heimat besuchen und Sarena sollte mitkommen, da sie hier nicht allein zurückbleiben sollte. Aber das war, bevor Sonja meine Freundin wurde. Ich will sie nicht verlassen, um in ein unbekanntes Land zu reisen. Andererseits will ich wissen, wer ich bin. Die Entscheidung liegt bei ihr, was wir nach der Aufdeckung des Verräters machen. Auch wenn es vielleicht nicht ganz fair ihr gegenüber ist.« Dabei wage ich es nicht Sonja anzublicken, um ihr die Entscheidung nicht noch mehr zu erschweren.

Sie aber ergreift sofort meine Hand:»Trajan, du hast mir geholfen zu fliehen und willst mir weiterhin helfen, den Verräter aufzuspüren. Und das, obwohl du jetzt die Chance hast, deine Herkunft zu finden. Natürlich werde ich dich danach begleiten, wohin du willst. Das ist das Mindeste was ich für dich tun kann. Auch will ich, dass du mit mir zusammen bist, aber auch glücklich dabei bist.«

Voller Freude umarme ich sie wieder und hebe sie hoch.

»Dann werde ich wohl warten müssen, bis ihr euren Verräter gefunden habt«, unterbricht Grokjan uns»Ich werde den Fürsten von Königsstadt bitten, euch zu helfen. Aber als Erstes möchte ich euch einen Besuch bei einem Badehaus und einem noblen Scheider spendieren. Nehmt dies als kleine Entschuldigung für dieses Schauspiel an.«

»In Ordnung. Dann sehen wir uns wieder, wenn wir den Verräter gefunden haben. Leb wohl, Grokjan!«

Auch Sonja und Sarena verabschieden sich; Grokjan gibt uns noch einen Zettel mit der Adresse des Bades und des Schneiders mit.

Draußen ist es mittlerweile Mittag geworden und die Sonne scheint durch die herbstliche Kühle und erwärmt sie leicht. Sarena erzählt uns von ihren Erlebnissen, nachdem wir getrennt wurden bis zu unserem

Wiedersehen. Auch Sonja erzählt Sarena unsere Erlebnisse und so habe ich Zeit, die Stadt zu betrachten. Die Straßen werden immer voller und auch die Häuser immer gepflegter. Auch verschwinden die eng aneinander geduckten Gebäude und es erscheinen immer größere Bauten mit nobler Fassade. Zudem werden die Straßen breiter und die Passanten besser gekleidet.

Vor allem ich falle mit meiner blutverschmierten Kleidung immer mehr auf, sodass mir Sonja ihren Mantel leiht. Die Sonne ist mittlerweile stark genug, sodass sie deshalb nicht frieren muss.

Im Bad werden wir bereits erwartet, augenscheinlich hat Grokjan einen Boten geschickt. Jeder von uns bekommt einen eigenen Raum mit einer Badewanne zugeteilt. Nachdem ich mich von Sonja und Sarena verabschiedet habe, begebe ich mich in meine Badewanne.

Voller Genuss sinke ich in das warme Wasser und zum ersten Mal seit Tagen fühle ich mich wieder entspannt. Während ich so vor mich hindämmere, erinnere ich mich an die Erlebnisse der letzten Wochen und wie schnell sich mein Leben verändert hat. Aber nur zum Besseren.

Als ich aufwache, ist das Wasser schon merklich abgekühlt. Ich bin wohl eingenickt und habe einige Zeit geschlafen. Neben meiner Badewanne liegen neue Kleidung und Rasierutensilien bereit, irgendjemand muss sie dort deponiert haben. Und da ich normalerweise bei so etwas wach werde, kann es nur Sonja gewesen sein. Erholt erhebe ich mich aus der Badewanne und beginne mich mithilfe eines kleinen

Spiegels zu rasieren. Zum Glück überlebe ich dies ohne größere Verletzungen und ich kleide mich an.

Sonja hat mir eine schwarze Hose aus Leder und ein beiges Hemd besorgt, dazu einen schwarzen Mantel aus Fell.

So gekleidet verlasse ich den Raum und begebe mich auf die Suche nach Sonja und Sarena. Eine freundliche Angestellte weist mich auf eine Gaststätte gegenüber dem Badehaus hin, wohin sich die beiden Damen begeben hätten.

Also folge ich dieser Spur und betrete das Gasthaus. Dies ist aber anders als alle mir bekannten Wirtshäuser. Der Raum ist klar und nicht verraucht, auch fehlt der typische Geruch nach Bier. Der Gastraum ist sauber und die Tische sind mit Laken bedeckt. Komischerweise fühle ich mich hier aber unwohler als in der ›Klampfe‹.

In einer Ecke entdecke ich Sonja und Sarena, die miteinander tuscheln. Augenscheinlich haben auch sie mich entdeckt und winken untermalt von lauten Rufen mir zu. Das führt bei den anderen Anwesenden, ein paar Bedienungen in einer Art Uniform und ein paar älteren Damen und Herren als Gäste zu missbilligenden Blicken.

Da mich hier aber im Gegensatz zu den anderen Kneipen keiner angreifen will, ist mir so was herzlich egal. Ohne die Gäste zu beachten, winke ich mit Freude zurück und bahne mir einen Weg zu meiner Freundin. Dabei versucht sich eine Art männliche Bedienung mir in den Weg zu stellen und den Mantel abzunehmen. Aber ich drücke ihn einfach zu Seite und setzte meinen Weg fort.

Auch Sonja und Sarena haben neue Kleidung

bekommen und sehen hinreißend aus. Wobei Sonja nur einen neuen, silbergrauen Mantel erhalten hat, den sie über ihre Lederrüstung trägt. Ihre Haare fallen als wallende Mähne herab und ihr Gesicht erstrahlt mit einem Lächeln.

»Das passt ja wie angegossen«, sagt Sonja. Während ich neben ihr Platz nehme, drückt sie mir einen Kuss auf. Bevor ich antworten kann, erwidert Sarena. »Da hast du wohl sehr genau gemessen, als er im Bad geschlafen hat, Sonja. Oder was meinst du Trajan?«

Sonja beginnt zu lachen, während ich die Anspielung nicht verstehe und deshalb nachfrage: »Wie meinst du das, Sarena.«

»Nun. Ich denke du hast ohne Kleidung gebadet. Und da hat Sonja die Größe besser abschätzen können, als wenn du in deinen Mantel gehüllt bist«, erwidert Sarena mit einem leichten Unterton.

Jetzt verstehe ich endlich die Anspielung, aber das soll Sarena nicht merken: »Ist gut möglich. Denn seit sie mich das letzte Mal nackt gesehen hat, ist schon einige Zeit vergangen.«

Nun blickt Sarena verdutzt aus der Wäsche und Sonja kann sich vor Lachen kaum noch auf der Bank halten.

»Sie hat dich bereits nackt gesehen?«, fragt Sarena nach.

»Ja, damals, als ich mich in der Höhle unter der Ork-Arena umgezogen habe. Ist das etwas Besonderes?« Ich zeige meine Unschuldsmiene.

»Nun, eigentlich schon«, antwortet Sarena.

»Gut, dass wir das geklärt haben, bevor es noch zu Missverständnissen gekommen wäre.«, erwidere ich mit ernster Miene.

Unter Lachen versucht Sonja sich am Gespräch zu beteiligen:»Trajan. Hör bitte auf, Sarena zu veräppeln. Am Schluss glaubt sie dir noch.«

Nun beginne auch ich zu lachen und nach einigem Zögern fällt auch Sarena ein.

Einer der uniformierten Bediensteten tritt an unseren Tisch und räuspert sich hörbar. Wir aber lachen noch immer weiter. Also wiederholt er sein Räuspern und versucht, lauter zu sein als unser Lachen. Aber wir ignorieren ihn weiter.

»Meine Damen und mein Herr. Ich glaube, Sie befinden sich im falschen Restaurant.« Sofort ist es an unserem Tisch still und wir alle blicken ihn gleichzeitig an.

Die Bedienung beginnt, unter unseren Blicken zu schwitzen, und man merkt, dass ihm die ungeteilte Aufmerksamkeit unsererseits zu viel ist. Sarena unterbricht die Stille und mit eiskalter Stimme erwidert sie:»Das glaube ich auch. Aber mein Freund Grokjan hat uns hierher eingeladen. Gerne kann ich ihn aber besuchen und nachfragen, ob er wirklich dieses Restaurant gemeint hat.«

Der Kellner wird leichenblass; auch die anderen Gäste scheinen urplötzlich jegliches Interesse an uns verloren haben. Also ist Grokjan auch in der oberen Gesellschaft von Posodon bekannt und gefürchtet.

Mit überschlagender Stimme versucht der Kellner uns zu besänftigen:»Meine Dame, aber das ist nicht nötig. Ich möchte mich für meinen Fauxpas entschuldigen und werde sofort die besten Speisen und Weine bringen.«

Er flieht in Richtung Küche, nur um kurz darauf mit einer Unmenge an Getränken und Essen zurückzukommen. Augenscheinlich hat Grokjan angewiesen, das Essen für uns vorzubereiten. Wir genießen das Essen und die Getränke in vollen Zügen, wobei Sonja und Sarena darauf achten, nicht zu viel Wein zu erwischen. Da auf mich der Alkohol keine Auswirkung hat, genieße ich umso mehr. Die ganze Zeit unterhalten wir uns über belanglose Themen und erfüllen das Restaurant mit einer Lautstärke, wie es normalerweise in einer Kneipe üblich ist. Die anwesenden Gäste ignorieren uns geflissentlich, aber zu gehen traut sich auch keiner.

Nachdem wir uns mehr als satt gegessen haben, verschwinden wir in die anbrechende Nacht. Der Rückweg zur Kaserne ist ohne Zwischenfälle, aber immer wieder ist zu erkennen, dass uns Gestalten folgen. Wahrscheinlich hat uns Grokjan Wächter mitgeschickt oder Leute, die uns beobachten sollen.

Die Nacht verbringen wir in der Kaserne, wobei Sarena auch bei uns im Zimmer schläft. Zwar wollte der diensthabende Offizier Protest einlegen, aber ein Blick auf Sonja hat ihn sofort verstummen lassen.

Also bringt er noch ein Extrabett für Sarena, sodass Sonja und ich uns wieder eines teilen können.

Am nächsten Morgen brechen wir sehr früh auf und der Offizier macht keinen Hehl daraus, dass er froh ist, uns los zu sein. Er hat sogar die Pferde aus der Wechselstation in die Kaserne bringen und uns Proviant und Frühstück für unterwegs vorbereiten lassen. Bevor die Sonne endgültig aufgeht, befinden wir uns schon außerhalb von Posodon auf dem Weg in die Königsstadt.

Ende Buch 1: Der Krieger
Weiter geht's in Buch 2: Der Barbar

19. Anhang

Völker

Menschen: Leben überwiegend in den sieben Königreichen und auf der Insel Rhod.

Zwerge: Ungefähr halb so groß wie Menschen, aber stärker und meistens sogar etwas breiter gebaut. Lebten einst auf dem ganzen nördlichen Kontinent in unterirdischen Städten, aktuell nur noch im Murkai-Gebirge.

Orks: Ungefähr so groß wie Menschen, aber breiter gebaut und mit grüner Haut. Sind sehr gewalttätig. Über die weiblichen Mitglieder dieser Rasse ist kaum etwas bekannt; sie wurden noch nie von anderen Völkern gesehen. Leben nördlich der Grünen Lande.

Oger: Kreaturen, doppelt so groß wie Orks, aber auch sehr langsam. Haben eher gräuliche Haut; sind auch sehr gewalttätig, aber dümmer als die Orks. Leben in den Bergen im Reich der Orks und werden von den Orks als wilde Tiere oder Sklaven betrachtet.

Sumpfechse:	Echsen, doppelt so groß wie Menschen, leben in den Sümpfen in den östlichen Grünen Landen.
Wolfsreiter:	Berittene Orks, deren Reittiere Wölfe aus dem Ork-Gebiet sind; ungefähr so groß wie Pferde.
Troll:	Ungefähr die gleiche Figur wie ein Ork, aber mit einer Haut aus Stein. Sie besitzen keine Ohren, spüren aber Vibrationen im Untergrund. Ihre kleinen Augen sind sehr scharf und sie können in der Dämmerung noch sehr gut sehen. Nachts sehen sie eher schlecht und unter der Erde gar nichts, was sie aber aufgrund ihres Spürsinns für Vibrationen sehr gut ausgleichen. Eine Nase besitzen Trolle auch nicht, sie brauchen auch keine Luft zu atmen. Somit kann sich ein Troll auch beliebig lange unter Wasser aufhalten; was die Trolle stattdessen brauchen, ist nicht bekannt. Auch was sie essen, weiß niemand.
Felsentroll:	Viermal so groß wie ein normaler Troll, aber auch mit einer Steinhaut.

Personen

In der Ork-Arena

Der Krieger:	Mein Name bei den Orks.
Trajan:	Mein Name bei den Menschen, einst hieß so ein großer Krieger in einer großen Schlacht.
Sonja Caralis:	Meine Begleiterin, kommt von einem unbekannten Ort außerhalb der Menschenreiche. Ehemalige Kommandeurin der Streitkräfte von Daran.
Isolde:	Sonja benutzt vor den Piraten diesen Namen.
Tr'uik:	Ein schmächtiger Ork, der Anführer der meisten Ork-Stämme ist.
Azru'g:	Leiter der Ork-Arena in den Grünen Landen.
Urtr'ak:	Hauptmann der Wachen. Spitzname Narbennase aufgrund einer tiefen Narbe quer über seine Nase. Ehemaliger Champion der Arena.
Hajatk:	Ein einfacher Orkwächter.

Auf der Insel Rhod

Graf Armolus:	Herrscher über das Herzogtum Rhod.
Lord Amrin Farkat:	Kapitän der Wellenreiterin.
Lord Gorun:	Einflussreicher Pirat auf Rhod, hat die Wahl zum Grafen knapp gegen Graf Armolus verloren. Vater des auf der Wellenreiterin getöteten Marsak.
Marsak:	Sohn von Lord Gorun, Obermaat auf der Wellenreiterin.
Cookie:	Koch der Wellenreiterin. Hat eine Vorliebe für Gebäck, deshalb Cookie.
Madex:	Pirat, der ursprünglich Madeye hieß. Aber als er ein Auge verlor wurde er nur noch Madex genannt (Ex-Madeye).
Surun:	Einer der Handlanger von Lord Gorun.
Sharkeye:	Pirat, der einem Hai ein Auge nur mit den Händen ausriss, deshalb Sharkeye.
Warren:	Barbier und Arzt auf der Wellenreiterin, auch Doc genannt.

Erak:	Späterer Kapitän auf der Sirene.
Ereat:	Steuermann der Sirene.
Sarena:	Bedienung in der Klampfe.
Kajr:	Diener im Hause Farkat, Ehemann von Isera.
Isera:	Köchin im Hause Farkat, Ehefrau von Kajr.
Tillius:	Haushofmeister im Schloss des Grafen.

In den Königreichen: Die Könige

König Ursal:	Herrscher über das Königreich Nordwehr
Saschar:	3. Sohn von König Ursal,
Harsal der Lustige:	Ehemaliger Herrscher über das Königreich Süran. Bekannt durch seinen Irrsinn und seine Grausamkeit. Der Lustige wurde er genannt, weil sein einziger Spaß war, Menschen auf möglichst grausame Weise zu quälen. Wurde am Schluss vom eigenen Volk in der Wüste lebendig bis zum Hals

eingegraben und verdurstet dort. Das Volk machte daraus ein Fest und während ihr König starb, fragten sie immer wieder: »Und, Harsal der Lustige, ist das nicht lustig.« Aus diesem Grund wird einmal im Jahr in Süran das Harsal-Fest gefeiert, bei dem man eine ungebrannte Tonfigur eingräbt und ihr immer wieder diese Frage stellt. Am Schluss, wenn sie ausgehärtet durch die Sonne ist, wird der Kopf zerschmettert.

Im Königreich Nordwehr

Giuzal: Leutnant bei der Garnison nahe dem Dorf Hillum.

Im Königreich Naptan

Karjak: Dorfvorsteher eines kleinen Dorfes.

Grokjan a
Jahrsulid: Fürst von Posodon, Barbar des Stammes der Marzenen.

Orte

Sakran: Alter Name der Königsstadt, schon seit Jahrhunderten aber nicht mehr gebräuchlich.

Königsstadt: Ein eigenes Reich, das von einem Grafen regiert wird, der aber nur Vertreter des Hochkönigs ist.

Posodon: Hauptstadt des Reiches Naptan, Liegeplatz der vereinigten Flotte.

Zurak: Unterirdische verlassene Zwergenstadt.

Höhle von
Kalkas: Reich verzierte Höhlen in den Königreichen. Ein Geschenk der Zwerge.

Feenbrunnen
von Füssal: Teil der ehemaligen und teilweise zerstörten Elfenstadt Füssal.

Die Grünen
Lande: Gebiet zwischen den Königreichen und dem Ork-Gebiet. Ursprünglich von Niemanden besetzt, mittlerweile von den Orks heimlich bewohnt.

Die große Mauer:	Grenzmauer zwischen den Königreichen und den Grünen Landen.
Rhod:	Insel im Barb-Meer, beherrscht durch Graf Armolus. Die älteste Stadt der Königreiche und ein eigenes Königreich.
Dorf Hillum:	Dorf in den Königsreichen nahe einer Schmuggelbucht für Piraten.
Fjure-Brücke:	Brücke in den Königreichen.

Die Königreiche

Nordwehr:	Königreich im Nordosten, direkt an die große Mauer angrenzend. Beherrscht durch König Ursal. Als Wappen dienen zwei gekreuzte Schwerter auf grauem Grund. Es soll den Schutz der Menschenreiche durch die große Mauer darstellen. Die Hauptstadt heißt Aranis.

Weitere Begriffe

Markans: Große, vierbeinige Tiere mit langem Fell und scharfen Zähnen, Aasfresser.

Are': Orkisches Starkbier.

Wellenreiterin: Schiff von Kapitän Farkat.

Klampfe: Hafenkneipe in Rhod.

Vertrag von
Zirkan: Friedensvertrag zwischen Barbaren und Menschen.

Elfenreiter: Beliebtes Kartenspiel bei Piraten und in der Unterwelt.

Sirene: Geschützschiff von Lord Gorun.

Magiefarben

Zwerge: Blau, ausgeübt durch schwarz gerüstete Zwerge.

Orks: Gelb, ausgeübt durch sogenannte Schwarzkittel.

Kriegszauberer: Rot, unabhängig von der Rasse.

Menschen: Dunkelgrün.

Elfen: Weiß.

Barbaren-Amulette

Jedes Amulett ist aus Zwergensilber. Es ist rund und besteht aus zwei Kreisen. Die obere Hälfte des Außenkreises zeigt an, zu welchen Stamm man gehört und welchen Status man hat. Dabei zählt aber nur der eigene Status, Verwandtschaft oder ähnliches zählt nicht. Die untere Hälfte zeigt den Status des Werbers/Verlobten/Ehegatten an.

Der Innenkreis zeigt den Beziehungsstatus an.

Leer = Keine Beziehung.

Liegende Acht = Werbungs-/Umwerbungsphase.

Liegende Acht mit Punkt darüber = verlobt.

Liegende Acht mit Punkt darunter und Punkt darunter = verheiratet.

Liegende Acht mit senkrechtem Balken in der Mitte = verwitwet. Dieses Symbol erscheint nach dem Tod des Ehepartners/Verlobten. Durch Gedankenwunsch kann es auch in den Status >Keine Beziehung< geändert werden.

Karte

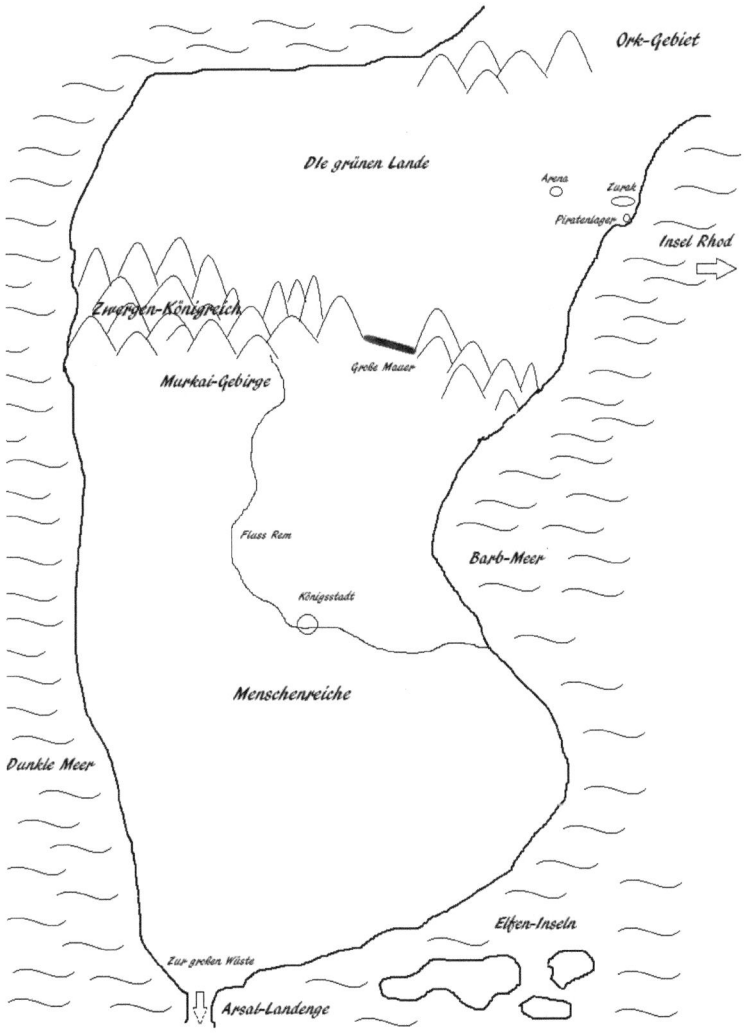